Sonhando com você

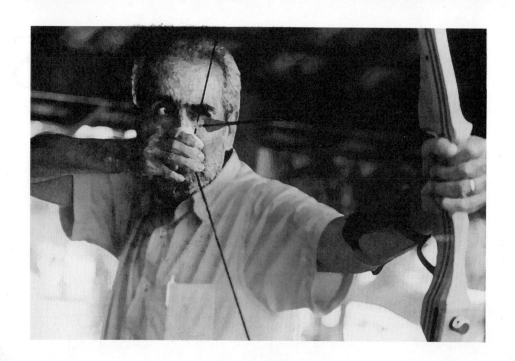

O Arqueiro

GERALDO JORDÃO PEREIRA (1938-2008) começou sua carreira aos 17 anos, quando foi trabalhar com seu pai, o célebre editor José Olympio, publicando obras marcantes como *O menino do dedo verde*, de Maurice Druon, e *Minha vida*, de Charles Chaplin.

Em 1976, fundou a Editora Salamandra com o propósito de formar uma nova geração de leitores e acabou criando um dos catálogos infantis mais premiados do Brasil. Em 1992, fugindo de sua linha editorial, lançou *Muitas vidas, muitos mestres*, de Brian Weiss, livro que deu origem à Editora Sextante.

Fã de histórias de suspense, Geraldo descobriu *O Código Da Vinci* antes mesmo de ele ser lançado nos Estados Unidos. A aposta em ficção, que não era o foco da Sextante, foi certeira: o título se transformou em um dos maiores fenômenos editoriais de todos os tempos.

Mas não foi só aos livros que se dedicou. Com seu desejo de ajudar o próximo, Geraldo desenvolveu diversos projetos sociais que se tornaram sua grande paixão.

Com a missão de publicar histórias empolgantes, tornar os livros cada vez mais acessíveis e despertar o amor pela leitura, a Editora Arqueiro é uma homenagem a esta figura extraordinária, capaz de enxergar mais além, mirar nas coisas verdadeiramente importantes e não perder o idealismo e a esperança diante dos desafios e contratempos da vida.

LISA KLEYPAS

SONHANDO COM VOCÊ

CLUBE DE APOSTAS CRAVEN'S

LIVRO 2

ARQUEIRO

Título original: *Dreaming of You*

Copyright © 1994 por Lisa Kleypas
Copyright da tradução © 2024 por Editora Arqueiro Ltda.

Todos os direitos reservados. Nenhuma parte deste livro pode ser utilizada ou reproduzida sob quaisquer meios existentes sem autorização por escrito dos editores.

tradução: Ana Rodrigues
preparo de originais: Sara Orofino
revisão: Carolina Rodrigues e Tereza da Rocha
diagramação: Gustavo Cardozo
capa: Renata Vidal
imagens de capa: © Ilina Simeonova / Trevillion Images
impressão e acabamento: Associação Religiosa Imprensa da Fé

CIP-BRASIL. CATALOGAÇÃO NA PUBLICAÇÃO
SINDICATO NACIONAL DOS EDITORES DE LIVROS, RJ

K72s

Kleypas, Lisa
Sonhando com você / Lisa Kleypas ; [tradução Ana Rodrigues]. - 1. ed. - São Paulo : Arqueiro, 2024.
320 p. ; 23 cm. (Clube de apostas Craven's ; 2)

Tradução de: Dreaming of you
Sequência de: Até que conheci você
ISBN 978-65-5565-588-9

1. Ficção americana. I. Rodrigues, Ana. II. Título. III. Série.

23-86773

CDD: 813
CDU: 82-3(73)

Gabriela Faray Ferreira Lopes - Bibliotecária - CRB-7/6643

Todos os direitos reservados, no Brasil, por
Editora Arqueiro Ltda.
Rua Artur de Azevedo, 1.767 – Conj. 177 – Pinheiros
05404-014 – São Paulo – SP
Tel.: (11) 2894-4987
E-mail: atendimento@editoraarqueiro.com.br
www.editoraarqueiro.com.br

CAPÍTULO 1

A figura solitária de uma mulher estava parada nas sombras. Ela se encostou na parede de uma hospedaria em ruínas com os ombros curvados para a frente, como se estivesse doente. Os olhos verdes e duros de Derek Craven a examinaram de cima a baixo quando ele saiu do decadente antro de jogos no beco. Aquele tipo de cena não era incomum nas ruas de Londres, principalmente nas áreas mais esquecidas da cidade, onde todo tipo de sofrimento humano era visível. Ali, a uma distância curta mas significativa do esplendor de St. James, os prédios eram um aglomerado sujo em ruínas. A área estava cheia de moradores de rua, prostitutas, vigaristas e ladrões. Pessoas como ele.

Nenhuma mulher decente era vista ali, principalmente depois do crepúsculo. Mas, se aquela era uma prostituta, não estava vestida de acordo. Sua capa cinza tinha uma abertura na frente, revelando um vestido de gola alta feito com tecido escuro. A mecha de cabelo que escapava do capuz era de um castanho indistinto. Era possível que estivesse esperando o marido, ou talvez fosse uma balconista que tivesse errado o caminho.

As pessoas olhavam furtivamente para a mulher, mas passavam por ela sem diminuir o ritmo. Se ela permanecesse por muito mais tempo ali, sem dúvida seria estuprada ou roubada, ou até mesmo espancada e deixada para morrer. A coisa mais cavalheiresca a fazer seria ir até ela, perguntar se estava bem e expressar preocupação com a sua segurança.

Mas Derek não era um cavalheiro. Ele lhe deu as costas e seguiu pela calçada quebrada. Havia crescido nas ruas – nascera na sarjeta, passara a infância com um grupo de prostitutas miseráveis e a juventude com criminosos de todo tipo. Estava bastante familiarizado com os golpes usados para atacar os incautos e sabia que bastava um único instante e certa eficiência para roubar um homem e quebrar seu pescoço. Com frequência, mulheres eram usadas naquelas tramas como iscas ou vigias, ou até mesmo como assaltantes. Uma mão feminina e macia podia causar muitos danos ao erguer um porrete de ferro, ou segurar uma meia recheada com meio quilo de chumbo.

Depois de algum tempo, Derek percebeu passos atrás dele. Algo naquele som disparou um arrepio de alerta por sua espinha. Dois conjuntos de passos pesados, sem dúvida masculinos. Ele mudou de propósito o ritmo em que caminhava e, na mesma hora, os homens fizeram o mesmo. Estava sendo seguido. Talvez seu rival, Ivo Jenner, tivesse enviado os sujeitos para lhe fazer algum mal. Derek praguejou silenciosamente e começou a dobrar uma esquina.

Como era esperado, os homens entraram em ação. Derek se virou depressa e se abaixou, defendendo-se de um soco. Baseado no instinto e em anos de experiência, apoiou o peso do corpo em uma das pernas e atacou com a outra, acertando um chute no estômago do agressor. Surpreso, o homem soltou um arquejo abafado e cambaleou para trás. Derek se virou e partiu para cima do segundo homem, mas era tarde demais... Sentiu o baque de um objeto de metal nas costas e um impacto ofuscante na cabeça. Atordoado, caiu pesadamente no chão. Os dois homens se aproximaram de seu corpo encolhido.

– Seja rápido – disse um deles, com a voz abafada.

Derek se debateu e sentiu a cabeça ser empurrada de volta. Tentou atacar com o punho cerrado, mas prenderam seu braço no chão. Havia um corte em seu rosto, um rugido surdo em seus ouvidos, uma umidade quente escorrendo por seus olhos e sua boca... Era seu sangue. Derek soltou um gemido de protesto, contorcendo-se para se livrar da dor lancinante. Estava acontecendo rápido demais. Ele não tinha como detê-los. Derek sempre tivera medo da morte, pois de alguma forma sabia que ela chegaria daquele jeito: não em paz, mas com dor, violência e escuridão.

~

Sara parou para ler as informações que havia reunido até ali. Espiou através das lentes dos óculos, intrigada com o novo jargão que tinha ouvido naquela noite. A linguagem das ruas mudava rapidamente, de ano para ano, num processo de constante evolução que a fascinava. Encostada na parede para ter privacidade, Sara se curvou para ver melhor as anotações que havia feito e rabiscou algumas correções com o lápis. Os jogadores se referiam às cartas de baralho como "lisas" e alertavam uns aos outros para tomar cuidado com os "trituradores", que talvez fosse uma forma de descrever os policiais. Uma coisa que ela ainda não tinha conseguido entender era a diferença entre "larápio" e "ratoneiro", ambas usadas para se referir a ladrões de rua. Bem, teria que descobrir… Era imprescindível que usasse os termos corretos. Seus dois primeiros romances, *Mathilda* e *O pedinte*, haviam sido elogiados por sua atenção aos detalhes. Ela não queria que o terceiro livro, ainda sem título, fosse criticado por imprecisões.

Sara perguntou a si mesma se os homens que entravam e saíam da espelunca de apostas seriam capazes de responder às suas perguntas. A maioria deles tinha má reputação, barba por fazer e higiene precária. Talvez fosse imprudente perguntar qualquer coisa – eles poderiam não gostar de ter sua diversão noturna interrompida. Por outro lado, precisava conversar com eles por causa do livro. E Sara sempre fizera questão de não julgar as pessoas pela aparência.

De repente, ela se deu conta de uma agitação perto da esquina. Tentou ver o que era, mas a rua estava envolta na escuridão. Depois de dobrar o maço de papel que havia costurado para formar um caderninho, ela o enfiou na bolsa e se aventurou mais adiante, curiosa. Uma torrente de palavras grosseiras a fez enrubescer. Ninguém usava aquele tipo de linguagem em Greenwood Corners, a não ser o velho Sr. Dawson, quando bebia muito ponche apimentado no festival de Natal que acontecia anualmente na cidade.

Sara viu três figuras envolvidas em uma briga. Parecia que dois homens seguravam um terceiro no chão e o espancavam. Dava para ouvir o som de punhos acertando a carne. Ela franziu o cenho, hesitante, e segurou a bolsa com força enquanto observava a cena. Seu coração disparou como o de um coelho. Seria imprudente se envolver. Ela estava ali como observadora, não como participante. Mas a pobre vítima gemia de uma forma tão lamentável… De repente, o olhar horrorizado de Sara capturou o brilho de uma faca.

A vítima ia ser assassinada.

Sara procurou rapidamente na bolsa a pistola que sempre carregava em suas pesquisas de campo. Nunca usara a arma contra ninguém antes, mas havia praticado tiro ao alvo em um campo a sudeste de Greenwood Corners.

Ela sacou a pistola pequena, engatilhou-a e hesitou.

– Ei, vocês! – gritou, tentando fazer a voz soar forte e autoritária. – Parem já com isso!

Um dos homens olhou para ela. O outro ignorou seu grito e ergueu a faca mais uma vez. Eles não a consideravam uma ameaça. Mordendo o lábio, Sara levantou a pistola com a mão trêmula e apontou à esquerda deles. Não seria capaz de matar ninguém – duvidava que sua consciência fosse tolerar uma coisa dessas –, mas talvez o estampido os assustasse. Assim, ela firmou a mão e puxou o gatilho.

Conforme o eco do tiro desaparecia, Sara abriu os olhos para ver o resultado de seus esforços. Para sua surpresa, percebeu que havia atingido, sem querer, um dos homens... santo Deus, no pescoço! Ele estava de joelhos, apertando com as mãos o ferimento que jorrava sangue. De repente, o homem tombou com um ruído gorgolejante. Seu comparsa estava paralisado. Sara não conseguia ver seu rosto, escondido nas sombras.

– Vá embora! – exclamou Sara, com a voz trêmula de medo e consternação. – Senão... senão vou precisar atirar em você também!

O homem pareceu se dissolver na escuridão como um fantasma. Sara se aproximou bem devagar dos dois corpos no chão. Ao sentir a boca se abrir de horror, cobriu-a com os dedos trêmulos. Havia definitivamente matado um homem. Sara se esgueirou ao redor do corpo caído e se aproximou da vítima do ataque.

O rosto dele estava coberto de sangue, que escorria de seu cabelo preto e encharcava a frente da roupa elegante. Uma sensação nauseante a dominou enquanto ela perguntava a si mesma se a ajuda havia chegado tarde demais para ele. Sara voltou a guardar a pistola na bolsa. Sentia o corpo gelado e estava muito trêmula. Nada parecido lhe acontecera ao longo de seus 25 anos muito bem protegidos. Sara olhou de um corpo para o outro. Se ao menos houvesse uma patrulha a pé nas redondezas, ou um dos policiais renomados e altamente treinados da cidade... Ela se pegou esperando que algo acontecesse. Muito em breve alguém se depararia com a cena. Um profundo sentimento de culpa atravessou o choque que dominava Sara. Bom Deus, como poderia viver consigo mesma sabendo o que tinha feito?

Ela fitou a vítima do roubo com um misto de curiosidade e pena. Era difícil ver seu rosto em meio a todo aquele sangue, mas parecia ser um homem jovem. Suas roupas eram bem-feitas, do tipo que se encontrava na Bond Street. De repente ela percebeu o movimento do peito dele e piscou, surpresa.

– S-senhor? – chamou, inclinando-se sobre ele.

O homem se lançou em cima de Sara, que guinchou, aterrorizada. Uma das mãos grandes dele agarrou o corpete do vestido dela com tanta força que Sara não teve como se afastar. A outra mão buscou o rosto e pousou na face dela. Os dedos trêmulos mancharam de sangue as lentes dos óculos. Depois de uma tentativa frenética de escapar, Sara desabou ao lado dele, com as pernas trêmulas.

– Consegui deter seus agressores, senhor. – Corajosamente, ela se esforçou para soltar o vestido dos dedos do homem. Mas o aperto era forte como aço. – Acredito que salvei a sua vida. Solte-me... por favor...

Ele demorou muito para responder. Lentamente, afastou a mão do rosto de Sara e deixou-a descer pelo braço dela até encontrar seu pulso.

– Me ajude a levantar – disse ele em um tom áspero, surpreendendo-a com seu sotaque carregado.

Sara não esperava que um homem com roupas tão elegantes falasse com um sotaque do East End londrino.

– Seria melhor se eu pedisse ajuda...

– Aqui não – murmurou ele em um arquejo. – Sua tonta, cabeça-oca. Vamos ser... roubados e estripados em um instante, maldição.

Ofendida com a dureza do homem, Sara se sentiu tentada a apontar que um pouco de gratidão cairia bem. Mas ele devia estar sentindo muita dor.

– Senhor – disse ela, timidamente –, seu rosto... Se me permitir pegar o lenço na minha bolsa...

– *A senhorita* disparou a pistola?

– Temo que sim.

Sara enfiou a mão na bolsa, afastou a arma para o lado e encontrou o lenço. Mas, antes que pudesse pegá-lo, o homem apertou seu pulso com mais força.

– Deixe-me ajudá-lo – pediu ela calmamente.

Os dedos dele se afrouxaram e Sara pegou o lenço, um quadrado de linho branco e prático. Ela limpou o rosto dele com delicadeza, depois pressionou o linho dobrado no corte horrível que ia da testa até a metade da bochecha oposta. O ferimento deixaria uma cicatriz. Sara esperava que o homem não perdesse um olho. Um silvo de dor escapou dos lábios dele, salpicando-a de sangue. Sara estremeceu, mas tocou a mão do homem e guiou-a até o ferimento.

– O senhor poderia segurar isso? Ótimo. Agora, se esperar aqui, vou tentar encontrar alguém para nos ajudar...

– Não. – Ele continuou a segurar o vestido dela, encostando os nós dos dedos na curva suave de seus seios. – Estou bem. Leve-me ao Craven's. Na St. James Street.

– Mas não sou forte o bastante para ajudá-lo, e não conheço bem a cidade...

– É perto daqui.

– E o homem em quem atirei? N-não podemos simplesmente abandonar o corpo dele.

Ele soltou uma risadinha sarcástica.

– Para o inferno com ele. Leve-me para a St. James.

Sara se perguntou o que ele faria se ela se recusasse a ir. O homem parecia ter um temperamento inconstante. Apesar dos ferimentos, ainda seria capaz de machucá-la. A mão que a mantinha presa pelo vestido era grande e muito forte.

Ela tirou os óculos lentamente e guardou-os na bolsa. Então passou o braço por baixo do paletó dele e ao redor da cintura esguia e enrubesceu de constrangimento – nunca havia abraçado um homem, a não ser o próprio pai e Perry Kingswood, seu quase-noivo. Nenhum deles tinha o corpo parecido com o do homem ao seu lado. Perry estava em boa forma, mas não se comparava em nada àquele estranho grande e magro. Sara ficou de pé com dificuldade e cambaleou quando o sujeito se apoiou nela para também se erguer. Não esperava que ele fosse tão alto. O homem apoiou um braço ao redor dos ombros estreitos dela enquanto mantinha o lenço junto ao rosto com a outra mão. Ele deixou escapar um gemido baixo.

– O senhor está bem? Quer dizer, consegue andar?

A resposta dele foi uma risada abafada.

– Quem diabos é você?

Sara deu um passo hesitante na direção da St. James Street, e o homem cambaleou ao lado dela.

– Srta. Sara Fielding – respondeu ela, e acrescentou em um tom cauteloso –, de Greenwood Corners.

O homem tossiu e cuspiu um bocado de saliva misturada com sangue.

– Por que a senhorita me ajudou?

Sara não pôde deixar de notar que o sotaque havia se atenuado. Ele agora soava quase como um cavalheiro, mas o traço do East End ainda estava ali, suavizando as consoantes e achatando as vogais.

– Não tive escolha – respondeu ela, sustentando o peso dele. O homem apertou as costelas com o braço livre e continuou a se apoiar nela com o outro. – Quando vi o que aqueles homens estavam fazendo...

– A senhorita tinha escolha – disse ele em um tom duro. – Poderia ter ido embora.

– E dar as costas a alguém em apuros? Isso seria impensável.

– Fazem isso o tempo todo.

– Não de onde eu venho, garanto.

Sara percebeu que eles estavam se desviando para o meio da rua e o guiou de volta para a calçada, onde ficavam escondidos na escuridão. Aquela era a noite mais estranha da vida dela... Jamais poderia imaginar que estaria andando pelos cortiços de Londres com um estranho que acabara de ser espancado. Ele tirou o lenço do rosto e Sara ficou aliviada ao ver que o sangramento havia diminuído.

– É melhor pressioná-lo na ferida – aconselhou ela. – Precisamos encontrar um médico. – Sara ficou surpresa por ele não ter perguntado sobre a extensão dos danos. – Pelo que pude ver, o senhor tem um longo corte no rosto. Mas não parece profundo. Se cicatrizar bem, talvez não afete muito sua aparência.

– Isso não importa.

O comentário aguçou a curiosidade de Sara.

– O senhor tem amigos no Craven's? É por isso que estamos indo para lá?

– Sim.

– Por acaso conhece o Sr. Craven?

– Eu *sou* Derek Craven.

– *O Sr. Craven?* – Ela arregalou os olhos, empolgada. – O mesmo que fundou o famoso clube, que veio do submundo e... O senhor realmente nasceu em um cano de esgoto como diz a lenda? É verdade que...

– Fale baixo, maldição.

Sara não podia acreditar na própria sorte.

– Isso é uma coincidência e tanto, Sr. Craven. Acontece que estou fazendo pesquisas para um romance sobre jogos de azar. Por isso estou aqui a esta hora da noite. Greenwood Corners não é um lugar muito cosmopolita, então achei necessário vir para Londres. Meu livro será uma obra de ficção, que incluirá muitas descrições de pessoas e lugares importantes para a cultura dos jogos de azar...

– Santo Deus – grunhiu Derek. – Eu lhe dou o que quiser, uma maldita fortuna se for o caso, se a senhorita ficar de boca fechada até chegarmos lá.

– Senhor...

Sara o afastou de uma pequena pilha de escombros na qual ele poderia ter tropeçado. Como imaginava que ele devia estar com muita dor, ela não se ofendeu com seus modos grosseiros. A mão que apertava o ombro dela estava tremendo.

– Estamos quase saindo dos cortiços, Sr. Craven. Vai ficar tudo bem.

A cabeça de Derek girou e ele se esforçou para manter o equilíbrio. O golpe parecia ter deslocado seu cérebro. Ele se apoiou ainda mais na mulher pequena ao seu lado e sincronizou seus passos arrastados com os dela. Então se inclinou sobre ela com intensidade até o tecido do capuz da moça roçar sua orelha. Uma espécie de espanto embotado o dominou e ele seguiu cegamente a pequena estranha tagarela, pedindo a Deus que ela o estivesse levando na direção certa. Era o mais próximo de rezar que ele já chegara.

A mulher estava lhe perguntando alguma coisa. Derek se esforçou para se concentrar em suas palavras.

– ... devemos subir os degraus da frente ou há outro caminho...

– A porta lateral – murmurou Derek, semicerrando os olhos por trás do lenço. – Por ali.

– Nossa. Que casa grande.

Sara olhou para o clube com admiração. A casa enorme tinha oito colunas coríntias e sete frontões na frente, além de contar com duas alas laterais. Todo o prédio era cercado por uma balaustrada de mármore. Ela gostaria de ter subido os degraus da frente e visto o famoso saguão de entrada, decorado com vitrais, veludo azul e candelabros. Mas obviamente o Sr. Craven não iria querer aparecer daquele jeito na frente dos membros do clube. Depois que Sarah o guiou para a lateral do prédio, eles desceram um pequeno lance de escada que levava a uma pesada porta de madeira.

Derek agarrou a maçaneta e a abriu. Na mesma hora, eles foram abordados por Gill, um de seus funcionários.

– Sr. Craven? – disse o rapaz, movendo os olhos do lenço encharcado de sangue colado ao rosto de Derek para o olhar apreensivo de Sara. – Meu bom Deus...

– Vá chamar Worthy – murmurou Derek.

Ele passou por Gill e atravessou a pequena antecâmara, cujas paredes eram forradas com painéis de madeira. A escada em caracol levava aos seus aposentos privados. Ao ver os seis lances de escada, ele fez um gesto abrupto para que Sara se aproximasse.

Surpresa por ele querer sua ajuda para subir a escada, Sara hesitou. Ela olhou para o jovem funcionário, que já tinha se afastado e desaparecera em um amplo corredor acarpetado.

– Venha – chamou Derek rispidamente, apontando mais uma vez para ela. – Acha que vou ficar a noite toda parado aqui?

Sara foi até ele na mesma hora, e Derek apoiou um braço pesado em seus ombros. Juntos, os dois começaram a subir os degraus.

– Quem é Worthy? – perguntou ela, e passou um braço ao redor da cintura dele para estabilizá-lo.

– O faz-tudo.

As costelas de Derek pareciam cortar suas entranhas como facas. Seu rosto ardia como fogo. Ele se ouviu falando e percebeu que era como se todos os anos de aulas tivessem desaparecido, deixando à mostra seu forte sotaque.

– Worthy... o faz-tudo... ele me ajuda a administrar o clube. Confio... minha vida a ele.

Derek tropeçou no patamar da escada e gemeu, deixando escapar um xingamento. Sara segurou sua cintura com mais força.

– Espere. Se o senhor cair, não vou conseguir segurá-lo. Precisamos esperar alguém forte o bastante para ajudá-lo pelo resto do caminho.

– Você é forte o bastante.

Ele começou a subir o lance seguinte, apoiado nos ombros dela.

– Sr. Craven – protestou Sara.

Eles subiram mais dois lances desajeitadamente. Sara estava apavorada com a ideia de ele desmaiar e cair da escada. Começou a encorajá-lo, dizendo qualquer coisa que lhe viesse à mente para mantê-lo em movimento.

– Estamos quase lá... Vamos, o senhor é teimoso o bastante para subir mais alguns... Mantenha-se firme.

Ela respirava com dificuldade por causa do esforço enquanto subiam o último degrau e finalmente chegavam à porta dos aposentos privados de

Derek. Os dois atravessaram o saguão de entrada e chegaram a um salão decorado com metros e metros de veludo cor de ameixa e ricos brocados. O olhar atônito de Sara reparou no couro com relevos dourados nas paredes, na sequência majestosa de janelas francesas e na esplêndida vista da cidade. Seguindo as instruções que o Sr. Craven murmurava, ela o ajudou a ir para o quarto. O cômodo era forrado com um tecido adamascado verde e espelhos elaborados. E tinha a maior cama que ela já vira na vida. Sara enrubesceu profundamente ao se dar conta de que nunca havia estado no quarto de um homem antes. Seu constrangimento foi deixado de lado quando viu o Sr. Craven se arrastar até a cama com botas e tudo. Ele se esparramou no colchão de barriga para cima, soltou um suspiro e ficou muito quieto. O braço que segurava as costelas relaxou.

– Sr. Craven? Sr. Craven…

Sara parou acima dele enquanto imaginava o que devia fazer. Ele havia desmaiado. Seu corpo estava imóvel, as mãos grandes semicerradas. Ela levou a mão ao pescoço dele e desamarrou a gravata manchada. Então afrouxou-a com cuidado e afastou o lenço do rosto dele.

O corte ia da têmpora direita, passando pelo topo do nariz, até o limite da bochecha esquerda. Embora Craven estivesse inerte, suas feições eram fortes e uniformes. Os lábios estavam entreabertos, revelando dentes surpreendentemente brancos. Manchas acobreadas de sangue cobriam sua pele morena, formando crostas nas linhas grossas das sobrancelhas e dos cílios longos.

Sara viu um lavatório do outro lado da sala, foi rapidamente até lá e encontrou água fria no jarro. Depois de despejar um pouco de água na bacia, levou-a até a mesa de cabeceira. Então umedeceu um pano e o passou no rosto dele, limpando o sangue e a sujeira. Enquanto Sara limpava os olhos e as laterais de seu rosto, a água despertou Craven, que deixou escapar um murmúrio rouco. Ele ergueu os cílios cheios. Sara parou o que estava fazendo quando se viu encarando olhos verdes intensos, da cor da relva em uma manhã fresca de primavera. Ela experimentou uma sensação estranha no peito. Ficou paralisada, incapaz de se mover ou de dizer qualquer coisa.

Craven levantou a mão e tocou uma mecha de cabelo dela que havia se soltado dos grampos.

– Seu nome… qual é mesmo? – perguntou com a voz rouca.

– Sara – sussurrou ela.

Naquele momento, dois homens entraram no quarto. Um deles era pequeno e usava óculos; o outro era alto e bem mais velho.

– Sr. Craven – chamou o homem mais baixo, muito sério. – Eu trouxe o Dr. Hindley.

– Uísque – resmungou Derek. – Eles me acertaram com vontade.

– O senhor se envolveu em uma briga? – Worthy se curvou sobre ele, e o rosto gentil se franziu de surpresa. – Ah, não. Seu *rosto*.

Ele olhou com reprovação para Sara, que estava parada ao lado, torcendo as mãos.

– Espero que essa jovem tenha valido a pena, Sr. Craven.

– Eu não estava brigando por ela – esclareceu Derek antes que Sara pudesse intervir. – Foram os homens de Jenner, eu acho. Dois deles, armados, me atacaram na rua. Essa ratinha… sacou uma pistola e atirou em um dos desgraçados.

– Nossa. – Worthy voltou a olhar para Sara, agora com uma expressão muito mais calorosa. – Obrigado, senhorita. Foi muito corajoso da sua parte.

– Eu não fui nada corajosa – retrucou Sara com sinceridade. – Não parei para pensar. Aconteceu muito rápido.

– De qualquer forma, somos muito gratos a você. – Worthy hesitou antes de acrescentar: – Sou contratado pelo Sr. Craven para lidar com confusões no salão, bem como… – ele olhou para o corpo manchado de sangue de Craven e concluiu, constrangido – com qualquer outro assunto que exija a minha atenção.

Sara sorriu para ele. Worthy era um homem muito bem-apessoado, com feições delicadas e elegantes, cabelos ralos no topo da cabeça e óculos cintilantes empoleirados no nariz pontudo. Tinha um ar de paciência que ela imaginou que não seria fácil de abalar. Juntos, o faz-tudo e o médico se debruçaram sobre a cama, dedicados a descalçar os sapatos e despir as roupas de Craven. Sara lhes deu as costas, desviando o olhar recatadamente. Ela começou a se adiantar para sair do quarto, mas Craven resmungou alguma coisa e Worthy a deteve.

– Acho que seria melhor se não fosse embora ainda, Srta…

– Fielding – murmurou ela, mantendo os olhos baixos. – Sara Fielding.

O nome pareceu despertar o interesse de Worthy.

– Alguma relação com S. R. Fielding, o romancista?

– Sara Rose – disse ela. – Uso as minhas iniciais para manter o anonimato.

O médico ergueu os olhos da cama com uma expressão de surpresa e prazer.

– A senhorita é S. R. Fielding?

– Sim, senhor.

A notícia pareceu animá-lo.

– Que honra! *Mathilda* é um dos meus romances favoritos.

– Foi o meu livro de maior sucesso – admitiu Sara em um tom modesto.

– Eu e a minha esposa passamos muitas noites debatendo nossas teorias sobre o final do romance. Por mim, Mathilda se jogou da ponte porque já não aguentava mais tanta infelicidade ou escolheu buscar expiação por seus pecados...

– Com licença – disse uma voz gélida vinda da cama. – Estou sangrando até a morte, maldição. Por mim, Mathilda pode ir a pique.

Sara franziu o cenho, arrependida.

– Ah, me desculpe. Dr. Hindley, por favor, cuide do Sr. Craven imediatamente. – Ela se voltou para Worthy. – Onde gostaria que eu esperasse?

– Na sala ao lado, por gentileza. Fique à vontade para pedir chá ou qualquer outra coisa que deseje.

– Obrigada.

Enquanto se encaminhava para a sala de estar, Sara perguntou a si mesma o que havia em *Mathilda* que sempre despertava tanto interesse. A popularidade do livro nunca deixava de surpreendê-la. Até fizeram uma produção teatral recente baseada na história. As pessoas tendiam a discutir a personagem de Mathilda como se ela fosse uma pessoa real e pareciam se deleitar com debates intermináveis sobre a conclusão do romance. Depois de escrever a história de uma moça que fugira do interior e caíra nos caminhos pecaminosos da prostituição, Sara havia deixado propositalmente uma dúvida em relação ao final. Na última página, Mathilda fica parada na beira da Ponte de Londres, se debatendo diante da decisão de acabar com a própria vida arruinada ou se comprometer com uma existência altruísta dedicada a fazer o bem ao próximo. Os leitores podiam formar a própria opinião sobre o destino da personagem. Pessoalmente, Sara não achava importante saber se Mathilda vivia ou morria... a questão principal era que ela aprendera que fizera escolhas erradas.

Ao ver sua bolsa esquecida, pendurada em seu braço, Sara vasculhou-a até encontrar os óculos. Então os limpou na manga até as lentes brilharem, colocou-os no nariz e achou também seu caderno.

– "Ir a pique" – murmurou enquanto anotava a expressão desconhecida. Precisava pedir a alguém que lhe explicasse aquilo mais tarde.

Sara tirou a capa bem devagar e pendurou-a no encosto de uma cadeira. Tinha a sensação de estar presa na cova de um leão temporariamente desocupada. Ela foi até as janelas e abriu as pesadas cortinas cor de ameixa, revelando a vista da rua. Toda Londres estava logo ali, além daqueles finos painéis de vidro, um mundo de pessoas ocupadas e absortas na própria vida. Ela voltou os olhos para os espelhos dourados que adornavam as paredes e para os móveis suntuosos, estofados com veludo branco. As mesas, incrustadas de pedras semipreciosas, sustentavam pesados arranjos de flores frescas da estufa. Era um cômodo lindo, mas muito extravagante.

Sara preferia o pequeno chalé onde morava com os pais idosos. Havia uma horta nos fundos e árvores frutíferas às quais o pai se dedicava com zelo. Tinham um pequeno quintal e um pequeno pasto, além do velho cavalo cinza chamado Eppie. A mobília já bem gasta da salinha estava constantemente ocupada por visitas – os pais dela tinham muitos amigos. Quase todos em Greenwood Corners já os visitaram em algum momento.

O Craven's, por outro lado, era um palácio esplêndido e solitário. Sara parou diante de uma pintura a óleo em cores vívidas, que retratava deuses romanos envolvidos em alguma celebração. Sua atenção foi capturada por um gemido vindo do quarto ao lado e por um xingamento dito pelo Sr. Craven. Eles provavelmente estavam dando pontos no corte em seu rosto. Sara tentou ignorar os sons, mas depois de um instante a curiosidade a obrigou a investigar.

Quando chegou à porta, ela viu Worthy e o Dr. Hindley inclinados sobre a cabeça do Sr. Craven. A parte inferior do corpo dele, coberta por um lençol branco, estava imóvel. Mas suas mãos se contorciam ao lado, como se ele quisesse empurrar o médico para longe.

– Já lhe demos todo o láudano que podíamos, Sr. Craven – comentou o Dr. Hindley, dando outro ponto no corte.

– Essa porcaria nunca funciona comigo. Mais uísque.

– Se tiver um pouco de paciência, Sr. Craven, isso irá terminar em alguns minutos.

Sara ouviu outro gemido de dor.

– Malditos sejam você e todos os outros em seu negócio fedorento, sangrento, que serra ossos, viola cadáveres…

– Sr. Craven – interrompeu Worthy depressa. – O Dr. Hindley está fazendo o possível para reparar os danos causados ao seu rosto. Ele está tentando *ajudá-lo*. Por favor, não o provoque.

– Está tudo bem – disse o médico, calmamente. – A essa altura, já sei o que esperar dele.

E continuou a unir as bordas da pele com pontos pequenos e cuidadosos.

O quarto ficou em absoluto silêncio por um momento, então Derek deixou escapar um arquejo abafado.

– Inferno. Não me importo com a aparência do machucado. Apenas me deixe em paz...

Ele fez um movimento para se levantar da cama.

Sara entrou no quarto na mesma hora. Estava claro que Craven tinha um temperamento explosivo, mas precisava ser persuadido a permanecer na cama. Seria uma pena se não permitisse que o médico salvasse o que pudesse do seu rosto.

– Senhor – falou ela, em um tom enérgico –, sei que é desconfortável, mas precisa deixar o médico terminar. Pode não se importar com a sua aparência agora, mas talvez ela o incomode mais tarde. Além do mais... – Ela fez uma pausa e acrescentou, enfática: – Um homem grande e forte como o senhor devia ser capaz de aguentar um pouco de dor. Eu lhe garanto que isso não é nada comparado ao sofrimento de uma mulher em trabalho de parto!

Derek voltou a se deitar lentamente no colchão.

– Como a senhorita sabe? – zombou.

– Certa vez assisti a um parto em Greenwood Corners. Durou horas, e a minha amiga suportou a agonia quase sem reclamar.

Worthy olhou para ela com uma expressão suplicante.

– Srta. Fielding, creio que ficaria mais confortável na sala ao lado...

– Estou distraindo o Sr. Craven, conversando um pouco. Isso pode afastar a mente dele da dor. Não prefere assim, Sr. Craven? Ou devo ir embora?

– E eu tenho escolha? Fique. Pode tagarelar.

– Devo falar sobre Greenwood Corners?

– Não. – Derek cerrou os dentes e conteve um grunhido. – Sobre a senhorita.

– Muito bem. – Sara se aproximou da cama, tendo o cuidado de manter uma distância prudente. – Eu tenho 25 anos. Moro no campo com os meus pais...

Ela parou quando ouviu o gemido ofegante que o Sr. Craven deixou escapar. Os pontos estavam doendo.

– Continue – pediu Derek bruscamente.

Desesperada, Sara tentou encontrar alguma coisa para dizer.

– E-estou sendo cortejada por um rapaz que mora no vilarejo. Compartilhamos o mesmo amor pelos livros, embora o gosto dele seja mais refinado do que o meu. Ele não aprova a ficção que escrevo.

Sara se aproximou mais e examinou Craven com curiosidade. Embora não conseguisse ver seu rosto, tinha uma boa visão do seu peito, que era coberto por uma grande camada de pelos escuros. Era uma visão surpreendente. Só tivera o privilégio de ver o peito de estátuas gregas, que não tinham pelos. Acima da cintura e do abdômen esguios, o peito e os ombros de Craven exibiam músculos poderosos e cheios de hematomas.

– O Sr. Kingswood – continuou Sara –, esse é o nome dele, está me cortejando há quase quatro anos. Acredito que em breve me pedirá em casamento.

– *Quatro* anos?

Sara se sentiu ligeiramente na defensiva com o tom de escárnio dele.

– Houve algumas dificuldades. A mãe do Sr. Kingswood é viúva e depende muito do filho. Os dois moram juntos, sabe? E a Sra. Kingswood não aprova o cortejo.

– Por que não?

– Bem… Ela não considera nenhuma mulher boa o suficiente para o filho. E não gosta dos temas que escolhi para os meus romances. Prostituição, pobreza… – Sara deu de ombros. – Mas esses são assuntos que precisam ser abordados.

– Especialmente quando se ganha dinheiro com eles, não é?

– O suficiente para que eu e meus pais possamos viver de forma confortável – admitiu ela com um sorriso. – O senhor é um cínico.

Ele deixou o ar escapar entre os dentes quando a agulha perfurou sua pele.

– A senhorita também seria se soubesse alguma coisa sobre o mundo fora do seu vilarejo fedorento.

A dor estava fazendo com que o sotaque do East End de Craven aparecesse mais uma vez.

– Greenwood Corners é um lugar muito agradável – retrucou Sara, ligeiramente ofendida. – E sei muitas coisas sobre o mundo.

Derek prendeu a respiração por um momento, então soltou o ar.

– Maldição, quanto tempo mais...

– Mais um pouco – murmurou o médico.

Derek se esforçou para manter a concentração na conversa com Sara.

– Escrever livros sobre prostitutas... Aposto que a senhorita... nunca fez um homem gemer sem sentir dor na sua vida perfeita.

O Dr. Hindley e Worthy começaram a repreendê-lo, mas Sara sorriu, intrigada.

– "Gemer sem sentir dor"? Nunca ouvi isso colocado dessa maneira.

– Não faz muito tempo que a senhorita frequenta o submundo.

– Isso é verdade – concordou Sara com seriedade. – Precisarei voltar várias vezes até que a minha pesquisa esteja concluída.

– A senhorita não vai voltar – informou Derek. – Só Deus sabe como sobreviveu até agora. Maldita tola, perambulando pelos cortiços à noite...

– Esse é o último ponto – anunciou o Dr. Hindley enquanto dava um nó cuidadoso na linha.

Derek suspirou, aliviado, e ficou em silêncio.

Worthy deixou a cabeceira e se aproximou de Sara com um sorriso no rosto, como quem se desculpa.

– Perdoe o Sr. Craven. Ele só é rude com as pessoas de quem gosta.

– Ele vai ficar bem? – perguntou ela em um sussurro.

– Com certeza. É um homem muito forte. E já sobreviveu a coisas piores do que isto. – Worthy fitou-a mais de perto e sua expressão abrandou, agora mostrando preocupação. – Está tremendo, Srta. Fielding.

Sara assentiu e respirou fundo.

– Acho que não estou acostumada a tanta emoção. – Até aquele momento, não havia se dado conta de como estava abalada. – Tudo aconteceu tão rápido.

– A senhorita precisa descansar um pouco – insistiu Worthy. – Acalmar os nervos com uma dose de conhaque.

– Sim... talvez apenas um pouco, em uma xícara de chá. – Sara entrelaçou os dedos. – Estou hospedada com amigos dos meus pais, os Goodmans. Já é tarde... eles podem ficar preocupados...

– Assim que a senhorita estiver pronta, uma carruagem particular estará à sua espera para levá-la aonde desejar.

– Worthy! – A voz irritada de Derek os interrompeu. – Pare com esses malditos sussurros. Dê algum dinheiro à ratinha do campo e mande-a de volta para o lugar de onde veio.

Worthy começou a responder, mas Sara o deteve com um leve toque no braço. Ela endireitou os ombros delicados e se aproximou da cama.

– Sr. Craven – disse calmamente –, é muito gentil da sua parte me oferecer uma recompensa, mas tenho dinheiro suficiente para atender às minhas necessidades. No entanto, ficaria grata se me permitisse visitar seu clube e talvez fazer algumas perguntas aos seus funcionários. Como mencionei antes, estou escrevendo um romance, e o senhor poderia me ajudar...

– Não.

– Sr. Craven, trata-se de um pedido razoável, levando em consideração o fato de eu ter salvado a sua vida esta noite.

– Salvou a minha vida coisa nenhuma.

Sara foi pega de surpresa.

– Mas aqueles dois homens estavam tentando matá-lo!

– Se eles de fato quisessem fazer isso, eu já estaria morto.

– Então... o propósito deles era... marcar deliberadamente o seu rosto? – Ela recuou, horrorizada. – Mas por que alguém iria querer fazer uma coisa dessas?

– O Sr. Craven tem muitos inimigos – comentou Worthy, com o rosto redondo carregado de preocupação. – Em especial um homem chamado Ivo Jenner, dono de um clube rival. Mas jamais imaginei que ele faria algo assim.

– Talvez não tenha feito – murmurou Derek, fechando os olhos. – Talvez tenha sido outra pessoa. Worthy... tire-a daqui.

– Mas, Sr. Craven... – protestou Sara.

– Venha – disse Worthy, gentilmente fazendo-a se calar.

Ele fez com que Sara se afastasse da cabeceira, e, ainda relutante, ela o seguiu até a sala ao lado.

Sozinho, Derek deixou escapar uma risada baixa, que tinha um toque de amargura.

– Maldita seja, Joyce – sussurrou, e ergueu a mão para tocar os pontos no rosto.

~

Depois que o Dr. Hindley partiu, Worthy pediu chá e atiçou o fogo na lareira.

– Agora – disse ele num tom agradável, e se acomodou em uma cadeira ao lado de Sara –, podemos conversar sem interrupção.

– Sr. Worthy, poderia tentar convencer o Sr. Craven de que eu não seria um incômodo ou uma inconveniência para ele de forma alguma? Só o que desejo é observar as atividades do clube e fazer algumas perguntas...

– Vou conversar com o Sr. Craven – garantiu Worthy. – E permitirei que a senhorita visite o clube amanhã enquanto o Sr. Craven estiver indisposto. – Worthy sorriu diante da óbvia empolgação dela. – É um privilégio raramente concedido às mulheres, sabe? Exceto nas noites de determinados eventos públicos. Houve apenas uma dama que teve permissão para cruzar a soleira daquela porta em dias normais.

– Sim, eu ouvi falar dela... costumava ser chamada de Lily Sem Limites. Ela foi amante do Sr. Craven por vários anos, não é mesmo?

– As coisas nem sempre são o que parecem, Srta. Fielding.

Eles foram interrompidos por uma criada que trazia uma bandeja com chá e sanduíches finos. Worthy serviu Sara com eficiência e acrescentou uma boa quantidade de conhaque ao seu chá. Ela equilibrou a xícara e o pires no colo enquanto mordiscava um sanduíche e teve a sensação de que despertava lentamente de um pesadelo. Sara esticou os pés úmidos na direção do fogo, tomando cuidado para não expor os tornozelos.

– Só há uma condição que preciso lhe impor – disse Worthy, recostando-se na cadeira. – A senhorita não deve abordar o Sr. Craven ou fazer qualquer pergunta a ele. Na verdade, insisto que se empenhe em evitá-lo. Mas terá total liberdade para falar com qualquer outra pessoa no clube. Vamos todos tentar ser muito prestativos.

Sara franziu o cenho, desapontada.

– Mas o Sr. Craven poderia ser de grande ajuda para mim. Há coisas que eu gostaria de perguntar a ele...

– O Sr. Craven é um homem extremamente reservado, que passou a vida tentando escapar do próprio passado. Eu lhe garanto que ele não vai querer falar sobre si mesmo.

– E o *senhor*? Poderia me contar alguma coisa sobre ele?

Ela tomou um gole de chá e olhou para o faz-tudo em expectativa.

– Ele não é um homem fácil de se descrever. Derek Craven é, de longe, o indivíduo mais complicado que já conheci. Ele é capaz de ser bom e gentil, mas... – Worthy bebeu um pouco de conhaque e seus olhos permaneceram fixos nas valiosas profundezas âmbar do copo. – Receio que com bastante frequência o Sr. Craven se revele um homem cujo potencial foi arruinado. Ele vem de um mundo mais bárbaro do que a senhorita poderia imaginar, Srta. Fielding. Tudo o que ele sabe sobre a mãe é que ela era uma prostituta que trabalhava em Tiger Bay, uma rua na área portuária frequentada por marinheiros e criminosos. Ela deu à luz em um cano de esgoto e o abandonou lá. Outras prostitutas tiveram pena do bebê e o abrigaram em bordéis e casas de tolerância locais durante a primeira parte de sua vida.

– Ah, Sr. Worthy – disse Sara, com a voz embargada. – Que terrível para uma criança ser exposta a esse tipo de coisa.

– Ele começou a trabalhar aos 5 ou 6 anos, como ajudante de limpador de chaminés. Quando ficou crescido demais para subir por dentro delas, passou a mendigar, roubar, trabalhar nas docas... Há um período de alguns anos sobre o qual o Sr. Craven não fala, como se nunca tivesse existido. Eu não sei o que ele fez naquela época... nem desejo saber. De alguma forma, em meio a tudo isso, o Sr. Craven adquiriu uma compreensão rudimentar de letras e números. Quando chegou à adolescência, ele havia se educado o bastante para se tornar um agente de apostas em Newmarket. Segundo o Sr. Craven, foi nessa época que ele teve a ideia de um dia administrar o próprio clube de jogos de azar.

– Que ambição notável para um menino com uma origem tão difícil.

Worthy assentiu.

– Já teria sido uma conquista extraordinária se ele tivesse conseguido abrir um pequeno negócio na cidade. Mas o Sr. Craven sonhava em criar um clube tão exclusivo que os homens mais poderosos do mundo implorariam para serem admitidos como membros.

– E foi exatamente o que ele fez – comentou Sara, encantada.

– Sim. Ele nasceu sem um único xelim em seu nome... – Worthy fez uma pausa. – Na verdade, ele nasceu sem um *nome*. Hoje, é mais rico do que a maioria dos nobres que frequentam o clube. Ninguém sabe exatamente a extensão da fortuna do Sr. Craven. Propriedades no campo, casas, ruas repletas de lojas e inquilinos que lhe pagam aluguel, coleções de arte particulares, iates, cavalos de corrida... É surpreendente. E ele mantém o controle de cada centavo.

– Qual é o objetivo dele? O que ele quer no fim das contas?

Worthy deu um sorrisinho.

– Posso lhe responder em uma só palavra: *mais*. Ele nunca está satisfeito.

O faz-tudo viu que Sara terminara o chá e lhe ofereceu outra xícara. Ela recusou.

A combinação do conhaque com a luz do fogo e a voz calma de Worthy a deixou sonolenta.

– Preciso ir.

– Vou mandar trazer uma carruagem.

– Não, não, os Goodmans moram perto daqui. Irei a pé.

– Que absurdo – interrompeu Worthy com firmeza. – Não é aconselhável que uma dama se desloque a pé para lugar nenhum, especialmente a essa hora da noite. O que aconteceu com o Sr. Craven é um exemplo dos perigos aos quais a senhorita pode se expor.

Os dois se levantaram. Worthy estava prestes a dizer mais alguma coisa, mas suas palavras morreram e ele olhou para ela com uma expressão estranha. A maior parte do cabelo de Sara tinha se soltado dos grampos e caía até os ombros, e o brilho vermelho da luz do fogo dançava sobre as ondas castanhas. Havia algo estranhamente comovente na beleza singular e antiquada da jovem, algo que seria ignorado com facilidade naqueles dias, quando se preferia uma beleza mais moderna.

– Há algo quase místico na sua aparência... – murmurou Worthy, esquecendo-se completamente de manter a compostura. – Faz muito tempo que não vejo tanta inocência no rosto de uma mulher.

– Inocência? – Sara balançou a cabeça e riu. – Ah, Sr. Worthy, eu sei tudo sobre vício e pecado...

– Mas não foi tocada por nada disso.

Sara mordeu o lábio, pensativa.

– Tenho a impressão de que nada acontece em Greenwood Corners – admitiu. – Estou sempre escrevendo sobre coisas que outras pessoas fazem. Às vezes sinto uma ânsia desesperada de *viver*, de ter aventuras, de *sentir* certas coisas, e... – Ela se interrompeu e fez uma careta. – Eu mal sei o que estou dizendo. O que o senhor vai pensar de mim?

– Acho que – disse Worthy com um sorriso – se deseja aventura, Srta. Fielding, então começou bem com essa noite.

Sara ficou satisfeita com a ideia.

– Isso é verdade. – Mas voltou a ficar séria na mesma hora. – Em relação ao homem em que atirei... eu não pretendia feri-lo...

– A senhorita salvou o Sr. Craven de uma desfiguração horrível, se não da morte. – Worthy a tranquilizou com gentileza. – Sempre que se sentir culpada pelo que fez, pode se lembrar disso.

O conselho ajudou Sara a se sentir melhor.

– O senhor vai me permitir voltar amanhã?

– Insisto que faça isso.

Sara fitou-o com um sorriso encantador.

– Bem, nesse caso...

Ela aceitou o braço que Worthy lhe ofereceu e permitiu que ele a acompanhasse enquanto desciam a escada.

~

Derek estava estirado na cama. O láudano corria em suas veias, deixando-o lento, zonzo. Porém, pouco adiantava para entorpecer a dor que sentia, ou o desprezo por si mesmo. Seus lábios se curvaram em um sorriso amargo. Ele quase teria preferido que seus agressores o tivessem deixado com a aparência de uma verdadeira fera em vez de fazerem apenas aquele corte insignificante, que o levava a se parecer menos com um monstro e mais com um tolo.

Pensou em Joyce e esperou pelo sentimento de traição, pela raiva, por qualquer coisa, menos aquela admiração fria. Pelo menos ela se importava o bastante com *algo* para agir, mesmo que fosse com o próprio orgulho. Já ele não conseguia se importar com nada. Tinha tudo o que sempre desejara... riqueza, mulheres, até mesmo o prazer de ver os que lhe eram socialmente superiores limpando as botas na entrada do seu clube. Mas ao longo dos dois últimos anos todos os seus antigos apetites vorazes definharam, e ele se vira sem nada, um homem jovem com uma alma murcha.

Fora aquela ausência de sentimentos que o levara à cama de lady Ashby e, como consequência, ao desastre daquela noite. Joyce, com seu corpo sinuoso, o cabelo loiro e olhos de gato, lhe despertara um interesse que ele não sentia havia muito tempo. Por mais tênue que fosse a sensação, já bastara para fazê-lo se empenhar em conquistá-la. Derek não podia negar que houvera muitas noites divertidas, cheias de joguinhos sofisticados e uma depravação sensual – e era preciso muito para fazer com que *ele* se sentisse depravado. Mas, depois de algum tempo, Derek rompera o relacionamento, enojado de si mesmo e também dela. Ele reviveu a lembrança em um estupor entorpecido.

– Não pode estar falando sério – dissera Joyce com a voz sedosa, parecendo se divertir a princípio. – Você nunca abriria mão de mim. – Ela se esticou na cama, expondo o corpo nu nos lençóis de linho amarrotados. – Diga-me, quem viria depois de mim? Alguma criada tediosa do campo? Uma atriz qualquer, com cabelo descolorido e meias vermelhas? Você não pode voltar a isso, Derek, afinal desenvolveu um gosto por coisas boas.

Derek sorriu diante do tom confiante dela.

– Vocês, damas aristocráticas e seus montes de vênus folheados a ouro. Sempre acham que é uma honra tocá-las. – Ele a examinou com uma expressão zombeteira nos olhos verdes. – Acha que é a primeira vadia da nobreza que já tive? Cadelas de sangue azul como você costumavam me pagar para fazer isso. Você conseguiu me ter de graça.

O belo rosto de Joyce, com o nariz estreito e aristocrático e as maçãs do rosto bem-marcadas, subitamente se contraiu de raiva.

– Seu desgraçado mentiroso.

– Como acha que consegui dinheiro para começar o meu clube? Elas se diziam minhas "benfeitoras".

Derek dirigiu um sorriso duro a ela e vestiu a calça.

Os lábios vermelhos de Joyce se abriram numa risada sarcástica.

– Então você não passava de um prostituto? De um gigolô?

A ideia claramente a excitava.

– Entre outras coisas.

Derek abotoou a camisa e se olhou no espelho para ajeitar o colarinho.

Joyce saiu da cama e caminhou até ele, parando por um momento para admirar o próprio corpo nu no espelho. Ela se casara muito jovem com um velho conde viúvo e satisfazia seus desejos sexuais com uma longa série de amantes. Qualquer gravidez era interrompida rapidamente, pois Joyce jamais arruinaria o corpo com filhos, e o conde já havia gerado os herdeiros necessários com a primeira esposa. A sagacidade e a beleza de Joyce a tornaram benquista na sociedade. Era uma predadora fascinante e se dedicava a arruinar qualquer mulher que considerasse uma ameaça à própria posição. Joyce era conhecida por já ter destruído várias boas reputações e lançado mulheres inocentes nas profundezas da desgraça, valendo-se apenas de algumas palavras escolhidas a dedo e de certas "coincidências" astuciosamente arquitetadas.

Derek também se olhou no espelho, vendo o que Joyce queria que ele visse: o contraste erótico entre ele, todo vestido, e a nudez dourada e pálida dela. Às vezes, Joyce podia parecer inocente como um anjo, mas Derek a vira se transformar em uma bruxa de cabelos desgrenhados e rosto contorcido, gritando no auge do êxtase e arranhando-o com as unhas compridas. Ela era a mulher mais libertina que ele já conhecera, disposta a fazer qualquer coisa por prazer, por mais degenerada que fosse. *Formamos uma dupla e tanto*, pensou Derek, sem achar graça naquilo. Ambos existiam apenas para satisfazer as próprias necessidades.

Joyce manteve os olhos de um azul pálido no rosto inexpressivo de Derek e passou a mão pelo abdômen reto dele, procurando seu membro com a mão.

– Você ainda me quer. – Ela ronronou. – Posso sentir. Você é o amante que mais me satisfez até hoje, tão grande e duro…

Derek afastou-a com tanta força que ela caiu de costas na cama. Esperançosa, Joyce abriu as pernas e esperou por ele. Mas seus olhos cintilaram de surpresa quando se deu conta de que ele não faria sua vontade.

– Acabou – disse Derek num tom categórico. – Pagarei todas as suas dívidas na Bond Street. Escolha alguma coisa naquele maldito joalheiro de que você tanto gosta e coloque na minha conta.

Ele deixou frouxa a gravata de seda preta ao redor do pescoço e encolheu os ombros para vestir o paletó.

– Por que você está fazendo isso? Quer que eu implore? – Joyce fitou-o com um sorriso provocante. – Ficarei de joelhos diante de você. O que acha?

Quando ela se deixou cair no chão e inclinou o rosto na direção da calça dele, Derek a obrigou a se levantar e apertou seus ombros.

– Escute, Joyce…

– Você está me machucando!

– Eu não menti para você. Não fiz promessas. Quanto tempo você achou que isso iria durar? Nós dois conseguimos o que queríamos. Agora acabou.

Ela o encarou.

– Vai acabar quando *eu* disser!

A expressão de Derek mudou.

– Então é isso – disse ele, e riu. – Seu orgulho está ferido. Bem, diga o que quiser aos seus amigos, Joyce. Diga que foi você quem terminou o relacionamento. Vou concordar com qualquer coisa que você disser.

– Como ousa falar comigo nesse tom superior, seu bastardo ignorante?

Sei quantas milhares de botas você teve que lamber para chegar onde está, e todo mundo também sabe! Os cavalheiros podem frequentar seu clube, mas nunca o convidarão para a casa deles, nem para as festas, nem o deixarão comer em suas mesas ou abordar suas filhas. E sabe por quê? Porque não o respeitam. Eles o consideram algo a ser raspado da sola dos sapatos e jogado na sarjeta de onde veio! Pensam em você como a forma mais baixa de...

– Muito bem – disse Derek, e um sorriso solene cruzou seu rosto. – Eu sei de tudo isso. Poupe o seu fôlego.

Joyce fitou-o bem de perto, aparentemente percebendo que seus insultos não o afetavam em nada.

– Você não tem sentimentos, não é? É por isso que ninguém consegue magoá-lo, porque você está morto por dentro.

– Exatamente – respondeu Derek, em um tom suave.

– E você não se importa com ninguém. Nem mesmo comigo.

Os olhos verdes cintilantes dele encontraram os dela. Embora ele não tivesse respondido, a mensagem foi clara. Joyce o esbofeteou com toda a força, e o golpe soou como o estalo de uma pistola. Derek se adiantou para contra-atacar em um movimento automático, mas se deteve antes de alcançar o rosto dela. Abaixou lentamente a mão, e a expressão em seu rosto era sombria e fria.

– Eu posso fazer você me desejar – disse Joyce com a voz rouca. – Há coisas que ainda não fizemos juntos, novos jogos que eu poderia lhe mostrar...

– Adeus, Joyce.

Ele se virou e saiu do quarto.

Sua recusa ao corpo dela tinha sido ofensivamente casual, como se ele tivesse recusado uma guarnição na mesa de jantar.

Joyce ficou muito vermelha.

– *Não!* – rosnou. – Você não vai me deixar! Se é por causa de outra mulher, arrancarei os olhos dela!

– Não há outra mulher – respondeu Derek com sarcasmo. – É só tédio. – De repente, sua voz assumiu o sotaque grosseiro e monótono do East End. – Ou como vocês da alta sociedade gostam de chamar, *ennui*.

Joyce saiu correndo do quarto, ainda nua, chamando-o enquanto ele descia a escada.

– Volte aqui agora mesmo... ou vai pagar por isso todos os dias da sua vida! Se eu não posso ter você, ninguém terá! Está me entendendo? *Você vai pagar por isso*, Derek Craven!

Derek não tinha levado a ameaça a sério, ou talvez apenas não se importasse. Ele fizera o que planejara com a própria vida e nunca sonhara que no fim do longo e traiçoeiro caminho o sucesso viria acompanhado de tamanha decepção. Agora, havia conquistado tudo o que queria e não havia nada pelo que esperar. Maldito *ennui*, malditas garras monótonas do tédio. Alguns anos antes, ele nem sabia o que a palavra significava. *A doença de um homem rico*, pensou, e sorriu sombriamente em uma apreciação irônica da situação.

CAPÍTULO 2

Sara se vestiu com capricho para a sua visita ao palácio do jogo. Optou pelo seu melhor vestido: de granadina, azul-acinzentado, com três pregas profundas na saia e o corpete de gola alta enfeitado com renda. Ela não tinha muitas roupas, mas todas eram de tecidos bons e resistentes, e nenhuma seguia qualquer estilo particular que a datasse, como Sara preferia. Torcia para que as manchas de sangue pudessem ser removidas das roupas que usara na noite anterior. Houve uma cena e tanto quando Sara voltou tão tarde da noite, com sangue na roupa. Em resposta às perguntas frenéticas da Sra. Goodman, ela explicou com tranquilidade que havia enfrentado alguns problemas durante sua pesquisa de campo.

– Não há nada com que se preocupar... eu parei para ajudar um estranho.

– Mas todo esse sangue...

– Não é meu – tranquilizou-a Sara com um sorriso.

Ela acabara conseguindo desviar a conversa com a Sra. Goodman para o problema de como se livrar das manchas. Juntas, elas aplicaram uma pasta de goma e água fria no casaco e no vestido de Sara. Naquela manhã, as roupas estavam de molho em uma mistura de gim, mel, um sabão suave e água.

Depois de prender o cabelo castanho para mantê-lo longe do rosto, Sara cobriu-o com uma touca enfeitada com renda. Satisfeita com a própria aparência, ela procurou uma capa leve em um de seus baús. Bastou uma olhada pelo vidro da pequena janela do quarto para lhe revelar que era um dia tipicamente frio de outono.

– Sara! – A voz perplexa da Sra. Goodman a alcançou enquanto ela descia a escada. – Uma magnífica carruagem particular acabou de parar diante da casa! Você sabe do que se trata?

Intrigada, Sara foi até a porta da frente da modesta casa dos Goodmans e abriu uma fresta para checar. Seus olhos logo encontraram a carruagem preta envernizada, puxada por cavalos negros de pelo reluzente, com batedores, cocheiro e um criado que usavam casaco de pele, sobrecasaca e chapéu de três pontas. A Sra. Goodman se juntou a ela na porta. Ao longo de toda a rua, cortinas foram abertas e rostos espantados surgiram nas janelas.

– Nunca se viu uma carruagem como essa nesta rua – comentou a Sra. Goodman. – Olhe só a expressão de Adelaide Witherbane… Acho que os olhos dela estão prestes a saltar das órbitas! Sara, o que está acontecendo, pelo amor de Deus?

– Eu não faço ideia.

As duas viram, perplexas, o criado subir os degraus da casa dos Goodmans. Ele tinha bem mais de 1,80 metro de altura.

– Srta. Fielding? – perguntou o homem respeitosamente.

Sara abriu mais a porta.

– Sim?

– O Sr. Worthy enviou uma carruagem para levá-la ao Craven's assim que estiver pronta.

O olhar desconfiado da Sra. Goodman se voltou do criado para Sara.

– Quem é esse Sr. Worthy? Sara, isso tem alguma coisa a ver com o seu comportamento misterioso de ontem à noite?

Sara deu de ombros de forma evasiva. A Sra. Goodman ficara perturbada com a chegada tardia da hóspede, com a aparência desgrenhada e as manchas de sangue nas roupas. Em resposta à enxurrada de perguntas, Sara respondera com tranquilidade que não havia nada com que se preocupar, que ela estivera ocupada com a pesquisa para o seu romance. A Sra. Goodman acabou desistindo.

– Estou vendo – comentou a mulher, muito séria – que o que a sua mãe me escreveu é verdade. Debaixo dessa aparência tranquila, há uma natureza obstinada e reservada!

– Minha mãe escreveu isso? – perguntou Sara, surpresa.

– Foi algo bem parecido! Ela escreveu que você tem o hábito de fazer o que quer, por mais excêntrico que seja, e que raramente responde a qualquer pergunta que comece com as palavras "onde" e "por que".

Sara sorriu ao ouvir isso.

– Aprendi há muito tempo a não explicar as coisas às pessoas. Isso as levaria a pensar que têm o *direito* de saber tudo o que faço.

Sara se forçou a voltar ao presente, pegou a bolsa e as luvas e se preparou para sair com o criado. Mas a Sra. Goodman a deteve com um toque em seu braço.

– Sara, acho que seria melhor se eu a acompanhasse, por uma questão de segurança.

Sara se forçou a conter um sorriso ao ver que a curiosidade da mulher mais velha aumentava cada vez mais.

– É muito gentil da sua parte, mas não há necessidade. Estarei bastante segura.

Ela foi até a carruagem, então parou e se voltou para o criado alto.

– Isso foi totalmente desnecessário – murmurou. – Eu pretendia ir andando até o Craven's esta manhã.

– O cocheiro e eu estamos à sua disposição, Srta. Fielding. O Sr. Worthy insiste que a senhorita não ande mais a pé por Londres.

– Precisamos levar os batedores armados também?

Sara estava constrangida com toda a pompa e o espetáculo. A carruagem teria sido muito mais adequada a uma duquesa do que a uma romancista de um pequeno vilarejo do interior.

– Os batedores são *particularmente* necessários. O Sr. Worthy comentou que a senhorita tem o hábito de frequentar lugares perigosos.

O homem abriu a porta da carruagem com um floreio e ajudou-a a subir os pequenos degraus acarpetados. Sara deu um sorriso conformado enquanto se recostava nas almofadas de veludo e arrumava a saia.

Quando chegaram ao clube, o mordomo a recebeu no saguão de entrada com uma polidez refinada. Worthy apareceu na mesma hora com um sorriso cortês no rosto. Ele cumprimentou Sara como se ela fosse uma velha amiga.

– Bem-vinda ao Craven's, Srta. Fielding!

Sara aceitou o braço que ele ofereceu enquanto a levava para o interior do clube.

– Como está o Sr. Craven nesta manhã?

– Ele está sem apetite e os pontos no rosto estão feios, mas, fora isso, o Sr. Craven está muito bem.

Worthy observou enquanto Sara girava no centro do suntuoso saguão de entrada. Sua expressão era de puro encantamento.

– Meu Deus – murmurou apenas. – Ah, meu Deus.

Sara nunca vira tanto luxo – o teto de painéis de vitrais, o candelabro cintilante, as paredes com colunas douradas enfileiradas, o veludo pesado de um azul profundo. Sem tirar os olhos do lindo ambiente, ela enfiou a mão na bolsa em busca do caderno.

Worthy falava enquanto Sara fazia anotações furiosamente.

– Avisei a todos que trabalham aqui sobre a senhorita. Eles estão dispostos a lhe dar qualquer informação que possa achar útil.

– Obrigada – falou Sara, distraída, ajustando os óculos e examinando com curiosidade o entalhe nos capitéis das colunas. – Esse é o estilo jônico, não é?

– O arquiteto chamou essa técnica de *scagliola*.

Ela assentiu e continuou a fazer anotações.

– Quem foi o arquiteto? Parece obra de Nash.

– Não, o Sr. Craven não achou as ideias de John Nash tão criativas. Além disso, o Sr. Nash já estava muito idoso e ocupado demais com projetos para o rei. O Sr. Craven escolheu um jovem arquiteto chamado Graham Gronow. Ele deixou claro para Gronow que queria um prédio tão magnífico que ofuscasse o Palácio de Buckingham.

Sara riu.

– O Sr. Craven nunca faz nada pela metade, não é?

– Não – disse Worthy em um tom conformado. Em seguida, indicou a entrada do salão principal de jogos. – Pensei em começarmos com uma visita geral pelo clube.

Sara hesitou.

– Seria ótimo, mas eu não gostaria de ser vista por nenhum dos clientes...

– Não se preocupe, Srta. Fielding. É muito cedo ainda. Os londrinos mais elegantes só se levantam da cama à tarde.

– Gosto de me levantar com o sol – disse Sara, animada, e seguiu-o até o salão principal. – Penso melhor no início do dia e, além disso...

Ela se interrompeu com uma exclamação ao passar por uma das portas do salão octogonal.

Sara arregalou os olhos enquanto fitava o famoso teto abobadado. Era decorado com sancas luxuosas e pinturas esplêndidas e exibia o maior candelabro que ela já vira. A mesa de apostas central estava posicionada diretamente abaixo da cúpula. Sara absorveu em silêncio a atmosfera da sala. Podia sentir os milhares de dramas que já haviam se desenrolado ali – as fortunas ganhas e perdidas, a empolgação, a raiva, o medo, a alegria insana. Várias ideias para o seu romance lhe ocorreram ao mesmo tempo, e ela as anotou o mais rápido possível enquanto Worthy esperava pacientemente.

De repente, uma sensação estranha a invadiu, como cócegas em sua nuca. Os movimentos do lápis se tornaram mais lentos. Incomodada, Sara terminou uma frase e se virou para a porta vazia. Uma intuição a fez olhar para a sacada que levava ao andar principal. Ela teve um breve vislumbre de alguém se afastando… alguém que os estivera observando.

– Sr. Craven – sussurrou ela, baixo demais para que o faz-tudo ouvisse.

Ao ver que Sara havia terminado as anotações, Worthy apontou para as saídas do outro lado do salão.

– Vamos continuar?

Eles passaram pela sala de jantar e pelo café, por uma longa fileira de salas de jogos com uma decoração elaborada, por *fumoirs* e salas de bilhar e pelo porão oculto, onde os membros do clube podiam se esconder no caso de uma batida policial. Encorajado pelas perguntas de Sara e por seu interesse extasiado, Worthy contou a ela tudo sobre a complexidade de uma casa de jogos de azar, sobre a arquitetura do prédio, e até mesmo sobre a comida e o vinho que eram servidos.

Durante toda a excursão, Sara não conseguiu afastar a sensação de estarem sendo seguidos. Ela olhava com frequência por cima do ombro, achando que poderia pegar alguém observando-os de uma porta ou atrás de uma coluna. Com o passar do tempo, ela começou a ver muitos criados indo e vindo. Dezenas de criadas atravessavam os corredores carregando esfregões de cabo longo, baldes e pilhas de panos de limpeza. As placas de madeira das portas eram enceradas, os tapetes, varridos, os consoles das lareiras, limpos, e os móveis, espanados com capricho.

– Como esse lugar é bem organizado – comentou Sara enquanto subiam a grande escadaria central, com sua imponente balaustrada dourada.

Worthy sorriu com orgulho.

– O Sr. Craven tem padrões exigentes. Ele emprega quase cem pessoas para manter o clube funcionando com a precisão de um relógio.

Cada um dos seis patamares da escada se ramificava em longos corredores. Sara notou que Worthy enrubesceu quando ela perguntou para que eram usados aqueles cômodos.

– Alguns deles são quartos para os criados – explicou ele, ainda parecendo desconfortável. – Outros servem como residências temporárias para hóspedes. Muitos são para o uso das... hum... prostitutas da casa.

Sara assentiu com naturalidade, pois sabia bem do que se tratava. Depois da pesquisa que fizera para *Mathilda*, ela era totalmente contra a prática da prostituição. E sentia uma profunda empatia pelas mulheres escravizadas por esse tipo de sistema. Quando se começava a trilhar aquele caminho, era difícil, se não impossível, voltar atrás. Uma das razões para Sara escrever com empatia sobre as prostitutas era mostrar que elas não eram criaturas amorais, como costumavam ser vistas. E não gostou nem um pouco de pensar que o Sr. Craven aumentava sua riqueza por meio da exploração dessas mulheres – era muito mais reprovável do que os jogos de azar.

– Quanto de lucro o Sr. Craven obtém com as prostitutas da casa? – perguntou Sara.

– Ele não tira nenhum lucro do trabalho delas, Srta. Fielding. A presença das mulheres contribui para a atmosfera do clube e serve como um atrativo a mais para os clientes. Todo o dinheiro que ganham é só delas. O Sr. Craven também oferece proteção às mulheres, alojamentos sem aluguel e uma clientela muito melhor do que encontrariam nas ruas.

Sara deu um sorriso irônico.

– Melhor? Não tenho tanta certeza, Sr. Worthy. Pelo que me disseram, aristocratas são tão capazes de abusar de mulheres e de lhes passar doenças quanto homens pobres.

– Talvez a senhorita queira conversar com as prostitutas da casa. Tenho certeza de que elas irão descrever as vantagens e desvantagens de trabalhar no clube. E serão francas com a senhorita. Tenho a impressão de que a consideram uma espécie de heroína.

Sara ficou surpresa com o comentário.

– A mim?

– Quando comentei que a senhorita é a autora de *Mathilda*, todas ficaram muito entusiasmadas. Tabitha lia o romance em voz alta para as outras nos dias de folga. Recentemente, todas foram assistir ao espetáculo no teatro.

– Será que eu poderia conhecer alguma delas agora?

– A essa hora elas costumam estar dormindo. Talvez mais tarde...

Uma voz feminina e rouca os interrompeu.

– Worthy! Worthy, seu diabo preguiçoso, procurei você por todo esse maldito clube!

A mulher, que usava apenas um roupão branco de babados ligeiramente transparente, veio correndo pelo corredor até alcançá-los. Ela era atraente, embora seu rosto pequeno tivesse uma expressão dura que contava a história de anos de uma vida difícil. Cabelos castanhos ondulados, muito parecidos com os de Sara, caíam por seus ombros e costas. Ela lançou apenas um breve olhar na direção de Sara.

Sara teria apreciado a oportunidade de trocar algumas palavras amistosas, mas, por suas experiências anteriores com prostitutas, sabia que elas precisavam ser tranquilizadas com simpatia antes de conversar com alguém como ela. Por deferência, desprezo ou vergonha, as prostitutas geralmente evitavam olhar nos olhos uma "mulher direita".

– Tabitha – disse Worthy calmamente. – Qual é o problema?

– Lorde F. de novo – respondeu a mulher, indignada. – O velho devasso avarento! Ele abordou Molly na noite passada e disse que pagaria pela noite inteira. Agora quer sair sem pagar!

– Vou cuidar disso – garantiu Worthy com tranquilidade. Ele se voltou para Sara, que estava fazendo anotações. – Srta. Fielding, se importaria se eu a deixasse aqui por alguns minutos? A galeria à sua direita está repleta de belas pinturas da coleção particular do Sr. Craven.

– Por favor, fique à vontade – tranquilizou-o Sara.

De repente, Tabitha pareceu muito animada.

– É ela? – perguntou a Worthy. – Essa é a Mathilda?

– Ah, não – respondeu Sara. – Eu escrevi o *romance* chamado *Mathilda*.

– Então a senhorita a conhece? Ela é sua amiga?

Sara ficou perplexa.

– Não exatamente. Veja, Mathilda é um personagem fictício. Ela não é real.

O comentário ganhou um olhar de repreensão de Tabitha.

– Ela não é real? Eu li tudo sobre a mulher. Conheço uma moça que a encontrou. Elas trabalharam na mesma rua depois que Mathilda foi estuprada por lorde Aversley.

– Deixe-me explicar melhor – começou a dizer Sara, mas Worthy balançou a cabeça como se não adiantasse e conduziu Tabitha pelo corredor.

Sorrindo, Sara entrou na galeria de arte, pensativa. As paredes estavam cobertas por quadros de Thomas Gainsborough, além de uma pintura de um cavalo e um cavaleiro de George Stubbs, duas obras exuberantes de Rubens e um magnífico Van Dyke. Ela se aproximou de um retrato impressionante e o examinou com curiosidade. A pintura mostrava uma mulher sentada em uma cadeira grande. A jovem filha estava ao lado, com a mão pequena pousada no braço da mãe. As duas eram absurdamente belas, de pele pálida, cabelos escuros cacheados e olhos expressivos.

– Que lindo... Eu gostaria de saber quem são vocês – disse Sara em voz alta, tocada pela cena terna.

Ela não pôde deixar de reparar na diferença entre o fascínio cintilante que a mulher no retrato exalava e sua própria aparência mediana. Imaginou que o Sr. Craven devia estar acostumado com mulheres muito bonitas, e sabia que não havia nada exótico ou marcante em si mesma. Como seria ter o tipo de aparência que os homens achavam irresistível?

Embora não ouvisse nenhum som atrás de si, o sexto sentido fez os nervos de Sara formigarem. Ela se virou. Não havia ninguém ali. Sara endireitou os óculos com cuidado e disse a si mesma que estava sendo tola. Avançou pela galeria, examinando com atenção os quadros suntuosos. Como tudo o mais no clube, as obras pareciam ter sido escolhidas por sua capacidade de impressionar. Um homem como o Sr. Craven provavelmente passava a vida colecionando obras de arte valiosas, cômodos luxuosos, lindas mulheres... Eram todos sinais do seu sucesso.

Sara guardou novamente o caderno na bolsa e voltou a caminhar pela galeria. Enquanto isso, pensava em como poderia descrever o clube e seu dono fictício no romance. Talvez ela o romantizasse um pouco. *Ao contrário do que pensavam aqueles que supunham que aquele homem era completamente desprovido de elegância ou virtude*, poderia escrever, *ele escondia um amor secreto pela beleza e buscava possuí-la em suas formas infinitas, como que para expiar...*

De repente, Sara sentiu um aperto forte no braço, e a parede pareceu se abrir em um borrão diante de seus olhos. Ela foi erguida do chão e arrastada para o lado com tamanha rapidez que não pôde fazer nada além de arquejar em protesto quando a força invisível a arrancou da galeria e a levou a um lugar escuro e sufocante... uma porta secreta... um corredor escondido. Um par de mãos a firmou – uma ao redor do seu pulso, a outra em seu ombro. Sara piscou várias vezes na escuridão e tentou falar, mas só conseguiu soltar um guincho de medo.

– Quem... Quem...

Ela ouviu a voz de um homem, suave como o veludo já gasto. Ou melhor, *sentiu* sua voz, o calor do hálito dele contra a sua testa, e começou a tremer violentamente.

– Por que a senhorita está aqui? – perguntou ele.

– Sr. Craven – sussurrou Sara, trêmula. – E-está muito escuro aqui.

– Eu gosto do escuro.

Ela se esforçou para recuperar o fôlego.

– O senhor realmente a-achou necessário me dar um susto desses?

– Não planejei fazer isso. A senhorita passou direto por mim. Não consegui evitar.

O medo de Sara deu lugar à indignação. Ele não estava nem um pouco arrependido de tê-la assustado... Tivera a intenção de fazer isso.

– O senhor estava me seguindo – acusou ela. – Esteve me observando a manhã toda.

– Eu disse ontem à noite que não a queria aqui.

– O Sr. Worthy disse que não havia problema...

– *Eu* sou o dono do clube, não Worthy.

Sara ficou tentada a retrucar e chamá-lo de ingrato por agir desse jeito, depois do que ela havia feito por ele na noite anterior. Mas não achou sensato discutir com Craven enquanto estava presa ali. Sara começou a recuar em direção à fresta de luz, onde a porta secreta havia sido deixada entreaberta.

– O senhor tem razão – disse ela em voz baixa. – Tem toda a razão. E-eu acho melhor ir embora.

Mas ele não a soltou, e Sara foi forçada a ficar onde estava.

– Diga-me, o que a fez decidir escrever sobre jogos de azar?

Ainda piscando para que os olhos se acostumassem à escuridão, Sara tentou se recompor.

– Bem... Havia um rapaz no meu vilarejo. Um rapaz muito gentil e inteligente, que recebeu uma pequena herança. O dinheiro teria sido suficiente para lhe garantir uma vida confortável por muitos anos, mas ele decidiu tentar aumentar sua riqueza não por meios honestos, mas apostando em jogos de azar. Perdeu tudo em uma única noite. No seu clube, Sr. Craven.

Ele deu de ombros com indiferença.

– Acontece o tempo todo.

– Mas não foi o suficiente para o rapaz – explicou Sara. – Ele continuou a apostar, certo de que a cada lance de dados recuperaria o que havia perdido. O rapaz apostou a casa dele, seus cavalos, seus bens, o que restava do dinheiro que tinha... E se tornou a vergonha de Greenwood Corners. Acompanhar essa história me fez pensar sobre o que o teria levado a tal comportamento. Perguntei a ele, e o rapaz disse que não conseguira se conter. Eu o vi reduzido às lágrimas quando me contou que, depois de ter perdido tudo no Craven's, ele vendeu as botas para alguém na rua e jogou cartas descalço em uma casa de apostas local. Naturalmente isso me levou a pensar em outras vidas que já foram arruinadas por cartas e dados. As fortunas que são perdidas todas as noites na mesa de apostas poderiam ser usadas para propósitos muito mais nobres do que encher o seu bolso.

Sara sentiu o sorriso sarcástico de Craven.

– Concordo, Srta. Fielding. Mas um mero livro não impedirá ninguém de jogar. Qualquer coisa que a senhorita escrever só fará com que apostem mais.

– Isso não é verdade – retrucou ela, tensa.

– Por acaso *Mathilda* impediu alguém de visitar prostitutas?

– Acredito que o livro fez com que o público encarasse as prostitutas com mais empatia...

– As prostitutas sempre abrem as pernas por um preço – interrompeu ele, com calma –, e as pessoas sempre vão apostar dinheiro. Publique seu livro sobre jogos de azar e veja se vai mesmo fazer algum bem. Veja se vai manter alguém no caminho da retidão e da moralidade. Prefiro esperar que um homem morto peide.

Sara enrubesceu.

– Nunca o incomoda ver homens arruinados saindo do seu clube sem dinheiro, sem esperança, sem futuro? O senhor não se sente responsável de alguma forma?

– Eles não são trazidos para cá sob a mira de uma arma. Os homens vêm ao Craven's para apostar. Dou a eles o que querem. E ganho uma fortuna enquanto isso. Se eu não o fizesse, alguém faria.

– Essa é a declaração mais egoísta e insensível que já ouvi...

– Nasci na sarjeta, Srta. Fielding. Fui abandonado na rua, criado por prostitutas, alimentado com leite e gim. Aqueles desgraçados esqueléticos que a senhorita viu ontem à noite, os batedores de carteira, mendigos e trapaceiros... Eu já fui um deles. Via belas carruagens passarem chacoalhando pela rua. Olhava através das janelas das tavernas para todos os cavalheiros gordos comendo e bebendo lá dentro até suas barrigas ficarem estufadas. Percebi que havia um mundo fora da sarjeta. Jurei que faria qualquer coisa... *qualquer* coisa... para conseguir a minha parte. Isso é tudo com que sempre me importei. – Ele riu baixinho. – E a senhorita acha que eu deveria me importar com um jovem almofadinha qualquer, que usa calça de cetim e deseja jogar o dinheiro fora no meu clube?

O coração de Sara disparou. Nunca estivera sozinha no escuro com um homem. Queria escapar dali – todos os seus instintos a alertavam de que estava em perigo. Mas, bem no fundo, havia uma centelha de um fascínio impensável, como se estivesse parada na porta de um mundo proibido.

– Na minha opinião – falou Sara –, o senhor usa o seu passado pobre como uma desculpa conveniente para... para descartar toda a ética sob a qual o resto de nós deve viver.

– Ética – repetiu Craven num tom zombeteiro. – Eu não seria capaz de nomear um único homem, rico ou pobre, que não descartaria essa ética pelo preço certo.

– Eu não faria isso – retrucou Sara com firmeza.

Derek ficou em silêncio. Ele tinha uma profunda consciência da mulher pequena tão perto dele, cheia de botões e babados, encasulada no decoro do decote alto. Sara Fielding cheirava a goma e sabonete, como todas as outras solteironas que ele já tivera a infelicidade de conhecer: as preceptoras dos filhos aristocráticos dos seus clientes e as tias solteironas que acompanhavam jovens damas intocáveis, para não falar das intelectuais sabichonas, que preferiam um livro nas mãos a um homem em sua cama. Essas mulheres eram chamadas de "encalhadas", como objetos que haviam perdido seu frescor e acabavam guardados em uma prateleira qualquer até servirem a algum propósito conveniente.

Mas havia uma diferença entre a mulher diante dele e as outras. A Srta. Fielding havia atirado em um homem na noite da véspera. Para salvá-lo. Derek franziu o cenho até o ferimento em seu rosto doer.

– Eu gostaria de ir embora – pediu ela.

– Ainda não.

– O Sr. Worthy deve estar procurando por mim.

– Ainda não terminei de falar com a senhorita.

– Essa conversa precisa acontecer aqui?

– A conversa vai acontecer no lugar que eu decidir. Tenho algo que deseja, Srta. Fielding: a permissão para visitar o meu clube. O que vai oferecer em troca?

– Não consigo pensar em nada.

– Nunca dou nada de graça.

– O que o senhor deseja que eu ofereça?

– A senhorita é uma escritora – zombou ele. – Use a imaginação.

Sara mordeu o lábio e avaliou a situação com cuidado.

– Se o senhor realmente acredita no que declarou mais cedo – falou ela lentamente –, que a publicação do meu romance serviria para aumentar os seus lucros… então seria do seu interesse permitir que eu fizesse a minha pesquisa. Se a sua teoria for verdadeira, o senhor irá ganhar algum dinheiro com o meu livro.

Os dentes brancos dele cintilaram em um sorriso.

– Isso é música para os meus ouvidos.

– Então… Tenho a sua permissão para visitar o clube?

Derek deixou passar um longo momento antes de responder.

– Está certo.

Sara sentiu uma onda de alívio invadi-la.

– Obrigada. O senhor e o seu clube são incomparáveis como fonte de pesquisa para o meu livro. Prometo que tentarei não incomodar.

– A senhorita *não vai* incomodar – corrigiu ele. – Ou irá embora.

Tanto Derek quanto Sara foram pegos de surpresa quando a porta secreta foi subitamente escancarada. Worthy estava ali, olhando para eles do corredor.

– Sr. Craven? Não esperava vê-lo de pé tão cedo.

– Parece que não – retrucou Derek, em um tom sombrio, e soltou Sara. – Estava mostrando esse lugar sem pedir a minha permissão? Você anda muito seguro de si, Worthy.

– A culpa foi minha – disse Sara, tentando proteger o faz-tudo. – E eu *insisti* em conseguir o que queria. A culpa é toda minha.

Derek torceu os lábios.

– Ninguém consegue obrigar Worthy a fazer nada que ele não queira, ratinha. Ninguém além de mim.

Ao ouvir a voz de Sara, Worthy virou-se em sua direção com uma expressão ansiosa.

– Srta. Fielding? Está tudo bem?

Derek arrastou Sara para fora e deixou-a ali piscando até se acostumar à luz forte.

– Aqui está a sua escritorazinha. Estávamos apenas tendo uma conversa.

Sara encarou seu captor através das lentes dos óculos e viu que ele parecia ainda maior e mais imponente do que na noite anterior. Craven estava elegantemente vestido, com uma calça cinza-carvão e uma camisa branca como a neve que destacava sua pele morena. Seu colete bege não tinha bolsos, ajustando-se sem nenhuma prega ao seu abdômen esguio. Ela nunca vira alguém usar roupas tão refinadas na cidade em que morava, nem mesmo Perry Kingswood, o orgulho de Greenwood Corners.

Mas, apesar do traje caro, ninguém confundiria Derek Craven com um cavalheiro. A linha irregular de pontos em seu rosto dava a ele uma aparência sofrida e rude. Os olhos verdes duros pareciam olhar através dela. Derek era um homem poderoso, com a arrogância das ruas e uma autoconfiança absoluta, um homem que não conseguia disfarçar o seu apetite pelas coisas boas da vida, assim como não podia impedir que o sol nascesse.

– Eu não tinha a intenção de mostrar as passagens secretas à Srta. Fielding – comentou Worthy, erguendo as sobrancelhas. Ele se virou para Sara. – No entanto, agora que a senhorita já sabe, posso lhe dizer que o clube está repleto de corredores secretos e postigos pelos quais se pode observar a ação em todo o andar.

Sara virou-se para Craven com um olhar questionador, e ele não teve dificuldade em ler seus pensamentos.

– Nada acontece aqui sem que eu saiba – declarou Craven. – É mais seguro assim… para os membros do clube e para mim.

– Imagino que seja – murmurou ela.

Havia apenas um leve toque de ceticismo em sua voz, que não passou despercebido a Derek.

– A senhorita talvez venha a achar úteis algumas das passagens secretas – comentou ele num tom tranquilo –, já que não terá permissão para se aproximar de nenhum dos clientes.

– Mas, Sr. Craven…

– Se quiser continuar a vir aqui, vai respeitar as minhas regras. Nada de falar com os clientes. Nenhuma interferência nas mesas de apostas.

Ele baixou os olhos para a bolsa de Sara, que mostrava uma protuberância pesada e suspeita.

– Ainda carrega a pistola? – perguntou casualmente, em um tom divertido.

– Procuro estar preparada para qualquer situação.

– Bem – zombou Derek –, da próxima vez que as coisas ficarem tensas por aqui, saberei quem procurar.

Sara se manteve em silêncio, sem fitá-lo. Em um gesto inconsciente, colocou a mão ao redor do braço que ele havia segurado, depois esfregou o lugar suavemente com os dedos, como que para apagar a lembrança.

Então meu toque a enoja, pensou Derek, com um sorriso sombrio. Se a Srta. Fielding soubesse dos pecados que as mãos dele já haviam cometido, jamais se sentiria limpa de novo.

Worthy pigarreou.

– Muito bem, Srta. Fielding – falou, com sua voz oficial de faz-tudo. – Vamos retomar a nossa visita pela casa?

Sara assentiu e voltou a olhar para o corredor escuro.

– Gostaria de ver aonde isso leva.

Derek ficou olhando com um sorriso relutante enquanto os dois se aventuravam pelo corredor.

– Fique de olho nela! – gritou para o faz-tudo. – Não a deixe atirar em ninguém!

A resposta de Worthy saiu abafada.

– Sim, Sr. Craven.

Derek fechou a porta e ela se fundiu perfeitamente com a parede. Ele parou e firmou o corpo para combater uma onda de tontura. Suas costelas machucadas começaram a doer. Devagar, ele se dirigiu aos seus aposentos e buscou seu quarto opulento. A cabeceira e as colunas da cama tinham sido esculpidas com querubins carregando trombetas e golfinhos se erguendo em cristas de ondas. Tudo isso era coberto por uma abundância de ouro que cintilava ricamente contra as cortinas de veludo bordado da cama. Embora Derek soubesse que era de mau gosto, não se importava.

– Uma cama digna de um rei – dissera ao fabricante de móveis, e o projeto extravagante o atraíra.

Quando menino, ele passara muitas noites encolhido na soleira de portas e sob escadas bambas de madeira, sonhando em dormir na própria cama algum dia. Agora, havia construído um palácio… só para descobrir que milhares de noites deitado entre ouro e veludo jamais poderiam levá-lo a esquecer a sensação de privação. Ele ainda ansiava por algo que não conseguia nomear e que não tinha nada a ver com roupa de cama sofisticada e luxo.

Derek fechou os olhos e cochilou, mergulhando em um sonho perturbador, cheio de imagens de Joyce Ashby e seu cabelo dourado brilhante, seus pés pálidos entre rios de sangue…

De repente, percebeu que não estava sozinho. Derek acordou com um arquejo baixo e os nervos vibrando, alarmado. Havia uma mulher ao lado de sua cama. Seus olhos verdes se fixaram nela, e ele deixou a cabeça cair de volta no travesseiro.

– Santo Deus, é você.

CAPÍTULO 3

Lily, lady Raiford, inclinou-se sobre ele, com os olhos escuros vibrando de preocupação.

– Por que não me disse que tinha se ferido?

– Não está tão ruim.

Embora exibisse uma expressão irritada no rosto, Derek aceitou as pequenas atenções dela: a inclinação suave do corpo sobre o dele, o toque de seus dedos na ferida. O relacionamento dos dois era de amigos que se provocavam o tempo todo. Eles raramente se viam a sós, já que o marido de Lily, o conde de Raiford, era ciumento por natureza.

– É melhor você ir embora logo, antes que Raiford nos pegue juntos – murmurou Derek. – Não estou com disposição para um duelo hoje.

Lily sorriu e se recostou na cadeira.

– Alex confia em mim – disse num tom virtuoso. – Além disso, ele sabe que estou muito ocupada com as crianças para ter um caso. – O breve sorriso desapareceu. – Worthy me mandou um bilhete esta manhã dizendo que você havia sido ferido. Como conheço bem o dom dele para o eufemismo, fiquei louca de preocupação. Podia ser sido um arranhão ou um ferimento fatal, ou qualquer coisa entre os dois. Eu precisava ver por mim mesma. Ah, seu pobre rosto. – A expressão de Lily endureceu e, por um momento, sua beleza requintada foi obscurecida pela fúria. – Quem fez isso com você?

Derek se desvencilhou da mão que a amiga havia pousado em seu braço.

– Minha aposta é em Joyce.

– Lady Ashby? – Lily arregalou os olhos castanhos aveludados e falou impulsivamente: – Por quê, em nome de Deus…? Derek, por favor, me diga que você não estava tendo um caso com ela! Me diga que você não foi como todos os outros pobres tolos no cio, que não ficou tão encantado com aquele

45

cabelo loiro falso, os lábios projetados e os seios balançantes a ponto de cair direto nas garras gananciosas daquela mulher. Não, não diga nada, posso ver que você foi mais uma vítima voluntária. – Ela ficou séria e disse em um tom ácido: – Está escrito com todas as letras no seu rosto.

A única razão pela qual Lily se atrevia a falar com ele de forma tão atrevida era a amizade íntima e duradoura que os dois compartilhavam. Mesmo assim, ela estava se aproximando perigosamente do limite. Derek jogou um travesseiro nela, mais ou menos como faria um irmão briguento.

– Vá embora daqui, sua megera de coração frio...

Lily se esquivou do travesseiro.

– Como você *pôde* ter um caso com lady Ashby quando sabe como a desprezo?

Os lábios de Derek se curvaram em um sorriso zombeteiro.

– Você está com ciúmes.

Lily deu um suspiro exasperado.

– Já passamos dessa fase, e você sabe disso. Eu adoro o meu marido, pertenço completamente a ele... que, por sinal, é o mais próximo de um amigo que você tem. Os meus dois filhos se referem a você como "tio"...

– Todos muito íntimos – ironizou ele.

– Nunca houve nada entre mim e você. Quando recorri a você em busca de ajuda, anos atrás, você me empurrou para os braços de Alex, e, por sinal, lhe sou profundamente grata por isso.

– Deveria ser mesmo – assegurou Derek.

De repente, a tensão entre os dois cedeu e eles trocaram um sorriso.

– Seu gosto no que se refere a mulheres é abominável – comentou Lily em voz baixa.

Ela pegou o travesseiro e o ajeitou atrás da cabeça dele.

Derek se recostou e fitou-a com os olhos semicerrados.

– Seu estilo de enfermagem poderia matar um homem.

Ele tocou com cuidado os pontos, que haviam começado a repuxar. Embora não fosse admitir em voz alta, Derek sabia que ela estava certa. Lily era a única mulher decente com quem ele já havia se relacionado. Ele a amara à sua maneira, mas não o bastante para correr o risco para o qual sabia que jamais estaria pronto. Não servia para ser marido ou pai. Tinha apenas uma vaga compreensão da palavra "família". Permanência, responsabilidade, compromisso, as coisas de que Lily precisava... aquilo nunca fizera parte do mundo de Derek. A única coisa certa para ele eram as riquezas materiais que havia acumulado em quantidades surpreendentes. Se fosse possível comprar um lugar no céu com dinheiro, ele teria monopolizado o mercado da eternidade.

Derek encarou Lily com firmeza, com uma expressão fechada. Com seus cachos escuros presos em uma trança intrincada e o corpo esguio em um vestido elegante, ninguém poderia imaginar que ela já havia sido uma pária, assim como ele. Esse tinha sido o vínculo entre os dois, a base para segredos e memórias compartilhados. Desde que se casara, Lily se vira incluída na sociedade privilegiada que Derek tinha permissão para ver apenas das margens. Os lordes aristocratas raramente se sentiam inclinados a convidá-lo para frequentar suas propriedades, mas suas esposas de sangue azul estavam mais do que ansiosas para tê-lo em sua cama. Para Derek, essa era uma forma prazerosa de vingança, até porque irritava Lily.

– Conte-me o que aconteceu com lady Ashby – insistiu ela.

– Eu terminei o relacionamento com ela há uma semana. – Derek sorriu sombriamente ao se lembrar da fúria de Joyce. – Lady Ashby não aceitou muito bem. Meu palpite é que ela contratou uma dupla de meliantes para nos deixar quites.

– Como você sabe que não há outra pessoa por trás do ataque? Ivo Jenner, por exemplo. Ele está sempre lhe pregando peças sórdidas…

– Não. Os desgraçados que me atacaram na noite passada foram direto no meu rosto. – Derek se sentou, mal-humorado, e passou os dedos pela fileira de pontos. – Eu diria que é o tipo de vingança de uma mulher.

– Está querendo dizer que, se lady Ashby não podia tê-lo, ela quis se certificar de que ninguém mais fosse querer você? – Lily parecia chocada. – Mulher desprezível, perversa… Ao mesmo tempo, é exatamente o que se esperaria de uma criatura como ela. Por que você se envolveu com ela, Derek? Por acaso sua vida se tornou tão insípida e tediosa a ponto de você não conseguir resistir aos encantos aristocráticos daquela criatura?

– Isso mesmo – respondeu Derek com ironia.

– Durante anos vi você pular de cama em cama. Quanto mais elitistas e esnobes são as mulheres, mais você as deseja… E para quê? Só para mostrar ao mundo que pode ter as melhores mulheres, as mais desejadas. Homens como você nos consideram apenas troféus, e isso me enfurece!

– De agora em diante, vou levar para a cama apenas as feias e desprezadas. Isso vai lhe agradar?

As mãos pequenas de Lily envolveram uma das dele e a mantiveram ali, apesar dos esforços de Derek para se desvencilhar.

– Vou lhe dizer o que me agradaria – disse ela com seriedade. – Parte meu coração ver você se tornar tão cansado e tão cínico. Quero que encontre uma mulher, Derek. Uma mulher gentil e *descomprometida*, não uma dessas suas degeneradas sofisticadas de sempre. Não estou sugerindo casamento, já que você sente tamanha aversão pela ideia. Mas pelo menos arrume uma amante que traga um pouco de paz para a sua vida!

Derek deu um sorriso irônico.

– Não é assim que um homem escolhe uma amante.

– Não? Eu poderia citar meia dúzia de homens cujas amantes são muito mais simples e matronais do que a esposa deles. Uma amante é valorizada pelo companheirismo que é capaz de oferecer, não pelos truques vulgares que conhece na cama.

– Como você sabe tanto sobre isso?

Lily deu de ombros.

– Ouvi os camaradas conversando durante as caçadas, no clube e depois do jantar. Na maioria das vezes, eles se esquecem de que estou lá.

– Raiford deveria ter lhe proibido de caçar anos atrás.

– Alex sente *orgulho* do meu talento para a caça – respondeu Lily de maneira atrevida. – E pare de tentar mudar de assunto. Você precisa é de uma amante, Derek.

Ele riu e voltou a usar deliberadamente o forte sotaque que tinha se esforçado tanto para superar.

– Posso conseguir o rabo de saia que eu quiser e mais um pouco, meu bem.

Lily franziu o cenho para ele.

– Eu disse "amante", Derek, não seu desfile habitual de prostitutas. Estou sugerindo que você encontre alguém que seja uma companheira. Nunca pensou em passar todas as noites com a mesma mulher? Ah, não faça careta! Acho que você deveria encontrar uma bela e jovem viúva do interior, ou uma solteirona solitária que fosse grata por receber a sua proteção. Se quiser, posso fazer uma lista…

– Eu escolho as minhas próprias mulheres – retrucou Derek friamente. – Deus sabe que tipo de velha encarquilhada você escolheria para mim.

– Qualquer uma que eu escolhesse seria superior a lady Ashby com facilidade! – Ela soltou a mão dele e suspirou. – É melhor eu ir embora. Vou acabar prejudicando a minha reputação se ficar mais tempo em seus aposentos, ainda mais se considerarmos o seu fascínio por mulheres casadas.

– Eu não lhe pedi para vir – retrucou Derek.

Mas, quando ela se levantou para sair, ele a deteve e pousou um beijo nas costas de sua mão.

– Você vai fazer o que eu pedi? – insistiu Lily, apertando os dedos dele.

– Vou pensar.

O tom dele era tão complacente que Lily teve certeza de que estava mentindo. Mesmo assim, ela sorriu e passou a mão com carinho pelo cabelo preto do amigo.

– Bem melhor. Algum dia você vai me agradecer pelo meu sábio conselho.

Ela já se preparava para sair, mas parou na porta e fitou-o com uma expressão de curiosidade.

– Derek… Esta tarde, antes de subir para cá, vi de relance a pessoa mais incomum vagando pelos fundos da casa e conversando com os criados. Era uma mulher pequena, que fazia todo tipo de perguntas e, em seguida, anotava tudo em um caderno.

Derek se recostou nos travesseiros, cruzando as pernas relaxadamente.

– Ela é escritora.

– É mesmo? E já foi publicada?

– Ela escreveu aquele livro… *Mathilda*.

– *Aquela* é S. R. Fielding? – Lily deixou escapar uma risada que misturava espanto e prazer, e entrou novamente no quarto. – A que é famosa por ser reclusa? Como diabos você conseguiu trazê-la aqui?

– Ela *me* trouxe até aqui ontem à noite, depois de me salvar dos bandidos.

Lily o encarou, boquiaberta.

– Você está brincando.

De repente, Derek sorriu diante do espanto dela.

– A mulher sacou uma pistola e atirou em um deles.

Houve um momento paralisante de silêncio, então Lily chegou a uivar de tanto rir.

– Você precisa me apresentar a ela – implorou. – Se ao menos a Srta. Fielding aceitasse comparecer a um dos meus saraus, ou pelo menos a um salão de debates… Você tem que me ajudar a convencê-la a aceitar um convite!

– Basta dizer a ela que você é a Lily Sem Limites. A Srta. Fielding está aqui fazendo pesquisas para um livro.

– Que fascinante. – Lily começou a andar pelo quarto, animada. – Uma mulher que escreve sobre prostitutas, atira em criminosos nos cortiços, frequenta clubes de jogo e, sem dúvida, está fazendo o possível para desenterrar os seus segredos sujos. Acho que seremos grandes amigas. Como ela é? Velha ou jovem? Expansiva ou tímida?

Derek deu de ombros.

– A Srta. Fielding é mais nova do que você, cerca de dez anos. É tranquila, uma solteirona…

Ele fez uma pausa ao se lembrar da maneira discreta como Sara o fitara por baixo da renda da touca que usava e de seu breve sobressalto de alarme ao se dar conta de que estava parada muito perto dele.

– Tímida com os homens – acrescentou.

Lily, que sempre lidara com o sexo oposto com muita habilidade, balançou a cabeça.

– Não vejo por quê. Os homens são criaturas tão óbvias e simplórias.

– A Srta. Fielding é de um vilarejo no interior. Um lugar chamado Greenwood Corners. Ela não sabe nada sobre os homens ou sobre a cidade grande, mas transita pelos piores cortiços de Londres. Para ela, todos os problemas são resolvidos com "por favor" e "obrigada". A mulher não pensa na possibilidade de alguém roubá-la ou estuprá-la… Afinal, isso não seria educado. Sabe por que eu a deixei vir ao clube e ficar xeretando por aqui? Porque, se eu não fizesse isso, ela visitaria todos os antros de apostas da cidade e se acotovelaria com todos os ladrões e assassinos desgraçados que já se debruçaram sobre o feltro verde de uma mesa de apostas!

Derek começou a se envolver mais no assunto, e o tom casual desapareceu de sua voz.

– E ela está quase noiva. Só o diabo sabe que tipo de homem a deixaria vagar por Londres sozinha, a menos que o plano dele seja se livrar da moça! O maldito idiota! Eu gostaria de dizer a ele o que acontece com mulheres que andam pela cidade com malditas pistolas em suas…

– Derek. – Havia um sorriso estranho no rosto de Lily. – Seu sotaque está fortíssimo.

Ele se calou abruptamente.

– Isso só acontece – murmurou Lily – quando você está muito empolgado ou muito furioso com alguma coisa.

– Eu nunca fico furioso.

– Ah, é claro que não.

Ela se voltou para ele e o encarou com um olhar firme.

Derek não gostou daquela expressão, aquele olhar de superioridade que se via no rosto das mulheres quando achavam que sabiam de algo que um homem era estúpido demais para entender.

– Achei que você estivesse indo embora – resmungou ele.

– Eu estava até você começar a fazer um sermão sobre a Srta. Fielding. O que ela acha de você? Por acaso se sente chocada com o seu passado sombrio, como eu imagino?

– A mulher está entusiasmada com isso.

– Suponho que você tenha feito todo o possível para ser rude.

– Ela gosta. E me chama de "fonte de pesquisa".

– Ora, você já foi chamado de coisas piores. Principalmente por mim. – Lily observou o rosto ferido do amigo com uma consternação genuína. – Se ao menos ela puder vê-lo quando você estiver bonito de novo... Quanto tempo até os pontos serem removidos?

– Ela não é o meu tipo preferido de mulher – declarou ele sem rodeios.

– Já está na hora de eu lhe dizer uma coisa, Derek... Nunca me senti particularmente impressionada com o "seu tipo".

Derek torceu os lábios em uma expressão bem-humorada.

– Eu teria grandes momentos na cama com ela. A Srta. Fielding ficaria deitada, fazendo anotações o tempo todo. Ela...

Ele se interrompeu quando uma imagem passou por sua mente... O corpo branco de Sara Fielding nu sob o dele, os braços dela envolvendo seu pescoço com gentileza, o hálito suave contra a pele dele. A ideia era perturbadoramente erótica. Derek franziu o cenho e forçou-se a se concentrar no que Lily estava dizendo.

– ... seria muito mais seguro do que o tipo de relacionamento que teve com lady Ashby! Você terá sorte se a sua aparência não tiver sido arruinada para sempre depois desse último episódio. Mas vou fazer lady Ashby se arrepender disso, escreva o que estou dizendo...

– Lily. – Algo na voz dele a silenciou imediatamente. – Deixe essa história de lado. Não quero que faça nada em relação a Joyce.

Lily se sentiu desconfortável com a intensidade súbita e fria de Derek. O olhar dele era do tipo que ela vira sendo trocado entre homens com pistolas de duelo nas mãos e entre jogadores que apostavam suas fortunas na virada de uma carta. Os homens que ganhavam eram sempre os que não pareciam se importar. Ela tanto admirava quanto temia aquele tipo de coragem implacável.

– Mas, Derek – protestou Lily –, você não pode deixá-la escapar impune. Ela tem que pagar por isso...

– Você ouviu o que eu disse.

Derek nunca permitia que ninguém saldasse suas dívidas por ele. Enfrentaria Joyce à sua maneira e no seu próprio tempo. Por ora, havia escolhido não fazer nada.

Lily mordeu o lábio e assentiu, querendo dizer mais, porém sabendo que era perigoso aborrecer o amigo além da conta. Ele permitia que ela o provocasse e perturbasse até certo ponto, mas havia limites que Lily jamais ousaria cruzar.

– Está certo – murmurou.

Depois de sustentar o olhar dela por um momento, Derek cedeu.

– Venha me dar um beijo então.

Ela fez a vontade dele e lhe deu um beijo no rosto, fitando-o com um sorriso dócil.

– Apareça para nos visitar logo. As crianças vão ficar fascinadas com os seus pontos, especialmente Jamie.

Ele tocou a testa em uma saudação zombeteira.

– Vou dizer a eles que fui atacado por piratas.

– Derek – disse Lily, em um tom contrito –, me perdoe por interferir. É que estou preocupada com você. Você teve uma vida tão difícil. Passou por horrores que a maioria das pessoas, inclusive eu, nunca vai entender.

– Isso foi no passado. – Ele sorriu e acrescentou, com seu jeito arrogante de sempre: – Agora sou um dos homens mais ricos da Inglaterra.

– Sim, você tem mais dinheiro do que qualquer um poderia gastar nessa vida. Mas essa fortuna não lhe trouxe o que você esperava, não é?

O sorriso de Derek desapareceu. Ele nunca havia confiado a Lily o anseio indefinível que o atormentava, o vazio que preencheria se pudesse identificar o que desejava. Como ela adivinhara? Seria algo que a amiga conseguia ver em seus olhos ou ouvir em sua voz? Diante do silêncio absoluto de Derek, Lily suspirou e tocou uma mecha de cabelo preto que caíra na testa dele.

– Ah, Derek.

Lily saiu do quarto sem dizer mais nada enquanto ele continuava a fitá-la.

~

Ao longo dos dias seguintes, Sara teve permissão para passear livremente pelo Craven's, desde que evitasse os salões principais frequentados pelos clientes. Ela ficou satisfeita com a pilha de anotações que já havia acumulado até ali e que lhe permitiria fazer uma descrição detalhada de um clube de cavalheiros em seu livro. Em breve, poderia estender sua pesquisa para algumas das espeluncas de jogos na periferia, mas por enquanto ainda havia muito trabalho a ser feito ali.

Sara passava todas as manhãs sentada na cozinha, o maior e mais movimentado cômodo do clube. Todos os empregados de Craven iam ali para fazer as refeições e socializar, desde os crupiês que cuidavam das mesas de apostas até as prostitutas da casa, que apareciam após longas noites de árduo trabalho.

A cozinha era bem abastecida e meticulosamente organizada. Havia três fileiras de panelas e frigideiras penduradas acima da pesada mesa de trabalho no centro do cômodo. Junto às paredes alinhavam-se barris de farinha, de açúcar e outros suprimentos. Uma variedade de molhos fervia nos longos fogões pretos, deixando no ar uma mistura de fragrâncias desconcertante e apetitosa. Tudo aquilo era domínio do chef, monsieur Labarge. Anos antes, o Sr. Craven havia contratado Labarge e toda a sua equipe, tirando-os de um restaurante parisiense exclusivo, e os transferira para Londres. Em troca de altíssimos salários, eles garantiam a melhor culinária da cidade: um delicioso bufê frio, constantemente abastecido para os membros do clube, e refeições preparadas com primor, que eram servidas nos salões de jantar.

Monsieur Labarge era um homem temperamental, mas um gênio. Pelo que Sara sabia, até o Sr. Craven tomava cuidado para não irritá-lo. Ela adivinhou que o chef tinha uma fraqueza por lisonjas e fez um esforço particular para elogiar suas criações, até as pontas do bigode do homem estremecerem de orgulho. Agora ele fazia questão de lhe servir suas especialidades, muitas delas rebatizadas em homenagem a *Mathilda*.

A cozinha estava sempre repleta de atividade: ajudantes e copeiras ocupados com as tarefas cotidianas de lavar, picar, ralar e amassar, e criados carregados de bandejas de comida para os comensais. A equipe prontamente incluiu Sara em suas conversas enquanto contavam histórias que variavam de obscenas a muito tristes. O pessoal da cozinha adorava falar e vê-la escrever o que eles diziam, e logo começaram a competir entre si para atrair o interesse dela. As prostitutas eram especialmente solícitas e se dispunham a dar a Sara informações sobre os homens que visitavam o clube de modo geral... e sobre Derek Craven em particular. Sara gostava muito da conversa animada de Tabitha. Embora fossem bastante diferentes em temperamento, as duas eram muito parecidas fisicamente: tinham o mesmo tipo de corpo e a mesma altura, além de cabelos castanhos e olhos azuis.

– Vou lhe contar sobre os lordes elegantes que vêm aqui – disse Tabitha, com um brilho astuto nos olhos azuis. – Eles gostam muito do coito, mas são os piores na cama. Duas sacudidas de rabo e já acabou.

As outras moças da casa riram, concordando. As quatro tinham se reunido em torno de Sara, em uma das mesas de madeira, enquanto os ajudantes da cozinha traziam pratos com delicadas *omelettes à la Mathilda* e pãezinhos crocantes.

– Isso e a comida boa... são o que os atrai para cá. Mas são as cartas que os fazem ficar.

– Com quantos homens é esperado que você tenha relações a cada noite? – perguntou Sara num tom profissional, com o lápis sobre o caderno.

– Com quantos quisermos. Às vezes, deixamos que eles nos deem uma encoxadinha no andar de baixo, nas salas de jogos, então...

– Uma encoxadinha? – repetiu Sara, perplexa, e as prostitutas caíram na gargalhada.

– Só um toque aqui, outro ali – explicou Violet, uma loira baixa e robusta. – E, se eles gostarem da mercadoria, o recepcionista os leva para cima e nós repetimos.

– Mas nunca o Sr. Craven – esclareceu Tabitha. – E ele tampouco chama qualquer uma de nós para a sua cama.

– Ele faz isso com mulheres da classe alta – comentou Violet sabiamente. – Condessas e duquesas, e tal.

Ao ouvir a menção às preferências sexuais do Sr. Craven, Sara sentiu seu rubor se aprofundar até um tom escarlate. Quanto mais sabia sobre o homem, mais ele lhe parecia um enigma. As qualidades interiores dele eram dissimuladas por uma fachada escorregadia e rígida como um diamante.

Derek Craven era, antes de tudo, um mestre de cerimônias. Ele garantia com habilidade uma abundância de decadências elegantes, que satisfazia não apenas o *belle monde* aristocrático, mas também o mundo sombrio de libertinos e cortesãs chamado de *demimonde*. Sua cortesia para com os que lhe eram socialmente superiores era sempre um pouco exagerada, cruzando o limiar da polidez e chegando a uma zombaria sutil. Sara tinha certeza de que Craven respeitava pouquíssimos daqueles homens, pois conhecia seus segredos mais sombrios. Através da própria rede de espiões e informantes, ele descobria as amantes que tomavam, o conteúdo dos seus testamentos, até mesmo o desempenho de seus filhos em Eton e Harrow e o que eles herdariam.

Parecia que poucos homens se sentiam à vontade para perguntar sobre o horrível corte em seu rosto. Membros da família real; Wellington, o famoso comandante militar; e os diplomatas estrangeiros que adoravam se sentar à mesa de apostas, todos permaneciam em um silêncio desconfortável quando Craven estava presente. Quando ele fazia uma piada, os homens riam com uma jovialidade excessiva. Quando Craven dava uma sugestão, ela geralmente era aceita com entusiasmo. Parecia que ninguém estava disposto a correr o risco de lhe desagradar.

Como Craven alegara na noite em que Sara o conhecera, ele nunca ficava furioso. Ela havia observado que seu humor podia variar do silêncio frio ao sarcasmo mordaz, mas ele nunca gritava ou perdia o autocontrole. Era uma figura misteriosa: arrogante, zombeteiro, sociável e, ainda assim, profundamente reservado. Sob seus sorrisos mais agradáveis sempre espreitava uma sombra de amargura.

A atenção de Sara foi atraída de volta para a conversa enquanto Tabitha refletia em voz alta sobre a preferência de Craven por damas aristocráticas.

– Ele não toca em ninguém que seja menos do que uma baronesa. – Ela riu com vontade ao ver a curiosidade de Sara. – Você deveria vê-las nos bailes que acontecem aqui, as vacas bem-nascidas. Essas damas sofisticadas cobiçam muito o nosso Sr. Craven! E por que não? Ele é um homem bom e firme, diferente dos maridos frágeis e preguiçosos delas, que gostam mais de jogar cartas e de beber do que de se deitar com uma mulher. – Ela baixou a voz em um tom conspiratório. – O homem tem o físico de um touro, bem onde é mais importante.

– Como você sabe? – perguntou Violet, desconfiada.

– Sou amiga de Betty, criada de lady Fairhurst – respondeu Tabitha de maneira presunçosa. – Ela me contou que uma vez, sem querer, pegou os dois juntos, tendo relações em plena luz do dia enquanto lorde Fairhurst estava fora, em Shropshire.

O lápis caiu dos dedos frouxos de Sara e ela se abaixou para pegá-lo debaixo da mesa. Podia sentir a pulsação acelerada. Uma coisa era ouvir com distanciamento quando se falava de um estranho, mas como conseguiria encarar o Sr. Craven novamente? Mortificada, e fascinada, ela saiu de debaixo da mesa.

– Não diga! – exclamou uma das mulheres. – O que eles fizeram?

– Lady Fairhurst deu um ataque completo. O Sr. Craven apenas riu e disse para Betty fechar a porta.

As prostitutas riram com gosto.

– Além do mais – continuou Tabitha –, sempre dá para dizer se um homem é bem-dotado pelo tamanho do seu nariz. E o Sr. Craven tem um nariz bem comprido.

– Não é o nariz – corrigiu Violet com desdém. – É o tamanho dos pés.

Com exceção de Sara, todas gargalhavam como um grupo de bruxas adoráveis. Em meio à hilaridade, Tabitha apoiou a cabeça na mão e olhou para Sara quando algo lhe ocorreu.

– Tenho uma ideia, Srta. Fielding: por que não traz Mathilda aqui amanhã, para conhecer o Sr. Craven? Eles formariam um belo par.

As outras mulheres concordaram, animadas.

– Sim, ela derreteria o coração dele!

– Sim, sim, faça isso!

– Ela teria o Sr. Craven na palma da mão!

Até Monsieur Labarge, que estava escutando a conversa, deixou escapar impulsivamente:

– Para *la belle* Mathilda, farei o melhor *gateau*, tão leve que flutuará no ar!

Sara lançou-lhes um sorriso contrito e deu de ombros, impotente.

– Lamento, mas não tenho como fazer isso. Mathilda não existe. Ela… ela é só uma obra de ficção.

A mesa foi tomada por um silêncio abrupto e todos a encararam com expressões confusas. Até o ajudante da cozinha parou de empilhar os pratos. Sara tentou explicar melhor.

– Vejam bem, criei a personagem Mathilda a partir de pesquisas e discussões detalhadas. Ela, na verdade, é uma mistura das muitas mulheres que encontrei quando...

– Ouvi dizer que Mathilda agora está em um convento – interrompeu Violet.

Tabitha balançou a cabeça.

– Não, ela tem um protetor rico. Tenho um amigo que a viu andando pela Bond Street outro dia. Mathilda tem crédito nas melhores lojas, até mesmo na de Madame Lafleur.

– O que ela estava vestindo? – perguntou uma das mulheres, ansiosa.

Tabitha começou a descrever o vestido luxuoso de Mathilda e o criado que a seguia. Enquanto a conversa animada continuava, Sara pensou no que Tabitha dissera sobre o Sr. Craven e seu caso com lady Fairhurst. Ela se perguntou se o amor fazia parte de seus relacionamentos. Derek Craven era um homem complexo, que se equilibrava no limite mais tênue da respeitabilidade. Sem dúvida manter relações com esposas de aristocratas, que secretamente desdenhavam dele por sua origem humilde, satisfazia seu senso de justiça. E devia ser difícil para Derek Craven reprimir um sorriso zombeteiro enquanto contabilizava seus ganhos de cada noite, os patrimônios que arrancava com habilidade dos jovens lordes que se consideravam infinitamente superiores a ele. Era um mundo estranho aquele que o Sr. Craven havia criado para si mesmo. Ele estava tão disposto a passar seu tempo com os vigias, cafetões e meninos de rua que eram funcionários de meio expediente do clube quanto com os clientes nobres. Era impossível encaixar um homem como ele em qualquer categoria. Sara passou muito tempo pensando nele, cheia de perguntas intermináveis sobre quem era Derek Craven.

~

Sara parou de escrever por um momento para pegar um pedaço de bolo no prato de doces que Monsieur Labarge havia mandado lhe servir. As delicadas camadas de massa e o creme do café pareciam se dissolver em sua boca. Grãos de açúcar caíram no mogno polido à sua frente, e ela os limpou rapidamente com a manga do vestido. Sara estava sentada em uma das salas dos aposentos particulares de Craven, trabalhando na grande escrivaninha de mogno dele. A majestosa peça de mobília, com seus inúmeros compartimentos e pequenas gavetas, estava cheia de curiosidades intrigantes: pedaços de barbante, moedas soltas, dados, peças de jogos, notas e recibos. Parecia que ele tinha como ritual esvaziar os bolsos naquela mesa. Sara não esperava isso de um homem que conduzia a própria vida com uma precisão tão meticulosa. Enquanto comia o último pedaço de bolo, algumas folhas de papel empilhadas em um canto da mesa chamaram a sua atenção. Intrigada, Sara começou a estender a mão para pegá-las, mas parou abruptamente e se repreendeu por sequer pensar em violar a privacidade do Sr. Craven.

Ela se debruçou outra vez sobre suas anotações, mergulhando com cuidado a pena de cabo de marfim em um pote de tinta. Mas foi incapaz de retomar sua linha de pensamento... Sua mente começou a divagar a respeito do conteúdo dos bilhetes misteriosos. Sara acabou deixando a pena de lado, com os olhos fixos nas folhas de papel, enquanto a consciência travava uma batalha com a curiosidade. Infelizmente, a última venceu. Com certa rapidez, ela pegou os bilhetes.

O primeiro trazia uma lista de tarefas aleatórias, com o nome de Worthy escrito no topo:

Worthy,

Troca carpete nas salas de jogo 2 e 4
Recusa créditu aos lordes Faxton e Rapley até acertarem as conta.
Faça com que Gill provi a próxima entrega de conhaque...

Sara sentiu uma onda de compaixão enquanto lia o bilhete rabiscado com tanta dificuldade. A ortografia de Craven era nada menos do que um desastre. Por outro lado, não havia nada de errado com a sua matemática. Em algumas ocasiões, ela o vira multiplicar e dividir de cabeça com uma velocidade desconcertante, fazendo malabarismos com apostas e porcentagens com muita facilidade. Craven era capaz de assistir a um jogo de cartas em andamento, calcular em silêncio as cartas que haviam sido jogadas e prever o vencedor com uma precisão infalível. Bastava um único olhar para os livros de contabilidade e ele somava rapidamente as colunas de números sem nunca precisar pegar uma caneta.

Seu outro talento era igualmente extraordinário: uma aparente capacidade de ver a mente das pessoas. De forma infalível, ele conseguia pressentir uma vulnerabilidade bem escondida e cutucá-la com uma observação casual. Seu olhar alerta percebia cada nuance na expressão de uma pessoa, em seu tom de voz... Isso fizera Sara perceber com certa surpresa que o homem era tão observador quanto ela, que Craven também sentia uma distância entre ele e o resto do mundo. Achou que pelo menos era algo que os dois tinham em comum.

Sara pegou o segundo bilhete, que fora escrito com uma elegante caligrafia feminina e letras pretensiosas, cheias de voltas e curvas. Era uma mensagem estranha e abrupta que lhe causou uma sensação fria.

> *Agora você carrega a minha marca para todos verem.*
> *Venha se vingar se tiver coragem.*
> *Ainda quero você.*
>
> *– J.*

– Ai, meu Deus – sussurrou Sara, olhando para a inicial elaborada da assinatura.

Ela não tinha dúvida de que a "marca" era uma referência ao corte no rosto de Craven. Que tipo de mulher pagaria para arruinar o rosto de um homem? Como Craven era capaz de se relacionar com uma pessoa dessas? Sara devolveu lentamente os bilhetes ao lugar onde estavam, porque já não queria ver mais nada. Talvez aquela "J." sentisse alguma espécie de amor distorcido por Craven que estava muito próximo do ódio. Talvez Craven sentisse o mesmo por ela.

Era difícil para Sara, que sempre conhecera o amor como uma emoção doce e reconfortante, entender que, para os outros, esse às vezes era um sentimento sombrio, primitivo, sórdido.

– Há tantas coisas que eu não sei – murmurou para si mesma, tirando os óculos e esfregando os olhos.

Perry sempre se mostrara impotente diante dos "humores" dela... Ele via poucos motivos para alguém se interessar por qualquer coisa fora de Greenwood Corners. Sara aprendera a esconder do quase-noivo as suas eventuais frustrações, caso contrário ele lhe daria um dos seus sermões sobre a importância de ser sensata.

Os pensamentos de Sara foram interrompidos por uma voz baixa que veio da porta.

– O que está fazendo nos meus aposentos?

Sara se virou na cadeira e enrubesceu. Derek Craven estava parado ali, com uma expressão insondável no rosto bronzeado.

– Perdão – disse ela com um olhar contrito. – Normalmente trabalho na escrivaninha do Sr. Worthy, mas ele me pediu que usasse a sua mesa hoje, já que o senhor havia saído e ele precisava...

– Há outros cômodos que a senhorita poderia ter usado.

– Sim, mas nenhum que me garantisse privacidade, e não consigo trabalhar com distrações, e... Eu já vou embora.

– Isso não é necessário.

Derek se adiantou na direção dela. Embora fosse um homem grande e forte, ele se movia com uma graça felina. Sara abaixou a cabeça, concentrando- -se no mata-borrão. Pelo canto do olho, viu Craven tocar os óculos que ela havia deixado de lado.

– Quantos desses a senhorita tem? – perguntou ele, empurrando-os alguns centímetros pela superfície da mesa.

– Só dois.

– Mas os deixa em todos os lugares. Já os encontrei em estantes, escriva- ninhas, molduras de quadros, onde quer que a senhorita os coloque.

Sara pegou os óculos e os colocou no rosto.

– Eu não consigo me lembrar de pegá-los de volta – admitiu. – Isso é muito desconcertante. Se alguma coisa captura a minha atenção, eu simplesmente me esqueço dos óculos.

O olhar de Derek passou então para as frases perfeitamente compostas diante dela.

– O que é isso?

Ele se inclinou de propósito por cima dela, apoiando as mãos na extensão bem polida de mogno. Atordoada, Sara se encolheu na cadeira enquanto os braços dele formavam uma jaula ao seu redor, um de cada lado do corpo dela.

– E-estou escrevendo sobre o submundo.

Derek sorriu diante do tom excessivamente casual da jovem – tinha plena noção de quanto a sua proximidade a incomodava. Decidido a prolongar o tormento de Sara, ele se inclinou mais em direção a ela, reparando no vis- lumbre tentador das curvas em seu corpete e no brilho da pele pálida acima da renda em seu pescoço. O queixo dele quase tocava a touca de renda dela enquanto ele lia em voz alta o que estava escrito.

– As… ruas da cidade são… ag…

Ele fez uma pausa, concentrando-se na palavra difícil.

Sara localizou automaticamente a palavra com a ponta do dedo.

– Agourentas. Significa assombradas… sinistras. – Ela endireitou os óculos, que escorregavam pelo seu nariz. – Isso me pareceu uma maneira apropriada de descrever a atmosfera do submundo.

– Vou descrever melhor – falou Craven, decidido. – É escuro e fede.

– Isso é verdade.

Sara arriscou um olhar por cima do ombro. Derek Craven estava próximo o bastante para que ela conseguisse ver os pelos aparados na pele barbeada. Suas roupas requintadas e o perfume agradável de sândalo não conseguiam esconder a brutalidade que borbulhava em seu semblante. Ele era um homem rude e másculo. Perry Kingswood desdenharia de Craven. "Ora, ele não passa de um rufião!", exclamaria. "Um camponês em trajes de cavalheiro!"

De alguma forma, Craven pareceu ler seus pensamentos.

– O rapaz do seu vilarejo… Kingsfield…

– Kingswood.

– Por que ele a deixa vir sozinha para Londres?

– Eu não estou sozinha. Estou hospedada com os Goodmans, uma família muito respeitável…

– Sabe muito bem o que estou perguntando – retrucou Derek com ironia. Ele se virou para encará-la, agora quase sentado na beirada da mesa. – A senhorita passa o seu tempo com jogadores, prostitutas e criminosos. Deveria estar em Greenwood Corners, em segurança com a sua família.

– O Sr. Kingswood não está satisfeito com a situação – admitiu Sara. – Já tivemos algumas discussões, na verdade. Mas sou muito teimosa.

– A senhorita já contou a ele sobre as coisas que faz em Londres?

– O Sr. Kingswood sabe sobre a minha pesquisa…

– Não estou falando da sua pesquisa – murmurou ele, com um olhar perfurante. – Vai contar a ele que matou um homem?

Sara empalideceu de culpa e chegou a se sentir um pouco nauseada, como sempre acontecia quando pensava naquela noite. Ela evitou o olhar penetrante de Craven.

– Não acho que haveria muito sentido em contar a ele.

– Ah, a senhorita não acha. Agora vejo que tipo de esposa será. Esgueirando-se pelas costas do pobre coitado para fazer coisas que ele não aprova...

– Não é bem assim!

– É exatamente assim.

– Perry confia em mim – declarou Sara, irritada.

– Eu não confiaria na senhorita se estivesse no lugar dele. – O humor de Derek se tornou mordaz. – Eu a manteria comigo a cada maldito minuto do dia. Não, eu a prenderia a uma bola de ferro e uma corrente, porque sei que, caso contrário, a senhorita logo sairia correndo para fazer "pesquisas" no beco escuro mais próximo, com todos os assassinos e cafetões que encontrasse!

Ela cruzou os braços e encarou-o com desaprovação.

– Não há necessidade de gritar comigo, Sr. Craven.

– Não estou... – A voz de Derek desapareceu no silêncio.

Ele *estava* gritando, algo que nunca fazia. Espantado, Derek esfregou o queixo e olhou para a Srta. Fielding enquanto ela retribuía seu olhar com a expressão de uma pequena coruja indagadora. Sua atitude destemida o deixou ainda mais irritado. Ninguém entendia quanto aquela mulher precisava de alguém para tomar conta dela? Ela não deveria ter permissão para ficar vagando desacompanhada por Londres. Não deveria nem estar ali sozinha com ele, pelo amor de Deus. Ele já poderia tê-la violado umas dez vezes.

Enquanto continuava a fitá-la, Derek percebeu que, sob a nuvem de babados e óculos, havia uma mulher atraente. Sara Fielding seria atraente se não se vestisse como uma solteirona. Ele ergueu a mão até a touca dela e deixou a ponta do dedo roçar na borda de renda.

– Por que sempre usa essa coisa na cabeça?

Sara entreabriu os lábios, surpresa.

– Para manter o meu cabelo no lugar.

Ele continuou a tocar a borda rendada. Uma curiosa tensão pareceu preencher a sala.

– Tire.

Sara mal conseguiu respirar por um instante. Os olhos verdes e intensos de Craven permaneceram fixos nos dela. Ninguém nunca a fitara assim – de um jeito que lhe provocava calor, frio... e que a deixava insuportavelmente nervosa. Ela se levantou com um pulo da cadeira e recuou alguns passos.

– Receio não ter tempo para satisfazer seus caprichos, Sr. Craven. Já terminei meu trabalho por enquanto. Preciso ir. Boa noite.

Sara escapou rapidamente da sala, deixando para trás todos os seus pertences, até mesmo a bolsa. Derek olhou para a bolsinha de cordão e esperou que ela voltasse. Depois de um minuto, ele se deu conta de que a Srta. Fielding só voltaria para buscar a bolsa mais tarde, quando não houvesse a chance de enfrentá-lo. Ele pegou a bolsa e sentou-se mais à vontade na mesa, balançando uma das pernas preguiçosamente. Derek afrouxou o cordão de seda e olhou ali dentro. Algumas libras... o caderno pequenino e o lápis... a pistola. Derek deu um sorriso irônico e procurou mais a fundo na bolsa até encontrar algumas moedas e um lenço. Ele pegou o quadrado de linho bem passado e segurou-o junto ao rosto, procurando um aroma de perfume ou água de flor, mas não havia nenhum.

Acomodado no fundo da bolsa estava o par extra de óculos. Derek os examinou minuciosamente: as lentes redondas, a delicada armação de aço, a pequena curva onde ele se encaixava nas orelhas. Ele olhou através das lentes para as palavras que ela havia escrito. Depois de dobrar os óculos, colocou-os no bolso do casaco e fechou a bolsinha. Quando Sara desse por falta deles, presumiria que os deixara em algum lugar, como sempre fazia. Esse era o primeiro roubo descarado que ele cometia em dez anos. Mas precisava ter aqueles óculos. Queria ter um pedacinho dela.

Derek colocou a bolsinha exatamente no lugar onde Sara a deixara, em cima da escrivaninha, depois enfiou as mãos nos bolsos e começou a andar sem um destino específico em mente. Ele se lembrou da forma como Worthy se desdobrara em elogios a Sara Fielding no dia anterior. Nem mesmo a ex-Lily Lawson, com todo o seu fascínio cintilante, fora capaz de inspirar tamanha devoção no faz-tudo.

– Ela é uma dama de qualidade – dissera Worthy em resposta a uma das farpas sarcásticas de Derek. – A Srta. Fielding trata todos que encontra com gentileza e cortesia, até mesmo as prostitutas da casa. Antes de deixar o clube à noite, ela voluntariamente escreve cartas que alguns dos membros analfabetos da equipe lhe ditam, para que possam dar notícias às famílias. Quando ela viu que a bainha do vestido de Violet precisava ser consertada, pediu uma agulha e se ajoelhou no chão para arrumá-la. Uma das criadas me disse ontem que, quando tropeçou com uma pilha de roupa de cama nos braços, a Srta. Fielding parou para ajudá-la a recolher tudo...

– Talvez eu devesse contratá-la – interrompera Derek num tom sarcástico.

– A Srta. Fielding é a mulher mais gentil e tolerante que já pisou nesse clube. E talvez eu deva aproveitar essa oportunidade para lhe dizer, senhor, que a equipe anda reclamando.

– Reclamando – repetira Derek sem qualquer inflexão na voz.

Worthy assentira rigidamente.

– Dizem que o senhor não a tem tratado com o devido respeito.

Derek ficara estupefato.

– Quem diabos está pagando o salário deles?

– O senhor.

– Então diga a eles que não pago uma maldita fortuna para ouvir suas opiniões! E falarei com a santa Srta. Fielding do jeito que eu quiser!

– Sim, senhor.

E, com um suspiro de desaprovação quase inaudível, Worthy dera meia-volta e descera a escada.

Ah, Worthy realmente gostava dela. Todos gostavam. Derek nunca sonhara que seu território seria invadido de maneira tão gentil e absoluta – ou que seus empregados o trairiam com tamanho empenho. O encanto misterioso de Sara Fielding cativara todos em seu clube. Todos se esforçavam para agradar-lhe e atendê-la. Durante as horas que ela passava sentada diante da escrivaninha de Worthy, eles andavam pelos corredores na ponta dos pés, em silêncio, como se tivessem um medo mortal de distraí-la do trabalho.

– Ela está escrevendo. – Derek ouviu uma das criadas dizer a outra com reverência, como se algum santo sacramento estivesse sendo ministrado.

Derek enrijeceu o maxilar.

– Uma dama de qualidade – repetiu em voz alta, bufando.

Já encontrara o prazer entre as coxas de mulheres com pedigree muito superior ao dela, damas nascidas com sangue azul e sobrenomes ilustres, gerações de privilégios e riquezas antes delas.

Mas Worthy estava certo. Derek admitia para si mesmo que Sara Fielding era a única dama genuína que ele já conhecera. Ela não tinha nenhum dos vícios que Derek podia detectar tão facilmente nos outros. Inveja, ganância, luxúria… A moça parecia estar acima de tais falhas. Por outro lado, ele tinha a sensação de que o lado imprudente dela algum dia poderia ser sua ruína. Sara Fielding precisava de alguém que a impedisse de mergulhar de cabeça em confusão, ou pelo menos a arrastasse para longe de problemas. Não parecia provável que seu desafortunado pretendente, Kingswood, estivesse à altura da tarefa.

Derek estava certo de que Kingswood devia ser um homem esguio e de beleza clássica, no estilo de Byron. Provavelmente falava de forma refinada, é claro, e tinha cabelos tão claros quanto os de Derek eram escuros. Sem dúvida, Kingswood era um jovem enfadonho e proprietário de terras no interior, incapaz de compreender a temeridade. Com o tempo, ele amadureceria e se tornaria um velho cavalheiro corpulento que bebia demais no jantar e jamais deixava os outros terminarem de falar. E Sara, como sua amada esposa, toleraria sua grosseria com um sorriso gentil e guardaria suas frustrações para seus momentos reservados. Quando ela tivesse um problema, tentaria resolvê-lo sozinha para não incomodá-lo. E seria fiel ao marido. Só ele saberia como ela ficava com o cabelo solto e uma camisola branca fina... Só ele conheceria a sensação de tê-la dormindo, confiante, junto ao seu corpo. Os dois fariam amor sob a proteção da escuridão e de camadas de lençóis, com os olhos fechados, os movimentos guiados pelo recato e comedimento. Ninguém jamais despertaria a paixão de Sara Fielding, a despiria de suas inibições, a provocaria e brincaria com ela...

Impaciente, Derek passou as mãos pelo cabelo e parou no meio do corredor vazio. Não estava se comportando como si mesmo – não estava *pensando* como si mesmo. Tinha a sensação de que deveria se preparar para algum evento cataclísmico. O ar estava carregado de correntes incandescentes. Suas terminações nervosas pareciam vibrar. Algo estava para acontecer... algo... E só o que ele podia fazer, ao que parecia, era esperar.

～

– Pode me deixar aqui, por favor! – gritou Sara para o cocheiro, batendo no teto da carruagem.

Eram oito horas da manhã, seu horário habitual de chegar ao clube. Antes de darem a volta que levava à entrada da frente, seu interesse foi capturado pela cena de várias carroças carregadas enfileiradas na lateral do prédio. Eram diferentes das carroças de mercado de sempre, que faziam entregas de produtos frescos para a cozinha.

Um criado a ajudou a descer do veículo e perguntou se desejava que esperassem ali.

– Não, obrigada, Shelton. Vou entrar no clube pela cozinha.

Embora soubesse que aquilo era impróprio, Sara se despediu do cocheiro com um breve aceno de mão entusiasmado e se afastou. Ele a cumprimentou de volta com um aceno imperceptível de cabeça, embora já tivesse lhe explicado em detalhes na véspera que não era bom para uma dama demonstrar familiaridade com os empregados.

– A senhorita deveria olhar para nós de cima a baixo, com o nariz empinado, de forma majestosa e arrogante – orientara ele com severidade. – Basta de sorrisos para mim e para os criados, senhorita. Precisa ter menos consideração com a criadagem, senão o que as pessoas vão pensar?

Na opinião de Sara, pouco importava se ela não se comportava com a arrogância esperada, já que logo partiria de Londres.

Ela ouviu o som de vozes exaltadas discutindo no beco e apertou mais a capa ao redor do pescoço, estremecendo quando o ar frio da manhã atingiu seu rosto. As carroças estavam cheias de engradados com garrafas de bebida. Um homem baixo e robusto andava de um lado para outro, balançando o dedo e falando rapidamente com dois empregados do Craven's. O homem parecia ser um comerciante defendendo a qualidade dos seus produtos.

– Eu cortaria minha garganta antes de aguar as minhas preciosas safras, e você sabe disso! – bradou.

Gill, um jovem inteligente que se tornara um dos protegidos de Worthy, selecionou três garrafas ao acaso. Ele as abriu e examinou cuidadosamente o conteúdo.

– O Sr. Craven não ficou satisfeito com a última remessa de conhaque. Não estava adequado para servir aos nossos clientes.

– Eu vendi uma bebida de primeira para vocês! – exclamou o comerciante.

– Para alguma taberna nas docas, talvez. Não para o Craven's.

Gill tomou um pequeno gole, deixou que envolvesse sua boca e cuspiu com cuidado. Então assentiu em aprovação.

– Esse está aceitável.

– É o melhor conhaque francês – declarou o comerciante, indignado. – Como ousa engolir isso como se fosse uma cerveja barata e fedorenta?

– Veja como fala – alertou Gill, de repente se dando conta da presença de Sara. Ele lançou um sorriso rápido na direção dela. – Há uma dama presente.

O comerciante ignorou a recém-chegada.

– Eu não me importo se a Rainha de Sabá está aqui, não há necessidade de abrir as garrafas...

– Há, sim, até que eu esteja convencido de que você não diluiu a bebida.

Enquanto os dois continuavam a discutir, Sara contornou o beco em direção à entrada da cozinha. Como estava entretida ouvindo o debate animado, não prestou atenção em seu caminho. De repente, uma forma enorme e escura se aproximou de seu campo de visão e ela arquejou ao esbarrar em um homem alto, carregando um engradado de bebida no ombro.

– Ah...

O homem firmou-a automaticamente com o braço livre – uma faixa de músculos rígida que ameaçou esmagá-la. Sara ergueu a cabeça para fitar o rosto moreno acima do dela.

– Perdoe-me, eu não estava olhando... – Ela parou e franziu o cenho, perplexa. – Sr... Craven?

Derek se abaixou para colocar o engradado no chão, então voltou a pairar acima dela.

– A senhorita está bem?

Sara assentiu de maneira brusca. A princípio, não o reconhecera. Ele estava sempre tão imaculadamente vestido e barbeado, cada fio de cabelo no lugar... Mas naquele dia a sombra espessa da barba negra cobria seu rosto. Os ombros largos estavam protegidos por um suéter de malha e um casaco rudimentar, e a calça de lã e as botas gastas já haviam visto dias muito melhores.

– O senhor deveria estar se esforçando assim? – perguntou ela, com o cenho franzido. – E os seus ferimentos?

– Estou bem.

Derek achara impossível cuidar de seus afazeres habituais naquela manhã – examinar livros de contas, checar pilhas de notas promissórias e ordens de pagamento bancário. Frustrado, ele decidira trabalhar do lado de fora da casa, onde poderia ser útil. Derek olhou para Gill, que estava discutindo com o comerciante de bebidas, depois voltou a olhar para Sara. O esbarrão havia tirado a touca branca dela do lugar, e uma faixa de renda caía preguiçosamente sobre seu rosto. Ele curvou um dos cantos da boca em um sorriso relutante.

– Sua touca está torta.

– Ah, céus.

Sara levou a mão à cabeça e puxou a touca para a frente.

De repente, Derek riu.

– Assim, não. Deixe, eu ajeito.

Sara reparou que os dentes brancos dele eram ligeiramente tortos, o que dava ao seu sorriso a aparência de um rosnado amigável. Foi então que ela entendeu por que tantas mulheres já tinham sido seduzidas por aquele homem: seu sorriso tinha um apelo perverso de tão irresistível. Sara baixou os olhos para o peito de Craven enquanto ele desamarrava as fitas da sua touca e voltava a posicioná-la corretamente.

– Obrigada – murmurou ela, e tentou tirar as fitas da touca dos dedos dele.

Mas Craven não as soltou. Ele as segurou com mais força sob o queixo dela. Sara levantou os olhos, confusa, e viu que seu sorriso havia desaparecido. Em um movimento decidido, Craven puxou a touca de renda do cabelo dela e a deixou cair. A touca voou até uma poça de lama e ficou jogada ali, flacidamente.

Sara levou a mão à trança frouxa do cabelo, que ameaçava escapar dos grampos. As mechas castanhas cintilavam com reflexos ardentes, e alguns fios delicados escapavam ao redor do rosto e do pescoço.

– Sr. Craven – repreendeu ela com um arquejo. – Acho seu comportamento desagradável e ofensivo, para não mencionar… ah!

Ela balbuciou, espantada, quando ele pegou seus óculos e tirou-os de seu rosto.

– Sr. Craven, c-como ousa… – Ela estendeu a mão, tentando, em vão, recuperá-los. – Eu… eu preciso deles…

Derek segurou os óculos fora do alcance dela enquanto examinava seu rosto agora exposto. Era aquilo que Sara Fielding escondia sob o disfarce de solteirona… uma pele clara e luminosa, a boca bem-feita e de uma exuberância surpreendente, um narizinho arrebitado, com a marca dos óculos na ponte delicada. Olhos azuis angelicais, puros e sedutores, encimados por sobrancelhas escuras e curvas. Ela era bonita. Ele poderia tê-la devorado em algumas mordidas, como se ela fosse uma maçã vermelha perfumada. Queria tocá-la, levá-la para algum lugar e encaixá-la embaixo dele, como se pudesse de alguma forma apagar uma vida inteira de pecado e vergonha dentro da doçura do corpo dela.

Derek se forçou a relaxar os músculos e se curvou para resgatar a touca de renda agora suja. Sara o observava em um silêncio ofendido. Ele tentou limpar a touca, mas só conseguiu fazer a lama se entranhar mais profundamente no tecido branco imaculado. Por fim, Sara conseguiu arrancar a touca da mão dele.

– Tenho certeza de que vai sair quando for lavada – disse ela com firmeza.

A Srta. Fielding estava obviamente irritada. Derek sentiu um sorriso arrependido surgir no próprio rosto. Quando devolveu os óculos a ela, seus dedos nus roçaram nos dedos enluvados da jovem. Embora fosse um toque impessoal, o coração dele acelerou com um vigor inesperado. Derek decidiu se empenhar para que ela recuperasse o humor agradável de sempre.

– É uma pena cobrir um cabelo tão bonito, Srta. Fielding.

Sara recebeu o elogio com o cenho franzido e uma expressão austera.

– Sr. Craven, não estou com a menor vontade de ouvir a sua opinião sobre a minha aparência. – Ela segurava a renda amassada como se fosse um animal de estimação ferido. – Jogar a minha touca favorita na lama...

– Ela caiu – apressou-se a esclarecer ele. – Eu não a joguei. Vou comprar outra para a senhorita.

Sara permaneceu com o cenho franzido, e uma ruga de aborrecimento surgiu entre as sobrancelhas macias.

– Não tenho o hábito de permitir que cavalheiros comprem peças de roupa para mim.

– Perdão – disse ele, fazendo o possível para parecer contrito.

A brisa fria soprou novamente, trazendo consigo o cheiro de uma tempestade que se aproximava. Sara olhou para o céu cinzento e enxugou uma gota de chuva errante que caíra em seu rosto.

– A senhorita vai pegar um resfriado – falou Derek, muito preocupado e solícito.

Ele encontrou o cotovelo dela nas dobras da capa. Antes que a Srta. Fielding pudesse afastar o braço, ele a conduziu até os degraus da entrada mais próxima e abriu a porta para ela. O calor e a luz da cozinha a envolveram em um brilho reconfortante.

– Quais são os seus planos para esta manhã? – perguntou Derek.

– Vou tomar café com o Sr. Worthy. Ele vai me explicar sobre o comitê de damas benfeitoras, que planejou o baile dessa noite.

Os olhos de Craven cintilaram perigosamente.

– Não me lembro de ter dado permissão a ele para lhe contar qualquer coisa sobre as minhas benfeitoras. Por que a senhorita precisa saber como tudo funciona por aqui? Quem faz o quê, e por quê, e tudo sobre as pessoas que eu contrato, quanto dinheiro eu tenho, maldição, de que lado do rosto eu começo a me barbear todas as manhãs... – Ele se interrompeu com um suspiro perturbado e tirou a capa dos ombros dela. Então pegou a touca suja e a entregou a uma copeira que estava por perto. – Faça alguma coisa com isto – pediu bruscamente. Derek se virou para Sara e pegou seu braço mais uma vez. – Venha comigo.

– Aonde estamos indo?

– Vou lhe mostrar como decoraram o salão de apostas.

– Obrigada. Isso seria fantástico. – Ela o seguiu sem hesitar. – Estou ansiosa pelo baile dessa noite. Certamente não temos nada igual em Greenwood Corners.

– Se quiser assistir, pode ficar no segundo andar, atrás dos músicos, de onde terá uma boa visão da varanda.

Sara não achou que teria uma visão muito boa dali.

– Acho que eu não seria notada se ficasse em um canto do salão...

– Não. Isso não é uma boa ideia.

– Então posso pegar uma máscara emprestada de alguém e descer para ver mais de perto.

– A senhorita não tem um vestido adequado, ratinha.

Ratinha... Ah, como Sara detestava o apelido que ele lhe dera! Mas Craven estava certo. Sara olhou para o seu pesado vestido cor de ameixa e corou.

– Talvez eu tenha alguma roupa... – arriscou ela bravamente.

Derek fitou-a com uma expressão zombeteira, mas deixou o comentário passar sem contestá-lo.

– Apenas o *demimonde* virá essa noite. Será o conjunto mais degenerado de aristocratas e estrangeiros, prostitutas, atrizes...

– Mas é exatamente sobre esse tipo de pessoas que eu desejo escrever!

– A senhorita não é páreo para uma multidão de ricos no cio. Eles vão estar bêbados e prontos para a ação e presumirão que a senhorita está aqui por um motivo. A menos que esteja preparada para atendê-los, vai permanecer lá em cima, onde é seguro.

– Sou capaz de cuidar de mim mesma.

– Não virá ao baile essa noite, Srta. Fielding.

Ela arregalou os olhos.

– Por acaso o senhor está me *proibindo* de comparecer?

– Estou aconselhando-a a não fazer isso – murmurou Craven em um tom que teria feito Napoleão recuar.

Eles entraram no salão de apostas central e Sara abandonou temporariamente a discussão. Nunca vira um lugar decorado com tanta extravagância. Era como um reino subaquático brilhante, que a fazia se lembrar das histórias sobre Atlântida que a haviam encantado quando criança. As paredes estavam decoradas com cortinas de seda transparente azuis e verdes. Uma tela pintada, cravejada de conchas marinhas, dava a impressão de ser um castelo no fundo do mar. Ela caminhou sem pressa pelo salão, examinando as esculturas de gesso de peixes, conchas de vieiras e sereias de seios nus. Um baú do tesouro extravagante, cheio de imitações de joias, estava enfiado embaixo da mesa central de apostas. A entrada do salão seguinte havia sido convertida em um casco de navio naufragado. Faixas de gaze azul e redes prateadas tinham sido penduradas no alto, dando a impressão de que estavam debaixo d'água.

– Que extraordinário – comentou Sara. – Tão lindo, criativo... – Ela girou o corpo em um círculo lento. – E, quando todos os convidados estiverem aqui, as mulheres em vestidos brilhantes, todos usando máscaras.... – Uma sensação de melancolia a invadiu. Sara sorriu, trêmula, ergueu uma das faixas de seda e deixou-a escorregar por entre os dedos. – Nunca fui a um baile. Temos as danças do campo, é claro, e os festivais locais...

A seda ficou presa quando ela a apertou de súbito entre os dedos. Estava perdida em pensamentos e chegou a se esquecer da presença do homem que a observava.

Por toda a vida, ela fora uma pessoa quieta e responsável, vivendo indiretamente através das experiências dos outros. Antes lhe bastara se contentar com a família e os amigos e com o que escrevia. Mas, naquele momento, se arrependia das coisas que não havia feito. Nunca cometera um erro mais grave do que esquecer de devolver um livro emprestado. Sua experiência sexual se limitava aos beijos de Perry. Nunca usara um vestido decotado a ponto de mostrar seu colo, nem dançara até o amanhecer. Também nunca ficara realmente embriagada. Com exceção de Perry, os homens com quem havia crescido na aldeia sempre a consideraram uma irmã e confidente. Outras mulheres inspiravam paixão e mágoa, enquanto ela inspirava amizade.

Certa vez, quando se vira tomada por um estado de espírito semelhante àquele, Sara se atirara sobre Perry. Ela se vira dominada por uma ânsia desesperada de estar perto de alguém e implorara que ele fizesse amor com ela. Perry se recusara, argumentando que ela não era o tipo de mulher a ser possuída antes do casamento.

– Vamos nos casar algum dia – explicara ele com um sorriso terno. – Assim que eu conseguir convencer minha mãe a aceitar a ideia. Não vai demorar muito e, enquanto isso, vamos rezar e pedir paciência. Você significa mais para mim do que uma ou duas horas de prazer ilícito.

Perry estava certo, é claro. Ela até admirara a preocupação dele em fazer a coisa certa... Mas aquilo não adiantou muito para aliviar a dor da rejeição. Sara se encolheu com a lembrança, soltou a faixa de seda e se virou para encarar Craven. Ele a observava com aquele olhar intenso que sempre a deixava inquieta.

– O que foi? – Ele estendeu a mão e segurou-a pelo braço, pousando os dedos de leve na manga do vestido dela. – Em que está pensando?

Sara ficou absolutamente imóvel, sentindo o calor da mão dele atravessando o tecido pesado. Ele não deveria estar tão próximo... não deveria olhar para ela daquela forma. Sara nunca se sentira tão consciente da presença de alguém na vida. Uma ideia louca cruzou sua mente: que ele estava prestes a tomá-la nos braços. Por um instante, a imagem do rosto reprovador de Perry Kingswood pairou diante dela. Mas se Craven tentasse tomar alguma liberdade... ninguém jamais saberia. Ela logo se afastaria dele para sempre e voltaria à sua vida comum no campo.

Apenas uma vez, queria deixar que algo acontecesse. Algo de que se lembraria por toda a vida.

– Sr. Craven. – Seu coração parecia prestes a sair pela boca, ameaçando travar sua voz. – Eu gostaria de saber se o senhor se importaria de me ajudar com a minha pesquisa. Há algo que poderia fazer por mim. – Ela respirou fundo e continuou a falar em um jorro de palavras: – Viver em Greenwood Corners tende a ser uma experiência bastante limitada. Com certeza nunca conheci um homem como o senhor e imagino que nunca conhecerei.

– Obrigado – disse ele em um tom irônico.

– Portanto, puramente pelo interesse da pesquisa... para ampliar meu escopo de experiência e assim por diante... Achei que o senhor talvez estivesse disposto a... quer dizer, que o senhor pudesse considerar a possibilidade de... – Sara cerrou os punhos e se forçou a terminar de uma vez. – Que o senhor talvez pudesse me beijar.

CAPÍTULO 4

A tentação de aceitar o convite acenou docemente para ele. Derek não conseguiu controlar as imagens vívidas que inundaram sua mente. De todas as mulheres que conhecera, nenhuma jamais o afetara tanto. Em sua escalada implacável para sair da sarjeta, ele já usara mulheres por prazer e para ter vantagens financeiras. E fora usado também. Mas suas parceiras sempre haviam entrado conscientemente naquele jogo em que ele era tão hábil. Sara Fielding não se dava conta do que ele era e de quanto deveria temê-lo. Derek a protegeria de si mesmo, nem que fosse a única coisa decente que faria na vida.

Ele estendeu cuidadosamente a mão para ela. Seus dedos longos se curvaram com delicadeza ao redor do maxilar da moça, como se estivesse lidando com um objeto precioso. A pele de Sara Fielding era macia e frágil, como a seda mais fina.

– Srta. Fielding. – A voz dele saiu rouca. – Eu gostaria de fazer mais do que beijá-la. – Ele a viu baixar os cílios, escondendo parcialmente a profundeza dos olhos azuis. – Gostaria de levá-la para cima, para a minha cama, e mantê-la ali comigo até de manhã. Mas a senhorita… e eu… – Ele balançou a cabeça e seu sorriso camarada e zombeteiro apareceu. – Faça a sua "pesquisa" com Kingswood, ratinha.

Ele a estava recusando. Sara sentiu o rosto arder de humilhação.

– E-eu não estava pedindo para ir para a sua cama – disse ela, tensa. – Pedi um beijo. Um beijo não chega a ser um pedido tão espantoso.

Derek a soltou e o calor dos dedos dele desapareceu na mesma hora da pele dela.

– Para a senhorita e para mim, um beijo é um erro – garantiu ele, curvando ligeiramente os lábios.

Sara não retribuiu o sorriso. Diante da expressão confusa da moça, Derek lhe deu as costas abruptamente e saiu, deixando-a sozinha no quarto cintilante. Seu corpo já começava a reagir à proximidade dela, seu ventre parecia despertar, latejando. Se ficasse mais um instante perto da Srta. Fielding, ela acabaria conseguindo muito mais do que havia pedido.

Ela ficou olhando Derek partir, incrédula. Ele parecia ansioso para se afastar dela o mais rápido possível, depois de considerar a sua oferta e rejeitá-la sumariamente. De repente, o embaraço de Sara se transformou em uma fúria desconcertada. Por que ele a recusara? Será que ela era assim tão pouco atraente? Tão pouco desejável? Perry ao menos recusara o convite por motivos de honra. Derek Craven não tinha essa desculpa!

Sara olhou ao redor do salão com a decoração opulenta. Haveria mulheres deslumbrantes e sofisticadas ali naquela noite. Craven iria dançar, flertar e envolvê-las com um encanto sedutor. Depois da meia-noite, o baile estaria a pleno vapor. Haveria embriaguez, galanterias, diversão e escândalos fermentando. Sara passou os braços ao redor do próprio corpo. Ela não queria assistir a tudo de uma distância segura. Queria estar ali. Queria ser outra pessoa, alguém atrevida o bastante para chamar a atenção do próprio Derek Craven.

Nos romances que escrevia, suas personagens sempre agiam com ousadia. Mathilda, em particular, era uma mulher destemida. Se Mathilda quisesse ir ao baile, iria, e que se danassem as consequências. Uma repentina explosão de empolgação fez Sara arquejar.

– Terei o seu beijo, Sr. Craven. E o senhor nunca saberá que fui eu.

Com medo de perder a coragem, Sara saiu em disparada da sala. Mas, de repente, se conteve... não seria bom parecer agitada demais. Ela procurou Worthy por todo o clube e finalmente o encontrou em sua mesa, examinando pilhas de cartas e recibos.

– Srta. Fielding – disse ele com um sorriso, deixando os papéis de lado. – Fui informado de que decidiu adiar o nosso café da manhã enquanto o Sr. Craven lhe mostrava... – Worthy fez uma pausa ao ver a expressão dela. – Srta. Fielding, aconteceu alguma coisa? Parece agitada.

– Receio que sim. Sr. Worthy, preciso da sua ajuda!

De repente, a expressão do faz-tudo se alterou, assumindo uma austeridade grave que o fez parecer um desconhecido.

– É o Sr. Craven? Se ele fez alguma coisa para afligi-la...

– Ah, não, não é nada disso. Sr. Worthy, é fundamental que eu compareça ao baile essa noite!

– Ao baile? – perguntou o faz-tudo, parecendo confuso e deixando escapar um suspiro de alívio. – Graças a Deus. Eu pensei... bem, isso não importa. Prometo que a senhorita terá uma excelente vista da varanda...

– Quero fazer mais do que assistir. Preciso fazer parte do baile. E, para isso, tenho que conseguir uma máscara em algum lugar e um vestido. Nada muito elaborado, mas que seja apropriado para a ocasião. O senhor poderia me indicar um ateliê, uma modista, alguém que pudesse me ajudar em tão pouco tempo? Talvez eu pudesse pagar para pegar um vestido emprestado e depois devolvê-lo, ou remodelar algum que já tenho...

– Está parecendo agitada demais, Srta. Fielding! – exclamou o homem. Ele pegou a mão dela e deu várias palmadinhas paternais para tentar acalmá--la. – Parece tão diferente do normal...

– Tenho o resto da minha vida para me comportar normalmente! – declarou Sara com intensidade. – Por apenas uma noite, quero ser outra pessoa.

Worthy continuou a acariciar a mão dela enquanto a fitava com preocupação. Seu olhar estava cheio de perguntas silenciosas, e ele pareceu considerar várias abordagens.

– Srta. Fielding – disse, finalmente –, a senhorita não entende como é o ambiente desses bailes...

– Sim, eu entendo.

– A senhorita não estaria segura. Existem homens que, sem dúvida, farão investidas indesejadas...

– Estou ciente disso. E sou capaz de lidar com uma encoxadinha inofensiva aqui e ali.

– "Encoxadinha"? – repetiu ele, atordoado. – Onde aprendeu essa palavra?

– Não dê importância a isso. A questão é que quero participar do baile essa noite. Ninguém vai saber. Nem mesmo o Sr. Craven. Estarei de máscara.

– Srta. Fielding, a máscara é mais um perigo do que uma proteção. É apenas um pedaço de couro, fita e papel, mas leva as pessoas a descartarem as suas inibições, então... – Ele fez uma pausa para tirar os óculos e esfregou vigorosamente as lentes com a manga. Sara desconfiou que Worthy estava ganhando tempo para pensar em uma maneira de dissuadi-la. – Posso lhe perguntar o que provocou essa determinação repentina? Tem algo a ver com o Sr. Craven?

– De forma alguma – respondeu Sara, um pouco rápido demais. – Isso é estritamente para fins de pesquisa. Eu... estou pensando em escrever uma cena no meu romance que inclui um baile com ingresso pago e, como nunca estive em um, essa é a minha única oportunidade de ter uma noção mais exata das pessoas, do ambiente...

– Srta. Fielding – interrompeu Worthy. – Duvido que sua família ou seu noivo fossem aprovar isso.

– O Sr. Kingswood ainda não é meu noivo. E o senhor tem razão, ele não aprovaria. Ninguém que eu conheça aprovaria. – Sara sorriu, encantada com essa constatação. – Mas eles não vão saber.

Worthy fitou-a por um longo tempo, percebendo a determinação em seu rosto. Então deixou escapar um suspiro relutante.

– Suponho que eu poderia pedir a Gill e a um dos crupiês para ficarem de olho na senhorita. Mas se o Sr. Craven sequer desconfiar disso...

– Isso não vai acontecer. Ele nunca, jamais, descobrirá. Serei absolutamente discreta. Vou evitar o Sr. Craven como se fosse uma praga. Agora, sobre a modista... O senhor poderia me recomendar um ateliê respeitável?

– Sim, é claro – murmurou Worthy. – Na verdade, acredito que consigo fazer ainda melhor do que isso. Acho que conheço alguém que vai ajudar.

Derek andava de um lado para outro em seus aposentos, agitado, tentando ignorar a febre que percorria seu corpo. Ele ansiava por uma mulher... por *ela*. Ficara fascinado por Sara Fielding desde a primeira manhã em que ela chegara ali, com suas palavras elegantes, seus modos refinados e sua obstinação gentil. Como seria envolvê-la em seus braços e penetrá-la profundamente? Desesperado, ele desejou nunca tê-la conhecido. Ela deveria estar casada com seu pretendente do interior, vivendo totalmente fora do alcance dele. A Srta. Fielding pertencia a um homem decente. Uma pontada violenta de ciúme de Perry Kingswood fez Derek franzir o cenho.

– Sr. Craven? – chamou um empregado da porta.

O homem se aproximou com um cartão em uma bandeja de prata. Derek reconheceu o brasão Raiford na mesma hora.

– É Lily?

– Não, senhor. Quem está aqui é lorde Raiford.

– Ótimo. Que Deus me ajude se eu tiver que enfrentar mais alguma mulher hoje. Traga-o até aqui.

Não havia homem na Inglaterra mais diferente de Derek do que Alex, lorde Raiford. O conde possuía uma autoconfiança que só poderia ser fruto de um berço nobre. Era um homem honrado, com um senso inerente de justiça. Enfrentara desafios na vida, como luto e perda, que superara com elegância. Os homens gostavam dele por seu espírito esportivo e seu senso de humor. As mulheres adoravam seu encanto masculino natural, para não mencionar a sua aparência. Com seu belo cabelo loiro e o corpo esguio, Raiford tinha um aspecto distintamente leonino. O homem poderia ter um caso com qualquer mulher que quisesse, mas era apaixonado pela esposa, Lily. Sua devoção a ela era uma fonte de diversão para os membros sofisticados da alta sociedade. Apesar da zombaria, muitos secretamente desejavam o tipo de união amorosa e leal que os Raifords haviam construído, mas naqueles dias de casamentos arranjados isso não era possível.

Alex tolerava a amizade de Derek com a esposa porque sabia que, se fosse necessário, Derek protegeria Lily com a própria vida. E, ao longo dos anos, os dois homens haviam construído uma amizade própria.

– Vim ver se Lily tinha exagerado em relação à cicatriz – disse Alex assim que entrou na biblioteca. Ele examinou o rosto moreno de Derek com uma expressão impassível. – Não é o que eu chamaria de uma melhoria à sua aparência.

Derek deu um sorrisinho.

– Pode ir, Wolverton.

Os dois se sentaram diante do fogo com taças de conhaque, e Alex aceitou um dos charutos que Derek ofereceu. Depois de cortar e acendê-lo com cuidado, Alex o inalou com grande prazer. Seus olhos cinza pareciam prateados na névoa da fumaça. Ele indicou a cicatriz com um gesto.

– Como isso aconteceu? Há uma dúzia de rumores circulando, e nenhum deles é particularmente lisonjeiro a você, devo acrescentar.

Derek encontrou os olhos do outro homem.

– Não importa.

Alex se recostou e fitou o amigo, pensativo.

– Tem razão. A cicatriz não importa, nem os boatos. O que importa é que lady Ashby fez isso com você e, já tendo ido tão longe, talvez faça pior. – Ele levantou a mão quando Derek tentou interromper. – Deixe-me terminar.

Há boas razões para se preocupar. Joyce é uma mulher perigosamente imprevisível. Eu a conheço há muito tempo. Por sorte, consegui evitar o erro de me envolver com ela. Mas você...

– Agora acabou – declarou Derek em um tom categórico. – Sou capaz de lidar com Joyce.

– Não tenho tanta certeza. Espero que você não acredite que, se ignorar o problema, ela irá embora. Até onde sei, Joyce fez um inferno na vida de todos os homens que teve como amantes... embora essa pareça ser a primeira vez que tenha recorrido à mutilação física. – Alex cerrou os lábios em uma expressão de aversão. – Apesar de toda a beleza de Joyce, eu nunca teria o desejo de me deitar com ela. Há uma ausência de emoção naquela mulher. Ela é como uma serpente bela e mortal. Por que, em nome de Deus, você se envolveu com ela? Você com certeza sabia que não deveria.

Derek hesitou. Era raro confidenciar coisas assim a alguém, mas, se havia um homem em quem confiava, era Alex.

– Eu sabia que não deveria – admitiu –, mas não me importei. Conheci Joyce na recepção do casamento de lorde Aveland. Nós conversamos por algum tempo. Achei que ela seria divertida, então... – Ele deu de ombros. – O caso começou naquela noite.

Alex pensou em perguntar alguma coisa, hesitou e pareceu enojado consigo mesmo.

– Como ela era? – perguntou por fim, incapaz de conter a curiosidade puramente masculina.

Derek deu um sorriso irônico.

– Exótica. Ela gosta de ardis, joguinhos, perversões... Não há nada que não faça. Por algum tempo, eu gostei. O problema começou quando finalmente me cansei de Joyce. Ela não queria que acabasse. – Seus lábios se contorceram. – Ainda não quer.

Alex tomou um gole de conhaque, então girou a bebida no copo, olhando para o líquido com uma expressão desconfortável.

– Derek – murmurou –, antes de o meu pai morrer, ele tinha uma estreita amizade com lorde Ashby. Embora lorde Ashby seja um homem velho agora, ele não perdeu nada de sua agilidade mental. Eu gostaria de abordá-lo discretamente e lhe pedir que dê um basta nas excentricidades de Joyce antes que ela faça algo pior do que já fez.

– Não – disse Derek com uma risada curta. – Eu teria sorte se o velho rabugento não contratasse alguém para acabar comigo. Ele não aceitaria bem a ideia de um plebeu flertando com a esposa. Não interfira, Raiford.

Alex, que sempre gostara de resolver os problemas dos outros, ficou irritado com a recusa.

– O que o leva a pensar que estou pedindo a sua maldita permissão? Você manipulou e interferiu na minha vida por anos, maldição!

– Não preciso da sua ajuda.

– Então pelo menos aceite o meu conselho. Pare de ter casos com as esposas de outros homens. Encontre uma mulher só para você. Quantos anos você tem? Trinta?

– Não sei.

Alex registrou a declaração com uma expressão de surpresa, então encarou Derek, avaliando-o.

– Você tem a aparência de um homem de 30 anos. Já está na hora de se casar e gerar filhos legítimos.

Derek ergueu as sobrancelhas em uma expressão de horror zombeteiro.

– Uma esposa? Pequenos Cravens aos meus pés? Meu Deus, não.

– Então pelo menos arrume uma amante. Alguém que saiba cuidar de um homem. Alguém como Viola Miller. Sabia que ela e lorde Fontmere romperam recentemente o arranjo que tinham? Você conhece Viola... É uma mulher elegante e inteligente, que não concede favores de forma leviana. Se eu fosse você, faria o que estivesse ao meu alcance para me tornar o próximo protetor dela. Acho que você vai concordar que ela vale qualquer preço a ser pago.

Irritado, Derek deu de ombros, querendo mudar de assunto.

– Uma mulher nunca resolve nada para um homem. Ela só causa mais problemas.

Alex sorriu.

– Ora, você estaria mais seguro com a própria esposa do que com a de outro homem. E tem pouco a perder apostando no que o resto de nós apostou.

– A miséria ama companhia – citou Derek mal-humorado.

– Exatamente.

Eles passaram para outros assuntos, e Derek perguntou se Alex e Lily planejavam comparecer ao baile no clube. Alex riu da ideia.

– Não, eu não gosto dessa multidão de canalhas e prostitutas chamada de *demimonde*. Embora minha esposa pareça apreciar essas reuniões.

– Onde está ela?

– Na modista, encomendando alguns vestidos novos. Ultimamente ela tem usado tanto aquelas malditas calças na propriedade que nosso filho perguntou por que ela não usava vestidos como todas as outras mães. – Alex franziu o cenho. – Lily saiu com pressa essa manhã. E não me explicou o motivo. Ela recebeu um bilhete, mas não me deixou ler. Ou seja, está tramando algo. Maldita seja essa mulher... Ela me deixa louco!

Derek reprimiu um sorriso, sabendo que Alex não mudaria absolutamente nada no jeito da esposa.

～

– S. R. Fielding! – exclamou Lily com uma risada baixa. Ela pegou a mão de Sara e apertou-a com força. Seus olhos escuros cintilavam de prazer. – Não tem ideia de como admiro o seu trabalho, Srta. Fielding. Senti tanta afinidade com Mathilda. Ela poderia ter sido inspirada em mim!

– A senhora é a mulher do retrato – disse Sara atônita. – Na galeria do Sr. Craven.

O artista havia capturado fielmente a condessa – a não ser pelo fato de que, na tela, ela parecia muito mais serena. Nem mesmo o artista mais talentoso seria capaz de capturar por completo a autoconfiança radiante de Lily, ou de transmitir o brilho animado em seus olhos.

– A menininha na pintura é minha filha, Nicole – explicou Lily, com a voz carregada de orgulho. – Uma beleza, não? O retrato foi concluído há alguns anos. O artista se negou a vendê-lo, mas Derek ofereceu a ele uma quantia tão absurda que o homem não pôde recusar. Derek afirma que qualquer coisa pode ser obtida por um preço. – Seus lábios se curvaram em um sorriso. – Às vezes acho que ele tem razão.

Sara deu um sorriso cauteloso.

– O Sr. Craven é muito cínico.

– A senhorita não sabe nem da metade – disse Lily com ironia, e descartou o assunto com um aceno de mão. De repente, sua atitude passou a ser profissional. – Pela forma como Worthy descreveu a situação, precisamos urgentemente de um vestido de baile.

– Eu não tinha a intenção de perturbá-la, lady Raiford. Obrigada por concordar em me ajudar.

Worthy providenciara para que Sara fosse levada ao ateliê de Madame Lafleur, a modista mais exclusiva de Londres. Lady Raiford iria encontrá-la na loja, segundo o faz-tudo, que ainda deixara claro que Sara deveria permitir que a condessa tivesse total autonomia.

– Lady Raiford sabe tudo sobre esse tipo de coisa. Deve confiar no julgamento dela, Srta. Fielding.

Sara desconfiava que Worthy não se sentia nada impressionado com as noções de moda dela. No entanto, fora a falta de dinheiro, não de bom gosto, que sempre determinara suas escolhas para o próprio guarda-roupa.

Naquele momento, Sara se via no famoso conjunto de salões na Bond Street, com paredes cobertas de espelhos dourados e um elegante brocado cinza-rosado. O ambiente no Lafleur era tão régio que chegava a ser intimidante. Nem os sorrisos simpáticos das assistentes conseguiram acalmar totalmente a sua apreensão. A ideia de quanto poderia lhe custar aquele capricho era desalentadora, mas Sara se obrigou a deixar de lado a preocupação importuna. Mais tarde ela choramingaria e estremeceria quando precisasse arcar com seus gastos desenfreados. Mais tarde seria prudente e responsável.

– Por favor, me chame de Lily – pediu lady Raiford. – E isso não é nenhum problema, minha cara, principalmente se levarmos em consideração tudo o que você fez por *mim*.

– Pela senhora? Eu fiz alguma coisa pela senhora?

– A forma como salvou Derek, sem nem pensar no perigo que você mesma estava correndo... Tenho uma dívida eterna com você. Derek é um amigo próximo da família. – Lily abriu um sorriso animado. – Um homem bastante interessante, concorda?

Antes que Sara pudesse responder, Lily se virou e chamou a atenção de uma mulher que estava parada a pouca distância.

– Então, Monique? Quanto tempo vai levar para deixar a Srta. Fielding absurdamente bela?

A modista, que esperava na porta com discrição, se aproximou delas. Deu boas-vindas a Lily com um carinho que demonstrava uma amizade de longa data, então se voltou para Sara. Pela lógica, uma mulher com o prestígio e o sucesso de Monique Lafleur seria distante e exibiria com orgulho um ar de arrogância. Mas Monique era simpática e gentil e tinha um sorriso tão generoso quanto a circunferência de sua cintura.

– *Cherie*. – Ela pegou Sara pelos ombros e examinou a moça atentamente. – Ah, sim – murmurou. – Vejo que há muito trabalho a ser feito. Mas gosto de um desafio! Lady Raiford fez bem em trazê-la para mim. Quando terminarmos, prometo que a senhorita será uma *enchanteresse*!

– Talvez possamos encontrar algo simples para eu usar...

As palavras de Sara se perderam na agitação repentina enquanto Monique gesticulava para colocar as suas assistentes em ação. Lily apenas recuou com um sorriso.

– Cora, Marie! – chamou a modista. – Venham, tragam os vestidos, *maintenant*! Depressa, não podemos perder tempo!

Sara olhou, estupefata, para as braçadas de sedas e veludos em tons vivos que foram trazidas.

– De onde veio tudo isso?

Monique a levou para uma sala anexa, decorada com delicados móveis no estilo rococó, cortinas com borlas e espelhos ainda mais robustos do que os dos salões da frente.

– Os vestidos pertencem a lady Raiford. – Ela virou Sara de costas e desabotoou seu corpete com destreza. – Eu desenho tudo o que ela veste. Quando a condessa adota uma nova moda, toda Londres a copia no dia seguinte.

– Ah, mas eu não poderia aceitar um dos vestidos de lady Raiford...

– Nenhum deles jamais foi usado – interrompeu Lily, seguindo-as até o interior da saleta. – Faremos ajustes em um deles para você, Sara. – Ela voltou a atenção para a modista. – Os pretos e roxos não vão combinar com ela, Monique. E nada tão virginal quanto o branco. Queremos algo ousado e marcante. Algo que faça com que ela se destaque da multidão.

Sara despiu o vestido que usava e desviou os olhos de sua imagem no espelho: estava apenas com a camisa, os calções de baixo e grossas meias brancas. Monique lançou um olhar especulativo para as práticas roupas de baixo, balançou a cabeça e pareceu fazer uma anotação mental qualquer. Então pegou um dos vestidos e virou-o de um lado e do outro.

– O rosa? – sugeriu, segurando o cetim com a cor forte na frente do corpo semidespido de Sara.

Sara prendeu a respiração, impressionada. Nunca usara uma criação tão suntuosa. Rosas de seda adornavam as mangas e a bainha do vestido. O corpete de cintura alta era arrematado com um peitilho em filigrana de prata e uma fileira de laços de cetim.

Lily balançou a cabeça, pensativa.

– Encantador, mas muito inocente.

Sara reprimiu um suspiro de decepção. Ela não conseguia imaginar nada mais bonito do que o cetim rosa. Monique se apressou a descartar o vestido e passou a examinar os outros.

– O cor de pêssego. Nenhum homem será capaz de tirar os olhos dela se estiver usando isso. Venha, vamos experimentar, *cherie*.

Sara ergueu os braços e deixou que a modista e sua assistente, Cora, passassem o vestido de tecido muito fino pela sua cabeça.

– Acho que vai precisar de muitos ajustes – comentou Sara, com a voz abafada sob as delicadas camadas de tecido.

Os vestidos tinham sido ajustados para as linhas graciosas e compactas do corpo de Lily. Sara era mais do que dotada, com seios generosos, quadris curvilíneos e uma cintura fina e bem-marcada... uma silhueta que estivera na moda trinta anos antes. O atual estilo grego de cintura alta não era particularmente favorável a ela.

Monique ajeitou o vestido ao redor dos pés de Sara e começou a puxá-lo para arrumar o tecido.

– *Oui*, lady Raiford tem a silhueta que a moda adora. – Ela fechou o corpete apertado com gestos enérgicos. – Mas a senhorita, *cherie*, tem o tipo de corpo que os *homens* amam. Respire fundo, *s'il vous plaît*.

Sara estremeceu quando seus seios foram empurrados para cima até quase transbordarem do corpete decotado. A bainha da saia extraordinariamente cheia era cercada por três fileiras de folhas de tulipa, uma acima da outra. Sara mal podia acreditar que a mulher no espelho era ela mesma. O vestido cor de pêssego, com suas camadas transparentes de seda e o decote escandalosamente baixo, tinha sido desenhado para atrair a atenção de um homem. Estava largo demais na cintura, mas seus seios se erguiam do corpete em um esplendor de pele macia, unidos para formar um decote sedutor.

Lily abriu um largo sorriso.

– Como você está esplêndida, Sara.

Monique avaliou-a com uma expressão cheia de orgulho.

– Com alguns ajustes, ficará perfeito. Esse é o vestido, *n'est-ce pas*?

– Ainda não estou certa – falou Lily, andando pela saleta enquanto examinava Sara de todos os ângulos. – Pode ser apenas a minha preferência por tons mais fortes... – Ela fez uma pausa e balançou a cabeça com uma determinação que fez o coração de Sara afundar. – Não, não é espetacular o suficiente para atingir o nosso objetivo.

– Objetivo? – perguntou Sara, perplexa. – Não há outro objetivo além de me ver adequadamente vestida. E esse com certeza é mais do que adequado, não?

Lily trocou um olhar insondável com a modista, que de repente encontrou uma infinidade de motivos para sair da saleta. As assistentes a seguiram em silêncio. Perplexa com a partida repentina, Sara afofou a saia do vestido cor de pêssego e fingiu indiferença.

– Talvez devêssemos conversar um pouco, Sara. – Lily examinou as outras roupas, erguendo uma criação lilás e violeta, e fez uma careta. – Meu Deus. Não consigo imaginar por que mandei fazer isso. – Sem cuidado algum, ela jogou o vestido de lado. – Por que exatamente é *fundamental*, como escreveu Worthy, que você compareça ao baile dessa noite?

– Pesquisa – disse Sara, sem encontrar os olhos da condessa. – Uma cena para o meu romance.

– É claro... – Um leve sorriso brincou nos lábios de Lily. – Bem, eu não sei nada sobre escrever romances. Mas tenho uma compreensão razoável da natureza humana. Talvez eu esteja enganada, mas presumi que o objetivo de tudo isso era chamar a atenção de alguém. – A última palavra foi dita em um tom sutilmente interrogativo.

– Não, milady...

– Lily.

– Lily – repetiu Sara, obediente. – Não tenho qualquer pretensão nesse sentido. Não quero chamar a atenção de ninguém. Estou quase noiva do Sr. Perry Kingswood, de Greenwood Corners.

– Ah. – A condessa deu de ombros e fitou a moça à sua frente com simpatia. – Então eu estava errada. Na verdade... Achei que você poderia estar interessada em Derek Craven.

– *Não.* Ele não é o tipo de homem que eu... – Sara parou e encarou Lily, com o rosto inexpressivo. – De jeito nenhum.

– É claro. Me perdoe. Fui arrogante.

Sara tentou desanuviar o momento constrangedor.

– Não é que eu não simpatize com o Sr. Craven. Ele é um tipo único de pessoa...

– Não há necessidade de contornar a verdade. Ele é impossível. Conheço

Derek melhor do que ninguém. É egoísta, reservado, solitário... muito parecido comigo cinco anos atrás, antes de me casar com lorde Raiford.

Lily se colocou atrás de Sara e começou a desabotoar o vestido justo.

– Vamos tentar o de veludo azul. Você tem a tez perfeita para essa cor.

A condessa parecia não estar mais disposta a continuar falando de Derek Craven e soltou os botões das minúsculas presilhas de seda que os prendiam. Sara franziu o cenho enquanto as mangas deslizavam por seus braços e saiu do círculo de tecido cor de pêssego transparente. O silêncio se tornou insustentável.

– Mas por que o Sr. Craven seria solitário? – perguntou ela, sem conseguir se conter. – Ele está cercado de pessoas o tempo todo. Poderia ter a companhia de qualquer mulher que desejasse!

Lily fez uma careta cômica.

– Derek não confia em ninguém. Depois de ser abandonado pela mãe e viver tanto tempo no submundo... Bem, receio que ele não tenha uma opinião muito boa sobre as mulheres ou sobre as pessoas em geral.

– Ele tem uma opinião muito elevada sobre você – comentou Sara, lembrando-se do magnífico retrato na galeria privada de Craven.

– Somos amigos há muito tempo – admitiu Lily, e acrescentou em um tom enfático –, mas nada além disso. Sim, eu sei o que dizem as fofocas, mas nosso relacionamento sempre foi estritamente platônico. Talvez isso não tenha importância para você. De qualquer forma, eu queria que soubesse a verdade.

Sara sentiu um prazer inexplicável ao ouvir essa informação. Mas, ciente do olhar perspicaz de Lily, se esforçou para conter o desejo de fazer confidências àquela estranha tão simpática – logo ela, que sempre protegera a própria privacidade com tanto cuidado. *Não vou ao baile para fazer pesquisas*, quis desabafar, *vou porque o Sr. Craven acha que sou uma ratinha do campo. E eu mal me reconheço... porque, de repente, me sinto disposta a fazer qualquer coisa para provar que ele está errado... quando isso não deveria importar. Não deveria ter a menor importância.*

Então Sara se ouviu dizer:

– O Sr. Craven me proibiu de ir ao clube essa noite.

– É mesmo? – retrucou Lily na mesma hora. – Não estou surpresa.

– Ele afirma que eu não estaria segura em meio ao *demimonde*. Ora, já visitei bordéis e espeluncas de jogo, e nunca me fizeram qualquer mal! O Sr.

Craven não está sendo justo, ainda mais se levarmos em consideração que fui eu que o salvei do ataque que sofreu!

– Eu diria que você tem razão – concordou Lily.

– Desde o momento em que cheguei, ele quis me mandar de volta para Greenwood Corners.

– Sim, eu sei. – Lily se adiantou para fechar o vestido azul. – Derek quer se livrar de você, Sara, porque ele a vê como uma ameaça.

Sara soltou uma risada de incredulidade.

– Eu, uma ameaça? Posso lhe garantir que ninguém nunca pensou em mim desse jeito!

– Só há uma coisa que Derek Craven teme – afirmou Lily. – Ele é um completo covarde quando se trata dos próprios sentimentos. Derek teve casos com dezenas de mulheres, mas, assim que sente que corre algum risco de se apegar a uma delas, ele a descarta rapidamente e encontra outra. Quando o conheci, achei que era um homem muito *limitado*, incapaz de amar, de confiar ou de sentir ternura. Mas agora acredito que esses sentimentos existam. E Derek os reprime desde que era criança. Porém, acho que está chegando o momento em que ele não será mais capaz de conter esses sentimentos. Derek não tem agido normalmente nos últimos tempo. Ando vendo sinais de que o muro que construiu ao seu redor está rachando.

Perturbada, Sara alisou o veludo em seus quadris e manteve os olhos baixos.

– Lady Raiford, não sei bem o que espera de mim – falou com sinceridade. – Eu amo o Sr. Kingswood e pretendo me casar com ele...

– Sara – interrompeu Lily com gentileza –, você ajudaria muito Derek se lhe mostrasse essa noite que ele não é tão invencível quanto pensa. Eu gostaria que você, ou alguma outra pessoa, encontrasse uma brecha na armadura dele. Isso é tudo. – Ela abriu um largo sorriso. – Depois, você voltará para o Sr. Kingswood, que é um homem maravilhoso, tenho certeza, e eu farei a minha parte para encontrar a mulher certa para Derek. – Lily riu. – Ela terá que ser forte, sábia e paciente o bastante para se qualificar para a canonização. – A condessa se afastou para examinar Sara, e um sorriso surgiu em seu rosto. – *Esse* é o vestido – declarou, enfática.

~

Elas se sentaram juntas na carruagem dos Raifords, dividindo o conteúdo de um frasco de prata que Lily oferecera. Sara olhou pela janela por trás de uma pequena cortina com borlas e observou a torrente de pessoas que subia os degraus que levavam ao clube. As mulheres usavam trajes suntuosos e máscaras adornadas com plumas, joias e fitas. Seus acompanhantes usavam roupas escuras e formais e máscaras pretas simples, que faziam com que aquilo parecesse um baile de salteadores. As janelas cintilavam com a luz que vinha de dentro do casarão enquanto os acordes da orquestra flutuavam na fria escuridão da noite.

Lily observou o cortejo e estalou os lábios, apreciando o sabor de um bom conhaque.

– Vamos esperar mais alguns minutos. Não seria bom aparecer muito cedo.

Sara envolveu melhor o corpo com a capa emprestada e pegou o frasco. O conhaque era forte, mas tinha um sabor suave, um fogo agradável que aliviava a tensão dos seus nervos e o bater dos dentes.

– Meu marido provavelmente está tentando imaginar onde estou – comentou Lily.

– O que vai dizer a ele?

– Ainda não tenho certeza. Terá que ser algo próximo da verdade. – Lily abriu um sorriso alegre. – Alex sempre sabe quando estou mentindo descaradamente.

Sara sorriu. Lily não só tinha prazer em contar histórias ultrajantes do seu mau comportamento no passado como também opinava com certa liberdade sobre qualquer um e qualquer coisa. A condessa tinha uma atitude incrivelmente desdenhosa em relação aos homens.

– Eles são fáceis de controlar e totalmente previsíveis – dissera Lily mais cedo. – Se algo lhes é dado com facilidade, eles permanecem indiferentes. Mas, se a mesma coisa lhes é negada, passam a desejar aquilo desesperadamente.

Enquanto refletia sobre o conselho da condessa, Sara pensou que ela talvez estivesse certa em relação à recusa. Perry Kingswood sempre soubera que assim que se desse o trabalho de pedi-la em casamento, Sara aceitaria. Talvez, se ele não estivesse tão certo da resposta dela, não tivesse levado quatro anos para chegar à beira de um noivado. *Quando eu voltar para Greenwood Corners*, pensou Sara, *serei uma nova mulher*. Seria tão autoconfiante e independente quanto a própria Lily. Então Perry se apaixonaria perdidamente por ela.

Satisfeita com a ideia, Sara fortaleceu sua determinação com mais conhaque.

– É melhor você pegar leve com isso – aconselhou Lily.

– É bastante revigorante.

– É muito forte, isso, sim. Vamos… é hora de colocar a máscara. Não fique nervosa.

– É uma linda máscara – disse Sara, deixando os dedos brincarem um pouco com as estreitas fitas de seda preta antes de amarrá-las no lugar.

Monique a confeccionara habilmente com seda preta, renda, e safiras azuis cintilantes, que combinavam com o vestido que ela usava.

– Não estou nem um pouco nervosa.

Era verdade. Sara tinha a sensação de que alguma estranha imprudente havia substituído seu eu cauteloso de sempre. O vestido azul-escuro moldava-se ao corpo dela, e o decote era tão cavado que os seios pareciam prestes a transbordar do minúsculo corpete. Uma larga faixa de cetim presa com uma fivela de ouro realçava a cintura fina. A máscara cobria a metade superior do rosto, mas revelava os lábios, que Monique e Lily insistiram em escurecer com um leve toque de ruge. As duas também haviam se esmerado em arrumar o cabelo de Sara em uma cascata de cachos no alto da cabeça deixando algumas mechas soltas, que balançavam tentadoramente junto às bochechas e ao pescoço. Um perfume que lembrava a Sara o aroma de rosas misturado com um cheiro verde mais profundo tinha sido aplicado com moderação em seu colo e seu pescoço.

– Um triunfo – declarara Monique, regozijando-se com a transformação. – Bela, sofisticada, mas ainda fresca e jovem… Ah, *cherie*, você fará muitas conquistas essa noite!

– Impressionante – concordara Lily, radiante de alegria. – Ela vai causar uma comoção. Certamente você ouvirá todas as fofocas amanhã de manhã, Monique.

– *Bien sûr*, todo mundo vai aparecer aqui para perguntar quem é ela, cacarejando como um bando de galinhas invejosas!

Enquanto as duas se parabenizavam, Sara ficou encarando o reflexo desconhecido no espelho, sentindo o estômago se revirar de emoção. A imagem era a de uma mulher experiente, versada na arte da sedução.

– Não haverá nenhuma *ratinha* essa noite – sussurrou ela, com um sorriso maravilhado. – Não vai nem me reconhecer, Sr. Craven.

Ao ouvir o som da voz vagamente ansiosa de Lily, Sara se obrigou a voltar ao presente.

– Se você tiver algum problema essa noite – dizia a condessa –, é só gritar por Worthy.

– Não haverá necessidade disso – disse Sara em tom despreocupado, e tomou outro longo gole da garrafa.

– É melhor você falar com Worthy quando chegar. Caso contrário, ele não vai reconhecê-la.

Os lábios de Sara se curvaram em um sorriso presunçoso quando ela pensou nisso.

– Nem o Sr. Craven.

– Não sei se gosto da expressão em seus olhos – comentou Lily, preocupada. – Tenha cuidado, Sara. É de conhecimento geral que coisas estranhas acontecem nesses bailes. Acabei me *casando* depois de um baile desses, particularmente memorável. Vamos, me devolva essa garrafa. Acho que você já bebeu o bastante.

Sara devolveu o conhaque com relutância enquanto Lily lhe dava um último sermão.

– Não aceite fazer nenhuma aposta, senão será levada a participar de algum jogo fraudulento com algum camarada vulgar antes que se dê conta do que está acontecendo. E lembre-se de não acompanhar ninguém até os aposentos que ficam nos fundos da casa. É para lá que as pessoas vão quando querem fazer indecências com mais liberdade.

– Worthy não me contou isso.

– Ele provavelmente se sentiu constrangido demais para fazê-lo – disse Lily, muito séria. – Aqueles aposentos foram projetados para abafar qualquer som, e estão mobiliados de forma questionável, preparados para atender a todo tipo de coisas sórdidas.

– Como você sabe tanto sobre esses cômodos?

– Ouvi dizer, é claro. – Lily sorriu de uma forma que desmentia seu tom inocente. – Agora saia da carruagem, sua atrevida.

– Obrigada – falou Sara com sinceridade. – Muito obrigada por tudo. Eu gostaria que você me deixasse pagar pelo vestido, pelas roupas íntimas de seda e…

– Não quero nem ouvir falar nisso – interrompeu Lily. – Você pode me contar tudo sobre o baile um dia desses. Isso já será pagamento suficiente.

Ela dispensou Sara com um aceno de mão e uma risada.

O criado que acompanhava a carruagem ajudou Sara a descer e ela subiu sozinha os degraus da casa. Talvez fosse apenas uma leve vertigem por causa do conhaque, mas estava se sentindo muito estranha. A noite parecia mágica, ameaçadora, caleidoscópica. Os degraus de mármore sob seus pés pareciam se mover como a areia que era levada pela maré. Algo iria acontecer com ela naquela noite. Quer o amanhã lhe trouxesse felicidade ou arrependimento, Sara sabia que, pelo menos por algumas horas, iria viver tão ousadamente quanto sempre sonhara fazer.

– Senhora? – falou o mordomo, imperturbável, quando ela entrou.

Era responsabilidade dele barrar quem não fora convidado, caso contrário aqueles bailes tomariam proporções incontroláveis.

Sara deu um sorrisinho enquanto tirava a capa preta, revelando as curvas sinuosas do seu corpo bem marcado pelo veludo azul.

– Boa noite – disse ela, baixando a voz pelo menos uma oitava. – O senhor deve ser Ellison. A Srta. Fielding me falou sobre o senhor.

O mesmo Ellison que já havia lhe contado tudo sobre a vida dele – desde a doença recente da mãe até a sua predileção por torta de rim – claramente não a reconheceu.

– A senhorita é convidada da Srta. Fielding?

– Sou muito próxima dela – assegurou Sara. – Ela disse que eu seria bem-vinda essa noite. – Ela encolheu os ombros macios. – No entanto, se não for esse o caso...

– Espere, senhora... – A voz geralmente impassível do homem agora mostrava um toque de fascínio. – Posso perguntar o seu nome?

Ela se inclinou mais para perto dele.

– Acho que não seria sensato – confidenciou Sara. – Receio que a minha reputação possa tornar as coisas bastante inconvenientes.

Ellison enrubesceu fortemente. Era fácil ler os pensamentos que giravam pela mente do homem. Uma mulher linda e misteriosa, com uma vaga conexão com a Srta. Fielding...

– S-senhora – gaguejou o mordomo, mal contendo a empolgação. – Seria possível? Posso perguntar se a senhora é... M-Mathilda? A *verdadeira* Mathilda?

Sara franziu os lábios vermelhos, pensativa.

– É possível.

Ela lhe entregou a capa e entrou lentamente no Craven's. Não sentiu o menor pudor pelo ardil a que recorrera – afinal, se alguém tinha o direito de assumir a identidade de Mathilda, esse alguém era a sua criadora!

Um grupo de três jovens libertinos que estavam atrás de Sara na entrada olhavam para ela com expressões ávidas.

– Vocês ouviram aquilo? – perguntou um deles em um arquejo. – Aposto que é Mathilda.

– Pode ser uma impostora – argumentou um de seus companheiros com sensatez.

– Não, não, é ela – insistiu o primeiro. – Tenho um amigo que passou uma noite com Mathilda em Bath, em junho do ano passado. Essa mulher é exatamente como ele a descreveu.

– Vamos segui-la.

– Mathilda não poderia ter estado em Bath em junho do ano passado – questionou o terceiro. – Ouvi dizer que ela estava passeando pela Europa com um dos Berkleys.

– Isso foi antes ou depois de ela entrar para o convento?

Sara não reparou nos três homens que debatiam sobre Mathilda enquanto a seguiam. Ao ver Worthy, ela abriu caminho pelo salão de jogos principal. Seu avanço foi retardado por uma aglomeração de homens que subitamente se ofereciam para lhe servir um copo de ponche, ou a convidavam para dançar, ou imploravam por sua atenção de alguma forma. Alguém colocou um copo em sua mão e Sara o aceitou com um sorriso. Ela fez uma pausa para saborear a bebida forte e apreciou o calor que se espalhou por suas veias. Então levou a mão coberta pela luva negra à testa para afastar uma mecha de cabelo e sorriu para os homens ao seu redor.

– Cavalheiros – disse em uma voz rouca –, os senhores são um grupo bastante vistoso, e estou lisonjeada com a atenção, mas estão falando todos ao mesmo tempo. Só consigo lidar com três ou quatro de cada vez.

Os homens renovaram seus esforços com entusiasmo.

– Senhorita, posso acompanhá-la a uma das salas de jogo…

– … uma taça de vinho?

– … um doce?

– … dançaria a valsa comigo?

Sara recusou todos os convites, projetando os lábios em uma expressão de lamento.

– Talvez mais tarde. Preciso cumprimentar um velho amigo, senão ele ficará com o coração partido diante da minha negligência.

– Em breve sucumbirei por causa do *meu* coração partido! – exclamou um deles.

O grupo tentou seguir Sara enquanto ela avançava lentamente em direção à lateral do salão, onde estava Worthy. Ela se colocou diante dele com um sorriso triunfante no rosto e fez uma breve reverência.

– Então? – perguntou.

O faz-tudo se curvou respeitosamente.

– Bem-vinda ao Craven's, senhora.

Quando Worthy voltou a examinar o salão com uma expressão preocupada, Sara franziu ligeiramente o cenho e se aproximou mais dele.

– Está procurando alguém? – perguntou ela com sua voz normal, seguindo a direção do olhar dele. – Está acontecendo alguma coisa?

De repente, os olhos do faz-tudo se fixaram nela. Ele tirou os óculos, limpou-os brevemente e voltou a colocá-los no rosto, encarando-a com espanto.

– *Srta. Fielding*? – perguntou o homem em um sussurro chocado. – É a senhorita mesmo?

– É claro que sou eu. Não me reconheceu? – Ela sorriu, satisfeita, para ele. – Gostou da transformação? Lady Raiford é responsável por tudo isso.

Worthy engasgou, balbuciou alguma coisa, mas não conseguiu responder. Quando olhou de relance para o corpo exposto de forma provocante, seu rosto empalideceu com uma consternação paternal.

Sara aceitou outro copo de ponche de um criado que passava e sorveu-o avidamente.

– Como isso é delicioso! – exclamou. – Está muito quente aqui, não? Essa música é encantadora! Mal consigo manter os pés parados. Vou dançar essa noite... a quadrilha, a valsa e...

– Srta. Fielding – disse Worthy em um arquejo –, esse ponche é forte demais para a senhorita. Vou pedir a Gill que lhe traga uma bebida sem álcool...

– Não, eu quero beber o que todo mundo está bebendo. – Ela inclinou a cabeça para ele até seu hálito com cheiro de frutas embaçar os óculos do homem à sua frente. – E não me chame de Srta. Fielding. Não há nenhuma Srta. Fielding aqui essa noite.

Worthy continuou a gaguejar, sem saber o que dizer, e limpou os óculos mais uma vez. No intervalo de alguns segundos, ele havia preparado um discurso que anunciaria a saída imediata dela do baile. Jamais conseguiria imaginar que Sara Fielding pudesse se transformar em uma sedutora, capaz de fazer o sangue de um homem ferver. Tudo nela estava diferente: sua voz, seus movimentos, todo o seu comportamento. Até o formato de seu rosto parecia ter mudado. Quando Worthy colocou os óculos no rosto mais uma vez, ela já havia sumido, levada por um par de dândis que conseguiam parecer entediados e lascivos ao mesmo tempo. O faz-tudo começou a sinalizar freneticamente para Gill, torcendo para que, juntos, os dois pudessem evitar o desastre iminente. Se o Sr. Craven por acaso a visse...

Ao ver a expressão atormentada e os gestos desesperados de Worthy, Gill se aproximou, vindo do lado oposto do salão octogonal.

– Problemas? – perguntou o rapaz.

– A Srta. Fielding está aqui! Temos que encontrá-la imediatamente.

Gill deu de ombros, sem ver motivo para preocupação.

– Talvez ela esteja em um canto qualquer, observando e ouvindo todos, como sempre.

– A Srta. Fielding não está em seu estado normal essa noite – explicou Worthy brevemente. – É uma situação perigosa, Gill.

– Você fala como se esperasse que ela fosse causar algum tipo de problema – retrucou Gill, rindo da ideia. – Aquela solteirona doce e quieta...

– Aquela solteirona doce e quieta é capaz de abalar o clube inteiro – sussurrou Worthy. – Encontre-a, Gill, antes que o Sr. Craven o faça. Ela está usando um vestido azul e uma máscara preta.

– Isso descreve pelo menos duas dúzias de mulheres aqui – declarou Gill. – E acho que eu não conseguiria reconhecê-la sem os óculos. – Ele cutucou o braço de Worthy e voltou seu interesse para um assunto mais urgente. – A propósito, você sabe o que eu ouvi pouco antes de vir para cá? Mathilda pode estar no baile. A própria Mathilda! Bem, eu gostaria de ouvir a Srta. Fielding tentar alegar que Mathilda não é real depois *disso*.

– Encontre-a – insistiu Worthy, com a voz estrangulada.

– Mathilda?

– *A Srta. Fielding.*

– Vou tentar – falou Gill, cético, e se afastou.

Worthy examinou a aglomeração de convidados em busca do vestido azul de Sara, batendo os pés nervosamente no chão. Enquanto pensava se deveria requisitar a mais funcionários do clube que procurassem a esquiva Srta. Fielding, ele ouviu um sotaque arrastado, que lhe provocou um arrepio na coluna.

– Procurando por alguém?

Worthy engoliu em seco e se virou para encarar o semblante sombrio de Derek Craven.

– Senhor?

– Eu sei que ela está aqui – declarou Derek, com os olhos verdes muito duros por trás da máscara preta que usava. – Eu a vi não faz nem um minuto. Esgueirando-se por aí, tentando me achar, fazendo perguntas… A mulher é tão sutil quanto a debandada de um elefante. Espero conseguir me conter para não matar a cadela com as minhas próprias mãos, ou dar a ela uma cicatriz igual à que me deu.

Dividido entre o alívio e o horror, Worthy se deu conta de que Craven estava se referindo a lady Ashby.

– *Lady Ashby* teve o descaramento de comparecer ao baile? – Ele esqueceu temporariamente o problema de Sara Fielding. – Deseja que eu a retire do clube, senhor?

– Ainda não – respondeu Derek, em um tom sombrio. – Primeiro vou falar com ela.

~

Lady Ashby esperava ao lado de uma coluna enorme, observando a multidão como um gato avaliando sua presa. Seu corpo esguio estava envolto em um vestido de seda dourada, que combinava com a cor do seu cabelo. Uma máscara de penas douradas e prateadas cobria o rosto estreito, de feições perfeitas.

De repente, lady Ashby sentiu uma dor lancinante na parte de trás da cabeça enquanto a mão grande de alguém segurou com força a massa de cachos bem penteados. O homem invisível atrás dela entrelaçou os dedos com mais força nos fios, impedindo-a de virar a cabeça. Ela soltou o ar com um sussurro de dor. Depois relaxou o corpo devagar.

– Derek – murmurou, mantendo-se absolutamente imóvel.

– Sua megera estúpida – disse ele com a voz baixa e carregada de ódio.

Ele torceu a mão até ouvi-la inspirar profundamente e vê-la arquear o corpo para tentar aliviar a dor no couro cabeludo.

– Queria ver seu rosto – disse lady Ashby em um arquejo. – Foi por isso que eu vim. Queria explicar...

– Eu sei por que você está aqui.

– Foi errado da minha parte, Derek. Eu não queria feri-lo. Mas você não me deu opção.

– Você não me feriu.

– Não posso permitir que você me deixe – declarou Joyce com determinação. – E não permitirei. Fui manipulada e abandonada por todos os homens em quem confiei. A primeira vez foi o meu pai...

– Eu não me importo – interrompeu Derek, mas ela insistiu em continuar, ignorando a dor no couro cabeludo.

– Quero que você entenda. Fui forçada a me casar aos 15 anos. O noivo tinha idade para ser meu avô. Desprezei lorde Ashby à primeira vista, o velho bode lascivo. Consegue imaginar como foi ir para a cama com *aquilo*? – A voz dela se tornou ácida. – A pele enrugada, os dentes ruins, o corpo murcho por causa da idade... Ah, o amante ardente que ele era. Implorei ao meu pai que não me vendesse a um velho, mas ele só conseguia pensar nas terras e na riqueza de Ashby. Minha família lucrou muito com o casamento.

– Você também – afirmou Derek.

– Prometi a mim mesma que, a partir de então, teria o máximo de prazer que pudesse conseguir. Que nunca mais deixaria ninguém me controlar. Sou diferente de todas as cadelas covardes que permitem que os homens moldem as suas vidas da maneira que lhes aprouver. Se eu permitisse que você me deixasse de lado tão facilmente quando se cansasse de mim, eu não seria nada, Derek. Estaria reduzida à situação da menina de 15 anos que já fui, obrigada a me submeter à vontade de um homem indiferente. Não serei abandonada por você, seu bastardo presunçoso e desgraçado.

Ela arquejou quando foi girada e se viu cara a cara com o rosto furioso de Derek. Ele havia tirado a máscara.

– Aí está a sua vingança – disse ele com uma voz zombeteira. – Isso a agrada?

Joyce ficou imóvel, fitando a ferida no rosto dele.

– Eu feri você de verdade – murmurou, parecendo ao mesmo tempo impressionada, contrita e estranhamente satisfeita.

Derek colocou a máscara no rosto outra vez. Quando voltou a falar, havia um tom cansado em sua voz.

– Saia daqui.

Ela pareceu se sentir mais poderosa com a visão da cicatriz.

– Eu ainda quero você.

– Não me submeto a ninguém – retrucou ele num tom rude. – Ainda mais a alguém gasta como você.

– Volte para mim – pediu Joyce. – Vou tornar a sua vida muito doce. – O sorriso dela carregava uma ameaça. – Você ainda é bonito, Derek. Eu odiaria ver seu rosto cortado em pedaços.

– Até agora, eu não havia conhecido uma mulher que precisasse ameaçar um homem para tê-lo em sua cama. – A farpa encontrou o alvo. Derek viu um rubor se espalhar ao redor da máscara que ela usava. – Não volte a me irritar, Joyce – continuou ele, entre dentes, segurando o pulso dela com uma força que a fez estremecer. – Ou farei com que deseje estar morta.

– Prefiro a sua retaliação à sua indiferença.

Derek deixou escapar um murmúrio de desprezo e chamou com um gesto um supervisor do clube, que estava de pé a vários metros de distância, falando em voz baixa com uma mulher vestida de maneira exótica. O homem se aproximou rapidamente.

– Leve-a daqui – murmurou Derek, e empurrou Joyce na direção do supervisor. – E, se eu voltar a vê-la essa noite, é a sua cabeça que vou pedir.

– Sim, senhor.

O homem se afastou com Joyce a passos rápidos, mas controlados.

Derek se sentia sujo. Pegou um copo da bandeja de um criado que passava e virou tudo de um gole só. Então fez uma careta, estranhando a doçura enjoativa do ponche. Mas era uma bebida forte, que desceu suavemente por sua garganta e se acomodou em seu estômago com um calor ardente. Ele esperou que o álcool amortecesse o ressentimento que parecia ferver em suas veias, a aversão e, o pior de tudo, a pontada de pena que sentira. Ele sabia o que era ter que enfrentar o próprio desamparo, como era a luta desesperada para ser dono de si mesmo. Já havia buscado vingança muitas vezes pelos erros cometidos contra ele. Seria o cúmulo da hipocrisia fingir que era melhor do que lady Ashby.

O barulho no salão se tornou quase ensurdecedor com as excentricidades dos convidados na mesa de jogo. Derek não havia prestado atenção na aglomeração indisciplinada antes, já que estava totalmente concentrado na cena com Joyce. Ele deixou o copo vazio de lado e se aproximou da mesa. Checou o trabalho de seus funcionários – os crupiês que jogavam dados; o "faísca" contratado para reclamar publicamente das "perdas" para a banca e, assim, atrair jogadas mais pesadas; os garçons que garantiam que todos tivessem copos cheios de ponche ou de vinho na mão. Os únicos que não estavam trabalhando eram os dois recepcionistas, que deveriam levar os clientes do clube para o andar de cima quando desejassem visitar uma das prostitutas da casa. Mas ninguém queria subir. O grupo de homens turbulentos, de todas as idades e níveis sociais, estava reunido em torno de uma única mulher. Ela estava ao lado da mesa, jogando dados de um copo no feltro verde, e flertava simultaneamente com pelo menos meia dúzia de jogadores.

Derek sorriu a contragosto, sentindo sua amargura arrefecer um pouco. Fazia anos que não via uma mulher lidar com uma multidão de admiradores com tanta habilidade, desde Lily em seus dias de apostas. Fascinado, ele perguntou a si mesmo de onde diabos surgira aquela mulher. Ele sabia sobre todos os recém-chegados a Londres e nunca a vira antes. Provavelmente era a esposa de algum diplomata, ou alguma cortesã exclusiva. Os lábios dela estavam vermelhos e projetados para a frente, e os ombros pálidos, expostos de forma sedutora acima do veludo azul do vestido. A mulher ria com frequência, jogando a cabeça para trás de um jeito que fazia seus cachos castanhos dançarem. Assim como os outros homens presentes, Derek estava encantado com sua figura: os deliciosos seios arredondados, a cintura fina, tudo revelado por um vestido bem ajustado, que a diferenciava do estilo grego disforme escolhido pelas outras mulheres.

– Um brinde ao colo mais lindo de Londres! – exclamou lorde Bromley, um jovem libertino e imprestável.

Agitados e empolgados, os homens ao redor ergueram seus copos com entusiasmo. Os garçons se apressaram a servir mais bebida.

– Senhorita – implorou um dos homens –, peço que lance os dados para mim.

– Qualquer boa sorte que eu tenha é sua – garantiu ela, e balançou os dados no copo com tanta força que seus seios estremeceram no decote.

A temperatura no salão subiu depressa e uma série de suspiros de admiração saudou a exibição. Derek decidiu intervir antes que o humor dos convidados se tornasse elétrico demais. Ou a mulher não percebia a luxúria que incitava ou fazia aquilo deliberadamente. Fosse como fosse, ele queria conhecê-la.

~

Sara lançou os dados e riu, encantada, quando saiu um triplo.

– A casa paga trinta para um! – gritou o crupiê, e o rugido de apreciação do grupo foi igualado apenas por um clamor para que a mulher jogasse os dados novamente.

Antes que pudesse dizer uma única palavra, Sara foi retirada do meio do grupo de homens por um par de mãos fortes. Os protestos foram reprimidos na mesma hora em que os homens reconheceram que quem a sequestrava era o próprio Derek Craven. Todos se acalmaram quando Derek fez sinal para um grupo de sedutoras prostitutas, que se misturaram ao grupo com sorrisos convidativos. Sara levantou os olhos lentamente para o rosto mascarado do seu sequestrador.

– O senhor me tirou do jogo.

– A senhorita estava prestes a causar um tumulto no meu clube.

– *Seu* clube? Então deve ser o Sr. Craven. – Os lábios vermelhos da mulher se curvaram de forma provocante. – Eu não queria causar problemas. Como posso me redimir?

Ele a fitou atentamente.

– Venha dar uma volta comigo.

– Só isso? Achei que o senhor talvez fizesse um pedido mais ousado.

– A senhorita parece desapontada.

Ela deu de ombros.

– Com a sua reputação, Sr. Craven, é razoável esperar uma proposta indecente.

Os lábios dele se curvaram em um sorriso sutil de flerte... um sorriso diferente de qualquer outro que ele já dirigira a Sara Fielding.

– Existe uma grande chance de eu obrigá-la a vir comigo.

Ela soltou uma risada rouca.

– Existe uma chance de eu aceitar.

Por um momento, Sara achou que havia se entregado. Algo na voz dela acendera uma centelha de reconhecimento. Derek a fitava com uma intensidade excessiva.

– Quem é você?

Sara inclinou a cabeça para trás a fim de olhar para ele, desafiando-o a adivinhar.

– O senhor não me conhece?

A sugestão de um sorriso desapareceu.

– Pretendo conhecer.

Uma vaga noção da realidade começou a se infiltrar na névoa agradável que a rodeava. Sara se sentiu inquieta e recuou meio passo.

– É possível que eu tenha chegado com alguém – disse ela, desejando voltar a se sentir imprudente como antes.

Precisava de outra bebida.

– A senhorita não vai embora com ele.

– E se eu for casada?

– Ainda assim não irá embora com ele.

Sara riu e fingiu estar preocupada.

– Fui alertada sobre homens como o senhor.

Derek se inclinou para sussurrar em seu ouvido.

– Espero que não tenha ouvido os alertas.

Os lábios dele roçaram a curva sensível do maxilar dela.

Sara fechou os olhos enquanto sentia um estremecimento nervoso percorrer seu corpo. Tentou reunir forças para se afastar de Derek, mas, em vez disso, permaneceu docilmente junto a ele, como se não tivesse vontade própria. Logo sentiu o toque delicado dos dentes dele contra o lóbulo de sua orelha e ouviu a voz dele murmurar:

– Venha comigo.

Ela não conseguiria. Seus joelhos estavam muito fracos. Mas, de alguma forma, permitiu que ele a levasse até o salão ao lado, entre os casais que rodopiavam na pista de dança. Derek passou o braço ao redor da cintura dela e segurou sua mão. Então essa era a sensação de estar muito perto de um homem, de tê-lo fitando-a com os olhos cheios de desejo.

– Você nunca esteve aqui antes – disse ele.

– Está enganado.

Derek balançou a cabeça.

– Eu teria me lembrado de você.

– Na verdade – disse Sara em voz baixa –, eu não estou aqui agora. Isso não está acontecendo. Você está apenas visitando um sonho meu.

– Estou? – Derek inclinou a cabeça, com a boca sorridente muito próxima à dela. O hálito dele era quente contra os lábios de Sara. – Então não acorde, anjo. Eu gostaria de ficar um pouco mais.

CAPÍTULO 5

O braço de Derek Craven se manteve firme ao redor da cintura de Sara enquanto eles giravam nos movimentos fluidos da valsa. Ele parecia se deliciar com o jeito brincalhão e meio embriagado dela. Derek flertava descaradamente, apontava os olhares invejosos de outros homens e fazia Sara rir, acusando-a de colecionar os corações de homens como se fossem brinquedos. Quando a valsa terminou e uma quadrilha começou, eles recuaram para a beira do salão e aceitaram as bebidas servidas por um garçom que passava. Sara assistia à dança de pé ao lado de Craven, balançando o corpo até os ombros dos dois se tocarem. Ele sorriu e passou o braço ao redor da cintura dela para firmá-la. Sara se inclinou alegremente na direção dos casais saltitantes, atraída pela música.

Derek puxou-a de volta com destreza.

– Uma quadrilha, não. Você não está com o equilíbrio muito firme, anjo.

– Anjo? – repetiu Sara, apoiando-se nele. Era de fato um comportamento pouco elegante para uma dama, mas na alegria do baile ninguém notava ou se importava. – Você dá apelidos a todas as suas mulheres?

– Eu não tenho nenhuma mulher.

– Não acredito em você – disse ela com uma risadinha, aconchegando-se mais ao peito sólido.

Craven segurou-a delicadamente pelos cotovelos para mantê-la firme.

– Diga-me o seu nome – pediu ele.

Sara balançou a cabeça.

– Não importa quem eu sou.

Os polegares dele se moveram devagar pelo tecido da luva que cobria a parte interna dos cotovelos dela.

– Vou descobrir antes que a noite acabe.

Uma nova valsa começou, e Sara se virou nos braços dele para fitá-lo com uma expressão suplicante.

– Está certo – respondeu Craven com uma risada, e guiou-a de volta para a pista de dança. – Outra valsa. E depois você vai tirar a máscara.

As palavras provocaram um sobressalto desagradável em Sara. Essa era a única ameaça capaz de quebrar o feitiço que a envolvia naquela noite. Ela abriu a boca para negar, mas pensou melhor. Recusar só o tornaria mais determinado.

– Por quê? – preferiu perguntar com um tom provocante.

– Quero ver o seu rosto.

– Em vez disso vou lhe *falar* sobre o meu rosto. Dois olhos, um nariz, uma boca...

– Uma linda boca.

Ele deixou a ponta do dedo percorrer o lábio inferior dela em um toque muito leve, que Sara poderia ter confundido com um beijo, caso seus olhos estivessem fechados.

O vago orgulho que ela sentira por ser inteligente o bastante para enganá-lo desapareceu, dissolvendo-se em uma onda de calor. Ela estava bêbada. "Chumbada", como o pai dela costumava dizer. Sim, muito chumbada. Essa era a explicação para as emoções dolorosas que surgiam dentro dela. Aquela noite deveria ser um jogo, e Derek Craven não passava de um canalha. Por que o toque dele a enchia de tanto desejo? Ele era a personificação de todo o prazer proibido que ela nunca experimentaria. Se ao menos a noite nunca terminasse... Se ao menos Perry a segurasse daquele jeito às vezes... Se ao menos...

– Quero dançar por muito, muito tempo – murmurou Sara.

Ele a tomou nos braços e a encarou fixamente.

– Qualquer coisa que você desejar.

Derek achava que não seria capaz de tirar as mãos de cima dela quando a valsa terminasse. Ele não podia se arriscar a deixá-la ir, a deixar escapar o único presente que Deus já achara por bem lhe conceder. Para conseguir todo o resto, fora preciso trabalhar, sofrer, roubar e trapacear. Tudo aquilo exigira esforço. Mas a mulher em seus braços simplesmente aparecera, como uma fruta perfeita caindo de uma árvore nas mãos estendidas dele. Derek se sentia quase tonto de desejo. Ela talvez estivesse sentindo a mesma coisa – suas respostas agora se limitavam a murmúrios indistintos enquanto o fitava através da máscara. Ela era linda, experiente e madura o bastante para compreender e aceitar os termos que ele oferecia. Não era como a outra. Não era como a dama bela e inocente, que era tão diferente dele quanto o gelo do fogo.

～

Estava ficando tarde e o clube estava lotado. Mais convidados haviam chegado, contribuindo para o caos alegre. Casais foram formados enquanto lordes, damas, libertinos e prostitutas buscavam um parceiro para a noite. Normalmente, Sara teria ficado chocada com as piadas obscenas lançadas de um lado para outro, mas a quantidade generosa de álcool que já consumira emprestava um brilho alegre à cena. Ela ria das investidas fortes que ouvia, mesmo daquelas que não entendia. Com frequência era empurrada contra Derek no salão lotado até ele levá-la a um local mais protegido, ao lado de uma das colunas de mármore. Sara recebeu vários convites para dançar, mas Derek rejeitou todos em um tom bem-humorado e sarcástico. Ele a reivindicara para si naquela noite e não teve problemas em deixar isso bem claro para os que tentaram invadir seu território.

– Não me lembro de ter lhe dado direitos exclusivos da minha companhia – comentou Sara, aninhada na curva do ombro dele.

Ela podia ouvir o coração de Derek batendo contra o peito largo, e a força impressionante do seu corpo. O cheiro de conhaque, da goma da gravata e do perfume da pele bronzeada resultavam em uma mistura inebriante.

Derek encarou-a com um sorriso no rosto.

– Quer ficar com outra pessoa?

Sarah pensou a respeito.

– Não – respondeu ela com emoção na voz. – Com mais ninguém no mundo.

Era verdade. Havia apenas aquela noite… isso era tudo o que teria com Derek. Sara encontrou o olhar penetrante dele e tocou a lapela de seu casaco, alisando-a sem necessidade. Em algum canto distante de sua mente, uma voz de censura se intrometeu naquele momento… Ali estava ela, se divertindo com um canalha em um palácio do pecado…

Um canalha que estava prestes a beijá-la.

Os dedos de Derek se enredaram nos cachos dela, desarrumando seu penteado, segurando com firmeza a nuca de Sara. Ela ouviu o roçar da seda e do veludo quando as bordas das máscaras dos dois se esbarraram, então a boca de Derek encontrou a dela. A princípio, foi um beijo sereno e gentil. Ele se demorou, saboreando, movendo lentamente os lábios sobre os dela. Em um momento de surpresa, Sara não pôde deixar de pensar que os beijos de Derek eram parecidos com os de Perry.

Mas tudo mudou em um instante. A boca de Derek se tornou ardente, roçando a dela até forçar os lábios de Sara a se abrirem. Ela estremeceu de espanto com a intrusão da língua dele. Será que era desse jeito que as outras pessoas se beijavam? Confusa com a intimidade do toque, Sara empurrou o peito de Derek até ele levantar a cabeça e olhar para ela. Chamas ardiam nas profundezas daqueles olhos, como a luz intensa de pequenas velas.

– N-não na frente de todos – disse Sara, indicando os convidados ao redor com um aceno trêmulo da mão.

Era uma desculpa pouco convincente. Nenhum par de olhos estava concentrado neles. Todos os convidados estavam absortos em seus próprios flertes. Mas Derek acatou a exigência. Ele passou os dedos ao redor do pulso dela, coberto pela luva, e afastou-se com Sara, saindo com ela do salão principal, passando pelas salas de jantar e pelas salas menores de jogos, distanciando--se cada vez mais até a música e o som das conversas não serem mais do que um burburinho distante. Sara tropeçava atrás dele, deixando para trás também o torpor induzido pelo álcool.

– Para onde…

Foi só o que conseguiu dizer enquanto caminhavam pelo corredor.

– Para os aposentos dos fundos.

– Eu… não acho que seja uma boa ideia.

Derek não diminuiu o passo.

– Precisamos de privacidade.

– P-para quê?

Ele a puxou por uma porta discreta e os dois entraram em uma sala suavemente iluminada. Sara observou com os olhos arregalados as paredes forradas de seda adamascada e o jogo de sombras violeta nas sancas intricadas. Alguns móveis haviam sido colocados ao redor da sala: uma mesinha redonda e duas cadeiras douradas, um lindo biombo de bronze com painéis pintados e uma *chaise longue*. Em pânico, Sara recuou, mas a porta já estava fechada e os braços de Craven a envolviam. Ela sentiu a mão dele envolver sua nuca, e ouviu a voz rouca sussurrar com ardor junto ao seu cabelo.

– Calma. Só quero abraçá-la.

– Mas eu não posso...

– Deixe-me abraçá-la.

Ele beijou o pescoço dela e puxou-a mais para junto ao seu corpo.

Sara relaxou lentamente, sentindo um langor agradável percorrê-la da cabeça aos pés, e, de alguma forma, esqueceu que havia um mundo fora do círculo dos braços de Derek. Naquele momento, existia apenas o calor da pele dele, guardado pelas camadas de roupas, e o movimento das mãos experientes massageando os músculos suaves do pescoço e das costas dela. Mesmo em sua inocência, Sara estava ciente da habilidade pecaminosa daquele toque. Derek sabia como abraçar uma mulher, como seduzi-la até fazê-la abandonar qualquer inibição. Ela ergueu o rosto cegamente e ele a beijou; seus lábios pareciam arrancar a alma do corpo de Sara.

Ela se agarrou a Derek, aproximando-se mais dele até os seios inchados de desejo estarem imprensados contra o peito forte. Ele segurou-a pela cintura, pressionando-a contra o ventre. Ao sentir o volume rígido e insistente do corpo dele, Sara se afastou, constrangida.

– E-eu bebi demais. Eu devo ir, eu devo...

Derek soltou uma risada abafada e tirou a máscara. Então beijou avidamente o pescoço exposto dela, mordiscando a carne sensível. Sara arquejou e tentou recuar mais uma vez, mas ele segurou-a pelo cabelo. Enquanto murmurava palavras tranquilizadoras, Derek a derrubou na *chaise* macia. As objeções que chegaram aos lábios de Sara foram rapidamente silenciadas pela boca de Derek. Ele puxou o corpete de veludo para baixo até os seios nus de Sara cintilarem sob a luz dourada... seios magníficos, com bicos sedosos. Derek capturou com os lábios um mamilo rosado, e chupou, e lambeu suavemente até Sara gemer e enfiar os dedos no cabelo escuro dele. Ele envolveu os seios dela com as mãos e passou os lábios, os dentes e a língua neles, como se estivesse disposto a devorá-la.

Sara gemeu e arqueou o corpo para cima, empurrando ainda mais o mamilo nas profundezas da boca ávida de Derek. Ela sentiu que ele levantava sua saia e pressionava as coxas fortes nas laterais de seu quadril. Ele baixou o corpo sobre o dela, beijando, acariciando, provocando até restar a Sara apenas um fio de sanidade. Foi esse pequeno fragmento de consciência que a fez perceber que Derek havia estendido a mão para a máscara dela.

Sara virou a cabeça e arquejou alto.

– Não!

Ele voltou a envolver o seio cheio e deixou o polegar acariciar a umidade deixada por sua língua.

– Está certo, então – falou Derek baixinho. – Fique com seu disfarce. Não me importa quem você é.

– Eu não posso fazer isso. Você não entende...

– Não há nada a temer. – Derek correu os lábios pelo vale profundo entre os seios dela, e cada palavra que dizia era como uma marca quente contra a pele de Sara. – Ninguém vai saber. Ninguém além de mim e de você.

A mão dele se aventurou por entre as camadas de seda das roupas íntimas e ele posicionou um dos joelhos entre os dela. O peso do corpo de Derek sobre o de Sara era delicioso. Ela queria mais, queria que ele pressionasse com mais força, mais fundo, até esmagá-la sob ele. Precisava detê-lo antes que o prazer se tornasse um desastre. Mas seus braços trêmulos o abraçaram com mais força, e os únicos sons que escaparam de seus lábios foram arquejos entrecortados.

Derek reconheceu os sinais de rendição e beijou-a com um misto de triunfo e alívio. Ao menos naquela noite não haveria horas vazias, nem o tormento da frustração. Ele aliviaria suas necessidades dentro daquela mulher e a usaria para esquecer... daria a ela todo o prazer que jamais poderia dar a Sara Fielding... *Sara...* Maldita fosse por se intrometer nos pensamentos dele, mesmo naquele momento. Mas talvez isso fosse previsível. De certa forma, aquela mulher se parecia com Sara. Tinha a mesma pele impecável e, sob o perfume inebriante que aplicara, havia o mesmo aroma delicado... Ela era do mesmo tamanho... tinha o mesmo feitio de corpo...

Derek ficou imóvel. O choque foi como um golpe atingindo-o com força no peito. Ele afastou bruscamente a boca da mulher sob seu corpo e se apoiou nos cotovelos, ofegando acima dela. O pouco ar que entrava em seus pulmões não bastava. Nada bastava.

– Não é você – disse Derek, e as palavras pareciam estar sendo arrancadas da sua garganta. – Ah, maldita seja, *não é...*

Sara tentou desviar enquanto ele estendia a mão trêmula para o seu rosto e removia a máscara. Seus olhos azuis atordoados encontraram os dele, que pareciam estarrecidos. Derek estava pálido sob o bronzeado que destacava a cicatriz.

Ele não imaginaria que seu corpo pudesse ficar mais excitado do que já estava, mas, ao olhar para Sara, sentiu o membro ainda mais dolorosamente rígido. O latejar frenético e delicioso de seu sangue o fez estremecer.

Sara umedeceu os lábios.

– Sr. Craven...

– Olhe para você. Ah, Deus... – O olhar de Derek ardia enquanto percorria os seios dela que subiam e desciam rapidamente, os lábios inchados pelo beijo. – Eu lhe disse que não viesse aqui. – Seus dedos percorreram os fios desalinhados do cabelo castanho-avermelhado dela. – Eu lhe disse... Por quê?

– P-pesquisa? – gaguejou ela, oferecendo aquela única palavra como se explicasse tudo.

– Meu Deus.

Uma expressão assustadora tomou conta do rosto de Derek: sombria, cruel e apaixonada. Ele estava a ponto de matá-la.

Embora parecesse uma causa perdida, Sara ainda tentou se defender.

– Eu não queria que isso tivesse ido tão longe – balbuciou. – Desculpe. Aconteceu tão depressa... Eu tinha bebido. Não parecia real. E o senhor estava tão... Eu... Eu não sei mesmo como tudo isso aconteceu. Sinto muito, muitíssimo...

Ela parou, ciente de como a explicação parecia terrivelmente inadequada.

Derek permaneceu em silêncio, prendendo-a com seu peso à *chaise longue*. A pressão firme do membro excitado parecia queimar a pele dela, atravessando as camadas de roupa. Sentindo-se desconfortável, Sara mexeu o corpo embaixo dele.

– Fique parada! – Derek engoliu em seco, e baixou os olhos para a exuberante exposição dos seios dela. – A senhorita e a sua... *pesquisa*.

Ele disse a palavra como se fosse obscena. Sua mão cobriu um dos seios de Sara, e a palma esfregou o mamilo até deixá-lo rígido. Derek tentou deixá--la ir, mas seu corpo não lhe obedecia. Cada nervo gritava em rebeldia. Ele queria aquela mulher. E teria dado tudo o que possuía apenas para estar dentro dela. Respirando com dificuldade por entre os dentes, ele se esforçou para conter o desejo.

– Eu queria ser outra pessoa que não eu mesma – disse Sara, em um tom ao mesmo tempo infeliz e desafiador. – Queria ser o tipo de mulher com que o senhor gostaria de dançar... e que desejaria. E mesmo agora... Não me arrependo do que fiz. O senhor pode não sentir nenhuma atração por Sara Fielding, mas pelo menos sentiu alguma coisa pela mulher que fingi ser, e isso...

– A senhorita acha que eu não a desejo? – perguntou Derek com a voz rouca.

– Soube disso quando se recusou a me beijar essa manhã...

– É *disso* que se trata? A senhorita queria vingança porque eu não... – Craven pareceu engasgar com as palavras. Quando conseguiu falar de novo, sua voz carregava o forte sotaque de East End: – Não bastava eu estar sofrendo como um cão desengatado desde que a senhorita chegou aqui...

– Cão desengatado? – repetiu Sara, confusa.

– Separado da fêmea antes do fim do coito. – Ele cerrou os punhos, que estavam um de cada lado do rosto dela, ainda fitando-a com irritação. – Eu queria a senhorita essa manhã, sua pequena provocadora. Quis a senhorita desde a primeira vez que eu... *Fique quieta!* – Ele grunhiu as duas últimas palavras com uma aspereza que a fez estremecer e parar de se contorcer imediatamente. Derek engoliu em seco e se forçou a continuar: – Não se mova, caso contrário não conseguirei me conter. Escute-me. Vou soltá-la e a senhorita vai embora. De vez. Não volte ao clube.

– Nunca mais?

– Isso mesmo. Volte para o seu vilarejo.

– Mas *por quê*? – perguntou Sara, sentindo lágrimas de humilhação ameaçarem transbordar dos seus olhos.

– Porque eu não posso... – Ele se interrompeu, com a respiração entrecortada. – Meu Deus, não chore!

Não se mova. Não chore. Não volte. Sara encarou Derek com os olhos azuis cintilando. Ela se sentia insana, intoxicada, embriagada de emoção.

– Eu não quero ir embora – disse com determinação.

Os músculos de Derek tremiam com o esforço que ele fazia para se manter imóvel. Não desejava arruinar a reputação dela ou magoá-la, e estava perto, muito perto, de jogar fora os poucos resquícios de honra que ainda possuía.

– O que você quer Sara? *Isto?* – Ele usou o corpo para zombar dela, projetando os quadris para a frente em um movimento afrontoso. – É o que vai conseguir de mim. Vou possuí-la agora mesmo e mandá-la de volta para

Kingswood como um pombo sujo. É isso que você quer, ser coberta por gente como eu?

Derek arremeteu outra vez o quadril, esperando que Sara implorasse para sair de debaixo dele.

Em vez disso ela arquejou e ergueu os joelhos, abrindo espaço instintivamente para ele. Derek enxugou com os dedos uma lágrima que escorreu pelo rosto dela, então deixou escapar um som gutural. Ele correu os lábios pela trilha sedosa da pele dela, que as lágrimas haviam deixado salgada. Iria acontecer. Ele não conseguiria impedir.

Derek enfiou a mão por baixo da saia de Sara, encontrou o cós dos calções de baixo e mergulhou dentro deles. Enquanto isso, distribuía beijos ávidos ao longo dos seios e do pescoço pálidos dela. Sara era tudo o que ele sempre quis, beleza e fogo se arqueando contra as suas mãos, que a saqueavam. Seus dedos vagaram pela pele lisa do abdômen dela até alcançarem o alto das coxas pálidas. Sara parecia nervosa a princípio, mas ele a manteve firme e acariciou a massa de pelos macios e delicados até a parte mais íntima do corpo dela estar inchada e úmida. Ainda acariciando-a com gentileza, Derek cobriu sua boca de beijos enquanto ofegava. Sara se contorcia incontrolavelmente, soltando gemidos baixos e sedutores que elevavam ao máximo a temperatura dos sentidos dele.

Ela cravou os dedos no tecido grosso do paletó que ele usava quando percebeu que Derek estava abrindo a calça. O tempo parou, como um pião giratório arrebatado por um punho inflexível. O prazer aumentava e se intensificava em ondas cada vez maiores enquanto ela se submetia ao homem que pretendia reclamá-la, sentindo o peso duro do corpo dele pronto para penetrá-la.

– Sara – chamou Derek vezes sem conta, com o hálito quente junto à orelha dela. – Sara…

– Sr. Craven? – disse uma voz masculina tranquila que quebrou o encanto.

Sara se sobressaltou ao perceber que havia alguém na porta. Ela tentou se sentar, mas Derek manteve-a onde estava, escondendo-a com o próprio corpo. Ele se esforçou para recuperar minimamente a sanidade.

– O que é? – perguntou em um grunhido irritado.

A voz de Worthy estava tensa. Ele manteve o rosto virado e falou com muito cuidado.

– Eu não o teria incomodado, Sr. Craven, mas há um rumor de que Ivo Jenner foi visto no clube. Como sabemos que ele costuma criar problemas, achei que o senhor deveria ser informado.

Derek ficou em silêncio por quase meio minuto.

– Vá. Eu cuidarei de Jenner... se ele estiver aqui.

As últimas palavras saíram carregadas com um forte sarcasmo, deixando claro que ele desconfiava que o faz-tudo tinha inventado um estratagema apenas para resgatar Sara.

– Senhor, devo mandar trazer uma carruagem para...?

Worthy fez uma pausa, relutando em mencionar o nome de Sara.

– Sim – respondeu Derek, conciso. – Saia, Worthy.

O faz-tudo fechou a porta.

Sara não conseguia parar de tremer. Ela passou os braços com força ao redor dos ombros de Craven e enterrou o rosto na pele úmida do pescoço dele. Nunca havia experimentado a dor do desejo insatisfeito. *Doía*. Doía como nada que ela já sentira antes, e parecia não haver remédio. Embora esperasse que Craven fosse ser cruel, ele foi gentil a princípio, segurando-a firmemente junto ao corpo e acariciando suas costas.

– Cão desengatado – disse ele com uma risada sem humor. – Daqui a alguns minutos você ficará bem.

Sara se contorcia descontroladamente contra ele.

– Eu n-não consigo respirar.

Ele passou o braço por cima dos quadris dela e colou a boca em sua têmpora.

– Pare de se mexer – sussurrou. – Pare.

Quando o tremor de Sara enfim cedeu, o humor de Craven mudou e ele afastou-a abruptamente.

– Cubra-se. – Ele se sentou e segurou a cabeça entre as mãos. – Quando estiver pronta para ir, Worthy a acompanhará até a carruagem.

Sara recompôs as roupas desajeitadamente e puxou o corpete do vestido para cima. Derek ficou olhando de soslaio até os seios dela estarem cobertos. Então se levantou para arrumar o paletó e a calça. Foi até o espelho pendurado acima da pequena lareira de mármore, acertou a gravata e passou as mãos pelo cabelo desalinhado. Embora o resultado final não fosse tão imaculado quanto antes, ele parecia apresentável. Sara, por outro lado, sabia que sua aparência era uma desordem absoluta. O vestido estava mal-arrumado e o cabelo caía em ondas bagunçadas pelas costas. Ela estava à beira das lágrimas, mas conseguiu manter o rosto seco e a voz firme.

– Talvez nós dois possamos esquecer essa noite.

– É o que eu pretendo fazer – disse Craven, em um tom rígido. – Mas o que eu disse antes ainda vale. Não volte, Srta. Fielding.

Ele caminhou até a porta e parou para se dirigir com severidade a Worthy, que esperava do lado de fora.

– Se fosse qualquer outro que não você, eu o demitiria. Depois de lhe dar uma surra de moer os ossos.

Craven saiu da sala sem olhar para trás.

Sara pegou a máscara e colocou-a novamente no rosto. A porta estava fechada, mas ela sabia que Worthy a esperava, por isso se levantou bem devagar, arrumando o vestido. Teve que levar a mão à boca para conter os soluços que ameaçavam explodir. Um sentimento de profunda autopiedade a dominava, superado apenas pelo ódio direcionado ao homem que a rejeitara.

– *Não volte* – repetiu ela, relembrando as palavras dele e enrubescendo profundamente.

Já sentira raiva na vida, mas nunca experimentara aquela fúria ardente. Algumas semanas antes, não se julgaria sequer capaz disso.

De repente, as palavras de Lady Raiford cruzaram sua mente: *Ele teve casos com dezenas de mulheres, mas, assim que sente que corre algum risco de se apegar a uma delas, ele a descarta rapidamente e encontra outra.*

Talvez, naquele exato momento, Craven estivesse procurando outra mulher, uma que se adequasse aos seus padrões, fossem eles quais fossem. A ideia fez Sara ferver por dentro.

– Bem, Sr. Craven – disse em voz alta, embora ainda trêmula –, se não me quer, encontrarei um homem que me queira. M-maldito seja o senhor, e Perry Kingswood também! Não sou uma santa, ou um anjo, e... e não quero mais ser uma "boa mulher"! Farei o que eu quiser e ninguém tem nada a ver com isso!

Ela se voltou para a porta com uma expressão de rebeldia no olhar. Assim que passasse por ali, Worthy a levaria para uma carruagem. Nenhum argumento o convenceria a deixá-la ficar.

Sara franziu o cenho e olhou ao redor do quarto. Seu formato – quatro paredes apaineladas com cantos arredondados – era familiar. Aquilo a lembrou de outro cômodo, no andar de cima, que tinha uma estante que se abria para uma das passagens secretas. Não havia estante ali, mas os painéis tinham o formato certo... Ela retirou as luvas rapidamente, foi até as paredes e começou a passar as mãos pelas bordas dos painéis – pressionando, batendo, procurando por qualquer sinal de uma porta escondida. Quando já começava a perder as esperanças, encontrou um pequeno trinco. Triunfante, abriu o painel, revelando uma passagem escura. Com um murmúrio de satisfação, Sara entrou no corredor secreto e voltou a fechar o painel.

Ela seguiu tateando pela passagem estreita e avançou alguns metros, mas parou quando ouviu o som de pratos e da prataria tilintando. Podia ouvir a voz abafada e imperiosa de Monsieur Labarge, o chef. Os sons vinham do outro lado da parede. Furioso, ele estava gritando com algum pobre assistente, que aparentemente havia regado um peixe com o molho errado.

Como não tinha a menor vontade de fazer uma grande aparição na cozinha, Sara passou direto pela porta escondida e seguiu em frente. Depois de uma longa jornada pela escuridão, ela parou em um canto pequeno, que imaginou que se abriria para uma das salas de jogo menos usadas. Sara colou o ouvido à fresta da porta e espiou pelo postigo. A sala parecia estar vazia. Ela cravou as unhas na lateral do painel e o puxou até ele se abrir com um guincho de protesto. Sua saia farfalhou quando ela passou por cima da soleira. Depois de fechar o painel, ela o trancou e deixou escapar um suspiro de triunfo.

Uma voz inesperada a sobressaltou.

– Muito interessante.

Sara se virou e viu um homem desconhecido na sala. Ele era alto e robusto, tinha o rosto bem barbeado e cabelo louro-avermelhado. O homem tirou a máscara, revelando um rosto atraente, mas maltratado, com o nariz torto e um sorriso de lado. Falava com um forte sotaque de East End, mudando o som de algumas letras – como Derek Craven em seus lapsos ocasionais. Embora houvesse algo secreto e malicioso em seus claros olhos azuis, o sorriso do homem era tão cativante que Sara chegou à conclusão de que ele não representava uma ameaça. *Outro homem de East End usando roupas bem-feitas*, pensou. Ela ajeitou o cabelo desalinhado e fitou-o com um sorriso hesitante.

– Está se escondendo de alguém? – perguntou Sara, com um aceno de cabeça em direção à porta fechada.

– Talvez – respondeu ele, em um tom tranquilo. – E a senhorita?

– Com certeza.

Ela afastou alguns cachos rebeldes, ajeitando-os atrás da orelha.

– De um homem – adivinhou ele.

– O que mais poderia ser? – Sara deu de ombros como imaginou que faria uma mulher experiente. – Por que *o senhor* está se escondendo?

– Digamos que não sou uma das pessoas favoritas de Derek Craven.

Sara deu uma risada repentina e irônica.

– Nem eu.

O homem sorriu e apontou para uma garrafa de vinho que estava em cima de uma das mesas de jogo.

– Vamos beber a isso.

Ele encheu um copo e o entregou a ela. Depois levou a garrafa diretamente aos lábios e tomou um gole da safra rara com tamanha falta de respeito que teria feito um francês chorar.

– Coisa fina, suponho – comentou. – Mas, para mim, dá tudo no mesmo.

Sara inclinou a cabeça para trás e fechou os olhos, deixando o sabor delicioso do vinho se espalhar por sua boca.

– Nada além do melhor para o Sr. Craven – disse ela.

– É um desgraçado pomposo, esse nosso Craven. Embora eu não goste de insultar um homem enquanto consumo a bebida dele.

– Está tudo bem – tranquilizou-o Sara. – Insulte-o quanto quiser.

O estranho a examinou com franca apreciação.

– A senhorita é uma bela peça. Então Craven a dispensou?

A vaidade ferida de Sara foi acalmada pelo olhar de admiração do homem.

– Não há nada para dispensar – admitiu ela, levando o vinho aos lábios. – O Sr. Craven não me quer.

– O maldito tolo! – exclamou o estranho, e sorriu, convidativamente. – Venha comigo, minha linda, e a farei esquecer dele para sempre.

Sara riu e balançou a cabeça.

– Acho que não.

– É essa minha cara surrada, não é? – Ele esfregou o rosto marcado com pesar. – Já me nocautearam vezes sem conta.

Ao ver que o homem achava que ela o estava rejeitando porque ele não era bonito, Sara apressou-se a interrompê-lo.

– Ah, não, não é isso. Tenho certeza de que muitas mulheres o achariam atraente, e… o senhor disse "nocautearam"? Esse é um termo usado por pugilistas, não? O senhor já foi boxeador?

A expressão do homem se tornou presunçosa e ele estufou um pouco mais o peito.

– Ainda hoje, eu poderia vencer qualquer brutamontes com um soco. As pessoas costumavam lotar as arquibancadas para me ver em um ringue... Sussex, Newmarket, Lancashire... – Ele apontou com orgulho para o próprio nariz. – Quebraram três vezes. Quase todos os ossos nesse meu maldito rosto foram quebrados. Certa vez quase arrancaram meu cérebro.

– Que fascinante! – exclamou Sara. – Nunca conheci um pugilista. E nunca assisti a uma luta de boxe.

– Eu a levarei a uma. – Ele acertou o ar com os punhos em algumas combinações de golpes. – Nada como uma boa luta, especialmente quando *derramam o vinho tinto*. – Ao ver que ela não entendera a expressão, o homem explicou com um sorriso: – Sangue.

Sara estremeceu, horrorizada.

– Não gosto de ver sangue.

– Mas é isso que torna uma luta emocionante. Eu costumava encher baldes durante uma disputa. Bastava um acordo bem pago, e *chuááá...* – Ele imitou um jato de sangue saindo do nariz. – Pagam mais quando você sangra também. Sim, lutar me tornou um homem rico.

– Qual é a sua ocupação agora?

O homem deu uma piscadela travessa.

– Também administro uma banca de apostas, na Bolton Row.

Sara tossiu um pouco e pousou o copo.

– O senhor é dono de um clube de jogo?

Ele beijou as costas da mão dela.

– Ivo Jenner, ao seu dispor, milady.

CAPÍTULO 6

Sara ergueu a máscara e encarou-o, incrédula. O brilho travesso nos olhos de Jenner foi substituído pela surpresa quando ele viu o rosto dela.

– Que beleza é a senhorita – murmurou ele.

De repente, Sara soltou uma gargalhada.

– Ivo Jenner? O senhor não se parece em nada com o que eu imaginava. Na verdade, é bastante agradável.

– Sim, e vou agradá-la até cansar essa noite se tiver a oportunidade.

Ele se adiantou para voltar a encher a taça de Sara com uma quantidade generosa de vinho.

– O senhor é um patife, Sr. Jenner.

– Isso eu não posso negar – concordou ele prontamente.

Sara ignorou o vinho e se encostou na parede, cruzando os braços.

– Acho que seria sensato que partisse o mais rápido possível. O Sr. Craven está procurando pelo senhor. Por que veio aqui essa noite? Para procurar encrenca, presumo?

– Eu nem pensaria nisso!

Ele pareceu ofendido diante da mera ideia.

– Ouvi dos empregados que o senhor está constantemente tramando para colocar espiões aqui dentro, chamando a polícia para realizar batidas durante os horários de maior movimento... Ora, há rumores até de que o senhor provocou um incêndio na cozinha no ano passado!

– Malditas mentiras. – Os olhos dele cintilaram quando se fixaram na elevação generosamente exposta dos seios dela. – Não há nenhuma prova de que eu tenha algo a ver com isso.

Sara o olhou com desconfiança.

– Alguns até suspeitam que o senhor contratou homens para atacar o Sr. Craven nos cortiços da cidade e desfigurar o rosto dele.

– Não! – exclamou Jenner, indignado. – Não fui eu. Todos conhecem a fantasia de Craven por "mulheres de alta classe". Foi uma mulher que fez aquilo com ele. – Ele deu uma risadinha zombeteira. – Puxe o rabo de uma gata e ela vai arranhar você. Foi isso que aconteceu com o rosto de Craven. – Jenner deu um sorriso insolente. – Talvez tenha sido a senhorita, hein?

– *Não* fui eu – retrucou Sara, aborrecida. – Em primeiro lugar, não tenho uma única gota de sangue azul correndo pelo meu corpo, o que me torna absolutamente desinteressante para o Sr. Craven.

– Eu gosto mais da senhorita por isso, meu bem.

– Além disso – continuou ela num tom atrevido –, eu jamais sonharia em cortar o rosto de um homem só porque ele não me quer. E não perseguiria alguém que tivesse me rejeitado. Sou orgulhosa demais para isso.

– E deve ser mesmo. – Ivo Jenner riu baixinho. – A senhorita é uma joia. Esqueça Craven. Deixe-me levá-la a um lugar melhor do que esse. Ao *meu* clube. Os patetas não são tão elegantes, mas há muita diversão, tudo o que a senhorita quiser beber, e nem a sombra de Derek Craven.

– Ir a algum lugar com o *senhor*? – perguntou Sara, pegando a taça de vinho.

– Prefere ficar aqui? – retrucou ele.

Ela tomou um gole da bebida frutada enquanto o fitava por cima da borda da taça. Começava a se sentir melhor do que antes, um pouco menos vazia por dentro. *Jenner tem razão*, pensou. Não havia possibilidades para ela no Craven's, não com Worthy e provavelmente toda a equipe de empregados pronta para "acompanhá-la" até o lado de fora. Além disso, essa seria uma oportunidade de continuar a sua pesquisa sobre clubes de apostas. Era óbvio que Ivo Jenner não era o homem mais confiável. Mas Derek Craven também não era. E – por mais que parecesse um rancor infantil – a ideia de confraternizar com o rival de negócios de Craven era bastante atraente.

Depois de recolocar a máscara, Sara assentiu para ele, decidida.

– Sim, Sr. Jenner. Eu gostaria de conhecer o seu clube.

– Ivo. Me chame de Ivo. – Jenner abriu um largo sorriso e colocou a própria máscara. – Espero que possamos sair sem sermos pegos.

– Teremos que parar na entrada da frente. Preciso pegar da minha capa.

– Seremos detidos – alertou ele.

– Não creio. – Ela lançou um sorriso atrevido para ele. – Estou me sentindo muito sortuda essa noite.

Jenner riu e curvou o braço de forma convidativa.

– Eu também, meu bem.

Eles entraram audaciosamente nos salões principais, desviando-se da aglomeração. Jenner provou ser hábil ao manobrar o troféu ao seu lado para longe do alcance dos convidados exuberantes, trocando risadas e ameaças enquanto abria caminho. Sempre de braços dados, ele e Sara chegaram à entrada principal do clube, onde pararam a fim de pedir a capa de Sara a Ellison, o mordomo. Ellison corou de empolgação ao vê-la.

– Srta. Mathilda! Não é possível que esteja indo embora tão cedo.

Sara o recompensou com um sorriso travesso.

– Recebi um convite mais intrigante. Para outro clube, na verdade.

– Entendo. – O rosto do mordomo se contraiu, em uma expressão de decepção. – Imagino que queira a sua capa, então.

– Sim, por favor.

Enquanto um atendente corria para buscar a capa solicitada, Jenner puxou Sara alguns metros para o lado.

– Ele a chamou de Mathilda – falou ele com uma voz estranha.

– É verdade.

– Essa é você? Mathilda? Aquela sobre quem escreveram o livro?

– De certa forma – respondeu Sara, sentindo-se desconfortável.

Essa era sem dúvida uma versão distorcida da verdade, mas não poderia dizer seu nome verdadeiro a ele. Ninguém jamais deveria saber que a bem-comportada e recatada Srta. Sara Fielding fora a um baile, se embriagara e se envolvera com homens de má reputação. Se a notícia chegasse aos ouvidos de Perry Kingswood ou da mãe dele… Ela estremeceu diante da ideia.

Ao ver o movimento involuntário dos ombros dela, Jenner pegou a capa e envolveu-a em um gesto reverente. Ele ergueu a massa ondulada dos cabelos dela, tirando-os de dentro da capa de veludo.

– Mathilda – sussurrou ele. – A mulher que todo homem na Inglaterra deseja.

– Isso é um grande exagero, Sr. Jenner… hum… Ivo.

– *Jenner?*

O mordomo ouvira as últimas palavras e virou-se com uma expressão severa para o companheiro mascarado de Sara.

– Ah, não. Srta. Mathilda, não diga que está indo embora com esse bandido perigoso e degenerado...

– Eu estou bem – tranquilizou-o Sara, dando palmadinhas no braço do mordomo. – E o Sr. Jenner está sendo muito amável.

Ellison começou a protestar vigorosamente.

– Srta. Mathilda, não posso permitir...

– Ela está comigo – interrompeu Jenner, fitando o mordomo com irritação. – Ninguém pode dizer nada sobre isso.

Ele puxou Sara para mais perto em um movimento ágil e conduziu-a pelos degraus da frente em direção à fila de carruagens que aguardavam.

Com a ajuda de Jenner e de um criado usando um librê bastante puído, Sara subiu em uma carruagem preta e vinho. Embora o interior fosse limpo e apresentável, nem de longe se comparava aos veículos luxuosos e bem-equipados com os quais havia se acostumado no Craven's. Sara deu um sorrisinho ao se dar conta de como havia se tornado mimada em uma questão de dias. Boa comida, vinho francês, serviço impecável e toda a opulência do clube de Craven... Sem dúvida era um contraste em relação a Greenwood Corners.

Inquieta, ela baixou os olhos para o traje elegante e emprestado. Fora uma atitude inconsequente, frívola e sem consideração da sua parte colocar Worthy e lady Raiford em apuros. Aquilo não se parecia com ela. Sem dúvida havia mudado muito nos últimos dias, e não para melhor. Craven estava certo, ela deveria voltar para o seu vilarejo o mais rápido possível. Os pais ficariam envergonhados se soubessem da sua conduta, e Perry... Sara mordeu o lábio, consternada. Perry a condenaria por esse tipo de comportamento. Ele era antiquado e acreditava que os instintos naturais e os impulsos animalescos deveriam ser dominados com rigor, sem jamais ter precedência sobre o intelecto.

Cansada, Sara recostou a cabeça nas almofadas planas. *O Sr. Craven provavelmente me despreza agora*, pensou. Mesmo contra vontade, ela se lembrou do prazer cáustico das mãos dele em sua pele e do ardor de seu beijo. Um arrepio fez seus ombros estremecerem, e seu coração acelerou por um momento. Que Deus a perdoasse, mas não se arrependia de nada. Ninguém seria capaz de tirar dela o que vivera com Craven. A lembrança permaneceria mesmo quando estivesse alojada em segurança em seu vilarejo no campo. Quando fosse uma velha mulher, balançando-se serenamente em uma cadeira no canto da sala e ouvindo as netas dando risadinhas por causa de seus belos pretendentes, ela sorriria para si mesma ao lembrar que uma vez fora beijada pelo homem mais perigoso de Londres.

Seus pensamentos foram interrompidos por uma aglomeração do lado de fora do clube. Sara franziu o cenho ao ver os vários veículos parados ali e as figuras vestidas de preto que cercavam o prédio.

– O que está acontecendo? – Ela continuou a olhar para trás enquanto a carruagem de Jenner se afastava. – Eram policiais?

– Talvez.

– Isso quer dizer que eles vão invadir o clube? Durante um baile?

Os olhos de um azul pálido de Jenner cintilaram de prazer.

– Parece que sim.

– O senhor é responsável por isso! – exclamou ela.

– Eu? – perguntou ele, fingindo inocência. – Sou apenas um simples operador de apostas, meu bem.

Mas seu sorriso satisfeito o entregou.

– Ah, Sr. Jenner, que feio da sua parte – repreendeu ela enquanto a carruagem chacoalhava pela rua. – Não consigo entender o que vai conseguir com isso! O pobre Sr. Craven já teve o bastante com que lidar essa noite...

– O pobre Sr. Craven? – repetiu Jenner, indignado. – Ah... mulheres! Está tomando o partido dele agora?

– Não estou tomando o partido de ninguém. – Sara lançou um longo olhar de desaprovação para o homem. – Até onde percebi, os senhores são exatamente iguais.

~

– Uma batida policial! – gritou alguém dentro do clube enquanto os oficiais entravam pelas portas.

A desordem alegre do baile se transformou em um pandemônio. Convidados corriam em grupos desorientados pelo salão enquanto empregados cobriam com habilidade as mesas de jogo, escondendo cartas e dados, tabuleiros de *cribbage* e potes de fichas. Os policiais invadiram o clube com uma agressividade arrogante, parando para encarar as prostitutas em roupas exíguas. Eles se serviram discretamente de amostras do farto bufê e dos vinhos caros – uma rara oportunidade para os membros mal pagos da força policial da cidade.

Derek observava a ação de um canto do salão principal, com uma expressão carrancuda.

– Que noite – murmurou.

Ivo Jenner programara a sua brincadeira de mau gosto à perfeição, coroando uma noite já repleta de indignidade. A batida policial não era nada. Fora o que acontecera antes que o destruíra. Derek não era deixado sexualmente insatisfeito desde os seus primeiros dias correndo atrás das atrevidas prostitutas de rua. E agora gostava ainda menos da sensação do que antes. Sua pele vibrava como se ele tivesse sido queimado com gelo. Cada músculo do seu corpo estava tenso. Todos sabiam que não era saudável para um homem ser mantido naquela condição. Ele enumerou para si mesmo as diversas formas como gostaria de punir Sara Fielding por suas provocações. Mas agora finalmente se livrara dela, graças a Deus. Bastava de tentação, de olhos azuis inocentes, de anotações, perguntas e "pesquisas", que garantiam a ela uma desculpa para meter o nariz em todos os cantos da vida repulsiva dele. Derek enfiou a mão no bolso do paletó, buscando o pequeno par de óculos. Sua mão se fechou com força em torno deles.

– Sr. Craven. – Worthy se aproximou com grande hesitação. A testa ampla do faz-tudo estava marcada por sulcos profundos. – Jenner – declarou sucintamente, indicando a polícia com um gesto.

Derek fixou um olhar pensativo nos oficiais que haviam invadido o seu clube.

– Eu pago o bastante a esses desgraçados por baixo dos panos para evitar que isso aconteça.

– Parece que Jenner paga mais – disse Worthy, e recebeu um olhar gélido em retorno. Ele pigarreou, nervoso. – Acabei de falar com Ellison. Ele está bem contrariado.

– Meu mordomo nunca fica contrariado.

Worthy esticou o pescoço para encarar o patrão muito alto.

– Mas essa noite ele está.

– Já tivemos muitas batidas policiais antes.

– Não é por causa da batida policial. O motivo do aborrecimento de Ellison é que ele acabou de ver uma mulher que identificou como "Mathilda" deixando o clube com Ivo Jenner.

– Então Jenner se foi? Ótimo. Isso vai me poupar o trabalho de socar o desgraçado até derrubá-lo no chão.

– Sr. Craven, me perdoe, mas o senhor não entendeu. Eu...

– O que eu não entendi? Que ele está com uma mulher chamada Mathilda? Eu poderia encontrar uma dúzia de mulheres, todas fingindo ser a maldita Mathilda. É um baile de *máscaras*, Worthy. – Ele começou a se afastar e falou bruscamente por cima do ombro: – Com licença, preciso colocar juízo na cabeça de alguns policiais...

– A Srta. Fielding é Mathilda – falou o faz-tudo, agora sem rodeios.

Derek estacou e balançou a cabeça, como se quisesse limpar os ouvidos. Então virou-se lentamente para encarar o homem mais baixo.

– O que você disse?

– A Srta. Fielding conseguiu dar um jeito de escapar de mim. Ela deve ter usado a passagem secreta que leva às salas de jogo. A "Mathilda" que acabou de sair com Ivo Jenner foi descrita como uma mulher de longos cabelos castanhos usando um vestido azul, para não mencionar um notável par de... de...

Worthy ficou em silêncio e fez um gesto eloquente com as mãos.

– Inferno! – explodiu Derek, com o rosto agora muito vermelho. – Não, *não*, não com Jenner. Vou matá-lo se ele tocar nela. E vou *matá-la*...

Ele praguejou de forma obscena e passou as mãos pelo cabelo até deixá-lo completamente desarrumado.

– Acredito que eles tenham partido na carruagem de Jenner – murmurou o faz-tudo, recuando alguns passos. Em todos os anos desde que conhecera o patrão, nunca havia testemunhado uma demonstração de emoção tão ardente de Craven. – Ellison parece acreditar que eles foram ao clube do Sr. Jenner. Senhor... Aceita uma bebida?

Derek andava agitado, de um lado para outro, com uma fúria crescente.

– Eu digo a ela para voltar para o maldito Greenwood Corners e, em vez disso, a mulher sai daqui com Ivo Jenner. Ela estaria mais segura andando nua por St. Giles! – Ele olhou, furioso, para Worthy. – Você fica aqui – grunhiu. – Coloque dinheiro na mão da maldita polícia e se livre deles.

– O senhor está indo até o clube de Jenner? – perguntou o faz-tudo. – Não pode sair com os oficiais cercando o Craven's...

– Vou passar pela polícia sem ser visto – disse Derek, com a voz fria. – E, quando eu encontrar a Srta. Fielding... – Ele parou e encarou Worthy; os olhos verdes cintilando com um brilho vingativo que fez o faz-tudo empalidecer. – Você a ajudou com isso, não foi? Sara não conseguiria vir ao baile sem que você soubesse. Se algo acontecer a ela... Demitirei você e todos os funcionários desse clube. Todos vocês!

– Mas, Sr. Craven – protestou Worthy –, ninguém poderia imaginar que ela se comportaria de forma tão imprudente.

– O diabo que não poderiam – retrucou Derek em um tom inflamado. – Isso era óbvio desde o dia em que ela chegou aqui. Sara Fielding está ansiosa por uma chance de se meter em encrenca. E você facilitou bastante as coisas para ela, não é mesmo?

– Sr. Craven...

– Basta – falou Derek secamente. – Vou encontrá-la. E é melhor você rezar para que nada aconteça a ela, caso contrário o mandarei para o inferno.

~

Ao longo do trajeto de carruagem pela cidade, Sara ouviu pacientemente enquanto Jenner se gabava dos seus dias como lutador, de suas vitórias e derrotas anteriores, e de todos os ferimentos que haviam ameaçado a sua vida. Ao contrário de Derek Craven, Ivo Jenner era um homem simples, que sabia exatamente a que lugar pertencia. Ele preferia o mundo de onde viera, com a sua variedade de pessoas vulgares e prazeres ainda mais vulgares. Não lhe importava se o dinheiro que ganhava saía de bolsas de seda ou de bolsos sebosos. Ele zombava abertamente das pretensões de Derek Craven...

– Falando com aquelas palavras compridas, fingindo que nasceu um cavalheiro. Tudo limpo e refinado demais... Ora, ele anda por aquele clube chique como se o sol nascesse em seu traseiro!

– O senhor tem inveja dele – comentou Sara.

– Inveja? – Ele franziu o rosto com desprezo. – Não tenho inveja de um homem que tem um pé plantado em Mayfair e o outro em East End. Quero que a varíola o leve! O maldito tolo não sabe nem quem diabos é.

– Então o senhor acredita que ele não deve se misturar com os que são superiores a ele socialmente? Eu chamaria isso de esnobismo reverso, Sr. Jenner.

– Chame do que quiser – retrucou ele, mal-humorado.

Ah, ele de fato estava com inveja. Agora Sara compreendia a amarga rivalidade entre os dois homens. Jenner representava tudo de que Craven tentava escapar. Cada vez que Craven olhava para ele, provavelmente via o reflexo zombeteiro do seu passado. E estava claro que Jenner se sentia irritado com o modo como Craven se reinventara, indo de um menino de rua a um homem rico e poderoso.

– Se é tão indiferente ao Sr. Craven e ao sucesso dele, então por que... – começou a dizer Sara, mas calou-se quando a carruagem parou abruptamente.

Ela se assustou ao ouvir uma cacofonia de sons: gritos, berros, vidros se quebrando, até mesmo explosões.

– O que está acontecendo?

Jenner afastou a cortina de sua janela e olhou para o tumulto do lado de fora da carruagem. Ele deixou escapar um som espantado, então soltou algo entre uma risada uivante e um rugido de encorajamento. Sara encolheu-se no canto de seu assento.

– É um protesto! – gritou. Ele abriu a porta para conversar com o cocheiro e o criado, que estavam muito pálidos. – Está se espalhando por quantas ruas? – perguntou. Uma nova troca de conversa, e Sara o ouviu dizer: – Tente um caminho alternativo.

A porta foi fechada e a carruagem recomeçou a andar, fazendo uma curva brusca. Sara engoliu em seco de medo. Algumas pedras atingiram a lateral do veículo e ela deu um pulo no assento. A multidão gritava, soando como um coro demoníaco.

– O que está acontecendo?

Jenner continuou a olhar pela janela, sorrindo diante da violência que os cercava. Seu prazer aumentava a cada segundo que passava.

– Eu gosto de um bom protesto, ah, como gosto. Eu mesmo liderei um ou dois no meu tempo. Estamos no meio de um agora.

– Contra o que estão protestando?

Jenner manteve os olhos voltados para a janela enquanto respondia.

– O nome Red Jack lhe soa familiar?

Sara assentiu. Red Jack era um salteador conhecido, que ganhara a alcunha de "Vermelho" por ter assassinado pelo menos uma dúzia de pessoas na movimentada rota de diligência entre Londres e Marlborough.

– Já ouvi falar dele. Sei que está detido em Newgate, esperando para ser executado.

Jenner deixou escapar uma gargalhada.

– Não mais. Ele se matou ontem... burlou o laço do carrasco. Não posso dizer que culpo esses desgraçados furiosos por protestarem.

– Está querendo dizer que essas pessoas estão com raiva porque Red Jack cometeu suicídio? Por que deveriam se importar se afinal ele já está morto?

– Ora, todos gostam de um bom espetáculo de enforcamento. Até mesmo as velhas e as crianças aparecem para assistir aos enforcados se mijarem e girarem ao vento. Teria sido uma boa atração. Agora essas pessoas querem sangue. – Jenner deu de ombros e olhou para os manifestantes com simpatia. – Elas desenterraram Red Jack essa noite para lhe arrancar as entranhas. Acho que merecem se divertir um pouco.

– O senhor acha d-divertido desmembrar publicamente um c-cadáver?

Sara teve ânsias de vômito com a ideia e encarou o homem à sua frente, horrorizada. Mas ele nem reparou na aversão dela. Jenner aplaudia vigorosamente a multidão bêbada que promovia saques, quebrava janelas e começava incêndios. Vários golpes fortes fizeram a carruagem balançar e se inclinar. O veículo parou. Quando Jenner abriu a cortina, Sara viu mãos e rostos colados à janela. Eles empurravam e sacudiam a carruagem sem parar, ameaçando virar o veículo.

– O cocheiro se foi – avisou Jenner. – Eu estava imaginando quanto tempo ele duraria.

– Ah, Deus! – Sara se encolheu no canto do assento, fitando-o com os olhos arregalados. – Vão nos despedaçar!

Ele ergueu os punhos pesados como se fossem armas perigosas.

– Não se preocupe. A senhorita está segura com isso aqui para defendê-la.

O teto da carruagem estremeceu e afundou enquanto as pessoas se amontoavam no topo. Sara tentou desesperadamente encontrar uma maneira de se proteger. Só Deus sabia onde havia deixado sua bolsa – estava indefesa sem a pistola. A porta foi aberta com o estrondo de um trovão, e Sara gritou diante da visão horrorosa de dezenas de mãos tentando alcançá-la.

Jenner se lançou, entusiasmado, pela porta aberta, caindo sobre três homens de uma só vez. Seus braços se agitavam em um ritmo constante, abrindo caminho entre os desordeiros como se fosse uma foice cortando grãos. Sara saltou atrás dele. Ela se colocou atrás do paletó de Jenner, agarrou o tecido grosso e seguiu-o com a cabeça baixa, cerrando os dentes ao ser empurrada e acotovelada pela multidão. Por incrível que pudesse parecer, os dois conseguiram sair do meio do "salve-se quem puder". Sara agarrou o braço robusto do homem ao seu lado.

– Sr. Jenner – implorou –, me tire daqui.

Ele riu dela, com os olhos cintilando de empolgação.

– Não gosta de uma briguinha?

Sara olhou para a carruagem, que estava sendo destruída.

– Os cavalos – disse ela, ansiosa, temendo pela segurança dos animais.

Os desordeiros haviam soltado a parelha da carruagem e estavam se afastando com os cavalos. Parte do bom humor de Jenner desapareceu.

– Meus cavalos! Paguei o resgate de um rei por eles! – Ele deixou Sara de lado para perseguir os ladrões. – Parem! Escória, ladrões! Esses são meus!

– Sr. Jenner! – chamou Sara, aflita, mas ele não demonstrou ter escutado.

Ao que parecia, ela teria que se virar sozinha. Sara abriu caminho cuidadosamente pela rua enquanto saqueadores passavam por ela com os braços carregados de bens roubados. Uma garrafa passou voando por sua orelha e se espatifou na calçada mais próxima. Sara se encolheu e se aproximou das sombras. Ela procurou em vão por um guarda noturno ou um policial desgarrado. O fogo lançava um brilho avermelhado sobre os prédios em ruínas. Sara não sabia em que direção estava indo, só esperava que o caminho por onde seguia não a levasse a um antro de ladrões. Ela passou por uma taberna e por uma vala malcheirosa. As pessoas se aglomeravam, indo de uma rua para outra, brigando, discutindo, soltando gritos sedentos por sangue enquanto atiravam pedras e pedaços de pau pelo ar. Sara puxou o capuz da capa sobre o rosto e cambaleou ao redor de uma fileira de postes de madeira que se erguiam dos paralelepípedos. Todo o calor e a euforia provocados pelo vinho que ela havia bebido se foram. Estava sóbria e apavorada.

– Maldição – dizia Sara baixinho a cada passo que dava. – Maldição, maldição, maldição...

– Ora, ora, o que temos aqui?

Sara estacou ao ver a silhueta larga de um homem diante dela. Ele usava roupas de dândi: elegantes e desarrumadas. Era exatamente o tipo de jovem fanfarrão que frequentava o clube de Craven, mas que também ia aos cortiços da cidade para assistir a esportes sanguinários em Covent Garden e visitar prostitutas na Strand. Eles jogavam, bebiam e "caçavam rabos-de-saia" para aliviar o tédio. Eram perdulários, libertinos, sim... mas cavalheiros de nascimento. Sara começou a se sentir aliviada, sabendo que aquele homem seria obrigado pela honra a tirá-la dali em segurança.

– Senhor...

O homem a interrompeu ao gritar para companheiros invisíveis.

– À *moi*, meus bons camaradas, venham conhecer a encantadora moça que descobri!

Na mesma hora, Sara foi cercada por três jovens que gargalhavam, todos fedendo a bebida alcoólica. Eles se aglomeraram ao redor dela, gabando-se de sua nova aquisição. Alarmada, Sara falou com o primeiro.

– Senhor, eu me perdi. Poderia, por favor, me levar em segurança para longe desse lugar, ou... pelo menos poderia se afastar e me deixar passar?

– Meu doce pedaço de mau caminho, vou levá-la diretamente ao lugar a que pertence – garantiu ele com um sorriso lascivo, deslizando as mãos pela frente do corpo dela.

Sara soltou um grito abafado e deu um pulo para trás, mas se viu contida pelos companheiros do canalha. Os homens a seguraram com força, rindo ao vê-la se debater.

– Para onde vamos levá-la? – perguntou um deles.

– Para a ponte – sugeriu outro prontamente. – Conheço o lugar perfeito onde poderemos nos divertir com ela. Vamos esperar cada um pela sua vez, com educação, como os cavalheiros devem fazer, e se ela fizer barulho, a jogaremos no Tâmisa.

Os outros dois caíram na gargalhada.

– Me soltem! Não sou uma prostituta. Não sou...

– Sim, você é uma boa moça – tranquilizou-a o homem que acabara de falar. – Uma moça jovem e bonita, que não deveria se opor a divertir um pouco alguns camaradas excitados.

– *Não...*

– Não se preocupe, meu bem, você vai gostar de nós. Somos ótimos camaradas. Nunca demos a uma moça motivo para reclamar antes, não é?

– Eu diria que não! – disse o segundo homem.

– Você provavelmente vai se oferecer para *nos* pagar depois! – acrescentou o terceiro, e os três se sacudiram de rir em uma alegria embriagada enquanto a arrastavam com eles.

Sara gritou e lutou com unhas e dentes, atacando-os com todas as suas forças. Irritado com as garras desesperadas que os atingiam, um deles a esbofeteou.

– Não seja tola. Não vamos matar você... Só queremos nos aliviar um pouquinho.

Sara berrou como nunca fizera na vida: eram gritos ensandecidos, que rasgavam o ar. Ela encontrou uma força inesperada em seu terror, sentindo as unhas rasgarem a pele deles enquanto acertava com os punhos semicerrados os braços que a prendiam... mas não foi o suficiente. Ela estava sendo meio carregada, meio arrastada. Seus pulmões se contraíram, inspirando ar suficiente para permitir que soltasse outro grito ensurdecedor. De repente, Sara caiu no chão, aterrissando com força sobre o traseiro. O grito morreu em sua garganta, e ela ficou sentada em um silêncio estupefato.

Uma silhueta esguia e morena passou diante de seus olhos, movendo-se com a graça peculiar de um felino. Sara ouviu baques fortes enquanto um porrete pesado era usado para aplicar golpes violentos. Dois dos homens que a haviam atacado caíram, soltando gemidos aflitos. O terceiro gritou de indignação e recuou.

– O que você está fazendo? – gritou ele. – Que diabo é isso? Seu *porco* ignorante... Vou fazer com que seja enforcado por isso!

Sara passou a mão pelos olhos e fitou a aparição com um espanto trêmulo. A princípio, pensou que Jenner havia voltado para resgatá-la. Mas foi o rosto marcado de Derek Craven que viu, implacável como uma máscara de guerra primitiva e iluminado pelo brilho vermelho do fogo. Ele estava parado, com as pernas bem separadas e o queixo abaixado. Uma de suas mãos envolvia a base de um *neddy*, o porrete preferido pelos brutamontes do submundo de Londres. Derek não desviou os olhos para Sara em nenhum momento, mantendo-os fixos no homem que restava, como um chacal faminto.

– Pegue os seus amigos e vá embora – falou ele, entre dentes.

Os canalhas caídos no chão se levantaram com dificuldade, um deles levando a mão à cabeça ensanguentada, o outro segurando a lateral do corpo. O terceiro, adivinhando o sotaque na voz de Derek, não se mexeu.

– Bem-vestido para um bastardo, não? Então tem gosto por roupas finas, não é mesmo? Eu lhe darei dinheiro para mais. Você será o Beau Brummell do East End. Só nos deixe ficar com a mulher.

– Vá embora.

– Estou disposto até a compartilhá-la se você quiser experimentar primeiro...

– Ela é minha – grunhiu Derek, e levantou o porrete alguns centímetros.

Em um acordo tácito, os dois homens feridos se afastaram. O terceiro olhou para Derek, indeciso e furioso.

– Seu patife idiota! – exclamou finalmente. – Fique com a vadia só para você, então!

Depois de morder o polegar em um gesto ofensivo, ele se apressou a se juntar aos seus companheiros, que já desciam a rua.

Sara se levantou e cambaleou na direção de Craven. Ele alcançou-a em três passos, agitando uma capa preta. Tinha uma expressão tão severa no rosto que ela quase acreditou que ele era o próprio diabo. Seus ombros foram envolvidos em um aperto brutal e ela foi levada sem cerimônia até um cavalo negro que esperava ali perto; as laterais do corpo do animal brilhavam de suor. Sara suportou em silêncio os modos bruscos de Craven quando ele praticamente a jogou em cima da sela. Craven pegou as rédeas e montou atrás dela em um movimento ágil, com o braço esquerdo ainda envolvendo-a com força.

O cavalo partiu a meio-galope. Barracos lúgubres, vitrines quebradas e ruas cheias de gente passaram voando por eles. Sara fechou os olhos para protegê-los do vento cortante e se perguntou se Craven a estaria levando de volta ao clube. Sentindo-se péssima, ela virou o rosto para encostá-lo na lã fina da capa dele. Quanto mais rápido se adiantava o cavalo, mais ela se via pressionada contra Craven. Nunca havia sido abraçada com tanta força – seu corpo estava colado ao dele, e ela sentia os pulmões comprimidos, dificultando a sua respiração. Mas, estranhamente, Sara encontrou um pouco de consolo no abraço doloroso. Com a força vigorosa de Craven atrás dela, nada e ninguém iria machucá-la. *Ela é minha*, dissera ele... e Sara sentiu o coração disparar em resposta, reconhecendo a verdade daquilo.

Ali estava um homem estranho e misterioso, que chegara a colocar de propósito a mulher que amava nos braços de outra pessoa. Worthy havia contado a Sara a história de como Derek praticamente jogara Lily na cama de lorde Raiford.

– O Sr. Craven temia estar se apaixonando por ela – confidenciara Worthy –, então praticamente entregou-a ao conde. Ele fez todo o possível para encorajar o relacionamento dos dois. O Sr. Craven não sabe amar. Ele vê o amor apenas como fraqueza e loucura. Acredito que isso seja parte da atração que exerce sobre as mulheres. Cada uma delas espera ser a que finalmente conquistará o coração dele. Mas isso não é possível. O Sr. Craven jamais o permitirá, de forma alguma...

Fraqueza e loucura... Naquela noite, ela se permitira sentir ambas livremente. Palavras de desculpas e gratidão pairavam na ponta da língua de Sara, mas ela sentia vergonha de dizê-las. Em vez disso fechou os olhos e se agarrou a Craven, em uma tentativa desesperada de fingir que o tempo havia desaparecido e eles continuariam a cavalgar para sempre, para além da Terra, entrando em um mar de estrelas...

Sua fantasia durou pouco. Eles logo chegaram a um pequeno parque cercado por ruas tranquilas. Os globos de vidro dos lampiões a óleo suspensos projetavam uma luz fraca e oval na rua. Derek parou o cavalo, desmontou e ergueu as mãos para ela. Sara deslizou desajeitadamente da sela, guiada pelas mãos dele em sua cintura. Assim que os pés dela tocaram o chão, Derek a soltou e caminhou até a beira do parque.

Sara se aproximou dele e parou a alguns metros de distância. Seus lábios se abriram e sua garganta se movimentou, mas nenhum som saiu.

Derek se virou, esfregando o queixo enquanto a fitava.

Ela se viu inundada por um sentimento de total desesperança enquanto esperava que ele a destruísse com algumas palavras cáusticas. Mas Derek apenas continuou a fitá-la silenciosamente, com uma expressão indecifrável no rosto. Era quase como se estivesse esperando por alguma deixa da parte dela. O impasse durou alguns segundos até Sara resolvê-lo caindo no choro. Ela levou as mãos ao rosto, tentando enxugar as lágrimas.

– Sinto muito – disse em um arquejo.

De repente, Derek estava ao lado dela, tocando levemente seus ombros e seus braços, mas logo afastou as mãos, como se as tivesse queimado.

– Não, não. Não chore. A senhorita já está bem. – Em um gesto cauteloso, ele estendeu a mão para dar uma palmadinha tranquilizadora nas costas dela. – Não chore. Está tudo bem. Inferno. Não faça isso.

Sara continuou a chorar e Derek permaneceu parado acima dela, em um desânimo perplexo. Ele era habilidoso em seduzir mulheres, envolvê-las e convencê-las, destruindo suas defesas... Era habilidoso em tudo o que dizia respeito ao sexo oposto, menos em oferecer conforto. Ninguém jamais havia exigido isso dele.

– Pronto, pronto – murmurou, como tinha ouvido Lily Raiford dizer mil vezes quando os filhos choravam. – Pronto.

De repente, Sara estava apoiada nele, descansando a cabeça pequena em seu peito. Longas mechas de cabelo caíam por toda parte, enredando-o em uma fina teia castanho-avermelhada. Alarmado, Derek ergueu as mãos para afastá-la. Mas, em vez disso, seus braços a envolveram até ela estar com o corpo inteiro pressionado contra o dele.

– Srta. Fielding – disse Derek com grande esforço. – Sara...

Ela se aninhou mais ao peito forte, abafando os soluços em sua camisa.

Derek praguejou e pressionou furtivamente os lábios no alto da cabeça dela. Ele se concentrou no ar frio da noite, mas seu ventre começou a latejar mesmo assim, em um anseio muito familiar. Era impossível ficar indiferente à sensação do corpo feminino moldado ao dele. Que maldito impostor ele era... Não era um cavalheiro, não era um homem que sabia consolar gentilmente uma mulher, era apenas um canalha tomado pelo desejo mais primitivo. Derek passou a mão pelo cabelo de Sara e pressionou a cabeça dela contra seu ombro até ela quase correr o risco de sufocar.

– Está tudo bem – falou bruscamente. – Está tudo bem. Pare de chorar.

– Eu jamais deveria ter saído com o Sr. Jenner, mas eu estava com raiva do senhor por... por...

– Sim, eu sei. – Derek tateou o paletó até encontrar um lenço, que levou de forma desajeitada ao rosto molhado dela. – Tome. Pegue isso.

Sara tirou o lenço do rosto e o usou para assoar o nariz.

– Ah, o-obrigada.

– Jenner machucou você?

– Não, mas ele me *largou* lá, bem no meio daquela c-confusão...

O queixo dela tremeu, anunciando novas lágrimas, e Derek interrompeu-a, alarmado.

– Calma. Calma. A senhorita já está em segurança. E vou torcer o pescoço de Ivo Jenner... depois de torcer o *seu* pescoço por ter saído do Craven's com ele.

Ele deslizou a mão por baixo da capa de Sara até encontrar as costas cobertas de veludo, e massageou os músculos tensos.

Sara deu um último soluço e se encostou nele, tremendo.

– O senhor me salvou essa noite. Jamais poderei lhe agradecer o bastante.

– Não me agradeça. Estamos quites.

– Estou muito grata – insistiu ela.

– Não é necessário. Sou responsável por parte disso. Eu deveria ter sabido que era a senhorita por trás da máscara. – Os olhos dele percorreram o rosto iluminado e coberto de lágrimas de Sara. – De alguma forma, talvez eu soubesse.

Sara estava muito quieta, absorvendo o calor que se misturava sob as capas de ambos. A base de uma das mãos dele descansava na lateral do seio dela enquanto a outra mão acariciava suas costas.

– De onde veio o vestido? – perguntou Derek; seu hálito era como um sopro de névoa branca no ar.

– É de lady Raiford.

– É claro – comentou ele em um tom irônico. – Parece algo que ela usaria. – Ele olhou pela gola aberta da capa, que deixava visível a sombra do decote do vestido, e subiu um pouco mais o polegar pela lateral do seio dela, demorando-se na borda onde terminava o veludo e começava a pele macia. – Mas a senhorita o preenche de forma diferente.

Sara fingiu não notar a carícia sutil, mesmo quando seu sangue acelerou e seus mamilos ficaram rígidos, roçando o veludo do vestido.

– Lady Raiford foi muito gentil. O senhor não deve culpá-la. Ir ao baile essa noite foi ideia minha. Foi tudo culpa minha, de mais ninguém.

– Desconfio que Worthy e Lily estavam ansiosos para ajudá-la. – Os nós dos dedos dele roçaram o topo do seio de Sara e ao redor da lateral até um tremor de prazer percorrê-la. Derek perguntou baixinho, então, junto ao cabelo dela: – Está com frio?

– Não – sussurrou Sara.

Era como se houvesse fogo líquido correndo por suas veias. Como se ela houvesse tomado uma bebida inebriante, cem vezes mais potente que o vinho.

Derek ergueu a cabeça de Sara até ela estar olhando fixamente em seus olhos.

– Eu quero que a senhorita esqueça tudo o que aconteceu essa noite.

– Por quê?

– Porque a senhorita vai voltar para o seu vilarejo amanhã. Vai se casar com o seu Kingsfield.

– Kings*wood*.

– Wood – repetiu Derek com impaciência.

Sara umedeceu os lábios secos.

– Também vai esquecer, Sr. Craven?

– Sim.

O olhar dele se fixou por um instante na boca de Sara, então ele a soltou.

Sara se sentiu desorientada e cambaleou, mas logo recuperou o equilíbrio. Ela quase esperava que ele dissesse que era hora de partir, mas Craven não parecia ter pressa. Ele foi até uma cerca de madeira próxima e se apoiou na grade mais alta.

– Não deveríamos voltar para o clube? – perguntou Sara, seguindo-o.

– Para quê? Não sobrou muito do baile depois da batida policial que seu amigo Jenner providenciou. Foram-se os convidados, nada de jogos de azar... e, felizmente para a senhorita, nada de ponche de rum.

Sara enrubesceu profundamente.

– Aquele ponche estava bem forte – admitiu.

Ele riu e examinou o rosto enrubescido dela e seu equilíbrio instável.

– Você ainda está voando alto, anjo.

Sara cruzou os braços e olhou para as ruas tranquilas, aliviada por ele não estar mais zangado com ela. O vento parecia carregar o uivo fraco da multidão distante, embora aquilo fosse apenas um truque da sua imaginação. Ela se perguntou se o propósito terrível daquelas pessoas fora cumprido, se haviam tido sucesso em desmembrar o cadáver do salteador. A ideia a fez estremecer, e ela contou a Craven o que Jenner havia lhe dito sobre o protesto. Ele a ouviu sem demonstrar surpresa.

– Como as pessoas podem se comportar dessa maneira? – perguntou Sara. – Como podem assistir a execuções para se divertir? Não consigo entender.

– Eu fazia isso quando era menino.

Ela o encarou, boquiaberta.

– O senhor ia a enforcamentos, e-e açoitamentos, e carnificinas, e... mas o senhor não se *divertia* com isso. Não é possível que se divertisse.

Derek encontrou o olhar dela sem piscar.

– Agora eu não sinto prazer na morte. Mas na época eu tinha um grande fascínio por ela.

Perturbada com a confissão dele, Sara lembrou a si mesma que, quando criança, Craven vivera no submundo do crime e do pecado, tendo sido criado em bordéis, prostíbulos e nas ruas dos cortiços. Mas ela ainda achava difícil aceitar a imagem dele aplaudindo enquanto um homem sufocava até a morte na ponta de uma corda.

– O que pensava enquanto os via serem enforcados? – perguntou ela.

– Eu me considerava sortudo. Pelo menos não era eu que estava lá em cima. Sentia fome e não tinha nem um penico para chamar de meu... mas pelo menos não havia uma corda ao redor do meu pescoço.

– E isso fazia com que se sentisse melhor a respeito da sua situação?

– Eu não tinha nenhuma "situação", Srta. Fielding. Brigava, trapaceava, roubava para conseguir qualquer coisa de que eu precisasse: a comida que eu comia, o gim que eu bebia... até as mulheres, às vezes.

Sara enrubesceu ligeiramente.

– E o trabalho honesto? O senhor trabalhava às vezes. Worthy me disse isso.

– Trabalho, sim. Honesto? – Ele balançou a cabeça e bufou com amargor. – A senhorita não iria querer saber.

Sara ficou em silêncio por um momento.

– Iria, sim – disse ela, de repente. – Eu gostaria de saber.

– Mais material para a sua pesquisa?

– Não, não é nada disso. – Em um impulso, Sara tocou o braço dele. – Por favor. Precisa acreditar que eu jamais trairia uma confidência íntima.

Derek baixou os olhos para o lugar em que ela havia colocado a mão, embora já a tivesse retirado. Então cruzou as longas pernas e manteve os olhos no chão. Uma pesada mecha de cabelo preto caiu sobre sua testa.

– Eu trabalhei escalando chaminés para limpá-las por dentro até ficar grande demais para isso. Algumas chaminés tinham apenas dois ou três tijolos de largura. Eu era pequeno para um menino de 6 anos, mas um dia não consegui me espremer pela chaminé. – Um breve sorriso passou por seu rosto com a lembrança. – Ninguém sabe o que é o inferno até ficar preso em uma dessas.

– Como o tiraram de lá? – perguntou Sara, horrorizada.

– Acenderam um feixe de feno embaixo de mim. Deixei metade da pele no caminho enquanto escalava aquela chaminé. – Ele deu mais uma risadinha. – Depois disso, trabalhei no porto, carregando engradados e caixotes. Às vezes, escamava e eviscerava peixes, ou removia o esterco com uma pá e o carregava dos estábulos para o porto. Nunca soube o que era um banho. – Ele ergueu os olhos para Sara e sorriu ao ver a expressão dela. – Eu fedia tanto que nem as moscas chegavam perto de mim.

– Ah, Deus – disse ela, com a voz débil.

– Às vezes eu revirava a lama do rio, roubava carga da costa e vendia por baixo dos panos para mercadores desonestos. Eu não era muito diferente dos outros rapazes do submundo. Todos fazíamos o que era necessário para sobreviver. Mas havia um de nós... Jem era o nome dele, um menino magricela. Certo dia, percebi que ele estava se saindo melhor do que os outros.

Tinha um casaco grosso para vestir, comida para encher a barriga, até mesmo uma prostituta no braço de vez em quando. Eu o abordei e perguntei onde estava conseguindo dinheiro. – O rosto de Craven assumiu uma expressão amarga e dura, e todos os traços de beleza se apagaram. – Jem me contou. Segui seu conselho e decidi tentar a sorte no negócio da ressurreição.

– O senhor... se juntou a uma igreja? – perguntou Sara, confusa.

Derek encarou-a, surpreso, então começou a rir até quase engasgar. Quando ela perguntou qual era o problema, ele dobrou o corpo de tanto rir.

– Não, não... – Depois de passar a manga pelos olhos, Derek finalmente conseguiu se controlar e explicou: – Eu era o que se chama de profanador.

– Não entendo...

– Um ladrão de túmulos. Eu desenterrava cadáveres nos cemitérios e os vendia para estudantes de medicina. – Um sorriso singular curvou brevemente seus lábios. – Está surpresa, não é mesmo? E indignada.

– Eu... – Sara tentou organizar os pensamentos dispersos. – Não posso dizer que acho a ideia agradável.

– Não. Estava longe de ser um negócio agradável. Mas sou um ladrão muito bom, Srta. Fielding. Jem costumava dizer que eu poderia roubar o brilho do olho do diabo. Eu era um bom ressuscitador: eficiente, confiável. Minha média era de três por noite.

– Três o quê?

– Corpos. Por lei, cirurgiões e estudantes de medicina só podem usar cadáveres de criminosos condenados. Mas nunca há o suficiente para todos. Então me pagavam para ir a cemitérios perto de hospitais e manicômios, e levar para eles os cadáveres mais recentes que eu conseguisse encontrar. Os cirurgiões sempre os chamavam de "espécimes".

– Quanto tempo durou isso? – perguntou Sara com um arrepio de horror.

– Quase dois anos... até que comecei a me parecer com os cadáveres que roubava. Pálido, esquelético, andando como um morto ambulante. Eu dormia durante o dia e só saía à noite. Nunca trabalhava quando era lua cheia... tinha muita luz. Sempre havia o perigo de eu levar um tiro dos zeladores dos cemitérios, que naturalmente não viam o negócio com bons olhos. Quando eu não tinha como fazer o meu trabalho, me sentava em um canto da taberna local, bebia o máximo que o meu estômago aguentasse e tentava esquecer o que estava fazendo. Eu era um camarada supersticioso. Depois de perturbar tantos descansos eternos, comecei a achar que estava sendo assombrado.

O tom de Derek era objetivo, como se estivesse falando sobre algo que não tinha nenhuma relação com ele. Sara percebeu que o rosto dele estava enrubescido. Embaraço, desprezo por si mesmo, raiva... Ela mal conseguia adivinhar as emoções que se agitavam dentro dele. Por que Craven lhe confessava coisas tão pessoais e terríveis?

– Acho que eu estava morto por dentro – comentou ele. – Ou ao menos eu era só meio humano. Mas o dinheiro me fazia continuar, até que eu tive um pesadelo que acabou com tudo. Nunca mais cheguei perto de outro cemitério depois disso.

– Conte-me – pediu Sara baixinho, mas ele balançou a cabeça.

– Depois dos meus dias como ressuscitador, busquei outras formas de conseguir lucro, todas quase tão desagradáveis quanto aquela. Mas não exatamente. Nada é tão ruim quanto o que eu fiz. Nem mesmo assassinato.

Por fim, ele ficou em silêncio. A lua estava encoberta pelas nuvens, e o céu, pintado em tons suaves de cinza e violeta. No passado, aquela poderia ter sido o tipo de noite em que ele sairia para profanar cemitérios. Enquanto olhava para o homem ao seu lado, cujo cabelo cintilava como ébano à luz do lampião, Sara percebeu que tinha o coração disparado e as palmas das mãos úmidas. Sentiu um suor frio escorrer pelas costas e se acumular embaixo dos braços. Derek estava certo: Sara sentia aversão pelas coisas que ele havia feito. E, sem dúvida, havia mais que ele não lhe contara.

Ela se debatia com muitos sentimentos ao mesmo tempo, tentando entendê-lo, tentando acima de tudo não temê-lo. Como havia sido tremendamente ingênua. Jamais o teria imaginado capaz de coisas tão terríveis. As famílias dos mortos que ele violara... como deviam ter sofrido – e poderia muito bem ter sido a família *dela*, parentes *dela*. Derek fora responsável pelo sofrimento de muitas pessoas. Se alguém tivesse lhe descrito um homem assim, Sara teria dito que ele estava além da redenção.

Mas... Derek não era uma pessoa totalmente ruim. Ele tinha ido atrás dela naquela noite, temendo por sua segurança. E se recusara a tirar vantagem dela no clube, quando não havia nada para detê-lo exceto resquícios da própria consciência. Ali mesmo, onde estavam, ele tinha sido terno e gentil enquanto ela chorava. Sara balançou a cabeça, consternada, sem saber o que pensar.

O rosto de Craven estava voltado para o outro lado, mas a postura desafiadora era visível em cada músculo de seu corpo. Parecia que ele estava esperando que ela o condenasse. Antes que tivesse plena consciência do que ia fazer, Sara estendeu a mão para o cabelo preto que ondulava levemente na nuca dele. Ao sentir o toque da mão dela, Derek pareceu parar de respirar. Um músculo se contraiu sob a ponta dos dedos dela. Sara sentiu a vibração ardente sob essa imobilidade e a batalha dele para conter as emoções.

Depois de um minuto, Derek fitou-a com os olhos verdes inflamados.

– Sua tola. Não quero a sua pena. Estou tentando lhe dizer...

– Não é pena.

Sara recolheu rapidamente a mão.

– Estou tentando lhe dizer que só o que há entre mim e a possibilidade de voltar a ser *aquilo* de novo é uma pilha de dinheiro.

– O senhor tem uma montanha de dinheiro.

– Não é o bastante – retrucou ele, em um tom acalorado. – Nunca é o bastante. Se a senhorita tivesse o bom senso de um maldito pardal, entenderia.

Sara franziu o cenho, sentindo o aperto em seu peito aumentar até explodir em uma fúria que quase se igualava à dele.

– Eu *entendo*! O senhor deseja sobreviver, Sr. Craven. Como eu poderia culpá-lo por isso? Não gosto das coisas que fez, mas não sou hipócrita. Se eu tivesse nascido nos cortiços, provavelmente teria me tornado uma prostituta. Sei o bastante para entender que havia poucas opções para o senhor naquele lugar. Na verdade... eu... eu o *admiro* por ter conseguido se erguer daquele tipo de profundezas. Poucos homens teriam a vontade e a determinação para fazê-lo.

– É mesmo? – Os lábios dele se curvaram em um sorriso sombrio. – Hoje cedo a senhorita estava perguntando sobre o meu comitê de benfeitoras. Vou lhe contar, então. Os maridos da maior parte delas têm amantes e deixam as esposas sozinhas em suas camas noite após noite. Eu costumava servir àquelas belas senhoras por um preço. Fiz uma fortuna desse jeito. E me saí tão bem como gigolô quanto havia me saído como ladrão.

Sara ficou muito pálida.

– Ainda me admira? – zombou Derek baixinho, ao ver a reação dela.

Sara se sentia entorpecida enquanto se lembrava das conversas que havia tido com as prostitutas que entrevistara enquanto escrevia *Mathilda*. Elas tinham a mesma expressão em seus rostos que Craven mostrava naquele momento: desolada, sem esperanças.

– Quando precisei de mais dinheiro para financiar o clube – continuou Craven –, chantageei algumas delas. Nenhum lorde decente gostaria de descobrir que a esposa havia levado um plebeu como eu para a cama. Mas o estranho é que a chantagem pouco serviu para diminuir meus encantos. As "amizades" continuaram até o clube estar pronto. Temos acordos muito civilizados, as minhas benfeitoras e eu.

– Lady Raiford… – disse Sara com a voz rouca.

– Não, ela não era uma delas. Lily e eu nunca… – Ele fez um gesto impaciente e recuou subitamente, depois começou a andar ao redor de Sara como se um círculo de fogo os separasse. – Eu não queria isso dela.

– Porque o senhor gostava dela. – Como o comentário não teve resposta, Sara pressionou com mais firmeza. – E ela é uma das muitas pessoas que gostam do senhor… inclusive o Sr. Worthy, Gill, até mesmo as prostitutas da casa…

– Isso vem junto do pagamento dos salários deles.

Sara ignorou o sarcasmo e o desdém dele e o encarou com firmeza.

– Sr. Craven, por que me contou tudo isso? Não quer aceitar a minha compaixão, e eu não desdenharei do senhor. Então o que quer de mim?

Derek parou no meio de um passo, cruzou a barreira invisível entre eles e segurou-a pelos braços, apertando dolorosamente a carne de Sara com as duas mãos.

– Eu quero que a senhorita vá embora. Não está segura aqui. Enquanto estiver em Londres, não estará a salvo de mim.

O olhar dele percorreu a massa ondulada do cabelo dela, seu rosto delicado, os olhos confusos. Ele deixou escapar um gemido repentino e puxou-a para mais perto, enterrando o rosto em seu cabelo. Sara fechou os olhos, sentindo a mente girar. O corpo de Craven era firme e poderoso, curvando-se sobre o dela para acomodar a diferença de altura. Ela o sentiu tremer com a força do desejo que o dominava. Então Derek falou junto ao ouvido dela, com a voz carregada de um prazer atormentado:

– Você tem que ir embora, Sara… porque eu quero abraçá-la assim até a sua pele se fundir à minha. Quero você na minha cama, quero o seu cheiro nos meus lençóis e o seu cabelo espalhado no meu travesseiro. Eu quero tirar a sua inocência. Deus! Quero arruiná-la para qualquer outra pessoa.

Sara tateou até encontrar o rosto dele, roçando na barba ainda por fazer.

– E se eu quiser o mesmo? – sussurrou.

– *Não!* – disse ele com ferocidade, e colou os lábios à pele macia do pescoço de Sara. – Se fosse minha, eu faria de você alguém que você não reconheceria. Iria magoá-la de formas que nunca sonhou. E não vou deixar isso acontecer. Mas jamais pense que eu não a quero.

As mãos dele a puxaram para ainda mais perto, e ambos começaram a ofegar. O volume rígido do desejo dele parecia queimar o abdômen dela.

– Isso é para você – murmurou Derek. – Só para você.

Ele tateou até encontrar o pulso de Sara e pousou a palma da mão dela em seu peito. Mesmo através da camada densa de linho, camisa e lã, era possível sentir o coração disparado dele. Ela se contorceu para pressionar o corpo com mais força contra o de Derek, e ele prendeu a respiração.

– Um homem nunca deveria chegar tão perto do inferno assim – disse ele, com a voz entrecortada. – Mas, mesmo com o diabo sussurrando no meu ouvido para possuí-la, eu não posso fazer isso.

– *Por favor* – pediu Sara em um arquejo, sem saber se estava dizendo a Derek que a deixasse ir ou a mantivesse com ele.

O pedido pareceu levá-lo à beira da loucura. Derek colou a boca à dela com um gemido torturado e a língua avançou em incursões urgentes. Sara passou os braços ao redor do pescoço dele e enterrou os dedos no cabelo escuro, como se pudesse mantê-lo ali para sempre. Ela ainda conseguia sentir os batimentos cardíacos acelerados contra seus seios pressionados junto ao peito largo. Derek enfiou a coxa com firmeza entre a saia dela, apoiando-se com segurança contra um lugar indescritivelmente íntimo. Sara não saberia dizer quanto tempo ele ficou ali beijando-a, com a boca às vezes gentil, às vezes brutal, as mãos passeando livremente por dentro da capa dela. Sara sentia as pernas tão fracas que sabia que não teria conseguido se manter de pé sem os braços dele amparando-a.

– Sr. Craven – falou Sara com um gemido quando os lábios dele deixaram os dela para deslizar com ardor pelo seu pescoço.

Derek afastou o cabelo de Sara para trás e pressionou a testa contra a dela até ela sentir os pontos de seu ferimento contra a própria pele.

– Diga o meu nome. Diga o meu nome apenas uma vez.

– Derek.

Ele ficou imóvel por um instante e seu hálito aqueceu o queixo dela. Depois beijou de leve os olhos fechados dela, sentindo os cílios de Sara tremularem contra seus lábios.

– Eu vou esquecê-la, Sara Fielding – falou Derek, com a voz rouca. – Custe o que custar.

~

Houve um último momento daquela noite que se demorou na lembrança de Sara. Derek a levou para a casa dos Goodmans, cavalgando com ela sentada de lado na sela. Sara apoiou a cabeça em seu peito, agarrando-se a ele com força. Mesmo na crueza invernal do ar, o corpo dele parecia arder com o calor de uma fogueira de carvão. Eles pararam na lateral da rua e Derek se desenredou dos braços dela para desmontar.

Havia começado a cair uma neve suave. Flocos minúsculos rodopiavam no ar, fazendo um barulho delicado e audível ao caírem na rua. Craven ajudou--a a desmontar. Alguns flocos de neve haviam caído no cabelo dele, como pontos de renda derretidos presos às mechas escuras. Sua cicatriz parecia mais pronunciada do que o normal. Sara sentiu vontade de pressionar os lábios contra o ferimento, que era uma lembrança persistente da noite em que o conhecera. Sentia um nó insuportável na garganta, e seus olhos ardiam com lágrimas não derramadas.

Craven estava muito distante de se parecer com os cavaleiros galantes das fantasias românticas dela... Era um homem maculado, imperfeito, cheio de cicatrizes. Deliberadamente, destruíra todas as ilusões que Sara poderia ter sobre ele, expondo seu passado misterioso como o horror absurdo que de fato era. Seu propósito fora afastá-la. Mas, em vez disso, Sara se sentia mais próxima dele, como se a verdade os tivesse unido com uma nova intimidade.

Craven a acompanhou até os degraus da frente dos Goodmans e parou por um instante para fitar o cabelo desalinhado dela, o rosto marcado pelo contato com a barba por fazer, os lábios inchados. Então deu um sorrisinho.

– Parece que você se deitou com um esquadrão de marinheiros de licença.

Sara encarou os olhos verdes intensos, sabendo que iriam assombrá-la para sempre.

– Nunca mais vou vê-lo, não é? – perguntou, atordoada.

Não havia necessidade de ele responder. Craven segurou a mão dela como se fosse um objeto de valor inestimável e levou-a aos lábios em um toque tão leve que Sara teve a sensação de que seu braço flutuava. O calor do hálito dele penetrou a pele dela. Sara estava ciente do movimento dos lábios de Craven quando ele pressionou palavras silenciosas na palma de sua mão. Craven soltou-a, e o olhar com que a fitou parecia revelar as profundezas de sua alma ambiciosa, amarga e cheia de anseios.

– Adeus, Srta. Fielding – disse ele, com a voz rouca.

Craven lhe deu as costas e se afastou. Sara ficou observando em silêncio, paralisada, enquanto ele subia com destreza na sela e cavalgava pela rua até desaparecer de vista.

CAPÍTULO 7

No dia seguinte ao seu retorno a Greenwood Corners, Sara caminhou um quilômetro e meio pelas trilhas geladas por onde passavam as carroças e por trechos da floresta que separavam o chalé da família dela do pequeno solar dos Kingswoods no vilarejo. No caminho, ela aproveitou para respirar fundo o ar puro do campo, com os aromas frescos de pinho e neve.

– Srta. Fielding! – chamou a voz aguda de um menino atrás dela. – Como foi em Londres?

Sara se virou e sorriu para o jovem Billy Evans, filho do moleiro.

– A viagem a Londres foi muito emocionante – respondeu ela. – Por que você não está na escola a essa hora?

Ela lançou um olhar de falsa desconfiança para o menino, pois aquela não seria a primeira vez que Billy seria pego matando aula.

– Me mandaram pegar um livro emprestado na paróquia – respondeu ele, animado. – Como vai o seu romance, Srta. Fielding?

– Mal comecei – admitiu Sara. – Acho que vou terminá-lo no verão.

– Vou contar à minha mãe. Ela adora os seus livros, embora tenha de escondê-los do papai.

– Ora, e por que isso?

– Ele não gosta que ela leia. Diz que os livros podem lhe dar a ideia de fugir, como Mathilda fez.

Os dois riram, e Sara bagunçou o cabelo ruivo do menino.

– Ela nunca faria isso, Billy. Além do mais, Mathilda acabou quase pulando de uma ponte. Está vendo no que dá fugir?

Ele abriu um sorriso travesso para ela, projetando ligeiramente os dentes.

– Acho que a senhorita não vai mais deixar o Sr. Kingswood, então.

Sara se inclinou para mais perto dele.

– Você acha que ele sentiu minha falta? – perguntou ela em um sussurro conspiratório.

Ela ficou encantada ao ver Billy enrubescer até seu rosto ficar de um rosa cintilante sob o cabelo cor de cenoura.

– Pergunte a senhorita mesma! – respondeu ele, e saiu correndo pela estrada.

– É o que pretendo fazer.

Sara retomou a caminhada com um ritmo lento e suspirou com uma mistura de prazer e tristeza. Aquele era o lugar a que pertencia, um lugar onde tudo lhe era familiar. Onde conhecia cada caminho, prado e riacho. Onde sabia quem era quem no vilarejo e conhecia as histórias das famílias que viviam lá. Greenwood Corners era um lugar encantador. Mas aquela volta para casa estava sendo diferente das outras. Em vez de alívio e alegria, ela sentia um vazio, como se tivesse deixado para trás uma parte vital de si. Nem mesmo os pais e seus sorrisos carinhosos de boas-vindas tinham sido capazes de tirá-la da inquietação que a afligia. Sara estava ansiosa para ver Perry naquela manhã, esperando que ele lhe garantisse o conforto de que ela precisava.

Seu coração acelerou quando ela se aproximou da casa dos Kingswoods. Era uma casa de vilarejo ampla e encantadora, em estilo clássico, com a hera se espalhando pela fachada de estuque. Em seu interior, os cômodos eram decorados com sancas simples e tons refinados de ocre, marrom e verde-ervilha. Nas estações quentes, a mãe de Perry, Martha, costumava ser encontrada na horta nos fundos da casa, cuidando das ervas e dos legumes e verduras. Durante os meses de inverno, ela passava o tempo bordando na sala, perto da luz e do calor garantidos pela lareira. E Perry, é claro, ficava na biblioteca, debruçado sobre seus amados livros de história e poesia.

Sara bateu na porta e limpou os pés na lateral do degrau. Depois de um ou dois minutos, Martha Kingswood apareceu. Era uma mulher atraente, com olhos azul-acinzentados e cabelos que já haviam sido loiros, mas tinham desbotado para uma cor pálida de baunilha. Sua expressão de boas-vindas desapareceu quando ela viu de quem se tratava.

– De volta da sua perambulação, pelo que vejo.

Sara sustentou o olhar intenso da mulher mais velha e abriu um sorriso simpático.

– Eu não estava perambulando, mas fazendo um trabalho de pesquisa.

Ela não pôde deixar de se lembrar do aviso que sua mãe, Katie, lhe dera alguns anos antes.

– Tenha cuidado com o que diz àquela mulher, Sara. Conheço Martha desde menina. Ela vai encorajá-la a confiar nela e depois encontrará uma maneira de usar as suas palavras contra você.

– Mas eu nunca dei a ela motivo para não gostar de mim – protestara Sara.

– Você tem o afeto de Perry, meu bem. Isso é motivo suficiente.

Desde então, Sara pudera confirmar que a mãe estava certa. Martha ficara viúva poucos anos depois do nascimento de Perry, e sua vida girava em torno do filho. Sempre que estavam na mesma sala, ela pairava sobre ele, demonstrando um ciúme nada discreto e que incomodava Sara. Perry havia se resignado com a possessividade da mãe, pois sabia que Martha não gostava de ninguém que desviasse a atenção que ele deveria concentrar nela. Mas Perry alegava que, depois que ele se casasse, Martha afrouxaria esse controle rígido.

– Vamos todos conseguir chegar a um entendimento – dissera ele a Sara inúmeras vezes. – Lembre-se de não levar nada do que ela disser para o lado pessoal. Minha mãe se comportaria da mesma forma com qualquer moça que eu escolhesse para cortejar.

Martha bloqueou a entrada com seu corpo muito magro, como se quisesse impedir Sara de entrar.

– Quando você voltou?

– Ontem à noite.

– Imagino que esteja aqui para ver o meu filho – disse Martha em um tom suave, mas que carregava um toque de hostilidade que fez Sara estremecer.

– Sim, Sra. Kingswood.

– Quem sabe da próxima vez você possa organizar a sua visita para que não atrapalhe os estudos de Perry no meio da manhã.

O tom de Martha dava a entender que era o cúmulo da falta de consideração aparecer para uma visita àquela hora. Antes que Sara pudesse responder, Martha abriu mais a porta e fez um gesto indicando que ela entrasse na casa.

Sara torceu para que Martha não a estivesse seguindo e avançou depressa pelo corredor. *Seria bom*, pensou com ironia, *se meu encontro com Perry pudesse ser particular, ao menos por um minuto ou dois*. Felizmente, ela não ouviu os passos de Martha em seu encalço quando chegou à biblioteca – um salão confortável, decorado com papel de parede com estampa de pássaros rosa, vermelhos e marrons e fileiras de estantes de mogno.

O rapaz, sentado diante da mesa de jacarandá perto de uma das janelas, se levantou e sorriu para ela.

– Perry! – gritou Sara, e correu para ele.

Perry riu da impulsividade dela e pegou-a nos braços. Ele era esguio e de estatura média e tinha as mãos mais elegantes que Sara já vira em um homem. Cada gesto de Perry era gracioso. Ela sempre gostara de vê-lo escrever, tocar piano ou simplesmente virar as páginas de um livro. Sara fechou os olhos, inalou o perfume da colônia dele e sorriu, satisfeita.

– Ah, Perry.

A sensação do corpo compacto dele era familiar e confortável e lhe deu a sensação de que os últimos dias em Londres nunca haviam acontecido.

Mas, de repente, uma lembrança se acendeu em sua mente... Os braços poderosos de Derek Craven esmagando-a, a voz dele murmurando baixinho no ouvido dela: *Eu quero abraçá-la assim até a sua pele se fundir à minha... Quero você na minha cama, quero o seu cheiro nos meus lençóis...*

Sara se sobressaltou e jogou a cabeça para trás.

– Querida? – murmurou Perry. – O que houve?

Ela piscou várias vezes, sentindo um arrepio atravessar seus ombros.

– É só... a friagem lá de fora. – Sara encarou-o e tentou apagar a lembrança com a visão do rosto de Perry. – Você é tão bonito – disse ela com sinceridade, e ele riu, satisfeito.

Todos reconheciam que Perry era o homem mais bonito de Greenwood Corners. Seu cabelo, um tanto longo demais no momento, era de um tom acobreado de ouro. O lindo azul-safira de seus olhos era muito mais impressionante do que o tom dos olhos da própria Sara. Ele tinha um nariz pequeno e reto, lábios finos e a testa alta e pálida, tudo ao estilo de um herói romântico byroniano.

Depois de olhar em volta para se certificar de que não estavam sendo observados, Perry se inclinou para beijá-la. Sara ergueu o queixo de bom grado. Mas, de repente, só conseguia pensar em um rosto marcado por cicatrizes junto ao dela, o brilho de olhos verdes perigosos, uma boca determinada que procurava e devastava impiedosamente a dela... tão diferente dos lábios gentis de Perry. Sara fechou os olhos com força e se forçou a retribuir.

Perry encerrou o beijo com um estalo dos lábios, ergueu a cabeça e sorriu para ela.

– Onde está a sua touca? – perguntou ele. – Você fica sempre tão bela com a renda emoldurando seu rosto.

– Decidi não usá-la hoje. – Sara franziu o cenho ao sentir os braços dele soltando-a. – Não... não me solte ainda.

– Minha mãe vai nos interromper em breve – alertou ele.

– Eu sei. – Sara suspirou e se afastou com relutância. – Mas é que senti tanto a sua falta...

– Como eu senti a sua – respondeu Perry em um tom galante, apontando para o sofazinho de madeira de faia pintada. – Vamos nos sentar e conversar, meu bem. Acho que minha mãe pretende servir o chá... estou escutando-a na cozinha.

– Não poderíamos ter algum tempo a sós? – perguntou Sara em um sussurro, ciente da audição aguçada de Martha. – Tenho algumas coisas para lhe dizer em particular.

– Teremos uma vida inteira de privacidade, você e eu – prometeu Perry, com os olhos azuis cintilando. – Certamente não é nada de mais suportar uma hora aqui e outra ali com a minha mãe, não é mesmo?

– Acho que não – disse Sara com relutância.

– Essa é minha moça querida.

Radiante com o elogio, Sara permitiu que ele pegasse a sua capa. Então sentou-se nas almofadas com bordados complexos do sofá. Perry pegou as mãos dela e acariciou os nós de seus dedos com os polegares.

– Ora – começou ele carinhosamente –, parece que a sua visita a Londres não lhe fez mal. – Os lábios dele se curvaram em um sorriso provocador. – Minha mãe tem algumas ideias absurdas sobre essas suas viagens de pesquisa. "Como aquela moça sabe tanto sobre coisas indecentes, como prostitutas e ladrões?", ela sempre me pergunta. Tive dificuldade em convencê-la de que você não anda perambulando por bordéis e pelos fundos de tabernas mal frequentadas! Minha mãe não entende a imaginação maravilhosa que você tem.

– Obrigada – disse Sara, sentindo-se desconfortável, e fixou os olhos no par de arandelas pretas e douradas na parede oposta.

Embora nunca tivesse mentido para Perry sobre a sua pesquisa em Londres, ela o iludia gentilmente, omitindo a maior parte de suas atividades perigosas e fazendo tudo soar bastante árido e monótono. Perry sempre aceitava as descrições dela sem questioná-la, mas a mãe dele tinha uma natureza desconfiada.

– Afinal – continuou Perry –, a minha querida Sara passa a maior parte do tempo examinando coleções de livros e visitando prédios antigos. Não é mesmo?

Ele sorriu para ela enquanto Sara sentia o pescoço arder de constrangimento.

– Sim, sem dúvida. Hum... Perry... há algo que preciso lhe contar. Durante a minha estadia em Londres, houve uma ou duas noites em que cheguei muito tarde. A Sra. Goodman ameaçou escrever para a minha mãe e para os seus outros amigos em Greenwood Corners dizendo que sou uma "moça assanhada e imprudente".

Perry caiu na gargalhada, achando a ideia profundamente divertida.

– Sara Fielding, uma moça assanhada e imprudente! Qualquer pessoa que a conheça riria disso.

Ela sorriu, aliviada.

– Fico feliz em saber que você não vai dar ouvidos a nada que a Sra. Goodman possa dizer.

Perry apertou as mãos dela.

– Talvez uma velhota qualquer possa espalhar fofocas sobre você, só porque escreveu uma história boba sobre Mathilda. Mas eu a conheço melhor do que ninguém, querida. Conheço os desejos mais estimados do seu coração... e vou torná-los realidade. Depois disso, não haverá necessidade de você se preocupar com todos os seus devaneios e rabiscos. Porque terá a mim e uma casa cheia dos nossos filhos para ocupar o seu tempo. Tudo o que uma mulher poderia desejar.

Sara o encarou, surpresa.

– Você está dizendo que gostaria que eu parasse de escrever?

– Eu trouxe chá – anunciou Martha da porta.

Ela entrou na biblioteca, carregando uma bandeja de prata esculpida e um jogo de chá que estava na família Kingswood havia três gerações.

– Mamãe – disse Perry com um sorriso cintilante –, como sabia que era exatamente o que queríamos? Venha se juntar a nós enquanto Sara nos brinda com um relato de sua visita à perigosa cidade de Londres.

Diante do olhar de desaprovação de Martha, Sara se afastou de Perry até os dois estarem sentados a uma distância mais respeitável um do outro.

Martha pousou a bandeja diante deles na mesa redonda com tampo em marchetaria *boulle* e se acomodou em uma cadeira próxima.

– Por que não serve o chá, Sara? – convidou Martha, em um tom que sugeria que estava concedendo uma honra a uma convidada estimada.

Mas, por algum motivo, Sara teve a sensação de que estava passando por um teste. Ela coou cuidadosamente o chá em uma das delicadas xícaras de porcelana e acrescentou leite e açúcar. Sua desconfiança de que estava sendo testada se confirmou pela expressão desagradável e satisfeita de Martha.

– Não é assim que Perry gosta – disse Martha.

Sara dirigiu um olhar questionador a Perry.

– Você toma o seu chá com leite e açúcar, não é?

Ele deu de ombros ligeiramente.

– Sim, mas…

– Você serviu o leite por *último* – interrompeu Martha, antes que Perry pudesse esclarecer. – Meu filho prefere *primeiro* o leite e depois o chá. Isso faz toda a diferença no sabor.

Sara achou que ela talvez estivesse brincando e olhou para Perry. Ele respondeu apenas com um sorriso impotente. Sara se forçou a dar de ombros com despreocupação.

– Ora – disse, com um leve tremor de riso na voz –, vou tentar me lembrar disso, Sra. Kingswood. Não consigo imaginar como esse detalhe me passou despercebido durante todos esses anos.

– Talvez você devesse tentar ser mais atenta às necessidades do meu filho. – Martha assentiu, satisfeita por repreender a prometida do filho. – E deve se lembrar de que prefiro o meu da mesma forma, mas sem açúcar.

Sara obedeceu e preparou o chá como solicitado, então se recostou na cadeira com a própria xícara na mão – sem leite, com uma dose extra de açúcar. Depois de tomar o primeiro gole, ela encontrou o olhar inquisitivo de Martha. Os lábios da mulher mais velha se comprimiram até finas linhas verticais aparecerem ao longo do contorno de sua boca.

– Suponho que você tenha ido à igreja enquanto estava em Londres, não é, Sara?

A tentação de mentir foi forte. Mas Sara tomou mais um gole de chá e balançou a cabeça, com uma expressão contrita.

– Não houve tempo.

– Não houve tempo – repetiu Martha, baixinho. – Hum. Sem dúvida me sinto grata por Deus não nos dar esse tipo de desculpa quando recorremos a Ele em nossas orações. Por mais ocupado que esteja, o Senhor sempre encontra tempo para nós. Acho que todos deveríamos estar dispostos a fazer o mesmo por Ele.

Sara assentiu, com uma expressão ainda contrita, enquanto pensava que o recorde de frequência regular de Martha Kingswood à igreja não era igualado por ninguém. Martha sempre chegava quinze minutos antes do ofício começar e se sentava na primeira fila. Também tinha o hábito de sair quinze minutos depois de todos os outros, pois sentia que era sua responsabilidade especial dar ao reverendo Crawford a sua opinião sobre como o sermão poderia ter sido melhor.

– Nem Perry nem eu perdemos um único domingo, seja por que motivo for – continuou Martha. – Tampouco o Sr. Kingswood quando estava vivo. "Prefiro ser porteiro na casa do meu Deus a viver na morada dos perversos." Você sabe de onde vem essa citação, Sara?

– Do Livro de Jó? – arriscou Sara.

– Dos Salmos – respondeu Martha, com uma expressão fechada. – Nenhuma mulher que deseja ser a esposa de Perry poderia pensar em faltar a um ofício religioso, a menos que fosse por algum motivo inevitável.

– Morte? Desastres naturais? – sugeriu Sara inocentemente, sentindo o joelho de Perry empurrar o dela em advertência.

– Exatamente – retrucou Martha.

Sara ficou em silêncio, sentindo toda a sua animação por estar com Perry desaparecer. Ela fora até ali para estar com ele, não para receber um sermão de sua mãe, por mais bem-intencionado que fosse. Por que Perry permitia aquilo sem dizer uma palavra? Ele estava sendo complacente enquanto a mãe dominava o tempo que deveriam passar juntos. Sara ignorou uma pontada de ressentimento e tentou conduzir a conversa para outro rumo.

– Contem-me o que aconteceu em Greenwood Corners enquanto estive fora. Como está a gota do velho Sr. Dawson?

– Muito melhor – respondeu Martha. – Na verdade, ele calçou os sapatos outro dia e saiu para dar um passeio.

– A sobrinha dele, Rachel, ficou noiva de Johnny Chesterson anteontem – acrescentou Perry.

– Ah, que maravilha! – exclamou Sara. – Os Chestersons têm sorte por receber uma moça tão gentil na família.

Martha assentiu, empertigada.

– Rachel é o tipo de moça religiosa e reservada com quem o Sr. Kingswood sempre esperou que o filho se casasse. Ela nunca sonharia em chamar atenção para si mesma... como algumas moças fazem.

– Está se referindo a mim? – perguntou Sara em voz baixa.

– Estou fazendo uma observação sobre Rachel.

Em gestos lentos, Sara pousou a xícara e o pires na mesa e olhou para Perry, que havia enrubescido ao ouvir a grosseria da mãe.

– É impressionante que você nunca tenha cortejado tal modelo de conduta – comentou Sara com ele, sorrindo, embora sentisse o peito se comprimir de raiva.

– Perry nunca teve liberdade para cortejá-la ou qualquer outra moça do vilarejo – respondeu Martha pelo filho. – Havia sempre outra pessoa ocupando o tempo dele com sua possessividade exigente.

Sara sentiu o rosto ficar vermelho.

– Pergunto-me se essa pessoa seria eu ou a senhora mesma... – Ela se levantou abruptamente e pegou a capa. – Com licença. Acho que é hora de ir embora.

Atrás dela, Martha soltou uma exclamação aguda.

– Que comportamento grosseiro. Eu estava apenas conversando!

Enquanto Perry se inclinava para acalmar a mãe, Sara saiu da casa. Nunca se mostrara furiosa na frente de Perry antes – sempre tolerara a mãe dele com paciência e cortesia. Por alguma razão, finalmente atingira o seu limite. Ela praguejou baixinho e começou a caminhar de volta para casa. Ao perceber que Perry se aproximava correndo para alcançá-la, Sara se empertigou. Ele não parara nem para vestir um casaco.

– Não acredito que você saiu intempestivamente daquela forma! – exclamou Perry. – Sara, pare e me deixe falar com você um minuto!

Ela continuou a andar sem sequer diminuir o passo.

– Não estou com vontade de conversar.

– Não fique com raiva da minha mãe.

– Não estou com raiva dela, mas de você, por não me defender!

– Sara, eu jamais poderia dizer à minha mãe que ela não tem o direito de expressar suas opiniões em sua própria casa! Você está exagerando.

– Ela passou dos limites!

Perry soltou um suspiro perturbado e ajustou o passo para seguir ao lado dela.

– Mamãe estava muito aborrecida hoje – admitiu. – Não sei o que a deixou em tal estado.

– Acho que é seguro dizer que *eu* a deixei naquele estado. Isso *sempre* acontece, Perry. Você nunca percebeu que ela não gosta de mim, nem de qualquer outra mulher de quem você se aproxime?

– O que deixou você tão sensível? – perguntou ele, surpreso. – Não é do seu feitio se ofender facilmente. Devo dizer que esse não é um lado atraente seu, Sara, não mesmo!

Agora que havia começado, Sara sentiu um imenso alívio por poder falar o que pensava.

– É mesmo? Pois bem, eu não acho nada atraente quando você permite que a sua mãe me provoque daquela forma. E o que é pior: ainda espera que eu engula a provocação com um sorriso!

A expressão de Perry se tornou carrancuda.

– Não quero discutir com você, Sara. Nunca discutimos antes.

Ela sentiu os olhos começarem a arder.

– Isso foi porque eu achei que, se fosse compreensiva e resignada o bastante, você finalmente se sentiria inspirado a me pedir em casamento. Tive que esperar quatro anos, Perry, depositando todas as minhas esperanças na aprovação da sua mãe. Bem, ela nunca vai dar sua bênção a um casamento entre nós.

Sara enxugou com impaciência algumas lágrimas de raiva.

– Você sempre me pediu que esperasse, como se tivéssemos tempo de sobra – continuou ela. – Mas o tempo é precioso demais, Perry. Desperdiçamos *anos* quando poderíamos estar um com o outro. Você não entende quanto vale um único dia de amor um pelo outro? Algumas pessoas estão separadas por distâncias que nunca poderão transpor, e só o que podem fazer é sonhar uma com a outra a vida toda, sem jamais terem o que mais desejam. Que tolice, que *desperdício* ter o amor ao seu alcance e não vivê-lo plenamente! – Ela cravou os dentes no lábio inferior trêmulo para se recompor. – Deixe-me dizer uma coisa, Perry Kingswood: seria imprudente da sua parte presumir que estou disposta a esperar para sempre!

– O que você quer dizer com isso? – perguntou ele, atordoado com o discurso dela.

Sara parou e o encarou diretamente.

– Se você me quisesse mesmo, não suportaria ficar longe de mim. Não permitiria que ninguém se colocasse entre nós. E-e já teria me seduzido!

– *Sara!* – exclamou Perry, fitando-a com uma expressão perplexa. – Eu nunca a vi assim. Você está fora de si. O que aconteceu com você em Londres?

– Nada. Só estou fazendo um balanço das coisas. – Ela recuperou o controle e encarou-o com um misto de determinação e anseio. – Eu tomei uma decisão, Perry.

– É mesmo? – disse ele, com uma expressão mais carrancuda ainda. – Ora, não estou disposto a receber ordens, mocinha!

– Espero que isso seja verdade. Mas receio que você vá deixar os desejos da sua mãe o guiarem em relação a isso. Você sabe tão bem quanto eu que ela faz o possível para ficar no nosso caminho. Sempre tentei evitar fazer com que você escolhesse entre nós, mas não vejo outra maneira de resolver isso.

Sara respirou fundo.

– Eu quero me casar com você, Perry. Quero cuidar de você e ser uma esposa amorosa. Mas essa "corte", ou o que quer que esteja acontecendo nos últimos quatro anos, precisa terminar de uma forma ou de outra. Se você não me pedir em casamento logo, *muito* em breve, terminarei o nosso relacionamento de forma definitiva.

O rosto de Perry empalideceu. Eles se encararam em silêncio, ambos surpresos que palavras tão contundentes tivessem vindo dela. Sara viu a raiva e a mágoa crescentes nos olhos dele, mas continuou a encará-lo com determinação. Uma brisa atravessou a camisa e o colete de Perry, e ele estremeceu.

– Estou com frio – murmurou.

E, sem dizer mais uma palavra, ele se virou e deixou-a, correndo de volta para a mansão onde a mãe o esperava.

~

Como sempre, Sara se sentiu reconfortada ao ver o chalé da família, que ficava no alto de uma colina suave. A casinha tinha quatro cômodos, um banheiro com telhado de palha no jardim e uma combinação de estábulo e abrigo para carroças. Seus pais idosos moravam ali havia quase quarenta anos, depois de herdá-lo dos avós de Sara. Não importava que problemas do mundo exterior se abatessem sobre eles, o lar representava segurança e paz.

Ao se aproximar do chalé, Sara viu que as pequenas janelas retangulares cintilavam com a luz, permitindo que distinguisse claramente o contorno de várias cabeças. Visitas. Ela sentiu o coração afundar no peito. Às vezes, os amigos dos pais ficavam horas por ali, socializando, regados a incontáveis xícaras de chá. Sara não estava nem um pouco disposta a enfrentar um grupo grande de pessoas no momento, mas não havia como evitar. Ela colocou um sorriso tímido nos lábios, abriu a porta da frente e entrou. Como esperava, cada peça de mobília gasta estava ocupada por convidados: os Hughes, os Brownes e Archie Burrows, um recém-viúvo.

– Sara, você voltou cedo! – exclamou o pai dela, Isaac.

Era um homem baixo, de ombros largos, com cabelos grisalhos alvoroçados. Seu rosto castigado pelo sol se franziu em um sorriso contagiante. Ele deu alguns tapinhas no banquinho acolchoado perto da cadeira onde estava sentado.

– Coma um dos deliciosos bolos que a Sra. Hughes trouxe.

– Não, obrigada – disse Sara enquanto a mãe a ajudava a despir a capa. – Acho que vou descansar um pouco depois de ter caminhado tanto.

– Ora, vejam só! – exclamou a Sra. Browne. – O rosto da pobre moça está vermelho de frio. O vento está forte hoje, não?

– Sem dúvida – murmurou Sara, recusando-se a explicar que fora a emoção, não o frio, que levara a cor ao seu rosto.

– Como está o jovem Sr. Kingswood? – perguntou uma das senhoras idosas, e todos se voltaram para ela com grande interesse. – Belo como sempre, não?

– Ah, muito.

Sara conseguiu dar um sorriso tenso para o grupo antes de se retirar para a privacidade do seu quarto. Ela se sentou em sua cama estreita, cruzou as mãos no colo e ficou olhando para o quadro na parede – uma paisagem em aquarela, pintada por uma amiga anos antes. A artista era Mary Marcum, uma moça exatamente da idade dela, que se casara com o ferreiro do vilarejo e agora era mãe de três filhos. Uma onda de autopiedade tomou conta de Sara. Nunca se sentira tanto uma solteirona. Ela cerrou os dentes de frustração e enxugou os olhos úmidos com a manga do vestido. Naquele momento, a mãe entrou no quarto e fechou a porta.

– O que aconteceu? – perguntou Katie baixinho, acomodando o corpo rechonchudo na cama e cruzando as mãos no colo.

Embora sua pele mostrasse as linhas da idade, os olhos castanhos da mãe de Sara eram jovens e calorosos. Um halo de suaves cachos brancos emoldurava seu rosto de forma lisonjeira.

– Mas os seus convidados... – começou a dizer Sara.

– Ah, eles adoram ouvir o seu pai contar piadas antigas. Finalmente atingimos uma idade em que todas soam como novas de novo.

Elas riram juntas, então Sara balançou a cabeça, infeliz.

– Acho que cometi um erro – confessou, e contou a Katie sobre a cena com os Kingswoods e o ultimato que dera a Perry em seguida.

A testa de Katie se franziu de preocupação. Ela segurou a mão de Sara para confortar a filha.

– Não acho que tenha sido um erro, Sara. Você fez o que considerou certo. Ninguém erra por ouvir o próprio coração.

– Ah, não tenho muita certeza – comentou Sara, melancólica, passando a manga do vestido pelo rosto molhado. – Meu coração estava me dizendo algumas coisas muito estranhas alguns dias atrás.

A mão de Katie se afrouxou ligeiramente na dela.

– Sobre o seu Sr. Craven.

Sara se voltou para ela, espantada.

– Como a senhora soube?

– Foi o jeito como você falou dele. Havia algo na sua voz que eu nunca tinha ouvido antes.

Embora Sara tivesse mencionado apenas alguns poucos detalhes sobre o clube de jogos de azar e seu dono, devia ter imaginado que a mãe perceberia as coisas que não haviam sido ditas. Ela abaixou a cabeça.

– O Sr. Craven é um homem perigoso, mamãe – sussurrou. – Ele fez coisas terríveis na vida.

– Mas você encontrou algo nele de que gostar, não é?

Algumas lágrimas caíram no colo de Sara.

– Se ele tivesse tido alguém para ensiná-lo o que é certo e errado, alguém para amá-lo, que tivesse cuidado dele quando criança, teria se tornado um bom homem. Um homem muito bom.

Ela tentou imaginar como Derek Craven teria sido se tivesse nascido em uma das famílias de Greenwood Corners. Provavelmente um belo menino com olhos verdes inocentes e um corpo forte e bem nutrido, correndo pelos prados com as outras crianças do vilarejo. Mas a imagem se dissolveu e ela só conseguiu vê-lo como uma criança esquelética, engasgando com a fuligem enquanto subia rastejando pelas chaminés. Sara torceu os dedos, aflita.

– O faz-tudo do clube me disse que o Sr. Craven é um homem de potencial arruinado. E ele tinha toda a razão.

Katie a fitava com muita atenção.

– Sara, esse homem admitiu ter sentimentos por você?

– Ah, não – respondeu Sara depressa. – Ao menos… não o tipo de sentimento que a senhora e o papai aprovariam.

Ela enrubesceu enquanto a mãe ria inesperadamente com o comentário.

– É claro que aprovo esses sentimentos – disse Katie, rindo. – Dentro dos laços do matrimônio.

Sara passou os dedos pelo próprio cabelo, arruinando o penteado muito esticado e arrancando os grampos que pareciam espetar seu couro cabeludo.

– Não há sentido em falar sobre o Sr. Craven – disse, desanimada. – Perry é o único homem que eu quero, e o único que provavelmente conseguiria ter… e é possível que eu tenha arruinado todas as chances de me casar com ele!

– Não há como saber ao certo – ponderou Katie. – Mas acho que você pode ter dado a Perry o estímulo de que ele precisava. No fundo do coração, aquele rapaz não quer ficar sozinho com a mãe para sempre. Ele jamais vai conseguir ser um homem de verdade até que a deixe e comece a tomar decisões por si mesmo… e ela tornou isso quase impossível. De certa forma, Martha criou uma prisão para o filho. O que me preocupa, Sara, é que, em vez de escapar da prisão, Perry possa querer que você se junte a ele.

– Ah, não. – O queixo de Sara tremeu. – Eu não poderia suportar uma vida inteira sob o controle de Martha Kingswood!

– Isso é algo em que você precisa pensar – disse Katie gentilmente. – Que Deus abençoe vocês dois, mas essa talvez seja a única maneira de você ter Perry. – Ela apertou o braço da filha e deu um sorriso caloroso. – Seque o rosto, meu bem, e venha cumprimentar os convidados. A Sra. Browne voltou a perguntar sobre Mathilda, e nunca me lembro do que devo dizer a ela.

Sara fitou a mãe com um olhar triste e seguiu-a obedientemente até a sala.

Passaram o dia seguinte lavando roupa e preparando um *pepper pot* para o jantar. Sara picava cenouras, nabos e cebolas para o ensopado apimentado, e conversava e ria com a mãe. Enquanto trabalhavam, elas cantavam uma sequência das baladas de amor com finais docemente trágicos que eram tão populares no vilarejo. Por fim, Isaac chamou-as da sala, onde estava sentado no chão consertando a perna quebrada de uma cadeira.

– Vocês duas não conhecem nenhuma música em que ninguém morra ou perca a pessoa amada? Comecei o dia de bom humor, e agora, depois de tanta lamentação, estou tendo que me esforçar para não enxugar uma lágrima dos olhos!

– Será que hinos religiosos servem? – perguntou Sara enquanto colocava os legumes em uma panela com água fervente.

Mais tarde, acrescentariam partes iguais de carne de carneiro e peixe, depois temperariam tudo com pimenta caiena.

– Sim, algo para elevar a alma!

As duas se lançaram em um hino vigoroso, parando para rir quando ouviram o barítono desafinado de Isaac se juntar a elas.

– Seu pai tem a cota dele de defeitos – murmurou Katie para Sara após terminarem o hino. – E, sem dúvida, já me deu dores de cabeça, principalmente na juventude. Naquela época, Isaac tinha um temperamento explosivo e uma tendência a remoer as coisas. – Um sorriso curvou seus lábios enquanto ela se perdia em lembranças. – Mas esse homem precioso me amou em todos os dias de sua vida e tem sido fiel a mim ao longo desses quarenta anos. E, mesmo depois de todo esse tempo, ainda me faz rir. Case-se com um homem assim, Sara… e, se for o desejo de Deus, você será tão feliz quanto eu.

~

Sara se recolheu cedo para dormir e ficou muito quieta na cama, esperando que seus pés gelados esquentassem. Perry estivera em seus pensamentos o dia todo. Ela rezou fervorosamente para que não o tivesse afastado para sempre. Afinal, o amara por muitos anos. Ele sempre fizera parte da vida dela. Quando assumia um temperamento de garoto, provocando-a e dando beijos descuidados em seus lábios, ela às vezes temia que fosse morrer de felicidade. Os piqueniques à tarde com ele, as longas caminhadas pelo campo, aconchegada ao ombro de Perry enquanto ele lia em voz alta para ela… as lembranças lhe renderam horas de prazer enquanto ela revivia cada momento precioso. Se por algum milagre se tornasse esposa de Perry, poderia acordar todas as manhãs e encontrá-lo ao seu lado, com o cabelo loiro suavemente espalhado pelo travesseiro, os olhos azuis sonolentos sorrindo para ela.

Tensa e dominada por uma esperança ansiosa, Sara apertou o travesseiro ao redor dos braços.

– Perry – disse, com a voz abafada pelo travesseiro. – Perry, não posso perder você. *Não posso.*

E adormeceu com o nome de Perry nos lábios. Mas, quando sonhou, foi com Derek Craven; sua figura morena se infiltrou em seu sono como um fantasma. Ela brincava de esconde-esconde com ele, correndo pelo clube vazio, rindo como louca ao sentir que ele se aproximava. E Craven a seguia atentamente, até ela perceber que não havia qualquer chance de escapar… a não ser uma. Depois de encontrar uma porta secreta, ela desapareceu em um túnel escuro, escondendo-se. Mas, de repente, ouviu o som da respiração dele. Craven estava com ela nas sombras. Ele alcançou-a com facilidade e imprensou-a contra a parede, rindo do arquejo assustado que ela soltou.

– Você nunca vai escapar de mim – sussurrou Craven, deslizando as mãos rudemente pelo corpo dela. – Você é minha para sempre… só minha…

Sara despertou de súbito com batidas na porta. A voz do pai estava grogue e tinha um toque de aborrecimento.

– Sara? Sara, temos companhia. Vista-se, filha, e venha até a sala da frente.

Ela se espreguiçou longamente, desejando apenas afundar de volta no sonho.

– Sim, papai – murmurou, e se arrastou para sair do calor aconchegante da cama.

Sara encontrou um roupão pesado e vestiu-o por cima da camisola de gola alta.

– Papai, pelo amor de Deus, quem…

Ela se interrompeu ao ver quem era a visita e levou a mão automaticamente ao cabelo despenteado, alisando as mechas embaraçadas.

– Perry!

Perry estava parado na porta da frente, com o chapéu na mão, parecendo abatido e pouco à vontade. Ele manteve os olhos em Sara enquanto falava em voz baixa com o pai dela.

– Senhor, sei que isso parece impróprio, mas, se eu pudesse ficar um minuto a sós com a sua filha...

– Um minuto, não mais que isso – concordou Isaac com relutância.

Ele lançou um olhar significativo a Sara pouco antes de sair da sala, e ela assentiu em resposta ao aviso silencioso para que a conversa fosse breve. Sara sentia o coração disparado, o peito apertado. Ela pigarreou, foi até uma cadeira próxima e sentou-se na beirada.

– Por que está aqui a essa hora, Perry? Sabe como isso é impróprio.

– Andei meio enlouquecido nos últimos dois dias. – A voz dele estava tensa. – Não dormi nada ontem à noite. Pensei em tudo o que disse. Você parecia tão diferente ontem de manhã... a expressão em seu rosto, o modo como falou... deveria ter me contado há muito tempo como realmente se sentia, Sara. Você errou comigo toda vez que disfarçou seus pensamentos com um sorriso.

– Suponho que sim – admitiu ela, reparando nas olheiras dele por conta do sono perdido.

– Você está certa sobre algumas coisas – disse Perry, e a surpreendeu ao se ajoelhar diante dela. Ele pegou as mãos de Sara com cuidado. – Minha mãe não vai aprovar a nossa união, não a princípio. Mas vai acabar se acostumando depois de algum tempo. É possível até que você e ela se tornem amigas algum dia.

Sara começou a responder, mas ele interrompeu-a com um gesto, pedindo que esperasse.

– Você está certa sobre outra coisa, querida. É um desperdício não agarrar o amor quando ele está ao meu alcance. Eu quero estar com você. – Perry segurou as mãos de Sara com força, com os olhos fixos no rosto enrubescido dela. – Eu amo você, Sara. E, se me aceitar, gostaria que nos casássemos na primavera.

– Sim, *sim*!

Sara se levantou da cadeira e passou os braços ao redor do pescoço dele, quase derrubando os dois em sua empolgação.

Perry tentou abafar as exclamações dela enquanto ria e a beijava.

– Silêncio, querida, senão vamos incomodar seus pais.

– Eles provavelmente estão com as orelhas coladas à porta – garantiu Sara, quase estrangulando-o em seu abraço. – Ah, Perry, você me deixou tão feliz.

– Você me deixa ainda mais feliz.

Eles sorriram um para o outro, e Perry acariciou as mechas desalinhadas do cabelo dela.

– Volte de manhã e fale com meu pai – pediu Sara. – É apenas uma formalidade, mas vai agradar-lhe.

– Sim, então você irá comigo dar a notícia à minha mãe.

– *Argh* – murmurou Sara, sem conseguir se conter.

Perry lhe lançou um olhar reprovador.

– Se você se dispuser a lidar com ela com amor e boa vontade, minha mãe retribuirá da mesma forma.

– Muito bem – disse Sara com um sorriso. – Estou tão feliz que estaria disposta a beijar o próprio diabo...

Perry pareceu não reparar no tremor estranho da voz dela. E também não teria como saber o motivo.

Os dois conversaram por mais um ou dois minutos. Depois de trocarem alguns beijos apressados, Perry deixou o chalé. A mente de Sara estava agitada com ideias estranhas e assustadoras o tempo todo, mas ela escondeu sua agitação até Perry partir. Então se permitiu voltar à lembrança que surgira em um lampejo... o sorriso irritado de Derek Craven, a cabeça morena curvada sobre a dela. Sara respirava com dificuldade, com a sensação de estar sendo assombrada. Isso não deveria voltar a acontecer. Ela precisava arrancar para sempre da mente qualquer lembrança de Craven. Ele havia dito que iria esquecê-la. Sara imaginou amargamente como pretendia fazer isso, se seria fácil para ele... se buscaria esse esquecimento com outra mulher.

Era um absurdo continuar a pensar em um homem como ele. O que havia acontecido entre os dois estava acabado – e, na verdade, o episódio havia sido tão breve que tudo parecia um sonho. Perry era real, assim como a vida dela em Greenwood Corners. Ela se contentaria com a família e com os amigos e embarcaria em um futuro com um homem que a amava.

～

– Ainda não consigo acreditar que nosso jovem Sr. Kingswood finalmente se mostrou à altura do que se esperava dele.

A Sra. Hodges balançou a cabeça com um sorriso e ficou olhando enquanto Katie limpava a grade da lareira da cozinha para ela e Sara empilhava gravetos ao lado. Como o Sr. e a Sra. Hodges já eram bastante idosos e o Sr.

Hodges sofria de reumatismo, eles às vezes precisavam de ajuda nas tarefas domésticas. Enquanto espanava o seu precioso armário da cozinha, que exibia uma coleção de estanho e porcelana, a Sra. Hodges falou em um tom jovial:

– Pelo amor de Deus, estou surpresa que a mãe dele tenha permitido.

Quando ela viu as expressões cautelosas de Katie e Sara, seu sorriso desapareceu e seu rosto redondo murchou de consternação. Ela pretendia fazer as outras duas rirem. Em vez disso, parecia ter tocado em um ponto sensível. Sara quebrou a tensão com um dar de ombros.

– A Sra. Kingswood não teve escolha no assunto. E parece ter se conformado com a ideia. Afinal, dificilmente pode me culpar por amar Perry.

– Isso mesmo – apressou-se a concordar a Sra. Hodges. – Os dois Kingswoods se beneficiarão imensamente com o fato de Perry se casar. Martha quase arruinou aquele menino com seus mimos, se quer saber a minha opinião.

Sara se conteve para não concordar enfaticamente e continuou a pendurar panelas e chaleiras recém-lavadas no suporte da lareira. Um babado de renda pairava logo acima da sua sobrancelha, e ela o afastou, irritada. Por insistência de Perry, havia voltado a usar suas toucas de renda, mas elas não pareciam mais lhe cair tão bem como antes. Sara foi até a pia de pedra para lavar as mãos e os braços cobertos de fuligem e estremeceu com o jato de água gelada da bomba.

– Essa moça não tem medo do trabalho – comentou a Sra. Hodges com Katie. – Não se parece nem um pouco com o resto dessas garotas volúveis do vilarejo, que não pensam em nada além de como arrumar o cabelo e lançar olhares para os homens.

– Sara tem um par de mãos hábeis e uma mente rápida – concordou Katie. – Ela será uma boa esposa para Perry. E uma bênção para a mãe dele se Martha permitir.

A Sra. Hodges observou Sara atentamente.

– Ela ainda espera que você e Perry vivam com ela depois do casamento?

As costas de Sara ficaram tensas. Ela continuou a lavar as mãos até estarem brancas e dormentes.

– Receio que sim – respondeu num tom tranquilo. – Ainda não resolvemos esse impasse.

– Ah, céus – disse a Sra. Hodges, e se virou para conversar baixinho com Katie.

Sara não prestou atenção ao que diziam enquanto enxugava as mãos geladas e pensava no mês anterior. Martha Kingswood recebera a notícia do noivado com uma calma notável. Sara e Perry haviam contado juntos a ela. E ficaram surpresos com a ausência de protestos.

– Se você acredita que se casar com Sara lhe trará felicidade – dissera Martha a Perry, segurando o rosto dele entre as mãos estreitas –, então dou minha bênção a vocês dois.

Ela havia se curvado para dar um breve beijo nos lábios do filho, então endireitara o corpo e fitara Sara com os olhos semicerrados.

Desde então, Martha criticara e interferira em todas as decisões que eles haviam tomado. Perry parecia alheio às provocações da mãe, mas aquilo sempre deixava Sara mal-humorada. Ela temia que seu casamento fosse uma batalha sem fim. A semana anterior, em particular, tinha sido difícil. Martha estava preocupada com a ideia de Perry vir a abandoná-la. Ela havia declarado sua intenção de morar com o filho e a esposa após o casamento.

– Não é uma ideia incomum – dissera Perry a Sara. – Muitos casais moram com os pais... e também com os avós. Não vejo necessidade de vivermos isolados.

Sara ficou horrorizada.

– Perry, você não está me dizendo que *quer* dividir a casa com ela, está?

Ele franziu o cenho e um traço de aborrecimento marcou seu belo rosto de menino.

– E se a sua mãe estivesse sozinha e nos pedisse que morássemos com ela?

– Não é a mesma coisa. A minha mãe não é exigente e impossível de agradar!

Perry pareceu magoado e aborrecido. Ele não estava acostumado a ser contrariado por Sara.

– Eu agradeceria se não usasse esse tipo de palavra para se referir à minha mãe e que não se esquecesse de que ela me criou e cuidou de mim sem a ajuda de ninguém.

– Sei disso – disse Sara, abatida, tentando pensar em uma solução. – Perry, você tem algum dinheiro, não é? Algumas economias guardadas?

Ele se irritou com a pergunta, pois não cabia a uma mulher fazer indagações sobre dinheiro.

– Isso não é problema seu.

Animada com a ideia, Sara ignorou o orgulho masculino ofendido dele.

– Bem, eu tenho um pequeno pé-de-meia. E vou ganhar o bastante com a venda do meu próximo livro para comprar um chalé para nós. Trabalharei até me exaurir, se necessário, para que possamos contratar alguém para fazer companhia à sua mãe e cuidar dela.

– Não – retrucou ele na mesma hora. – Uma criada não cuidaria dela da mesma forma que alguém da família.

Uma imagem de si mesma atendendo a todos os desejos de Martha Kingswood e desistindo para sempre de escrever fez Sara enrubescer de raiva.

– Perry, você sabe como eu seria infeliz se ela morasse conosco. A sua mãe vai reclamar de tudo o que eu fizer... da forma como eu cozinho, como arrumo a casa, como vou educar os meus filhos. Você está pedindo muito de mim. Por favor, precisamos encontrar outra maneira...

– Você vai se casar comigo, seja para o melhor ou para o pior – disse ele bruscamente. – Achei que compreendia o que isso significa.

– Eu não sabia que seria o melhor para você e o pior para mim!

– Se a pior coisa que poderia lhe acontecer seria morar com minha mãe, e eu duvido disso, você deveria me amar o suficiente para aceitá-la.

Eles se separaram sem fazer as pazes, cada um se recusando a ouvir o lado do outro.

– Você está mudando – reclamara Perry. – Vem se tornando uma pessoa diferente a cada dia. Por que não pode ser a moça doce e feliz por quem me apaixonei?

Sara não fora capaz de responder. Ela sabia melhor do que ele qual era o problema. Perry queria uma esposa que nunca questionasse as suas decisões. Queria que ela fizesse sacrifícios difíceis a fim de tornar a vida dele agradável. E por anos estivera disposta a fazer isso, por amor e companheirismo. Mas agora... às vezes... o amor não parecia valer o preço que Perry exigia dela.

Ele tem razão, eu mudei, pensou Sara com tristeza. A culpa era dela, não dele. Pouco tempo antes, ela era o tipo de mulher capaz de fazer Perry feliz. *Deveríamos ter nos casado anos atrás*, pensou. *Por que não fiquei no vilarejo e ganhei dinheiro de outra forma que não escrevendo? Por que tive que ir para Londres?*

À noite, quando se sentava diante da escrivaninha e trabalhava em seu romance, Sara às vezes se pegava segurando a pena com tanta força que seus dedos doíam com o esforço. Quando baixava os olhos, via manchas de tinta no papel. Era difícil invocar claramente o rosto de Derek Craven agora, mas havia lembranças dele por toda parte. O timbre da voz de alguém ou a cor esverdeada dos olhos de outra pessoa às vezes provocava um choque de reconhecimento que abalava seu corpo inteiro. Sempre que estava com Perry, Sara se esforçava para não comparar os dois homens, pois seria injusto com ambos. Além disso, Perry a queria como esposa, enquanto Derek Craven deixara claro que não desejava se candidatar ao afeto dela. *Eu vou esquecê-la*, ele garantira a ela. Sara tinha certeza de que Derek já a havia apagado da memória, e ah, como doía pensar nisso, pois ela ansiava por fazer o mesmo.

Sara deixou todos os pensamentos negativos de lado e tentou imaginar a casa que dividiria com Perry. Eles passariam noites tranquilas diante do fogo e, aos domingos, iriam à igreja com amigos e familiares. Durante a semana, Sara se demoraria nas compras no mercado, compartilhando com as amigas fofocas inocentes e brincadeiras sobre a vida de casada. Seria agradável. De modo geral, Perry tinha tudo para ser um bom marido. Havia afeição entre os dois e o conforto de terem interesses comuns e crenças compartilhadas. Eles poderiam até ter o tipo de casamento que os pais de Sara tinham.

O pensamento deveria lhe trazer conforto. Mas, inexplicavelmente, Sara sentia pouca alegria com a perspectiva do que a aguardava.

~

A temporada de Natal transcorreu com o mesmo espírito caloroso de sempre em Greenwood Corners. Sara gostava das canções natalinas, da reunião de velhos amigos, da troca de presentes e de todos os rituais de que se lembrava desde a infância. Ela se ocupou fazendo guirlandas de flores, cozinhando para as festas e ajudando a costurar fantasias para o desfile infantil. Não houve muito tempo para ver Perry, mas durante as poucas horas que passaram juntos eles fizeram um esforço tácito para evitar discussões. Na véspera de Natal, Sara deu a Perry uma caixa com seis lenços finos em que havia bordado as iniciais dele, e ele deu a ela um delicado broche dourado com passarinhos esculpidos. Eles se sentaram juntos diante da lareira, de mãos dadas, e conversaram sobre lembranças carinhosas do passado. Não foi feita qualquer menção a Martha ou ao trabalho de escritora de Sara. Na verdade, nenhum dos dois ousava falar sobre o futuro, como se fosse um assunto perigoso e proibido. Só mais tarde é que Sara se permitiu pensar que essa incapacidade de conversar sobre os planos para a vida que os esperava era muito estranha em um casal de noivos.

Em um dia ensolarado de janeiro, quando o ar estava seco, e o solo, congelado, Katie e Isaac pegaram o cavalo e a carroça para comprar suprimentos no mercado do vilarejo. Depois, fariam uma visita ao reverendo Crawford para conversarem um pouco. Sara permaneceu em casa para cuidar das tarefas necessárias e estava diante da pia da cozinha revestida de chumbo, lavando uma grande panela de estanho. Ela esfregou energicamente a panela com um saco de musselina cheio de pó branqueador até a superfície fosca de estanho adquirir um novo brilho. Mas parou no meio da tarefa quando ouviu alguém bater na porta da frente.

Sara enxugou as mãos no grande pano que amarrara em volta da cintura e foi receber a visita. Seus olhos se arregalaram quando ela abriu a porta e viu a mulher parada ali.

– Tabitha! – exclamou.

Um cocheiro e uma das carruagens sem identificação usadas pelos empregados de Craven esperavam na beira da estrada. O coração de Sara se apertou dolorosamente no peito com as lembranças do clube.

Era difícil reconhecer a prostituta, que estava vestida como uma simples criada do campo. Nada de saias de cores berrantes com lantejoulas, nem do corpete decotado que Tabitha sempre usava no Craven's. Em vez disso ela trajava um vestido lavanda recatado, não muito diferente dos que Sara costumava usar. O desalinho sensual em que costumava estar o cabelo da mulher fora domado por uma rede elegante, coberta por uma touca modesta. A leve semelhança entre as duas se tornava, assim, mais marcante do que o normal, a não ser pelo fato de o rosto de Tabitha ainda mostrava uma dureza que denunciava a sua profissão. Os lábios de Tabitha se curvaram em um sorriso atraente, mas havia uma hesitação em sua postura, como se ela temesse que Sara a mandasse embora.

– Srta. Fielding, eu vim para cumprimentá-la. Estou a caminho da casa da minha família, onde passarei cerca de uma semana. Eles moram em Hampshire, sabe?

Sara tentou organizar seus pensamentos confusos.

– Tabitha, que surpresa agradável vê-la! Por favor, entre. Vou preparar um chá. Talvez o cocheiro queira se sentar na cozinha...

– Não há tempo para tudo isso – falou Tabitha, parecendo ao mesmo tempo grata e constrangida pela recepção acolhedora de Sara. – Vou embora num piscar de olhos... só parei para conversar um pouco. Não vou ficar nem um minuto.

Mesmo assim, Sara fez com que ela entrasse na casa aquecida e fechou a porta para protegê-las de uma rajada de vento.

– Está tudo bem no clube?

– Ah, sim.

– Como está o Sr. Worthy?

– Está tudo bem.

– E Gill?

– Bem também, como todos nós.

A vontade de perguntar sobre Derek Craven era esmagadora. Mas, de algum modo, Sara conseguiu se conter. Ela fez um gesto para que Tabitha se sentasse ao seu lado no sofá da sala da frente e a observou, tentando não demonstrar a surpresa que sentia, mas se perguntando por que a prostituta do clube decidira visitá-la.

Tabitha se esforçou exageradamente para arrumar a saia e se sentar como uma dama. Ela sorriu para Sara enquanto alisava o tecido do vestido.

– Minha mãe pensa que trabalho como criada para um lorde importante em Londres, carregando carvão e água, polindo a prataria e coisas assim. Não seria bom para ela saber que trabalho em uma cama no Craven's.

Sara assentiu, mantendo o rosto sério.

– Eu entendo.

– O Sr. Craven me mataria se soubesse que eu vim aqui hoje.

– Não vou contar a ninguém – prometeu Sara, sentindo um nó na garganta e o coração batendo com força.

Ela olhou para Tabitha, que deu de ombros e olhou ao redor do chalé, como se estivesse esperando pacientemente por algo. Sara percebeu que a prostituta do clube queria que ela perguntasse sobre Craven. Agitada, ela torceu o avental improvisado nas mãos.

– Tabitha... diga-me como ele está.

A outra não precisou que ela pedisse duas vezes.

– O Sr. Craven anda de pavio curto ultimamente. Não come nem dorme, age como se tivesse uma abelha no traseiro. Ontem ele foi até a cozinha e disse a Monsieur Labarge que a sopa estava com gosto de água de porão de navio. Nossa, Gill e Worthy tiveram que se meter para evitar que Labarge o estripasse com uma faca grande!

– É-é por isso que você está aqui? Para me contar isso? Sinto muito em saber, mas... – Sara fez uma pausa, constrangida, e abaixou a cabeça. – O humor do Sr. Craven não tem nada a ver comigo.

– Na verdade, tem *tudo* a ver com a senhorita... e ninguém sabe disso melhor do que eu.

Sara torceu o avental com mais força.

– O que você quer dizer?

Tabitha se inclinou para a frente, falando em um sussurro teatral:

– O Sr. Craven foi até a minha cama duas... não, três noites atrás. A senhorita sabe que ele nunca faz isso. Não com as prostitutas da casa.

De repente, Sara achou impossível respirar. Ela se lembrava de ter se sentido dessa forma anos antes, quando seu cavalo, Eppie, se assustara com algum movimento na relva e a jogara no chão. Sara caíra de barriga para baixo, ofegando e arquejando, sem ar. Ah, Deus, como poderia perturbá-la tanto que ele tivesse tido prazer dentro do corpo da mulher à sua frente, que tivesse abraçado e beijado Tabitha...

– Os olhos dele estavam muitos estranhos – continuou Tabitha –, como se o Sr. Craven estivesse olhando através dos portões do inferno. "Tenho um pedido especial a lhe fazer", dissera ele, "e se você contar a alguém sobre isso, eu a esfolarei viva". Eu disse que tudo bem, então...

– Não. – Sara teve a sensação de que se partiria em pedaços se ouvisse mais uma única palavra. – Não me diga. Eu... eu não quero ouvir...

– Era sobre a *senhorita*.

– Sobre mim? – perguntou Sara, com a voz débil.

– Ele foi para a minha cama. E me disse para não dizer nada, não importava o que ele fizesse. Não importava o que ele dissesse. Então o Sr. Craven apagou a luz e me puxou para junto dele... – Tabitha desviou os olhos antes de continuar. Sara estava paralisada no sofá. – "Deixe-me abraçá-la, Sara", dissera ele, "eu preciso de você, Sara..." a noite toda foi desse jeito... com ele fingindo que eu era a senhorita. É porque nós duas somos parecidas. Foi por isso que o Sr. Craven fez isso. – Ela deu de ombros, parecendo ligeiramente embaraçada. – Ele também foi gentil e doce. De manhã, saiu sem dizer uma palavra, mas continuava com aquela expressão terrível nos olhos...

– Pare – pediu Sara bruscamente, com o rosto pálido. – Você não deveria ter vindo aqui. Não tinha o direito de me contar isso.

Em vez de ficar ofendida com o rompante de Sara, Tabitha pareceu compreender.

– Eu disse a mim mesma... não faria mal a ninguém se eu contasse à Srta. Fielding. A senhorita tem o direito de saber. O Sr. Craven a ama, senhorita, como nunca amou ninguém em sua vida abençoada. Mas acha que a senhorita é boa demais para ele... acha que é boa como um anjo. E Deus sabe que a senhorita é mesmo. – Tabitha encarou Sara com uma expressão sincera. – Srta. Sara, se soubesse... O Sr. Craven não é tão ruim quanto dizem.

– Eu sei disso – falou Sara, com a voz embargada. – Mas há coisas que você não entende. Estou noiva de outro homem, e mesmo se não estivesse...

Ela se interrompeu abruptamente. Não havia necessidade de explicar seus sentimentos, ou de especular sobre os de Derek Craven, na frente daquela mulher. Era inútil, para não dizer doloroso.

– Então a senhorita não vai até ele?

A perplexidade da moça fez Sara sorrir, apesar do seu abatimento. Como as outras prostitutas da casa, Tabitha se sentia extremamente orgulhosa de Derek Craven e bastante possessiva em relação a ele, quase como se o patrão fosse um tio favorito ou um benfeitor gentil. Se ele desejava algo, se algo o agradava, não havia dúvida de que deveria tê-lo.

Sara se levantou com dificuldade e foi até a porta.

– Sei que você veio aqui com boas intenções, Tabitha, mas precisa ir embora agora. Eu... eu sinto muito.

Aquelas foram as únicas palavras coerentes que ela conseguiu dizer. Ah, Deus, como se sentia triste por coisas que não era capaz de nomear ou sequer admitir para si mesma. Sentia-se consumida pela solidão, que ardia em suas veias. Sofria com a dor de perder o que nunca teria.

– Também sinto muito – murmurou Tabitha, com o rosto vermelho de culpa. – Não vou incomodá-la de novo, senhorita. Juro pela minha própria vida.

Ela partiu rapidamente, então, sem dizer mais uma palavra.

CAPÍTULO 8

Sara cambaleou até a lareira, sentou no chão duro e enfiou o rosto entre os joelhos. Tentou desesperadamente se convencer de que seria uma tola se abrisse mão da felicidade que poderia encontrar com Perry. Tentou se imaginar indo até Derek Craven e dizendo a ele... dizendo o que a ele? Uma risada tola escapou de seus lábios.

– Eu quero ver você mais uma vez – sussurrou.

Queria estar perto de Derek novamente, mesmo que apenas por alguns minutos. E ele sentia o mesmo, caso contrário não teria feito amor com outra mulher, fingindo que era Sara.

"Eu vou esquecê-la, Sara Fielding. Custe o que custar..."

E de que adiantaria se conseguisse roubar alguns momentos preciosos com Derek? Ele não iria querer vê-la. E o que poderia dizer a ele se não conseguia explicar seus sentimentos nem a si mesma?

Sara apoiou a cabeça no braço e gemeu de frustração. Estava se equilibrando à beira do desastre. Precisava esquecer a perigosa paixão que sentia por Derek Craven e se concentrar no homem que amara desde menina. De repente, era como se Perry Kingswood tivesse o poder de salvá-la de si mesma. Sara se esforçou para ficar de pé, apagou o fogo depressa, pegou a capa e as luvas e saiu correndo pela porta da frente. Caminhou até a mansão Kingswood o mais rápido que seus pés lhe permitiram. Durante a longa caminhada, o ar frio penetrou profundamente em seus pulmões e pareceu congelar seus ossos. Seu peito doía, como se houvesse um nó bem no meio. *Perry, faça com que tudo isso desapareça*, sentia vontade de implorar. *Faça com que eu me sinta segura e amada. Diga-me que fomos feitos para ficar juntos.*

Sara não se importava se o noivo pensasse que ela havia perdido o juízo. Só precisava que ele a abraçasse e garantisse que a amava. *E Perry faria isso,* pensou ela, tirando força da imagem dele a abraçando. Seria calmo e gentil e afastaria os medos dela.

Quando chegou à casa dos Kingswoods e viu Perry saindo do pasto, conduzindo um cavalo até o estábulo nos fundos, Sara mal respirava, tamanha era a sua agitação.

– Perry! – gritou, mas o vento soprava na direção contrária, tornando impossível que ele a ouvisse.

Ansiosa, ela deu a volta correndo ao redor da casa, seguindo também em direção ao estábulo. A estrutura sólida era quente e protegida do vento e tinha no ar os cheiros familiares de feno e cavalos.

Perry, que usava um pesado casaco de lã e um gorro de tricô, estava ocupado levando o cavalo até uma baia forrada de feno. Ao perceber a aproximação de Sara, virou-se para encará-la. O rosto dele estava ruborizado por causa do exercício, e seus olhos pareciam duas safiras.

– Sara? Por que está nesse estado? Algum problema?

– Eu tinha que ver você neste exato minuto. – Ela se lançou para a frente e se agarrou a ele, encaixando a cabeça na curva de seu pescoço. – Perry, tenho andado tão infeliz imaginando como acabar com essa distância entre nós! Desculpe se fui exigente ou irracional. Eu quero que tudo dê certo entre nós. Diga que me ama. Diga…

– O que lhe causou essa reação? – perguntou ele, surpreso, fechando os braços ao redor dela.

– Nada. Nada em particular… Eu só…

Sem saber como se comunicar em sua agitação, Sara ficou em silêncio e abraçou o noivo com mais força. Depois de um instante de surpresa muda, Perry a afastou.

– Você não costumava agir assim, meu bem – falou, em um tom de suave repreensão. – Correndo pelo campo com os cabelos ao vento e essa expressão perturbada nos olhos… não há necessidade disso. É claro que amo você. Eu lhe dei motivos para duvidar? Vou ficar feliz quando você finalmente parar de escrever. Isso a deixa sentimental, e não seria bom para os nossos filhos, nem para mim, na verdade…

Perry se interrompeu com um som abafado quando Sara segurou seu rosto entre as mãos enluvadas e pressionou a boca contra a dele. Ela sentiu o corpo do noivo ficar tenso e chegou a perceber uma tentativa de reação, um mínimo movimento dos lábios dele… Mas Perry logo se afastou e a encarou com uma expressão que misturava choque e consternação.

– O que aconteceu com você? – perguntou com severidade. – Por que está se comportando dessa maneira?

– Eu quero pertencer a você – disse Sara, enrubescida. – É tão errado assim da minha parte? Afinal estaremos casados em apenas alguns meses!

– Sim, *é* errado, e você sabe disso. – O rosto dele estava tão vermelho quanto o dela. – Pessoas decentes e tementes a Deus devem ter força moral para controlar seus impulsos animais...

– Isso me soa como algo que a sua *mãe* diria, não você. – Sara apertou o corpo ao dele com ardor. – Eu preciso de você – sussurrou, espalhando beijos pelo rosto e pelo maxilar dele. O sangue disparava por suas veias. – Preciso que você me ame, Perry... aqui... agora.

Ela o puxou com urgência na direção de uma pilha de cobertores cuidadosamente dobrados e de alguns blocos de feno. Perry deu alguns passos incertos à frente.

– Me faça sua – murmurou Sara, e ergueu a boca, entreabrindo os lábios o bastante para deixar a língua deslizar pela dele.

De repente, Perry prendeu a respiração e a afastou.

– *Não!* – Ele encarou Sara com um misto de indignação e desejo. – Eu não quero isso! E certamente não quero beijá-la como se você fosse uma prostituta francesa qualquer!

Sara recuou um passo e sentiu o rosto ficar tenso. Era como se tivesse saído de si e observasse a cena à distância.

– O que está buscando? – perguntou Perry, acalorado. – Uma prova de que amo você?

– Sim – balbuciou Sara. – Eu... acho que sim.

A confirmação não foi recebida com simpatia ou compreensão. Em vez disso, pareceu deixá-lo ainda mais ultrajado.

– Que atrevimento! Quando me lembro da moça recatada e inocente que você já foi... Por Deus, está agindo mais como a sua maldita Mathilda do que como você mesma! Estou começando a desconfiar que você sucumbiu aos avanços de algum patife em Londres. O que mais explicaria esse seu comportamento?

Antes, Sara talvez tivesse implorado pelo perdão dele. Mas, naquele momento, as acusações de Perry levaram as emoções dela a uma explosão incandescente.

– Talvez seja porque, depois de quatro anos, estou cansada de amar você de forma casta! E, se está em dúvida sobre a minha virgindade, ela permanece comigo. E que grande bem isso me faz!

– Você parece muito mais bem-informada sobre esse tema agora do que antes de partir.

– Talvez eu esteja – retrucou Sara, sem se preocupar com as consequências. – A ideia de que outros homens podem me querer o incomoda? A possibilidade de eu ter sido beijada por alguém que não seja você o incomoda?

– Sim, isso me incomoda! – Perry estava tão furioso que seu belo rosto tinha manchas púrpuras. – O suficiente para reconsiderar o pedido de casamento que lhe fiz. – Ele enunciou cada palavra como se fosse o estalo de uma correia de couro. Gotas de saliva caíram em seu queixo. – Eu amava o que você era antes, Sara. Mas não quero você como está agora. Se quer ser a próxima Sra. Kingswood, terá que encontrar uma maneira de voltar a ser a moça por quem me apaixonei.

– Não posso. – Sara começou a sair intempestivamente do estábulo, lançando palavras por cima do ombro. – Portanto, pode avisar à sua mãe que o noivado acabou! Ela ficará encantada, tenho certeza.

– Ela sentirá apenas tristeza e pena de você.

Sara parou de forma abrupta e se virou para encará-lo.

– É isso que você realmente pensa? – Ela balançou a cabeça, incrédula. – Fico imaginando por que você achou que precisava de uma esposa, Perry. Por que se casar quando tem a sua *mãe* para cuidar de você? Se decidir cortejar outras moças do vilarejo, logo vai descobrir que pouquíssimas estariam dispostas a aceitar os modos arrogantes da sua mãe. Na verdade, não consigo pensar em nenhuma que concordaria em carregar o fardo que são vocês dois!

Enquanto saía correndo do estábulo, Sara pensou tê-lo ouvido chamar seu nome, mas não diminuiu o passo. Estava grata pela onda de indignação que a dominava. Ela voltou para casa, revivendo a cena várias vezes na mente, sentindo-se ao mesmo tempo furiosa e arrasada. Depois de entrar no chalé, bateu a porta da frente com toda a força.

– Acabou – disse a si mesma várias vezes, afundando em uma cadeira e balançando a cabeça, sem conseguir acreditar. – Acabou, acabou.

Sara não saberia dizer exatamente quanto tempo se passou antes que seus pais voltassem para casa.

– Como estava o reverendo Crawford? – perguntou ela, tolamente.

– Muito bem – respondeu Katie. – Mas ainda está se queixando do peito. A tosse dele não está muito melhor do que na semana passada. Infelizmente, acho que vamos ouvir outro sermão meio abafado no domingo.

Sara deu um sorrisinho débil, lembrando-se de como a voz do reverendo estava rouca no domingo anterior. Fora impossível para a maior parte da congregação ouvi-lo, especialmente os paroquianos idosos. Sara começou a se levantar da cadeira, mas Isaac colocou uma carta em seu colo. Estava endereçada a ela.

– Isso foi entregue no centro do vilarejo ontem – disse ele. – Papel fino, um lacre de cera escarlate... deve ser de uma pessoa muito importante.

Sara virou lentamente a carta na mão, reparando na caligrafia delicada e no brasão elaborado estampado no verso. Consciente dos olhares interessados dos pais, ela quebrou o lacre e desdobrou o papel de textura suave. Então leu em silêncio as primeiras linhas.

Minha cara Srta. Fielding,

Desde a prazerosa ocasião em que nos conhecemos, tenho me lembrado da senhorita com frequência e, devo confessar, com grande curiosidade. Adoraria ouvir seu relato sobre o baile, e talvez dedicar algum tempo a nos conhecermos melhor durante o próximo fim de semana...

Sara leu o restante da carta, então ergueu os olhos para os rostos curiosos dos pais.

– É da condessa de Raiford – falou, perplexa. – Tive a oportunidade de conhecê-la quando estive em Londres.

– O que diz a carta? – perguntou Katie.

Sara baixou novamente os olhos para o papel.

– Ela... ela está me convidando para passar um fim de semana em Raiford Park, em Hertfordshire. Haverá um baile, jantares grandiosos, fogos de artifício... mais de duzentos convidados... A condessa diz que eles precisam de alguém "brilhante e jovem" como eu para animar a conversa... – Sara soltou uma risada incrédula. – Não é possível que ela realmente queira convidar alguém como eu para um evento *da alta sociedade*.

Katie pegou a carta e segurou-a com o braço esticado, apertando os olhos para lê-la.

– Que extraordinário.

– Eu não posso aceitar – disse Sara. – Não tenho as roupas certas, nem uma carruagem particular, e não conheço ninguém...

– E Perry dificilmente aprovaria – observou o pai.

Sara mal ouviu o comentário enquanto balançava a cabeça, confusa.

– Por que ela desejaria a minha presença em um evento desse tipo?

Sara prendeu a respiração quando uma ideia terrível lhe ocorreu. Talvez Lily achasse que convidar uma "caipira" serviria de entretenimento para seus convidados sofisticados. Eles se divertiriam imensamente atormentando a romancista tímida e vestida com simplicidade que seria colocada no meio deles. A pulsação disparada latejava em seus ouvidos. Mas, ao se lembrar do sorriso cintilante de Lily, Sara se envergonhou das próprias suspeitas. Iria encarar o convite da condessa como o gesto de bom coração que com certeza era.

– Imagine os aristocratas que comparecerão – comentou Katie, examinando a carta. – Preciso mostrar isso aos Hodges... eles mal vão acreditar quando eu contar que a minha filha fez amizade com uma condessa!

– Não há diferença entre uma condessa e uma leiteira aos olhos de Deus – observou Isaac, inclinando-se para atiçar as brasas na lareira.

– Lady Raiford é uma mulher única – disse Sara num tom pensativo. – Ela é animada, gentil e muito generosa.

– Uma mulher com tantas posses pode se dar ao luxo de ser generosa – comentou o pai, com os olhos cintilando.

– Imagino que haverá uma grande variedade de pessoas na casa dela – continuou Sara. – Talvez até...

Ela mordeu o lábio e tentou acalmar o súbito caos em seus pensamentos. Era possível que Derek Craven estivesse lá. Ele era amigo próximo dos Raifords. Mais uma razão para não ir, disse a si mesma... mas seu coração sussurrava uma mensagem diferente.

Horas depois, quando seus pais estavam aquecendo os pés diante da lareira e lendo passagens da Bíblia, Sara se sentou com um apoio de colo e uma folha do seu melhor papel de carta. Então mergulhou cuidadosamente uma pena em um minúsculo pote de tinta e começou a escrever. Sua mão tremia um pouco, mas ela conseguiu manter as letras uniformes e bem-feitas.

Minha cara lady Raiford,

É com prazer que aceito seu generoso convite para o próximo fim de semana em Raiford Park...

~

O cheiro forte de gim impregnava o ar dos aposentos acima do clube de jogo. Apesar dos esforços das criadas para manter o lugar imaculado como sempre, elas pouco podiam fazer para reparar a destruição que Derek havia causado nas últimas semanas. As grossas cortinas de veludo e os tapetes suntuosos estavam arruinados por manchas de álcool e queimaduras de charuto. Uma mesa incrustada de pedras semipreciosas tinha sido marcada por saltos de botas que descansavam despreocupadamente em sua superfície frágil. Havia lixo e roupas espalhados pelo chão. As janelas tinham sido cobertas para impedir a entrada de qualquer raio de luz.

Worthy se aventurou cautelosamente no interior do quarto, com a vaga sensação de estar invadindo a caverna de uma fera mal-humorada. Encontrou Derek esparramado de bruços sobre uma cama desarrumada. As pernas compridas e os pés descalços balançavam na beirada do colchão. Próximo a ele, no chão, havia uma garrafa de gim vazia, drenada após várias horas de bebedeira constante.

As costas de Derek ficaram tensas sob a espessa seda ocre do roupão que usava quando percebeu a presença do faz-tudo.

– Você não teve a menor pressa, não é? – zombou, sem levantar os olhos. – Traga aqui.

– Levar o que aí, senhor?

Derek ergueu a cabeça, com os cabelos negros desalinhados, e fixou um olhar embaçado no empregado. Havia marcas fundas ao redor de sua boca e a cor pálida da pele tornava a cicatriz em seu rosto mais perceptível do que o normal.

– Não brinque comigo. Sabe que mandei buscar outra garrafa.

– Senhor, não quer que eu peça para prepararem uma bandeja na cozinha? Não comeu nada desde ontem de manhã... e o senhor despreza gim.

– É como leite materno para mim. Traga o que eu pedi, senão levará um chute nesse seu traseiro intrometido que o porá na rua.

Como fora ameaçado de demissão quase todos os dias no último mês, Worthy ousou ignorar o comentário.

– Sr. Craven, nunca o vi se comportar dessa maneira. Não está em seu estado normal desde...

– Desde quando? – perguntou Derek, subitamente parecendo uma pantera pronta para atacar.

O impacto da reação foi comprometido por um arroto embriagado, e ele pousou outra vez a cabeça na colcha amarfanhada.

– Está claro para todos que algo está errado – insistiu Worthy. – Minha consideração pelo senhor me leva a falar francamente, mesmo que isso signifique perder a minha posição no Craven's.

A voz de Derek saiu abafada pelas cobertas.

– Eu não estou ouvindo.

– O senhor é um homem melhor do que imagina. Nunca vou esquecer que salvou a minha vida. Sim, sei que me proibiu de mencionar isso, mas continua sendo verdade da mesma forma. Eu era um estranho para o senhor e, mesmo assim, se encarregou de me poupar do laço do carrasco.

Anos antes, Worthy trabalhara como assistente de mordomo de uma família aristocrática em Londres. Ele havia se apaixonado por uma das copeiras, que roubara um colar de pérolas e rubis da dona da casa. Para que a amada não fosse presa e enforcada pelo roubo, Worthy assumiu a responsabilidade. Ele fora levado para a prisão de Newgate, para aguardar a execução. Quando soube da situação difícil de Worthy por meio de um dos empregados do clube, Derek abordou um magistrado local e também um guarda da prisão e usou partes iguais de suborno e coerção para libertar o assistente de mordomo. Dizia-se em Londres que Craven era capaz de convencer a pata traseira de um cavalo a se soltar do corpo. Só ele poderia ter arrancado um condenado infeliz das entranhas de Newgate.

A primeira vez que Worthy vira Derek Craven fora na porta da sua cela na prisão, e o visitante tinha uma expressão divertida e sarcástica no rosto.

– Então você é o idiota que vai ser enforcado por causa de uma vadia de dedos leves?

– S-sim, senhor – gaguejara Worthy enquanto via Derek entregar um maço de dinheiro ao guarda da prisão.

– Mais lealdade do que inteligência – comentara Derek com um sorriso. – Como eu imaginava. Bem, pequeno candidato à forca, você seria útil para mim como um faz-tudo no meu clube. A menos que prefira deixar o carrasco pendurá-lo pelo pescoço amanhã.

Worthy fizera tudo menos beijar os pés de Derek em agradecimento e o servia fielmente desde então. Naquele momento, ao ver o estado em que o patrão próspero e obstinado se encontrava, ele não sabia como ajudá-lo.

– Sr. Craven – começou, timidamente –, sei por que o senhor está fazendo isso consigo mesmo. – Um espasmo de dor retorceu suas feições. – Eu já me apaixonei uma vez.

– Eu me lembro. Seu nobre caso com a copeira de mãos leves.

Worthy ignorou a zombaria e continuou em um tom calmo e sério:

– Durante dez anos, não se passou um dia sem que eu pensasse nela. Ainda consigo ver seu rosto diante de mim, claro e vivo como nenhuma outra coisa na minha memória.

– Estúpido.

– Sim, senhor. Não há lógica nisso. Ninguém pode explicar como uma mulher é capaz de arrancar o coração de um homem do peito e nunca mais devolvê-lo. Para o senhor, essa mulher é a Srta. Fielding, não é?

– Saia – disse Derek, com a voz rouca, cravando os dedos na massa de lençóis amarrotados.

– Senhor, mesmo que a tenha perdido, precisa conduzir a sua vida de uma maneira que honre seus sentimentos por ela. A Srta. Fielding ficaria triste ao vê-lo assim.

– *Fora!*

– Está certo, senhor.

– E mande outra garrafa de gim para cá.

O faz-tudo concordou com um murmúrio e saiu do quarto.

Talvez mais tarde Derek se desse conta de que o gim nunca chegara a ser entregue, mas, por algum tempo, ele apenas afundou em um esquecimento embriagado. Sonhos sem sentido se sucediam em sua mente enquanto ele se contorcia e murmurava de forma incoerente.

Em meio às sombras tempestuosas, ele se deu conta do corpo de uma mulher pressionado ao seu. Mãos pequenas deslizaram para dentro do seu roupão, abrindo-o. Derek enrijeceu de desejo. Ele pressionou o corpo ao dela com voracidade, buscando a delicada fricção das palmas da mão da mulher ao seu redor. Aproximando-se mais, Derek envolveu o peso sedoso dos seios dela com as mãos.

Ardendo com a ânsia de penetrá-la, ele rolou para cima dela e abriu seus joelhos para posicioná-la a fim de recebê-lo. Derek deixou a boca correr pelo pescoço da mulher e seu hálito quente encontrou a trilha úmida que havia deixado para trás. A mulher gemeu apaixonadamente, se arqueou contra ele e envolveu seus ombros com os braços.

– Sara – gemeu Derek junto ao ouvido dela enquanto começava a penetrá-la. – Ah, Sara…

De repente, garras afiadas como facas arranharam suas costas, cravando-se nele com crueldade. Derek arquejou com a dor, que o pegou de surpresa, e recuou para escapar dos arranhões ardentes. Ele segurou os pulsos finos da mulher e prendeu-os um de cada lado da cabeça dela. Lady Ashby estava deitada embaixo dele, fitando-o. Seus dedos estavam curvados como garras, com as pontas manchadas com o sangue dele.

– Seu desgraçado no cio! – falou ela com ódio. – *Jamais* me chame pelo nome de outra mulher!

Derek ouviu um rugido surdo que não reconheceu como seu. As mãos dele se fecharam ao redor do pescoço dela. Uma espessa névoa vermelha o rodeava. Seus dedos se cravaram na garganta de Joyce, bloqueando a passagem de sangue e de ar até o rosto dela ficar roxo. Ela o encarava com uma careta retorcida de triunfo, como se o aperto assassino em sua garganta lhe desse prazer. Assim que ela começou a revirar os olhos, Derek a soltou com um rugido feroz e se levantou da cama de um pulo.

Joyce se encolheu em meio às cobertas emaranhadas e o quarto se encheu com o som da tosse violenta que escapava de sua garganta.

Derek levou uma das mãos trêmulas ao puxador da campainha, chamando Worthy. Atordoado, foi até a janela e envolveu o corpo com o roupão. Esfregou a barba por fazer, e os pelos ásperos eram como arame.

– Quanta insanidade – murmurou.

Não ficou claro se ele estava se referindo à de Joyce ou à sua.

Ela finalmente recuperou o fôlego o bastante para falar.

– O que o i-impediu de me matar?

Derek não olhou para ela.

– Não serei enforcado pelo seu assassinato.

– Eu gostaria de morrer – retrucou ela em um arquejo débil – e levar você comigo.

A cena enojou Derek, deixando-o nauseado. Era um eco do passado dele, um lembrete de que os anos de depravação sempre o perseguiriam, tornando impossível qualquer tipo de vida normal. O gosto amargo da derrota preencheu sua boca.

Worthy apareceu e fez uma expressão de surpresa ao ver a loira nua na cama de Derek e seu vestido jogado no chão.

– É lady Ashby – disse Derek secamente enquanto caminhava até a porta. O sangue das marcas de unhas em suas costas ensopava o roupão. – Descubra como ela chegou aqui. Livre-se de seja quem for o responsável por deixá-la entrar. – Ele desviou os olhos semicerrados da mulher na cama para o faz-tudo. – Se ela colocar os pés no Craven's de novo, vou matá-la... logo depois de estripar você como um peixe.

Joyce se ergueu, apoiando o corpo nas mãos e nos joelhos como um gato dourado. Mechas de cabelo caíam sobre seu rosto e ela observou Derek atentamente através dos fios brilhantes.

– Eu amo você – choramingou.

Algo em seu tom provocou um calafrio na coluna de Derek... uma nota insistente e selvagem que o alertou de que Joyce jamais admitiria a derrota.

– Vá para o inferno – disse ele, e saiu do quarto.

~

A carruagem alugada percorreu o caminho de entrada de 1,5 quilômetro, que começava no portão do século XV e atravessava um parque exuberante e ajardinado. Finalmente, o veículo chegou à esplêndida mansão Raiford. Sara sentia as pernas bambas enquanto olhava por um canto da janela da carruagem.

– Ah, meu Deus – sussurrou.

Um arrepio de nervosismo percorreu-a da cabeça aos pés. Ela definitivamente não pertencia àquele lugar.

A cintilante mansão branca tinha dez colunas altas e vinte pares de janelas em arquitetura palladiana, além de balaustradas ornamentais de pedra esculpida que percorriam toda a largura do edifício. Uma régia sequência de chaminés e altas projeções abobadadas no telhado davam a impressão de que a mansão alcançava o céu. Antes que Sara tivesse a presença de espírito de instruir o cocheiro a voltar para Greenwood Corners, a carruagem parou. Dois criados enormes, com expressões cuidadosamente neutras, a ajudaram a descer do veículo. Sara foi conduzida à fileira de degraus circulares que levavam ao pórtico frontal. Um mordomo alto, de barba grisalha, apareceu na porta, acompanhado por seu assistente.

O mordomo tinha um rosto severo, que poderia ter sido esculpido em granito. Sara sorriu para ele e começou a procurar a carta de Lily na bolsa.

– Senhor, eu tenho um convite de lady Raiford...

Ele pareceu reconhecê-la, talvez pela descrição de Lily.

– É claro, Srta. Fielding. – O homem olhou de relance para o vestido cinza simples que ela usava, a touca de viagem e o xale bordado em cores vivas que uma das mulheres do vilarejo havia lhe emprestado. Parte da arrogância do mordomo pareceu desaparecer. – Estamos honrados com a sua presença.

Antes que Sara pudesse agradecer a acolhida, a voz exuberante de Lily Raiford a interrompeu:

– Finalmente você chegou! Burton, devemos fazer de tudo para que a Srta. Fielding se sinta em casa.

Usando um vestido cor de limão em cashmere, com mangas de uma seda tão fina que as modistas chamavam de *peau de papillon*, ou "pele de borboleta", a beleza de Lily era de tirar o fôlego.

– Ah, por favor, não quero dar trabalho... – protestou Sara, mas as palavras se perderam no meio da tagarelice de Lily.

– Você chegou na hora certa, minha cara. – Lily beijou-a em ambas as faces, no estilo continental. – Já estão todos lá dentro fazendo observações cínicas e se achando extremamente espirituosos. Você será uma lufada de ar fresco. Burton, providencie para que as malas da Srta. Fielding sejam deixadas no quarto dela enquanto eu a levo para conhecer tudo.

– Eu deveria me arrumar um pouco – disse Sara, ciente de que suas roupas estavam amarrotadas pela viagem, e o cabelo, em desalinho.

Mas Lily já a puxava para o saguão de entrada. Burton deu uma piscadela discreta para Sara e se voltou para receber a outra carruagem que chegava.

– Estamos todos bastante informais hoje – disse Lily. – Novos convidados devem chegar a toda hora. Não há atividades planejadas até o baile desta noite. Divirta-se da maneira que quiser. Os cavalos e as carruagens, os livros da biblioteca, a sala de música e tudo o mais que desejar estão à sua disposição. Toque a campainha e peça o que quiser.

– Obrigada.

Encantada, Sara examinou o saguão de entrada abobadado e forrado de mármore branco. Uma grande escadaria, com a balaustrada dourada mais elaborada que ela já vira, se dividia em dois majestosos arcos curvos que levavam aos andares superiores da mansão.

Lily conduziu-a rapidamente pelo grande salão, um cômodo espaçoso, com teto abobadado, sancas ornamentadas e a atmosfera solene de uma catedral.

– Os homens saem para caçar pela manhã e jogam bilhar à tarde. As mulheres bebem chá, fofocam e cochilam. Nós nos reunimos para brincar de charadas e jogar cartas todas as noites. É com certeza estupidificante. Você vai ficar extremamente entediada, garanto.

– Não, de jeito nenhum.

Sara se esforçou para acompanhar o ritmo acelerado de Lily enquanto elas avançavam por uma longa galeria na parte de trás da mansão, forrada com espelhos e pinturas de um lado e portas francesas do outro. Através das portas envidraçadas, ela viu os limites de um grande jardim convencional.

Enquanto Lily conduzia Sara pelas salas projetadas para pequenas reuniões, grupos de homens e mulheres olhavam para elas com curiosidade. A sala de música estava cheia de moças dando risadinhas e conversando. Lily acenou alegremente para elas sem diminuir o passo.

– Algumas famílias do condado vão apresentar suas filhas à sociedade no baile. Será a primeira temporada social delas – explicou Lily. – Será menos desafiador para as moças fazerem-no aqui do que em algum salão de visitas abafado de Londres. Vou lhe mostrar o salão de baile agora, mas primeiro...

Elas pararam na porta do salão de bilhar, um recanto exclusivamente masculino, decorado em tecido adamascado cor de vinho, couro e painéis de madeira escura. Cavalheiros de várias idades estavam de pé ao redor da mesa de bilhar esculpida em mogno. A fumaça dos charutos circundava as luminárias acima.

– Cavalheiros, vim dizer a vocês que preciso abandonar o jogo para mostrar a casa à minha convidada recém-chegada – informou Lily a todos no salão. – Lansdale, talvez queira ocupar meu lugar à mesa?

– Ele fará isso, mas não de forma tão atraente – comentou alguém.

Houve diversas risadas ao redor da sala.

Lansdale, um homem de meia-idade e estatura extraordinariamente baixa, mas com um belo rosto aquilino, olhou para Sara com grande interesse.

– Talvez deva continuar jogando bilhar, lady Raiford, e *me* permitir mostrar a casa à sua convidada.

Sara corou com a sugestão enquanto vários dos homens que estavam próximos riam.

Lily revirou os olhos e se dirigiu à convidada.

– Cuidado com aquele lá, menina. Na verdade, não confie em nenhum desses homens. Conheço todos eles e posso atestar que por baixo dessas aparências atraentes mora uma matilha de lobos.

Sara percebeu como a observação de Lily agradou aos homens, que claramente gostavam de pensar em si mesmos como predadores, apesar das barrigas proeminentes e da calvície.

– Pelo menos nos permita uma breve apresentação – sugeriu Lansdale, se adiantando. – A sua Srta. Fielding é a criatura mais adorável que vi ao longo de todo o dia.

Ele se curvou e depositou um beijo respeitoso nas costas da mão de Sara.

Lily prontamente fez a vontade dele.

– Milordes Lansdale, Overstone, Aveland, Stokehurst, Bolton e Ancaster, permitam-me apresentar a Srta. Sara Fielding, uma escritora talentosa e encantadora que conheci recentemente.

Sara esboçou um sorriso tímido e fez uma reverência enquanto cada um dos homens se curvava para cumprimentá-la. Ela se lembrava de ter observado em segredo alguns deles no clube de jogo de Derek. E, se não estava enganada, conhecera o duque de Ancaster enquanto estava disfarçada como Mathilda no baile do Craven's. Apesar da sua origem nobre e do aspecto digno, ele se comportara muito mal no baile, adulando-a, bêbado, e depois perseguindo uma das prostitutas da casa. Sara curvou os lábios para abrir um sorriso, mas seu humor desapareceu quando ela ouviu as palavras seguintes de Lily, ditas de forma casual:

– Ah, e aquele de aparência mal-humorada servindo um conhaque é meu amado marido, lorde Raiford. Ao lado dele está o Sr. Craven, que, como você pode ver, tem uma preferência por espreitar de cantos escuros.

Sara mal reparou no marido grande e loiro de Lily. Seus olhos azuis se arregalaram e se voltaram na mesma hora para a forma magra e sinistra que se destacava das sombras. Ele se curvou como os outros, com um movimento de uma graciosidade impecável para um homem tão grande. Não havia qualquer sinal de reconhecimento em seu rosto.

O ar vigoroso, de uma masculinidade vital, era o mesmo de que ela se lembrava. Sua pele parecia tão morena quanto a de um pirata contra o linho branco da gravata. A cicatriz no rosto havia desaparecido, de modo que seus intensos olhos verdes dominavam todos os outros traços. Fechado em uma sala com aqueles homens bem-nascidos, Derek parecia uma pantera confraternizando com gatos domésticos. Sara não teria sido capaz de dizer uma única palavra, mesmo que dependesse disso para salvar a própria vida. Sua boca parecia cheia de terra.

Os outros ocupantes do salão não tiveram como ignorar o súbito silêncio carregado de eletricidade. Alguns olhares foram trocados e sobrancelhas se ergueram ligeiramente em expressões significativas. Os nervos à flor da pele de Sara estremeceram em alerta quando lorde Raiford se aproximou. Ela levantou lentamente os olhos para encarar o imponente marido de Lily, cujos ombros largos bloqueavam a visão dos cavalheiros.

As feições de falcão de lorde Raiford eram suavizadas por um par de olhos cinzentos calorosos e por uma massa de cabelos dourados da cor do trigo maduro. Ele sorriu e pegou a mão de Sara, apertando-a entre suas palmas enormes em uma inesperada quebra de formalidade.

– Que sorte termos a honra da sua gentil presença na nossa casa, Srta. Fielding. – Ele lançou um olhar irônico para Lily. – Desconfio que a minha esposa ainda não lhe deu alguns minutos para se recompor depois da viagem.

– Eu estava apenas levando Sara ao quarto dela – protestou Lily, baixando a voz enquanto os homens voltavam ao jogo. – Mas tive que parar aqui primeiro. Não poderia abandonar todos vocês sem aviso, não é mesmo?

Alex soltou a mão de Sara, puxou a esposa pequenina para mais perto e ergueu seu queixo.

– Sei exatamente o que você está fazendo – alertou ele baixinho, em um tom que os outros não poderiam ouvir. – Minha linda e intrometida tirana... você não poderia, ao menos por uma vez, permitir que os outros cuidassem de seus próprios assuntos?

Lily sorriu para o marido sem a menor vergonha.

– Não quando eu posso conduzi-los muito melhor.

Alex passou o polegar levemente pelo maxilar da esposa.

– Essa é uma opinião da qual Craven não compartilha, meu bem.

Lily se aproximou dele e respondeu com um murmúrio quase inaudível. Sara desviou o olhar quando os dois se afastaram um pouco dela e trocaram sussurros. Ela não queria entreouvir uma conversa particular. No entanto, não conseguiu evitar capturar alguns trechos reveladores enquanto eles falavam ao mesmo tempo.

– ... Derek não sabe o que é bom para ele – dizia Lily.

– ... a preocupação deveria ser o que é bom para a Srta. Fielding...

– Mas você não entende como...

– ... entendo muito bem – concluiu Alex, e eles se encararam com expressões desafiadoras nos olhos.

Sara se sentiu enrubescer. Havia uma atração palpável entre marido e mulher que a fazia se sentir uma intrusa em uma cena íntima.

Estava claro que lorde Raiford teria gostado de dizer mais a Lily, mas acabou soltando-a com relutância e lhe lançando um olhar de advertência. *Comporte-se* era a mensagem silenciosa, mas inconfundível. Lily fez uma careta e olhou ao redor a fim de acenar para Lansdale e Aveland.

– Aproveitem o jogo, cavalheiros! – gritou ela.

Os homens responderam com murmúrios agradáveis. Derek Craven ficou em silêncio, ignorando friamente a partida das mulheres.

Desanimada, Sara seguiu Lily pelo corredor acarpetado. Os modos frígidos de Craven foram uma dura surpresa. Em silêncio, ela se repreendeu por pensar que ele pudesse realmente ficar feliz em vê-la. Em vez disso, era provável que Derek a ignorasse durante todo o fim de semana.

Elas se aproximaram de uma fileira de aposentos de hóspedes na ala oeste, cada um com um quarto de vestir e uma sala de estar próprios. O quarto de Sara era decorado em tons pastel de lavanda e amarelo. O elaborado jardim abaixo era visível de um par de janelas ornamentadas com cortinas que se abriam ao meio. Sara foi até a cama de dossel com colunas estriadas e tocou em uma prega das cortinas que a cercavam. O tecido fora bordado para combinar com o delicado padrão floral do papel de parede.

Lily abriu um armário, revelando as roupas de Sara. Em um tempo notavelmente curto, as criadas haviam desembalado seus parcos pertences com uma eficiência impecável.

– Espero que este quarto a agrade – disse, franzindo ligeiramente a testa ao ver a expressão de Sara. – Mas se preferir outro...

– É encantador – garantiu Sara, e seu rosto assumiu uma expressão amarga. – Só que... talvez eu devesse ir embora. Não quero causar problemas. O Sr. Craven está aborrecido com a minha presença aqui. E está bravo com você por me convidar. O olhar que ele lhe lançou...

– Derek, sem dúvida, gostaria de me estrangular – admitiu Lily, despreocupada. – Devagar. Mas o jeito que ele olhou para *você*... Meu Deus, foi impagável! – Ela soltou uma gargalhada. – Qual é a sensação de ter o homem mais inatingível da Inglaterra aos seus pés?

Sara arregalou os olhos.

– Ah, ele não está...

– Aos seus pés – repetiu Lily. – Acredite em mim, Derek estava merecendo isso havia anos! Quando penso em todas as vezes que ele me enfureceu por agir de forma superior e fria, tão absurdamente no controle de si mesmo e de tudo ao seu redor... – Ela balançou a cabeça, rindo. – Não me entenda mal. Eu adoro aquele bastardo grande e teimoso. Mas, para ele, será a melhor coisa do mundo cair da altura em que se colocou.

– Se alguém vai cair, sou *eu* – disse Sara baixinho, mas Lily não pareceu ter ouvido.

Depois que Lily saiu para cuidar dos outros convidados, Sara chamou uma criada para ajudá-la a se vestir. Logo entrou no quarto uma camareira francesa, apenas alguns anos mais velha que ela. A mulher era loira e pequena, com o rosto redondo e rosado e um sorriso largo.

– *Je m'appelle Françoise* – informou a camareira enquanto colocava um par de pinças de ondular o cabelo perto das brasas além da grade da lareira.

Françoise começou a andar pelo quarto, logo escolhendo um vestido limpo no armário e segurando-o para a aprovação de Sara.

– Sim, esse vai servir – disse Sara.

Ela despiu o casaquinho e a touca e desabotoou a frente do vestido de viagem amassado. Então sentou-se diante da pequena penteadeira de madeira acetinada e tirou os grampos do cabelo desgrenhado.

As mechas avermelhadas e castanho-douradas caíram por suas costas, e Sara ouviu uma exclamação de prazer atrás dela.

– *Come vos cheveux sont beaux, mademoiselle!*

Françoise escovou o cabelo pesado com gestos reverentes até os fios se tornarem uma cortina lisa e cintilante.

– Você fala um pouco do meu idioma, Françoise? – perguntou Sara à criada, em dúvida. A outra encontrou seus olhos no espelho e balançou a cabeça com um sorriso. – Eu gostaria que falasse. As mulheres francesas supostamente sabem tudo sobre os assuntos do coração. Preciso de conselhos.

Ao perceber o tom desconsolado na voz de Sara, Françoise disse algo que soou solidário e encorajador.

– Eu não deveria ter vindo até aqui – continuou Sara. – Ao deixar Perry, joguei fora o que sempre achei que desejava. Quase não me reconheço, Françoise! Os sentimentos que tenho por outro homem são tão incontroláveis… Tenho medo de acabar aceitando qualquer coisa que possa ter dele, por mais fugaz que venha a ser o momento. Se ouvisse alguma outra mulher confessar tais pensamentos, eu a condenaria por ser tola ou coisa pior. Sempre me considerei uma pessoa sensata, guiada mais pela razão do que pela paixão. Não consigo explicar o que deu em mim. Só sei que desde que o conheci… – Ela se interrompeu, incapaz de terminar a frase. Então suspirou e esfregou a testa dolorida. – Não acho que o tempo vá ajudar. Até agora não ajudou.

Seguiu-se um longo silêncio enquanto a criada escovava o cabelo de Sara com movimentos suaves. Françoise tinha uma expressão pensativa, como se estivesse avaliando a situação. Não importava que falassem línguas diferentes – qualquer mulher que já tivesse sofrido um desgosto amoroso poderia reconhecê-lo facilmente em outra. Por fim, a camareira parou e apontou para o coração de Sara.

– *Faire ce que le coeur vous dit, mademoiselle.*

– Seguir meu coração? – perguntou Sara, confusa. – É isso que você está dizendo?

– *Oui, mademoiselle.*

A moça pegou calmamente uma fita estreita de seda azul e começou a entrelaçá-la nas mechas soltas do cabelo dela.

– Isso poderia ser muito perigoso – sussurrou Sara.

Alguns minutos depois, Sara terminou de abotoar a gola alta do vestido cinza, checou sua aparência no espelho e ficou satisfeita com os resultados dos esforços da camareira. Seu cabelo fora penteado com elegância para o alto, em uma trança pesada, com algumas mechas onduladas caindo nas têmporas. Ela agradeceu a Françoise, saiu do quarto e caminhou em direção à grande escadaria. Nervosa, pensou em se juntar a um grupo de mulheres no andar de baixo para tomar um chá e conversar. Ela torcia para que fossem simpáticas, ou ao menos tolerantes com a sua presença.

Sara fez uma pausa no corredor para admirar uma escultura de mármore colocada em um nicho semicircular enquanto tentava ganhar coragem. Ela estava impressionada com os convidados no andar de baixo, e também tinha um pouco de medo deles. Lily havia dito que o grupo incluía embaixadores, políticos, artistas e até mesmo o governador de uma colônia em visita com a família. Sara estava plenamente consciente de que não tinha nada em comum com eles. Sem dúvida a considerariam pouco elegante e nada sofisticada. Talvez fosse assim que Derek Craven se sentia, convivendo com aristocratas que desdenhavam de suas origens. *Pobre Sr. Craven*, pensou Sara, solidária. De repente, ela sentiu um arrepio gelado percorrer seu pescoço e todos os pelos do seu corpo se eriçaram. Devagar, Sara se virou.

Derek estava parado atrás dela, não se parecendo em nada com alguém que precisasse de qualquer compaixão. Ele a encarou como um sultão entediado examinando a última aquisição para o seu harém. Sua beleza morena só rivalizava com o seu extraordinário autocontrole.

– Onde está o seu noivo? – perguntou Derek em um tom claramente hostil.

Sara se sentia enervada com a imobilidade ameaçadora dele.

– Não tenho um... Quer dizer, e-ele... Não vamos nos casar.

– Ele não a pediu em casamento?

– Não... bem, sim, mas...

Sara recuou instintivamente. Derek se adiantou, diminuindo a distância entre eles. Enquanto conversavam, ela ia se afastando, e ele a seguia como um gato à espreita.

– O Sr. Kingswood me pediu em casamento algumas noites depois do meu retorno – disse Sara, ofegante. – Eu aceitei. Fiquei muito feliz a princípio... bem, não exatamente *feliz*, mas...

– O que aconteceu?

– Houve problemas. Ele disse que eu havia mudado. Imagino que estivesse certo, embora...

– Ele rompeu o noivado?

– Eu... acho que podemos dizer que foi um rompimento consensual... – Conforme Derek continuava a avançar, Sara se viu recuando para dentro de uma sala próxima e quase tropeçou em uma delicada cadeira dourada. – Sr. Craven, gostaria que parasse de me cercar desse jeito!

O olhar firme dele era implacável.

– A senhorita sabia que eu estaria aqui neste fim de semana.

– Não, eu não sabia!

– A senhorita planejou isso com Lily.

– Eu com certeza *não*…

Sara se interrompeu com um grito assustado quando ele a alcançou e apertou os ombros dela com força.

– Não consigo decidir que pescoço torcer primeiro… o seu ou o dela.

– O senhor está irritado por eu estar aqui – disse Sara em voz baixa.

– Prefiro me enfiar em um balde de carvão a passar uma noite sob o mesmo teto que a senhorita!

– Gosta tão pouco de mim?

A respiração de Derek se tornou mais pesada enquanto ele examinava o rosto pequeno e adorável da mulher à sua frente. A alegria violenta de estar perto dela fazia o seu sangue ferver. Ele flexionou repetidamente os dedos na pele macia dos ombros de Sara, como se estivesse saboreando a textura da carne dela.

– Não, eu não desgosto da senhorita – disse, com a voz quase inaudível.

– Sr. Craven, está me machucando.

Ele não afrouxou o aperto.

– Naquela noite, depois do baile… a senhorita não entendeu nada do que eu disse, não é?

– Eu entendi.

– E ainda assim veio até aqui.

Sara se manteve firme, embora precisasse recorrer a todas as suas forças para não definhar sob o olhar abrasador dele.

– Eu tinha todo o direito de aceitar o convite de lady Raiford – afirmou ela teimosamente. – E-e não irei embora, não importa o que me diga!

– Então eu irei.

– Está certo! – Para a surpresa de Sara, um desejo de provocá-lo dominou-a, e ela acrescentou: – Se tem tão pouco controle sobre si mesmo a ponto de achar necessário fugir de mim…

O rosto de Craven não entregava qualquer expressão, mas Sara podia sentir a fúria que ardia dentro dele.

– Dizem que Deus protege os tolos e as crianças… para o seu bem, espero que seja verdade.

– Sr. Craven, pensei que nós dois poderíamos ao menos ser educados um com o outro durante um único fim de semana…

– Por que diabos a senhorita pensaria isso?

– Porque conseguimos fazer isso muito bem antes do baile e...

Sara ficou em silêncio ao se dar conta da força com que ele a segurava. Seus seios roçavam no peito dele. Sua saia oscilava levemente ao redor das pernas de Craven.

– Não consigo fazer isso agora. – Ele a pressionou com força junto ao corpo até Sara sentir o volume quente e pulsante do membro excitado dele contra o seu abdômen. Os olhos de Craven cintilavam como esmeraldas em seu rosto austero. – Posso protegê-la de tudo, menos de mim.

Sara sabia que o aperto das mãos dele era deliberadamente doloroso. Mas, em vez de resistir, ela relaxou contra o corpo rígido de Craven. O que mais queria era abraçá-lo e colar a boca no ponto em que o linho branco da gravata encontrava a pele morena e lisa do pescoço. Sara subiu as mãos pelos ombros largos de Craven e encarou-o sem dizer nada.

Derek temia estar muito perto de atacá-la.

– Por que não se casou com ele? – perguntou, com a voz rouca.

– Eu não amo Kingswood.

Derek balançou a cabeça em uma mistura de raiva e confusão e abriu a boca para dar uma resposta mordaz. Mas, aparentemente, pensou melhor e cerrou os lábios de maneira abrupta, mas logo voltou a abri-los. Se o momento não fosse tão tenso, Sara teria rido. Em vez disso fitou-o com uma expressão de desalento.

– Como eu poderia ter me casado se não amo Kingswood?

– Sua tola. Não lhe bastou o fato de estar segura com ele?

– Não. Eu quero mais do que isso. Ou prefiro não ter nada.

Derek inclinou a cabeça morena na direção dela. Uma de suas mãos soltou o ombro de Sara, e as pontas dos dedos roçaram os cachos delicados que enfeitavam seu rosto. Ele tinha os lábios cerrados, como se suportasse uma tortura extremamente dolorosa. Sara deixou escapar um som inarticulado quando sentiu os nós dos dedos dele roçarem o topo de sua bochecha. O brilho do olhar de Craven era como a luz do sol e fazia com que ela tivesse a sensação de estar se afogando nas profundezas do verde ardente. A mão grande de Derek envolveu sua bochecha e o maxilar, tocando com o polegar a superfície macia com certa hesitação.

– Eu tinha me esquecido de como a sua pele é macia – murmurou ele.

Sara permaneceu imóvel, tremendo junto ao corpo dele, sem qualquer orgulho e decoro. Palavras impulsivas pairavam em seus lábios. De repente, ela se distraiu ao sentir um objeto estranho sob a palma da sua mão, junto ao peito dele. Havia uma protuberância dura no bolso interno do paletó de Craven. Ela franziu o cenho, curiosa. Antes que ele se desse conta do estava acontecendo, Sara enfiou a mão dentro do paletó para investigar.

– Não – apressou-se a dizer Craven, levando a mão grande ao pulso de Sara para detê-la.

Mas era tarde demais, os dedos de Sara já haviam encontrado o objeto e o identificado. Com um olhar incrédulo, ela ergueu o pequeno par de óculos que pensara ter perdido no clube.

– Por quê? – perguntou em um sussurro, espantada ao se dar conta de que ele os carregava no bolso do paletó.

Derek encontrou seu olhar com uma expressão desafiadora e o maxilar cerrado. Um pequeno músculo se contraiu em seu rosto.

Então ela entendeu.

– Está tendo problemas de visão, Sr. Craven? – perguntou Sara baixinho.
– Ou o problema é com o seu coração?

Naquele exato momento, os dois ouviram o som de vozes distantes no corredor.

– Está vindo alguém – murmurou Craven, e soltou-a.

– Espere...

Ele se foi em um instante, como se cães do inferno estivessem em seus calcanhares. Sara mordeu o lábio, ainda segurando os óculos. Na mistura frenética de emoções que a invadia – alívio por Craven ainda desejá-la, medo de que ele fosse embora –, nada era tão forte quanto o desejo de confortá-lo. Ela desejou ter o poder de tranquilizá-lo de que o amor dele não a magoaria, de que ela nunca lhe pediria mais do que ele poderia dar.

~

Atormentada por uma enxurrada de pequenas dificuldades, Lily foi em busca do marido e encontrou-o sozinho na sala de caça. Ele estava sentado diante de uma mesa, com uma caixa de charutos vazia na mão. Alex sorriu ao vê-la, mas logo franziu o cenho, preocupado.

– O que houve, meu bem?

Lily começou a falar ainda mais rápido do que o normal, um sinal claro da frustração que a dominava.

– Para começar, a Sra. Bartlett está exigindo mudar de quarto, alegando que a vista não a agrada, quando é perfeitamente óbvio que o que ela *de fato* quer é ser acomodada perto de lorde Overstone, com quem está tendo um caso ardente...

– Então deixe-a ficar no quarto que ela quer.

– Já está ocupado por Stokehurst!

Alex avaliou o dilema com aparente seriedade.

– Acho que Stokehurst não gostaria de encontrar Overstone em sua cama – argumentou, e riu da imagem dos dois velhos libertinos se esgueirando pela mansão à noite para encontrar a deleitável Sra. Bartlett.

– Pode rir, mas tenho problemas ainda piores para lhe contar. A cozinheira adoeceu. Nada grave, graças a Deus, mas ela está de cama. O resto do pessoal da cozinha está tentando se organizar, mas ainda assim não posso garantir que o jantar desta noite não será intragável.

Alex fez um gesto de desdém, como se aquela fosse a menor das suas preocupações. Ele ergueu a caixa vazia.

– Meu estoque de charutos acabou. Você se lembrou de pedir mais?

– Eu esqueci – admitiu Lily com um suspiro contrito.

– Inferno. – Ele franziu novamente o cenho. – O que os homens e eu vamos fumar enquanto tomamos nosso Porto depois do jantar?

– Você não gostaria da minha sugestão... – respondeu Lily, atrevida. – Ah, e as crianças perderam novamente o cachorrinho... Nicole disse que ele está em algum lugar da casa.

Apesar da sua irritação com os charutos, Alex riu.

– Se aquele maldito animal estragar mais alguma herança de família...

– Até agora foi apenas uma cadeira – protestou Lily.

Eles foram interrompidos pela entrada intempestiva de Derek Craven. A porta bateu na parede quando ele entrou, encarando Lily com uma expressão violenta.

– Vou afogar você no poço mais próximo.

Levada por um forte instinto de autopreservação, Lily se aproximou rapidamente de Alex e sentou-se no colo do marido.

– Posso convidar quem eu quiser para as minhas reuniões de fim de semana – defendeu-se ela, fitando o amigo de dentro do círculo protetor dos braços do marido.

Os olhos de Derek cintilavam como fogo verde.

– Eu lhe disse para jamais interferir na minha vida, como faz na dos outros...

– Calma, Craven – disse Alex com tranquilidade, apertando Lily com força para mantê-la em silêncio. – Eu concordo que Lily às vezes vai longe demais com suas intromissões. Mas é sempre com a melhor das intenções... e, nesse caso, não vejo por que a presença de uma mulher pequena e tímida deveria afetá-lo tanto. – Ele arqueou uma sobrancelha castanho-clara, adotando a expressão zombeteira característica de seus ancestrais aristocráticos. – Com toda a sua experiência, você com certeza não vê a Srta. Fielding como uma ameaça, não é?

Ambos os Raifords ficaram surpresos ao ver um rubor profundo colorir o rosto de Derek.

– Vocês não têm ideia da confusão que ela é capaz de causar.

A observação rendeu um olhar cético de Alex.

– Ela não vai causar nenhum problema neste fim de semana – retrucou calmamente. – Estamos todos aqui para socializar, apreciar a paisagem e tomar ar fresco.

Derek encarou os dois, carrancudo, e hesitou, como se desejasse dizer algo mais. Mas acabou saindo da sala, praguejando baixinho e passando as mãos pelo cabelo.

Seguiu-se um instante de silêncio enquanto os Raifords se entreolhavam. Alex soltou um longo suspiro de espanto.

– Meu Deus. Nunca o vi se comportar dessa maneira.

– *Agora* você acredita no que venho lhe dizendo? – perguntou Lily, satisfeita. – Derek adora a Srta. Fielding. Está louco por ela.

Alex não a questionou, apenas deu de ombros.

– Ele negará isso até o último suspiro.

Lily se aconchegou mais ao corpo do marido.

– Obrigada por me defender. Achei sinceramente que ele me daria um tapa na orelha!

Alex sorriu e acariciou o corpo esguio dela.

– Sabe que eu jamais vou deixar alguém levantar a mão para você. Reservo esse privilégio para mim.

– Gostaria de vê-lo tentar – alertou Lily, e sorriu quando Alex beijou o espaço macio e perfumado atrás de sua orelha.

– Lily – murmurou ele –, pelo meu bem e pelo seu, deixe os dois em paz. Eles resolverão o assunto por conta própria, sem qualquer ajuda sua.

– Isso é um pedido ou uma ordem?

– Não me teste, meu amor.

Embora o tom fosse gentil, não havia como ignorar a nota de advertência. Como sabia que era melhor não contrariar o marido quando ele estava naquele humor, Lily brincou sedutoramente com as pontas engomadas do colarinho da camisa dele.

– Sempre desconfiei que estaria melhor se tivesse me casado com um leiteiro – resmungou ela.

Alex riu.

– Sou exatamente o marido que você merece.

– Receio que esteja certo – respondeu Lily, e beijou-o com carinho.

De repente, Alex interrompeu o beijo e afastou a cabeça.

– Lily… você já mencionou a Derek que os Ashbys estarão presentes?

Ela fez uma careta e balançou a cabeça.

– Não tive coragem de contar a ele. Derek nunca vai acreditar que relutei muito antes de concordar em convidá-los.

– Meu pai e lorde Ashby eram amigos íntimos. E lorde Ashby tem sido um poderoso aliado meu no Parlamento. Eu não poderia ofender o velho omitindo um convite… mesmo que a esposa dele seja uma cadela venenosa.

– Por que *você* não explica isso a Derek? Meu Deus, com ele e Joyce sob o mesmo teto, eu espero derramamento de sangue a qualquer momento!

~

Durante a maior parte da tarde, Sara se manteve junto a um grupo de jovens matronas cuja voracidade por fofocas a lembrou da citação: "O amor e o escândalo são os melhores adoçantes de chá." Ela descobriu rapidamente que seu medo de ser tratada com arrogância era infundado. As mulheres eram agradáveis e simpáticas e muito mais desinibidas do que as amigas de Sara no vilarejo. Entre elas estavam a Sra. Adele Bartlett, uma viúva rica com uma silhueta opulenta e cabelos ruivos brilhantes, e lady Mountbain, uma morena de voz suave e um senso de humor pesado. Ainda havia duas mulheres jovens e muito animadas sentadas ao lado de Lily Raiford – lady Elizabeth Burghley e lady Stamford, irmã de Lily. O grupo falava com uma franqueza chocante sobre os maridos e amantes, trocando *bon mots* e rindo baixinho. Não passou despercebido a Sara que as conversas dessas damas aristocráticas tinham uma forte semelhança com as das prostitutas do Craven's.

Embora Lily parecesse apreciar a reunião, seu olhar com frequência se desviava para a janela. Sara adivinhou que ela provavelmente preferiria estar caminhando ao ar livre, ou cavalgando, em vez de ficar confinada dentro de casa. Ao se dar conta de que Lily estava participando pouco da conversa, uma das mulheres se dirigiu a ela em um tom despreocupado.

– Lily querida, por que não nos conta sobre o *seu* marido? Depois de todos esses anos de casamento, com que frequência lorde Raiford exige seus direitos conjugais?

Lily surpreendeu a todas ao ruborizar.

– Com bastante frequência – respondeu ela com um sorrisinho secreto, e se recusou a dizer mais.

As mulheres zombaram, riram e a olharam com inveja, pois Lily tinha o ar de uma mulher casada e feliz, uma raridade na alta sociedade.

Lady Mountbain estava aconchegada no canto de um sofá almofadado. Seus lábios largos e pintados de vermelho se curvaram em um sorriso especulativo.

– Chega de falar sobre maridos – declarou ela, com a voz rouca e baixa. – Prefiro muito mais o assunto dos homens *solteiros*... as atividades deles são bem mais interessantes. Derek Craven, por exemplo. Há algo definitivamente *animalesco* nele. Sempre que ele está por perto, não consigo tirar os olhos de cima do homem. Talvez seja aquele cabelo preto... ou a cicatriz...

– Sim, a cicatriz –. concordou Adele Bartlett num tom sonhador. – Faz com que ele pareça ainda mais bruto.

– Perversamente sem princípios – acrescentou alguém em tom de satisfação.

Adele assentiu enfaticamente.

– Estou tão feliz por você tê-lo convidado para o fim de semana, Lily. É muito empolgante ter um homem perigoso por perto. Dá a sensação de que tudo pode acontecer.

– Tolice – disse Lily em resposta aos comentários. – Derek não é mais perigoso do que... do que aquele gato perto da lareira!

Alguns olhares céticos se voltaram para o animal adormecido, um macho gordo e preguiçoso que tinha muito mais interesse em correr atrás do jantar do que de outros felinos. Ao perceber a descrença das mulheres, Lily mudou habilmente de assunto.

– Chega de falar sobre homens... eles são criaturas enfadonhas, e pronto. Temos coisas mais importantes para discutir!

– Como por exemplo...? – Adele estava claramente questionando o que poderia ser mais importante do que homens.

– Por acaso mencionei que temos uma escritora entre nós? – perguntou Lily, em um tom animado. – Você precisa conversar com Sara, afinal adorou o romance *Mathilda*, não é mesmo?

Para evitar chamar atenção para si mesma, Sara havia ocupado um lugar discreto, em uma cadeira perto do canto. De repente, virou o foco de cada par de olhos. Uma enxurrada de perguntas animadas irrompeu de uma só vez.

– A senhorita escreveu *Mathilda*?

– Minha cara, precisa nos contar tudo sobre ela! Como se conheceram?

– Como vai Mathilda hoje?

Sara sorriu e fez uma tentativa valente de responder, mas logo descobriu que não importava o que dissesse, pois todas respondiam elas mesmas às próprias perguntas e continuavam a falar. Ela se voltou com uma expressão de pesar para Lily, que sorriu e deu de ombros, impotente, para mostrar que o grupo era incorrigível.

Duas horas antes do horário marcado para o jantar, as mulheres começaram a se dispersar para trocar de roupa e se preparar para uma longa noite. Enquanto olhava ao redor da sala, Sara reparou que uma nova convidada havia chegado, uma mulher loira a quem ela ainda não fora apresentada. Embora as outras cumprimentassem a recém-chegada discretamente, nenhuma delas parecia inclinada a tratá-la como amiga. Sara se virou na cadeira para observá-la melhor.

A mulher era esbelta e muito atraente. Seu rosto tinha traços bem marcados e um nariz aristocraticamente fino com a ponta delicada. Olhos que se alternavam entre tons de azul, cinza e verde eram encimados por sobrancelhas bem aparadas. Sua farta cabeleira dourada tinha uma franja na testa e estava presa no alto da cabeça em uma profusão de cachos descuidados. Se houvesse algum calor em sua expressão, ela seria incrivelmente bela. Mas os olhos da mulher eram estranhamente duros e sem expressão, como lascas de pedra. Seu olhar inabalável deixou Sara inquieta.

– E quem é você? – perguntou a mulher, com a voz sensual.

– Srta. Sara Fielding, senhora.

– Sara – repetiu a outra encarando-a com um olhar especulativo. – Sara.

Sentindo-se desconfortável, Sara pousou a xícara de chá e começou a limpar migalhas invisíveis da saia. Ao perceber as demais mulheres saindo da sala, imaginou como poderia fazer o mesmo sem parecer rude.

– De onde você é? – continuou a mulher em voz baixa.

– De Greenwood Corners, senhora. É um pequeno vilarejo, não muito longe daqui.

– Mas como você é doce. Greenwood Corners. Claro. Com essa tez pura como a de uma leiteira, você só poderia mesmo ser do campo. E esse delicioso ar de inocência… Você faz com que eu me sinta muito protetora. Não é casada, pelo que vejo. Diga-me, Sara, algum homem já reivindicou seu afeto?

Sara permaneceu em silêncio, sem saber como lidar com o interesse da mulher.

– Ah, você vai capturar muitos corações – disse lady Ashby. – Mesmo os mais empedernidos. Ninguém resistiria a uma jovem inocente como você. Acho que seria capaz de fazer um velho acreditar que é jovem de novo. Ora, você provavelmente poderia fazer um canalha renunciar ao diabo…

– Joyce – chamou a voz calma de Lily.

Ambas se voltaram para Lily, que tinha no rosto uma expressão incomum de arrogância. Sara se levantou da cadeira, silenciosamente grata por ser salva da conversa constrangedora.

– Tenho certeza de que a minha amiga aprecia todas essas observações lisonjeiras – continuou Lily, em um tom frio –, mas ela é bastante tímida. Eu não gostaria que você deixasse nenhum dos meus convidados desconfortável.

– Que anfitriã talentosa você se tornou, Lily – falou Joyce com uma voz que parecia um ronronar, olhando para Lily com óbvio desprazer. – Ninguém suspeitaria que já levou uma vida tão intensa. Você esconde isso muito bem. Mas não pode esconder totalmente os frutos do seu passado, não é mesmo?

– O que você quer dizer com isso? – perguntou Lily, estreitando os olhos.

– Quero dizer que a sua adorável filha, Nicole, é uma lembrança constante da sua ligação com Derek Craven. – Joyce se virou para Sara e acrescentou em um tom suave: – Ora, você parece surpresa, querida. Achei que todos soubessem que Nicole é filha bastarda de Derek Craven.

CAPÍTULO 9

Sara percebeu o debate interno de Lily para manter o temperamento sob controle. Por um momento, pareceu que ela perderia a batalha. Sara tocou seu braço em um gesto silencioso de apoio, e lady Ashby reparou na atitude com um olhar zombeteiro. Lily se recompôs, cerrando os lábios até eles ficarem muito pálidos. Ela olhou para Sara.

– Vamos subir? – perguntou com a voz ligeiramente trêmula.

Sara assentiu rapidamente, e as duas deixaram lady Ashby, que exibia um sorriso calculista.

Elas já estavam no segundo patamar da grande escadaria quando Lily finalmente conseguiu falar.

– Nicole é uma filha bastarda, mas Derek não é o pai dela.

Sara deixou escapar um murmúrio baixo de consolo.

– Lily, não há necessidade de me contar...

– E-eu cometi um erro, vários anos atrás, antes de me casar. Alex não poderia amar mais a minha filha, mesmo se ela fosse dele. Não me importo com o que possam dizer a meu respeito, mas Nicole é uma criança preciosa e inocente. Não suporto a ideia de que ela possa ser punida pelos meus pecados. Graças a Deus há poucas pessoas que ousariam atirar pedras. Lady Mountbain tem tantos filhos de pais diferentes que o conjunto deles é chamado de Miscelânea Mountbain. E lady Ashby tem ex-amantes suficientes para formar um regimento completo. Maldita mulher! Eu não pretendia contar a você, mas Joyce é a pessoa por trás do ataque a Derek nos cortiços.

Sara prendeu a respiração com uma mistura de surpresa e raiva não só de Joyce, mas também de Derek. Como ele *pôde* ter um caso com uma mulher daquelas? Ora, ele e lady Ashby eram farinha do mesmo saco!

Seria assim, sussurrou a mente dela com maldade... *Você sempre seria confrontada com evidências dos pecados dele... sempre teria que arrumar desculpas para ele.* Não pela primeira vez, Sara perguntou a si mesma o que estava fazendo ali. E considerou seriamente a possibilidade de dizer a Lily que queria ir embora de Raiford Park, por mais que lamentasse a ideia de partir.

– ... fique longe de lady Ashby – disse Lily. – Se Joyce suspeitar que Derek sente algo por você, ela tornará as coisas muito desagradáveis. – A condessa resmungou alguma coisa baixinho e continuou a subir a escada em um ritmo acelerado, obrigando Sara a se esforçar para acompanhá-la. – Venha comigo, quero lhe mostrar uma coisa.

Elas chegaram ao terceiro andar e seguiram na direção de um conjunto de cômodos claros e acarpetados que Lily apontou como sendo a sala de aula, o quarto das crianças e os quartos da ama e das duas criadas que se dedicavam a elas. O som de vozes infantis tagarelando e de risadas escapava do quarto. Parada na porta ao lado de Lily, Sara viu duas lindas crianças de cabelos pretos, uma menina de 8 ou 9 anos e um menino que parecia ter seus 3 anos. Eles estavam sentados no tapete, cercados por torres de blocos, jogos e livros.

– Esses são os meus dois amores – disse Lily com orgulho.

Ao ouvirem o som da voz dela, os dois levantaram os olhos e se adiantaram, ansiosos.

– Mamãe!

Lily abraçou os filhos e virou-os na direção de Sara.

– Nicole, Jamie, essa é a Srta. Fielding. Ela é uma amiga muito gentil que escreve histórias.

Nicole fez uma mesura elegante e fitou Sara com interesse.

– Gosto de ler histórias.

– Eu também! – Jamie entrou na conversa, embora continuasse parado atrás da saia da irmã.

– Jamie ainda não sabe ler – corrigiu Nicole, muito séria.

– Sei, sim! – retrucou Jamie, deixando claro seu temperamento forte. – Vou mostrar a você!

– Crianças – intercedeu Lily, contendo os esforços do filho para buscar um livro –, está um lindo dia lá fora. Venham brincar na neve comigo.

A ama logo deixou clara a sua desaprovação.

– Milady, eles vão morrer de frio.

– Ah, não vou deixá-los lá fora por muito tempo – disse Lily alegremente.

– A senhora não terá tempo de se preparar para o baile...

– Nunca demoro muito para me trocar. – Lily sorriu para os filhos. – Além disso, brincar ao ar livre é *muito* mais divertido do que ir a um baile tedioso.

A ama fungou com altivez e foi buscar os casacos dos seus pupilos.

– Posso levar uma das minhas bonecas, mamãe? – perguntou Nicole.

– É claro, querida.

Sara não conseguiu conter um sorriso diante do encanto singular de Nicole enquanto a menina abria um armário pintado de brinquedos e procurava no meio de uma fileira de bonecas. Era uma criaturinha absurdamente elegante.

Lily se inclinou para Sara e disse em um tom confidencial:

– Eu a encorajo a ser o mais travessa que quiser, mas Nicole não quer saber disso. É um anjinho. Completamente diferente de mim. – Ela riu baixinho. – Espere até você ter filhos, Sara... talvez eles sejam perfeitos diabinhos!

– Não consigo imaginar – disse Sara, tentando se ver como mãe. Um sorriso melancólico cruzou seus lábios. – Não sei se isso vai acontecer. Algumas mulheres não foram feitas para ter filhos.

– *Você* está destinada a isso – respondeu Lily com firmeza.

– Como sabe?

– Com a sua paciência e bondade, e todo o amor que tem para dar... Ora, você será a melhor mãe do mundo!

Sara soltou uma risadinha irônica.

– Bem, agora que isso foi acertado, só preciso encontrar alguém para ser o pai deles.

– O baile desta noite estará cheio de bons partidos. Para o jantar, eu a coloquei entre dois dos mais promissores. Você trouxe o vestido azul? Ótimo. Acredito que será capaz de escolher o homem que desejar.

– Eu não vim aqui para caçar um marido... – começou a dizer Sara, em um tom ansioso.

– Bem, mas isso não significa que irá ignorar qualquer boa perspectiva que surja em seu caminho, não é?

– Acho que não – murmurou Sara, decidindo não ir embora de Raiford Park.

Agora que já estava ali, supunha que não havia grande mal em ficar.

~

Os convidados, esplêndidos em seus trajes de noite, se reuniram no salão de visitas e iniciaram a longa e complexa procissão até o opulento salão de refeições, com um teto de 15 metros. Com os casais dispostos por ordem de título, importância e idade, as damas tocavam levemente o braço direito dos cavalheiros e caminhavam até as duas mesas compridas, cada uma delas arrumada para acomodar cem convidados. As mesas estavam repletas de taças de cristal, prataria e porcelana finamente decorada.

Sara, que estava sentada entre dois rapazes encantadores, se pegou apreciando muito o jantar. A conversa era fascinante, já que havia à mesa poetas citando suas últimas obras e embaixadores contando histórias divertidas da vida no exterior. A cada poucos minutos, copos eram erguidos em uma rodada de brindes, em elogios ao anfitrião e à anfitriã, à qualidade da comida, à saúde do rei e a qualquer outra ideia que parecesse digna de mérito aos convidados. Criados de luvas brancas transitavam silenciosamente entre os comensais, servindo tortas de carne temperadas, minúsculos suflês e pratos de cristal com bombons para serem degustados entre os pratos. Depois que as grandes travessas de prata com sopa de tartaruga e os pratos de salmão foram retirados, mais travessas enormes, agora com assado, aves e caça foram trazidas. A refeição foi encerrada com champanhe gelado, doces e uma deliciosa seleção de frutas.

As toalhas foram retiradas das mesas e os cavalheiros se recostaram em suas cadeiras para saborear o excelente estoque de vinho Reno, Jerez e do Porto de lorde Raiford, e para fumar charutos, conforme conversavam sobre assuntos de interesse masculino, como política. Enquanto isso, as damas se retiravam para outras salas, para mais chá e fofocas. Todos se reuniriam no salão de baile uma ou duas horas depois, quando o jantar terminasse.

Sentado à esquerda de Alex, Derek tomava uma taça de vinho do Porto e escutava a conversa com uma atitude enganosamente indolente. Não era hábito dele participar das conversas depois do jantar, por mais camaradas que fossem. E, com certeza, nenhum dos homens cometeu o erro de envolvê-lo em um debate. Derek estava longe de ser um grande orador, pois não gostava de fazer discursos muito longos. Mas tinha um jeito muito próprio de ir direto ao ponto com algumas palavras bem escolhidas.

– Além disso – murmurou um dos homens para outro, que estava ao seu lado –, eu jamais seria tão tolo a ponto de discutir com um homem que conhece o meu valor em libras.

– Como ele sabe disso?

– Ele sabe quanto vale *cada um*, até o último xelim!

Os cavalheiros continuaram a beber e a conversa se voltou para um projeto de lei que havia sido rejeitado recentemente no Parlamento. O projeto teria abolido a prática de usar meninos para escalarem chaminés e limpá-las por dentro. Mas lorde Lauderson, um conde robusto e prolixo que tinha o hábito de transformar quase tudo em motivo de piadas e diversão, fez um discurso bem-humorado na Câmara dos Lordes que acabou com qualquer possibilidade de aprovação. Algumas de suas piadas foram contadas à mesa e muitos dos homens riram, concordando. Orgulhoso da própria inteligência, Lauderson sorriu até seu rosto ficar rosado como o de um querubim.

– Devo dizer que eu estava mesmo inspirado naquele dia – disse ele com uma risada. – Fico feliz por entretê-los, meus bons camaradas... isso sempre me deixa feliz.

Derek pousou o copo lentamente, para evitar que se estilhaçasse em sua mão. Ele havia apoiado aquele projeto de lei com o máximo possível de dinheiro e manipulação nos bastidores. Com tudo isso e mais o apoio de Raiford, o projeto de lei tinha garantia de aprovação – até o discurso jocoso de Lauderson. De repente, ele não suportou mais ficar ouvindo o sujeito se vangloriar.

– Ouvi dizer que o seu discurso foi muito divertido, milorde – disse Derek. Seu tom era suave, mas afiado o bastante para interromper as muitas pilhérias barulhentas que estavam sendo lançadas de um lado para outro. – Mas duvido que um grupo de meninos que escalam chaminés fosse apreciar a sua sagacidade tanto quanto o Parlamento parece ter apreciado.

A mesa ficou em silêncio na mesma hora. Muitos olhares se voltaram para o rosto impassível do homem que acabara de falar. Derek Craven sempre dava a impressão de não se importar com nada... mas aquele parecia ser mais do que um assunto passageiro para ele. Muitos convidados se lembraram dos rumores de que o próprio Craven tinha sido um daqueles meninos que se esgueiravam pelas chaminés. Seus sorrisos murcharam visivelmente.

– Está claro que o senhor se solidariza com os meninos – comentou Lauderson. – Eu mesmo tenho pena dos pobres miseráveis, mas eles são um mal necessário.

– O trabalho que eles fazem poderia facilmente ser feito com escovões de cabo longo – disse Derek com calma.

– Mas o resultado não seria tão eficiente quanto o trabalho dos meninos. E, se as chaminés não forem devidamente limpas, nossas preciosas casas podem pegar fogo. O senhor acha que deveríamos colocar nossas vidas e nossas propriedades em risco pelo bem de alguns fedelhos de East End?

Derek olhava fixamente para a superfície cintilante de mogno da mesa.

– Com aquele discurso engraçado, milorde, o senhor sentenciou milhares de meninos inocentes à morte nos próximos anos. Na verdade, a algo pior do que a morte.

– Eles são filhos de operários, Sr. Craven, não filhos da nobreza. Nunca serão nada na vida. Assim, por que não fazer bom uso deles?

– Craven – murmurou Alex Raiford, temendo que uma cena feia estivesse prestes a acontecer.

Mas Derek levantou os olhos e encarou Lauderson com uma expressão serena, quase agradável.

– O senhor quase me deixa tentado a fazê-lo provar do próprio remédio, milorde.

– O que quer dizer com isso? – perguntou Lauderson, rindo da expressão rude usada em East End.

– Quero dizer que da próxima vez que derrotar um projeto de lei no qual eu tenha particular interesse, usando um de seus discursos frívolos de aristocrata, vou encher a sua goela de fuligem e argamassa e enfiar esse seu traseiro gordo chaminé acima. E, se por acaso o senhor acabar entalado lá dentro, vou acender palha embaixo do seu traseiro ou espetar alfinetes nos seus pés para fazê-lo continuar. E, se reclamar das paredes quentes ou de asfixia, esfolarei a sua pele com uma tira de couro. É *isso* que um menino que limpa chaminés tem de aguentar todos os dias da sua existência miserável, milorde. É isso que o projeto de lei teria evitado.

Derek lançou um olhar frio na direção do homem, se levantou e saiu do salão de jantar em um passo tranquilo.

Lauderson ficara escarlate durante o discurso insolente.

– O que deu a Craven a ideia de que a opinião dele vale alguma coisa? – Sua voz ecoou no silêncio sepulcral da sala. – Um homem sem berço, sem educação e certamente sem refinamento. Ele pode ser o desgraçado mais rico da Inglaterra, mas isso não lhe dá o direito de falar *comigo* dessa maneira impertinente. – Ele se voltou para Alex com uma indignação crescente. – Acho que me deve um pedido de desculpas, senhor! Como foi responsável por convidar o homem, aceitarei as suas no lugar das dele.

Ficaram todos imóveis. Nem mesmo o rangido de uma cadeira interrompeu o silêncio. O rosto de Alex parecia mármore esculpido quando ele devolveu o olhar de Lauderson.

– Peço licença, cavalheiros – disse por fim. – O ar aqui se tornou subitamente insalubre.

Ele deixou a mesa com uma expressão de nojo enquanto Lauderson arregalava os olhos.

~

Alex não conseguiu encontrar Derek até o baile começar. Ele entrou no salão e logo parou para observar a orquestra, quase escondida atrás de enormes buquês de rosas. Uma fileira de lustres de cristal francês, cada um pesando quase meia tonelada, lançava uma luz cintilante sobre o piso reluzente e sobre as enormes colunas de mármore *fleur de peche*. Lily estava à frente de tudo com seu entusiasmo e sua graça habituais, sem precisar se esforçar para fazer com que todos se sentissem bem-vindos.

Ao ver Derek pegando um copo da bandeja de um criado que passava, Alex foi se juntar a ele.

– Craven, sobre aquela cena no salão de jantar...

– Eu odeio a classe alta – murmurou Derek, e tomou um grande gole de vinho.

– Você sabe que não somos todos como Lauderson.

– Você tem razão. Alguns são piores.

Alex seguiu o olhar de Derek e viu a forma volumosa de Lauderson se juntar a um grupo de camaradas, todos empenhados em bajular lorde Ashby – um cavalheiro arrogante e irascível da velha guarda, que volta e meia fazia um discurso. Ashby acreditava que cada palavra que pronunciava era como uma pérola caindo de seus lábios. Por causa de sua posição e sua riqueza, os tolos obsequiosos ao seu redor jamais ousariam contradizer a opinião dele.

– Lady Ashby já abordou você? – perguntou Alex.

Derek balançou a cabeça.

– Ela não vai fazer isso.

– Como pode ter certeza?

– Porque eu quase estrangulei Joyce na última vez que a vi.

Alex pareceu surpreso, então seus lábios se curvaram em um sorriso implacável.

– Eu não o teria culpado se você tivesse feito isso.

Derek continuou a olhar para lorde Ashby.

– Joyce tinha 15 anos quando se casou com aquele velho desgraçado. Olhe só para ele, cercado por aqueles lambe-botas da alta classe. Consigo entender por que Joyce acabou desse jeito. Casada com um homem assim, uma adolescente se transformaria em um coelho trêmulo ou em um monstro.

– Você até parece ter alguma compaixão por ela.

– Não tenho. Mas eu a entendo. A vida transforma as pessoas no que elas são. – Uma ruga apareceu entre as sobrancelhas escuras de Derek, que indicou um canto da sala com um gesto. – Se algum daqueles nobres barões ou viscondes tivesse nascido em um cortiço, não teria se saído melhor do que eu. Sangue nobre não vale nada.

Alex acompanhou novamente o olhar de Derek e, dessa vez, viu um círculo crescente de homens ao redor de Sara Fielding. O corpo pequeno mas dotado de curvas exuberantes da jovem estava envolto em um vestido de veludo azul de um tom mais escuro que seus olhos. O cabelo estava arrumado em uma massa de cachos castanhos. A Srta. Fielding estava extraordinariamente bela naquela noite, exalando o encanto tímido que qualquer homem acharia irresistível. Alex olhou para o rosto inexpressivo do amigo ao seu lado.

– Se isso é verdade – perguntou lentamente –, então por que deixar que um *deles* fique com a Srta. Fielding?

Derek ignorou a pergunta, mas Alex persistiu.

– Será que algum deles a trataria com mais gentileza do que você? Ou cuidaria melhor dela? Será que um desses jovens almofadinhas a valorizaria como você?

Os olhos verdes cintilaram friamente.

– Você, entre todas as pessoas, sabe o que eu sou.

– Eu sei o que você *era* – retrucou Alex. – Até cinco anos atrás, eu teria concordado que você não merecia alguém como ela. Mas você mudou, Craven. Mudou o bastante. E se ela vê algo digno de afeto em você... pelo amor de Deus, não discuta com um presente que o destino lhe deu.

– Ah, é mesmo muito simples – zombou Derek. – Não importa que eu tenha nascido um bastardo. Ela realmente merece um homem com um nome falso, roupas finas e o sotaque de um impostor. Não importa de forma alguma que eu não tenha família nem religião. Não acredito em causas sagradas, em honra ou em motivos altruístas, Alex. Não tenho como ser inocente o bastante para ela. Nunca fui inocente. Mas por que isso importaria para ela? – Ele deu um sorriso de escárnio. – Uma união entre nós não seria um presente do destino, Raiford. Seria uma maldita piada.

Alex abandonou a discussão na mesma hora.

– Parece que você sabe o que é melhor. Perdão, mas tenho que procurar a minha esposa, que provavelmente está tendo que se defender do seu próprio grupo de admiradores. Ao contrário de você, tenho uma veia ciumenta tão grande quanto o Tâmisa.

– É mais como o Atlântico – murmurou Derek enquanto observava o amigo se afastar.

Ele voltou novamente a atenção para Sara e para o rebanho que a cercava. Uma "veia ciumenta" nem poderia começar a descrever como ele se sentia. Desprezava os homens que buscavam cair nas graças dela. Sentia vontade de rosnar e ranger os dentes para eles, depois levá-la para longe das mãos errantes e dos olhares maliciosos. Mas o que poderia fazer com ela? A ideia de torná-la sua amante era tão impensável quanto a de se casar com ela. De qualquer maneira, iria arruiná-la. A única escolha era se manter distante, mas essa parecia uma solução tão simples quanto parar de respirar. A atração física era poderosa, mas ainda mais irresistível do que isso era a sensação alarmante que experimentava quando estava perto dela... um sentimento que chegava perigosamente perto da felicidade. Nenhum homem na terra tinha menos direito a isso do que ele.

~

Craven não estava à vista, mas Sara teve a sensação de que ele a observava. Mais cedo, ele havia socializado e trocado gentilezas com os convidados. Não passara despercebido a Sara que as mulheres lhe enviavam todos os tipos de sinais: olhares sedutores, toques brincalhões no ombro com seus leques e, em um caso em particular, o roçar ousado e deliberado de um seio mal coberto no braço dele. As mulheres ficavam fascinadas com a mistura de naturalidade e elegância de Craven. Era como se houvesse um fogo sombrio nele que ardia lentamente, enterrado sob uma camada de gelo, e cada mulher esperava ser aquela que conseguiria romper sua fachada reservada.

– Srta. Fielding. – O visconde Tavisham interrompeu seus pensamentos. Ele estava um centímetro mais perto e a fitava com os olhos castanhos carregados de intensidade. – Pode me dar a honra de outra valsa?

Sara virou-se para ele com um sorriso vazio enquanto pensava em uma resposta adequada. Já havia dançado duas vezes com Tavisham, e uma terceira estava fora de questão. Os convidados reparariam e isso levaria a especulações impróprias. Não que ela não gostasse do jovem libertino e impulsivo, mas não queria encorajar suas atenções.

– Receio que a dança tenha me deixado bastante cansada – disse ela por fim, com um sorriso contrito.

E era verdade. Várias valsas e quadrilhas vigorosas tinham deixado as solas de seus pés doloridas.

– Então vamos encontrar um lugar tranquilo para sentar e conversar.

Ele ofereceu o braço em um gesto cortês. Estava claro que não havia como evitá-lo. Sara suspirou para si mesma, acompanhou-o até a longa galeria com várias portas francesas e sentou em um banco de madeira polida com o encosto ricamente esculpido.

– Aceitaria um copo de ponche? – ofereceu Tavisham, e ela assentiu.

– Não vá a lugar nenhum – advertiu ele. – Nem pisque. Voltarei em um instante. E, se algum homem se aproximar da senhorita, diga a ele que está comprometida.

Sara bateu continência de forma zombeteira e fingiu congelar como uma estátua, fazendo Tavisham sorrir antes de se afastar. Casais passeavam de um lado para o outro ao longo da galeria, admirando a vista do terraço e da fonte no jardim coberto de neve do lado de fora. Sara ficou brincando com as contas brilhantes do seu vestido enquanto se lembrava da última noite em que o usara. Um sorriso suave curvou seus lábios.

Derek estivera carregando os óculos dela bem perto do coração. Um homem não faria uma coisa dessas a menos que...

A ideia encheu-a de uma energia nervosa. Sara se levantou, ignorando a pontada de protesto dos pés doloridos. O jardim era visível através das janelas foscas por causa do frio, com as sebes delicadamente cobertas de gelo, as sombras frias e silenciosas. O luar cintilava sobre a fonte congelada e as trilhas cercadas. Depois do salão de baile lotado e cheio de música, o jardim tranquilo era como um refúgio convidativo. Obedecendo a um súbito impulso, Sara caminhou silenciosamente até as portas francesas e girou uma das maçanetas douradas. Ela estremeceu quando uma brisa de inverno acariciou seus ombros nus, mas saiu e fechou a porta.

O jardim parecia um palácio de neve. Ela seguiu com cuidado por uma trilha de cascalho, enchendo os pulmões com o ar refrescante. Perdida em pensamentos, Sara seguiu andando sem rumo até ouvir um som atrás de si. Poderia ser o farfalhar de outra brisa... ou o nome dela, sussurrado em voz baixa. Sara se virou, fazendo com que a bainha coberta de gelo da saia girasse e se acomodasse aos seus pés. *Ele estava mesmo me observando*, pensou, e um sorriso encantador surgiu em seu rosto quando ela olhou para o homem parado a alguns metros de distância.

– Não sei por quê, mas achei que você talvez me seguisse – disse Sara, sem fôlego. – Ou ao menos eu esperava que fizesse isso.

A expressão severa no rosto de Derek escondia uma torrente de emoções reprimidas. Como ela podia encará-lo sorridente daquele jeito? Ele estava tremendo de frio, calor e desejo. Deus, não conseguia suportar o modo como Sara olhava para ele, como se pudesse ver até os recantos mais escuros de sua alma. Ela começou a se aproximar dele. Mesmo sem querer, Derek alcançou-a em três passadas e tomou-a nos braços. A risada alegre dela fez cócegas em sua orelha quando ele a levantou do chão. A boca de Derek percorreu o rosto de Sara com beijos ásperos que arranharam as bochechas, o queixo, a testa dela. Sara segurou o maxilar estreito dele entre as mãos para mantê-lo quieto. Os olhos dela capturavam o brilho do luar enquanto o fitavam.

– Eu quero ficar com você – sussurrou Sara. – Não importa o que aconteça.

Ninguém na vida de Derek jamais lhe dissera uma coisa dessas. Ele tentou pensar acima das batidas aceleradas do seu coração, mas Sara colou a boca macia à dele, e qualquer raciocínio se perdeu. Derek se inclinou sobre ela, tentando não machucá-la com a força dos seus beijos, tremendo com uma emoção tão feroz quanto delicada.

~

Os dentes de Lily batiam de frio enquanto ela se esgueirava furtivamente pelo jardim e se posicionava atrás de uma árvore congelada. Ao ver Derek e Sara à distância, em um abraço apaixonado, Lily abriu um largo sorriso – e precisou se conter para não fazer uma dancinha da vitória. Esfregando as mãos para aquecê-las, ela começou logo a considerar uma variedade de estratégias para levá-los ao casamento.

– Lily.

O sussurro baixo lhe provocou um sobressalto pouco antes de os braços do marido se fecharem ao redor dela.

– Por que diabo você está aqui fora? – murmurou Alex, puxando-a junto ao seu corpo alto.

– Você estava me seguindo! – exclamou Lily, indignada, mantendo a voz baixa.

– Sim... e você estava seguindo Derek e a Srta. Fielding.

– Tive que fazer isso, meu bem – explicou Lily, em um tom inocente. – Tenho ajudado os dois.

– Ah – disse Alex em um tom sarcástico. – A princípio me pareceu que você os estava espionando. – Ele ignorou os protestos dela e começou a arrastá-la para longe. – Acho que você já "ajudou" o bastante, querida.

– Estraga-prazeres – acusou Lily, tentando se desvencilhar do firme aperto dele. – Eu só quero observar por mais um instante...

– Vamos embora *agora*. Deixe o pobre diabo em paz.

Determinada a fazer o que queria, Lily firmou os pés contra a borda de pedra de uma trilha.

– Ainda não... Alex... *ai*! – Alex puxou-a para si com facilidade, fazendo com que a esposa se desequilibrasse e caísse contra ele.

– Cuidado onde pisa – aconselhou ele baixinho, como se o tropeço tivesse sido culpa dela.

Os olhos escuros de Lily encontraram os olhos dele, que cintilavam.

– Seu *tirano* autoritário e de mão pesada – acusou ela, e começou a rir enquanto batia no peito dele.

Alex subjugou-a, sorrindo, e beijou-a apaixonadamente. Ele só parou quando ela estava sem fôlego.

– No momento, Derek não precisa da sua ajuda. – As mãos dele passearam ousadamente pelo vestido de baile de tule e cetim de Lily. – Mas *eu* tenho um problema que precisa de atenção imediata.

– É mesmo? Que problema é esse?

Alex deixou os lábios correrem pelo pescoço dela.

– Terei que lhe mostrar em particular.

– *Agora?* – perguntou Lily, escandalizada. – Sinceramente, Alex, não é possível que você esteja querendo dizer...

– Agora – garantiu ele.

Então pegou a mão da esposa e começou a caminhar de volta para a mansão. Os dedos de Lily se entrelaçaram nos dele, e seu coração disparou em expectativa. Apesar da sua natureza obstinada e autoritária, ela o considerava o marido mais maravilhoso do mundo. Estava prestes a dizer isso a ele quando de repente os dois quase esbarraram na mulher solitária que cruzou o caminho à frente deles.

Lady Ashby se virou e encarou os dois como um gato sinistro. Pela raiva fervilhante em seu rosto, Lily adivinhou que ela também havia seguido Derek e o vira beijando Sara Fielding.

– Lady Ashby – disse Lily, em um tom doce. – A noite está muito fria para um passeio, não acha?

– Este lugar é um alívio de toda aquela confusão que vemos lá dentro – respondeu Joyce.

Lily, cujo gosto pela decoração era elogiado por todos como o epítome da elegância, se ofendeu ao ouvir sua casa ser descrita como um lugar repleto de "confusão".

– Escute aqui... – começou a dizer, e estremeceu quando o aperto de Alex se tornou doloroso.

– Guardem suas garras, senhoras. – Alex fixou um olhar autoritário em Joyce. – Minha esposa e eu ficaríamos encantados em acompanhá-la de volta ao baile, lady Ashby.

– Eu não desejo... – objetou Joyce, mas se viu diante do braço sólido como uma rocha de Alex.

– Eu insisto – disse ele, ignorando o olhar da esposa.

Ficou claro que, se tivessem essa possibilidade, as duas mulheres prefeririam voltar sorrateiramente para o jardim e espionar o casal abraçado. Naquele momento, Alex quase teve pena de Derek Craven, que parecia estar com problemas até o último fio de cabelo. Por outro lado, era preciso reconhecer que o próprio Craven se metera naquela confusão. Alex sufocou uma risada irônica ao se lembrar vagamente de uma citação que havia lido uma vez: "Essas mulheres impossíveis! Como elas de fato nos envolvem!"

～

Concentrados demais um no outro para se darem conta de qualquer coisa ao redor, Derek e Sara continuaram abraçados, trocando beijos com uma voracidade violenta, até o calor do desejo se transformar em uma chama sufocante. Derek separou os pés para poder sentir o corpo de Sara ainda mais próximo, e seus lábios forjaram uma trilha pelo pescoço exposto dela.

– Ah...

Ela deixou escapar um murmúrio abafado ao sentir o golpe quente da língua dele em sua pele. Derek dobrou os joelhos e ergueu-a um pouco enquanto inspirava profundamente o vale perfumado formado pelos seios dela.

De repente, ele levantou a cabeça e enterrou os lábios na massa de cachos de Sara.

– Não – disse, com a voz abafada.

Seu corpo grande permaneceu imóvel, a não ser pela força da respiração ritmada. De alguma forma, parecia que Derek estava esperando que Sara o convencesse de algo em que ele queria muito acreditar.

A honestidade era uma parte demasiadamente intrínseca da natureza de Sara para que ela mantivesse seus sentimentos ocultos. Embora isso pudesse resultar em desastre, não tinha escolha a não ser abrir seu coração para ele.

– Eu preciso de você – disse, passando os dedos pelo cabelo muito escuro de Derek.

– Você nem me conhece.

Sara virou o rosto e pressionou os lábios contra a cicatriz fina do corte já curado, demorando-se no espaço entre as sobrancelhas grossas.

– Sei que você tem sentimentos por mim.

Derek não se afastou das carícias ternas, mas quando falou seu tom foi cruel:

– Não o bastante, senão eu não estaria aqui com você. Gostaria de ter tido a decência de deixá-la em paz.

– Já passei muito tempo sozinha – declarou Sara, em um tom apaixonado. – Não há ninguém para mim... nem Perry, nem qualquer um dos homens do vilarejo, nem ninguém dentro daquele salão de baile. Ninguém além de você.

– Se você tivesse visto alguma coisa do mundo, saberia que há muito mais a escolher do que Perry Kingswood e eu. Milhares de homens comuns e honrados que cairiam de joelhos aos seus pés, gratos por terem uma mulher como você.

– Não quero ninguém honrado. Quero você.

Ela o sentiu sorrir a contragosto junto à sua orelha.

– Doce anjo – sussurrou Derek. – Você pode conseguir coisa muito melhor do que eu.

– Não concordo.

Sara ignorou a tentativa dele de afastá-la e se aninhou mais sob seu queixo. Mesmo relutante, Derek aconchegou-a ao seu corpo quente.

– Você está ficando com frio. Vou levá-la para dentro.

– Não estou com frio.

Sara não tinha intenção de ir a lugar algum. Sonhara com aquele momento por muitas noites. Derek olhou por cima da cabeça dela para a luz que vinha do salão de baile.

– Você deveria estar lá dentro, dançando com Harry Marshall... ou com lorde Banks.

Ela franziu o cenho à menção dos dois jovens imaturos.

– É isso que você acha que eu mereço? Quer me unir a algum dândi presunçoso e superficial e alegar que fiz um casamento esplêndido? Bem, estou começando a achar que é uma desculpa conveniente essa sua ideia de que sou boa demais para você! Talvez a verdade seja que me falta alguma coisa. Deve achar que eu não satisfaria as suas necessidades, ou...

– Não – apressou-se a dizer Derek.

– Suponho que você preferiria se relacionar com todas aquelas mulheres casadas, que ficam sussurrando em seu ouvido, e lhe lançando olhares lânguidos, e tocando em você com os leques...

– Sara...

– Escritores são pessoas muito observadoras e perspicazes. Posso dizer exatamente com quais mulheres você se relacionou, só de observar...

Derek calou a falação dela com os lábios. Quando Sara ficou quieta, ele levantou a cabeça.

– Nenhuma delas importava para mim – falou, com a voz rouca. – Não houve promessas, nem obrigações de nenhum dos lados. Eu não sentia nada por elas. – Ele desviou os olhos de Sara e praguejou, ciente da inutilidade de tentar explicar aquilo à mulher à sua frente. Mas ela precisava entender, para não ter ilusões sobre ele. Por isso forçou-se a continuar: – Algumas delas disseram que me amavam. E, assim que se declaravam, eu ia embora sem olhar para trás.

– Por quê?

– Não há lugar na minha vida para o amor. Eu não quero. Não tenho nenhuma utilidade para isso.

Sara encarou o rosto que ele mantinha afastado. Apesar do seu tom sem emoção, ela sentia o tumulto dentro dele. Derek estava mentindo para si mesmo. Ele precisava ser amado mais do que qualquer pessoa que ela já conhecera.

– Então *o que* você quer? – perguntou Sara baixinho.

Derek balançou a cabeça, sem responder. Mas ela sabia. Ele queria se sentir seguro. Se fosse rico e poderoso o bastante, jamais se sentiria magoado, solitário ou abandonado. Jamais teria que confiar em alguém. Ela continuou a acariciar o cabelo dele com os dedos leves nas mechas negras e espessas.

– Me dê uma chance – insistiu Sara. – Você realmente tem tanto a perder?

Derek deixou escapar uma risada sem humor e afrouxou os braços para soltá-la.

– Mais do que você pode imaginar.

Sara se agarrou desesperadamente a ele e manteve a boca junto ao seu ouvido.

– Escute-me. – Só o que lhe restava fazer era dar sua última cartada. A voz dela tremia de emoção. – Você não pode mudar a verdade. Pode até agir como se fosse surdo e cego, pode se afastar de mim para sempre, mas a verdade permanecerá, e você não pode destruí-la. Eu amo você.

Ela sentiu um tremor involuntário percorrê-lo.

– Eu amo você – repetiu Sara. – Não minta para nenhum de nós dois fingindo que está se afastando de mim para o meu bem. Só o que vai conseguir é negar-nos uma chance de felicidade. Vou ansiar por você todos os dias e noites da minha vida, mas pelo menos a *minha* consciência estará limpa. Não escondi nada de você por medo, orgulho ou teimosia.

Sara sentiu a tensão absurda dos músculos de Derek, como se ele fosse esculpido em mármore.

– Ao menos uma vez, tenha a força necessária para *não* ir embora – sussurrou Sara. – Fique comigo. Deixe-me amar você, Derek.

Ele ficou paralisado, derrotado com todo o calor e a promessa que Sara representava em seus braços… e não podia se permitir aceitar o que ela oferecia. Nunca se sentira tão imprestável, nunca tivera tanta noção da fraude que era. Talvez por um dia, uma semana, ele pudesse ser o que Sara queria. Mas não mais do que isso. Havia vendido a própria honra, a consciência, o corpo, qualquer coisa que pudesse usar para escapar da vida que lhe fora destinada. E agora, mesmo com toda a grande fortuna que conquistara, não podia comprar de volta o que havia sacrificado. Se fosse capaz de chorar, Derek teria feito isso. Mas apenas sentiu um frio entorpecente se espalhar pelo corpo, preenchendo o espaço onde deveria estar seu coração.

Não foi difícil se afastar dela. Foi espantosamente fácil.

Sara deixou escapar um murmúrio inarticulado quando ele se desvencilhou do seu abraço. Derek deixou-a, então, como havia deixado as outras: sem olhar para trás.

~

De alguma forma, Sara conseguiu voltar para o salão de baile, atordoada demais para pensar no que aconteceria a partir dali. Derek não estava lá. O elegante clamor do baile tornava fácil para ela manter as aparências. Sara dançou várias vezes com parceiros diferentes, colando um sorriso superficial ao rosto. Puxou conversa com uma voz leve que soou estranha aos próprios ouvidos. Estava claro que seu sofrimento não era visível, já que ninguém parecia notar que havia algo errado.

Mas então lady Raiford apareceu. O sorriso no rosto de Lily se transformou em uma ruga entre as sobrancelhas conforme ela se aproximava.

– Sara? – perguntou baixinho. – O que aconteceu?

Sara permaneceu em silêncio enquanto o pânico a assaltava. Qualquer indício de compaixão acabaria com seu autocontrole. Ela teria que deixar o baile imediatamente, senão cairia em prantos.

– Ah, eu me diverti muito – apressou-se a dizer. – Só estou com um pouco de dor de cabeça. Já está bem tarde... não estou acostumada a ficar acordada até esta hora. Talvez eu deva me recolher.

Lily fez menção de tocá-la, mas logo recolheu a mão, e seus olhos aveludados se encheram de compaixão.

– Você gostaria de conversar?

Sara balançou a cabeça.

– Obrigada, mas estou muito cansada.

Enquanto as duas mulheres interagiam, lady Ashby as observava do outro lado do salão. Ela se isolara em um canto com lorde Granville, um dos muitos admiradores que procuravam seus favores sem sucesso havia anos. A esperança de se deitar na cama dela o fazia continuar a insistir, mas Joyce sempre o desdenhara. Apesar da suposta virilidade e da beleza corpulenta, ele nunca tivera nada que ela desejasse. Até aquele momento.

Lady Ashby sorriu para os olhos azuis estreitos do homem.

– Granville, está vendo aquela mulher parada ao lado de Lily Raiford?

Com uma expressão de indiferença, Granville desviou o olhar dela e observou as duas mulheres.

– Ah, a deliciosa Srta. Fielding – comentou. – Sim, claro. – Ele continuou a contemplar os abundantes encantos de Sara e umedeceu os lábios com a língua grossa. – Um lindo bombonzinho. – Mas Granville se voltou para Joyce, deliciando-se com sua beleza dourada, realçada por um vestido lilás diáfano. – Mas prefiro uma mulher vivida, experiente, capaz de satisfazer um homem como eu, com meus gostos variados.

– De fato. – O lindo rosto de Joyce assumiu uma expressão severa. – Nós nos conhecemos há muito tempo, não é, Granville? Talvez seja hora de tornarmos a nossa amizade mais íntima.

Um rubor de cobiça sexual subiu pelo pescoço dele.

– Talvez seja – sussurrou Granville, aproximando-se dela.

Joyce apoiou delicadamente o leque no peito dele, mantendo-o à distância.

– Mas primeiro eu gostaria de lhe pedir um favor.

– Um favor – repetiu ele, em tom cauteloso.

– Garanto que vai achar muito agradável. – Os lábios de Joyce se curvaram em um sorriso malicioso. – Quando aquele "lindo bombonzinho", como você a chama, se recolher para dormir, quero que você suba até o quarto dela e... – Joyce ficou na ponta dos pés e sussurrou seu plano no ouvido dele, deixando-o ainda mais ruborizado. – Pense nela como um petisco para abrir seu apetite antes de apreciar o prato principal, que virá mais tarde esta noite. Primeiro a Srta. Fielding... então eu.

Granville balançou a cabeça, parecendo consternado por um instante.

– Mas há um boato... – protestou. – Dizem que Derek Craven está apaixonado por ela.

– Ela não vai contar a ele. Nem a ninguém. Vai ficar envergonhada demais para isso.

Granville pensou um pouco mais na proposta e finalmente assentiu com uma gargalhada de prazer lascivo.

– Está certo. Mas só se me disser por que deseja esse favor. Tem alguma coisa a ver com o seu relacionamento com Craven no passado?

Joyce assentiu brevemente.

– Vou arruinar tudo o que ele preza – murmurou. – Se é a inocência da Srta. Fielding que atrai Craven, cuidarei para que seja corrompida. Se alguma mulher for tola o bastante para gostar dele, eu a arruinarei. Não vou permitir que Craven tenha *nada*... a menos que ele rasteje de joelhos e me implore por isso.

Granville a fitava, fascinado.

– Que criatura extraordinária você é. Uma tigresa. Você jura por tudo que lhe é sagrado que vai se entregar a mim esta noite?

– Não considero nada sagrado – disse Joyce com um sorrisinho. – Mas me submeterei a você esta noite, Granville… depois que acabar com a Srta. Fielding.

~

Sara se desvencilhou gentilmente das tentativas de Lily de conversar com ela, deu boa-noite à anfitriã e saiu do salão. Subiu sozinha a escada. A música e as risadas do baile ficavam mais distantes a cada passo até ela alcançar o silêncio do quarto que ocupava. Sara se recusou a chamar uma camareira e conseguiu despir sozinha o vestido. Deixou a preciosa pilha de veludo bordado no chão, junto de suas roupas de baixo brancas. Parecia um esforço grande demais recolher tudo aquilo. Depois de vestir a camisola, Sara se sentou na beira da cama e se permitiu pensar pela primeira vez desde que Derek a deixara sozinha no jardim.

– Ele nunca foi meu para que eu o perdesse – disse em voz alta.

Perguntou a si mesma se poderia ter agido diferente de alguma forma, se poderia ter dito mais alguma coisa. Não… não tinha nada do que se arrepender. Não fora errado amá-lo, nem declarar seu amor a ele. Uma mulher sofisticada talvez tivesse jogado com mais habilidade, mas Sara sabia pouco sobre jogos. Achava bem melhor ser franca e generosa, e, se seu amor não era retribuído, ao menos não podia ser acusada de covardia.

Ela se ajoelhou ao lado da cama, cruzou as mãos e fechou os olhos com força.

– Meu bom Deus – disse em um sussurro estrangulado. – Sou capaz de suportar isso por algum tempo… mas, por favor, não permita que doa para sempre.

Sara ficou imóvel por um longo momento enquanto sua mente era inundada por pensamentos dolorosos. Na confusão de emoções que a invadia, havia um indício de pena por Derek Craven. Por um instante naquela noite, um instante rápido como um relâmpago, ele se sentira tentado a correr o risco de amar alguém. Por algum motivo, Sara duvidava que ele fosse chegar tão perto de fazer isso novamente.

E eu?, imaginou, cansada, enquanto apagava o lampião e se enfiava entre os lençóis. *Eu vou apenas dar um jeito de enfrentar tudo isso e seguir em frente. E algum dia, se Deus quiser... talvez me sinta forte o bastante para amar outra pessoa.*

~

Derek passou algum tempo na sala de bilhar com um copo de conhaque na mão, mal ouvindo as conversas lânguidas dos homens que haviam se retirado para fumar com outros cavalheiros. A atmosfera nauseante o fazia se sentir como um tigre enjaulado, por isso ele saiu em silêncio, levando junto o conhaque. Enquanto andava sem rumo pelo primeiro andar da mansão, Derek viu um lampejo de branco na grande escadaria. Grato por qualquer distração que o desviasse da perspectiva de voltar ao baile, ele foi investigar. No meio da escada, viu Nicole em sua camisola branca de babados, com os longos cabelos desalinhados. Ela se colou ao corrimão, em um esforço para se esconder. Ao vê-lo, levou um dedo aos lábios, pedindo silêncio. Derek subiu a escada e se sentou tranquilamente ao lado da menina, apoiando os braços sobre os joelhos dobrados.

– O que você está fazendo fora da cama a essa hora?

– Estou descendo em segredo para ver todos os vestidos bonitos – sussurrou Nicole. – Não conte à mamãe.

– Não vou contar, desde que você volte para o seu quarto.

– Depois que eu vir como é um baile.

Ele balançou a cabeça com firmeza.

– Meninas não devem andar pela casa de camisola.

– Por quê? – Nicole baixou os olhos para si mesma e enfiou os pés descalços sob a bainha da camisola. – Ela cobre tudo. Está vendo?

– Não é adequado.

Derek resistiu ao impulso de dar um sorrisinho irônico enquanto ouvia a si mesmo fazendo uma recomendação sobre decoro.

– A mamãe não precisa ser adequada.

– Você também não vai precisar quando for mais velha.

– Mas, tio Derek... – apelou Nicole, então deixou escapar um longo suspiro quando o viu abaixar ameaçadoramente as sobrancelhas. – Está bem, vou voltar lá para cima. Mas um dia terei um vestido de baile prateado e dourado... e vou ficar acordada até tarde e dançar a noite toda!

Derek fitou o rostinho dela. As feições de Nicole eram ligeiramente mais exóticas do que as da mãe. Com os olhos negros cintilantes e as impressionantes sobrancelhas escuras, ela já mostrava a promessa de uma beleza estonteante.

– Esse dia não vai demorar – falou ele por fim. – Algum dia você terá todos os homens de Londres implorando pela sua mão em casamento.

– Ah, eu não quero me casar com ninguém – apressou-se a declarar Nicole. – Só quero ter o meu próprio estábulo cheio de cavalos.

Derek deu um sorrisinho.

– Vou lembrá-la disso quando você tiver 18 anos.

– Talvez eu me case com *o senhor* – disse a menina com uma risadinha infantil.

– Isso é muito gentil da sua parte, meu bem. – Ele desarrumou o cabelo dela. – Mas você vai querer se casar com alguém da sua idade, não com um velhote.

Uma voz vinda da base da escada interrompeu a conversa.

– Ele está certo – disse lady Ashby, com a voz suave. – Fui forçada a me casar com um velho, e veja o que aconteceu comigo.

O sorriso de Nicole desapareceu. Com a intuição natural de uma criança, ela sentiu a podridão sob a bela aparência externa de Joyce. A menina se aproximou cautelosamente de Derek enquanto Joyce subia os degraus em movimentos fluidos e graciosos. Quando parou diante deles, ela fitou Nicole com desprezo.

– Vá embora, criança. Quero falar com o Sr. Craven a sós.

Nicole olhou para Derek, hesitante.

Ele se inclinou e sussurrou para ela.

– Volte para cama, mocinha.

Assim que a menina se foi, qualquer traço de ternura desapareceu do rosto de Derek. Ele levou o copo de conhaque à boca, virou o resto do líquido âmbar e permaneceu sentado, sem fingir qualquer cortesia.

– Por que essa expressão tão séria? – ronronou Joyce. – Está se lembrando da sua cena terna no jardim com Sara Fielding? – Ela sorriu quando Derek levantou rapidamente a cabeça para encará-la. – Sim, meu bem, estou bastante ciente do seu interesse por aquela despretensiosa violeta campestre... e do interesse de todos os outros homens também. Isso tem nos garantido bastante diversão. Derek Craven se apaixonando por uma tímida pobre coitada. Você devia ter me dito que gostava que as suas mulheres se fizessem de inocentes... eu poderia ter atendido à sua fantasia.

Joyce se apoiou sinuosamente na balaustrada e sorriu para ele.

Derek fitou-a, sentindo-se tentado a empurrá-la escada abaixo ou ao menos a mandá-la para o inferno... mas alguma coisa o deteve. Ele não gostou do olhar presunçoso no rosto de Joyce. Algo estava muito errado. Por isso esperou com paciência enquanto ela continuava seu discurso. Seus olhos verdes não se afastaram dos dela, mantendo a expressão severa.

– Qual é a sensação de fazer amor com uma mulher assim, meu bem? Ela não deve conseguir satisfazer plenamente um homem com seu apetite voraz. Não imagino que aquela moça tenha qualquer ideia de como agradar você.

Joyce deixou escapar um suspiro pensativo e continuou:

– Os homens são tão tolos... Ouso dizer que você imagina estar apaixonado por ela. Preciso lembrá-lo de que você não é capaz de amar? Não passa de um animal grande e vigoroso... e eu não gostaria que você fosse de qualquer outra forma. – Ela franziu os lábios vermelhos de forma provocante. – Deixe os sentimentos e a tolice romântica para outros homens. O que você tem é muito melhor do que um coração... tem um membro belo e grande entre as pernas. Isso é tudo que tem a oferecer à sua caipira. E ela provavelmente não tem a menor noção de como apreciá-lo... se bem que agora... Sara Fielding terá pelo menos uma base de comparação.

Joyce esperou com um sorriso felino até que suas últimas palavras fossem registradas.

Comparação? Derek se levantou devagar, com os olhos fixos nela. Um jorro de ansiedade fez seu coração acelerar desagradavelmente.

– O que você fez, Joyce? – perguntou ele, com a voz áspera.

– Na verdade, fiz um favor a ela. Recrutei alguém para ajudá-la a aprender mais sobre os homens. Enquanto estamos conversando, Sara Fielding está em seu quarto "tendo uma oportunidade", como vocês do East End dizem, com o nosso viril lorde Granville. Já não é mais tão inocente.

O copo de conhaque caiu da mão de Derek e rolou, sem se quebrar, direto pela escada acarpetada.

– Meu Deus – sussurrou ele, e se virou para subir os degraus, três de cada vez, enquanto Joyce gritava atrás dele.

– Não se dê o trabalho de tentar salvá-la, meu pobre paladino. É tarde demais! – Ela começou a rir loucamente. – A esta altura o estrago já está feito.

~

A princípio, a mente atordoada de Sara só conseguiu pensar no que estava acontecendo como um pesadelo. Não podia ser real. Ela foi acordada por uma enorme mão tapando a sua boca. O rosto inchado e avermelhado de um estranho mal era visível na escuridão. O peso do corpo dele pressionou-a ao se juntar a ela na cama. Sara ficou rígida de terror e tentou gritar, mas qualquer som foi abafado pela mão espalmada dele. O corpo pesado do estranho a esmagava, achatando dolorosamente seus seios e impedindo-a de respirar.

– Calada, calada – grunhiu ele enquanto levantava a camisola dela com gestos ansiosos. – Criatura adorável. Eu a observei essa noite... os seios magníficos quase saltando do vestido. Não lute. Sou o melhor amante de Londres. Relaxe, você vai gostar. Vai ver.

Sara se debatia freneticamente, tentando mordê-lo e enfiar as unhas nele, mas nada conseguiu impedir que as coxas pesadas do estranho se enfiassem entre as dela. O cheiro pungente de suor e perfume da pele dele invadiu as narinas dela enquanto as mãos pesadas do homem tateavam seu corpo seminu. Ela engasgou com os próprios gritos abafados e se sentiu afundando em um vazio escuro e abafado.

De repente, a mão cruel deixou sua boca e o enorme peso foi arrancado de cima dela. Sara finalmente conseguiu gritar com uma força aterrorizante. Ela se arrastou para fora da cama e correu sem rumo até se pegar encolhida em um canto. Um rosnado aterrorizante ecoou pelo quarto, como se houvesse uma fera solta ali dentro. Sara piscou várias vezes enquanto tentava entender o que estava acontecendo e levou rapidamente a mão à boca, contendo outro grito.

Dois homens rolaram pelo chão, batendo no lavatório. O jarro de porcelana e a bacia caíram e se estilhaçaram. Derek deu um grunhido assassino e acertou um soco no rosto de Granville, que soltou um uivo de dor e conseguiu afastá-lo. Derek rolou com facilidade e ficou de pé.

Granville precisou se esforçar para conseguir se levantar e encarou o homem à sua frente com pavor.

– Pelo amor de Deus, homem, vamos discutir isso como seres civilizados!

Os dentes de Derek cintilaram na penumbra do quarto e seus lábios se retorceram em um sorriso demoníaco de desprezo.

– Depois que eu arrancar a sua cabeça e puxar suas entranhas pela garganta.

Granville deixou escapar um gemido de medo quando Derek partiu outra vez para cima dele e jogou-o no chão. Punhos brutais voltaram a acertar implacavelmente o alvo até Granville conseguir acertar também um único golpe e ganhar mais um momento de descanso. Ele levou a mão ao próprio rosto e viu que havia sangue escorrendo.

– Meu nariz está quebrado! – gritou, em pânico, e rastejou na direção da porta enquanto Derek o perseguia, implacável.

Para alívio de Granville, um mordomo apareceu e observou a cena com uma expressão que era um misto de alarme e perplexidade.

– Por favor – implorou Granville, soluçando, agarrando o tornozelo do mordomo –, tire esse homem de perto de mim! Ele está tentando me matar...

– Você não terá essa sorte – interrompeu Derek, pegando um caco da louça quebrada e avançando de novo.

O mordomo se colocou corajosamente entre Derek e sua vítima.

– Sr. Craven – disse o homem, com a voz trêmula –, precisa esperar até...

– Saia do meu caminho.

Ciente do aristocrata que choramingava em busca de sua proteção, o mordomo não se mexeu.

– Não, senhor – disse, com a voz tensa.

Mais criados e vários convidados apareceram, todos se aglomerando na entrada do quarto para ver o que era aquela agitação. Derek cravou um olhar sanguinário em Granville.

– Da próxima vez que eu vir você ou a cadela insensível que o mandou aqui, vou matar os dois. Diga isso a ela.

Granville se encolheu de medo.

– Há testemunhas dessas suas ameaças...

Derek bateu a porta, fechando-se sozinho no quarto com Sara. Largou o pedaço de louça quebrada e se virou para ela, afastando o cabelo preto dos olhos. Sara mantinha a camisola fina presa com força ao redor do corpo, como que para se proteger. Seu rosto era inexpressivo, como se não o reconhecesse. Quando Derek viu que todo o corpo da jovem tremia, foi até ela e tomou-a nos braços.

Em silêncio, Derek carregou Sara até a cama e sentou-se com ela no colo. Sara permaneceu imóvel contra o peito largo dele, com os braços em volta do pescoço de Derek, a cabeça apoiada em seu ombro. Os dois arquejavam – ela de medo, ele de raiva. À medida que sua fúria diminuía, Derek se deu conta do alarido do lado de fora. Ninguém ousava entrar. Só Deus sabia o que imaginavam que estava acontecendo ali dentro. Seria melhor entregar Sara aos cuidados de outra pessoa.

Derek só se deu conta de que ela estava chorando quando sentiu o rosto molhado roçar seu pescoço. Não havia soluços, apenas lágrimas silenciosas escorrendo pelo rosto dela e partindo o coração dele. Derek abriu as mãos lentamente para acariciar os cabelos soltos e as costas de Sara.

– Ele machucou você? – forçou-se a perguntar, por fim.

Sara compreendeu o que ele queria dizer.

– Não – respondeu, com a voz chorosa. – Você chegou a tempo. Como soube? Como...

– Mais tarde.

Naquele momento, Derek não conseguia se forçar a explicar que ela havia sido agredida por causa dele.

Sara relaxou contra o corpo firme com um suspiro trêmulo; as lágrimas foram secando. Era impossível acreditar que o mesmo homem que atacara tão brutalmente lorde Granville fosse capaz de abraçá-la com tanta ternura. Nunca se sentira tão segura quanto ali, aninhada contra aquele peito largo, sentindo o hálito dele soprar em seu cabelo. A mão de Derek estava espalmada contra a lateral do corpo dela, com o polegar descansando contra a curva de seu seio. Era errado da parte dele abraçá-la tão intimamente, assim como era errado da parte dela permitir isso, mas Sara não foi capaz de negar a si mesma aquele toque. Derek virou a cabeça e sua boca roçou a dela em um beijo gentil. Sara fechou os olhos e sentiu os lábios dele tocarem suas pálpebras delicadas, seus cílios molhados.

Batidas firmes na porta anunciaram a chegada de lady Raiford. Ela entrou no quarto e se virou para repreender o grupo aglomerado junto à porta.

– Podem se dispersar, todos vocês – disse, em um tom petulante. – Já está tudo bem. Eu gostaria que descessem e tentassem se abster de fazer intrigas sobre coisas que não são da conta de vocês. – Ela fechou a porta com firmeza e fitou o casal na cama. – Maldição – murmurou, e se adiantou para acender o lampião na cabeceira.

Ciente da aparência escandalosa da cena, Sara tentou se esgueirar para fora do colo de Derek. Ele a colocou sob as cobertas, aconchegou-a com cuidado e sentou-se na cama ao seu lado.

O olhar de Lily foi do rosto atormentado de Sara para o de Derek, que tinha uma expressão impassível.

– Aquele bode imundo do Granville – murmurou Lily. – Eu sempre soube que ele era um desgraçado lascivo, mas ousar atacar uma hóspede sob o *meu* teto... Bem, Alex está expulsando Granville da propriedade agora mesmo e, se depender de mim, ele não será mais recebido por ninguém na alta sociedade. Tome, achei que isso poderia ajudar. – Ela entregou um copo de uísque a Derek. – Entre vocês dois, não consigo decidir quem precisa mais.

Derek passou o copo para Sara, que cheirou o líquido, desconfiada, e balançou a cabeça.

– Não...

– Beba um pouquinho, por mim – insistiu ele, gentilmente.

Ela tentou tomar um pequeno gole e tossiu quando sentiu a garganta queimar.

– *Argh.*

Sara fez uma careta ao sentir o gosto forte. Então, com cautela, tomou outro gole, e mais outro.

Derek empurrou o uísque de volta quando ela tentou passá-lo para ele.

– Continue a beber.

Lily puxou uma cadeira para perto da cama e sentou. Tirou o *bandeau* enfeitado com pedras preciosas amarrado ao redor da sua testa e esfregou as têmporas distraidamente. Ao perceber o olhar preocupado de Sara, deu um sorrisinho irônico.

– Bem, agora você já passou pelo seu primeiro escândalo. Não se preocupe, Derek e eu somos veteranos nesse tipo de coisa. Nós cuidaremos de tudo.

Sara assentiu, insegura, e voltou a levar o copo aos lábios. Quanto mais bebia, mais fácil ficava engolir o uísque, até começar a se sentir zonza e muito quente, como se o calor irradiasse dos seus ossos. A princípio, Sara pensou que nunca mais conseguiria dormir, mas logo os pensamentos frenéticos em sua mente foram substituídos pela exaustão. Derek e Lily começaram a conversar calmamente, fazendo comentários neutros sobre o baile, sobre os convidados, até mesmo sobre o clima.

Derek baixou a voz ao perceber que o uísque começava a fazer efeito. Aos poucos, os olhos de Sara se fecharam e ela bocejou discretamente. Logo sua respiração se tornou serena e profunda. Ela parecia uma criança aninhada sob as cobertas, com o cabelo espalhado sobre o travesseiro e os cílios longos tocando as bochechas. Depois de se certificar de que Sara estava realmente adormecida, Derek acariciou a palma da mão dela com a ponta do dedo, encantado com a suavidade de sua pele.

Lily o observava com certo assombro.

– Você a ama. Até este momento, nunca imaginei que isso pudesse acontecer de verdade com você.

Derek permaneceu em silêncio, incapaz de admitir a verdade.

– Ela está com sérios problemas, Derek – continuou Lily.

– Não, eu cheguei a tempo. Ele não a machucou.

Embora a voz de Lily fosse baixa, isso não disfarçou a intensidade do seu tom.

– *Pense*, Derek. Não importa se Granville realmente a violou ou não. Ninguém vai querer se casar com ela agora. Ninguém vai acreditar que Sara não foi arruinada. Os rumores a seguirão até o vilarejo onde mora. As pessoas vão fazer intrigas e atormentá-la pelo resto da vida. As mães manterão seus filhos longe da "influência perniciosa" dela... Sara será uma pária. Você não tem ideia de como essas pessoas são retrógradas. Eu cresci no campo, sei como é. Se algum homem fizer o "favor" de se casar com ela, vai considerá-la uma posse de segunda mão. Sara terá que ser grata a ele pelo resto da vida e se verá obrigada a suportar qualquer tipo de tratamento que ele resolver infligir a ela. Deus, se ao menos eu não a tivesse convidado para vir aqui!

– Se ao menos... – concordou ele friamente.

– Ora, como eu poderia saber que Granville iria colocar na cabeça a ideia de fazer uma coisa dessas?

Derek engoliu em seco com força, baixou os olhos acusadores, voltando-os para a inocente adormecida ao lado dele, e tocou uma mecha sedosa do cabelo dela.

– Diga-me o que deve ser feito agora.

– Para tornar Sara respeitável de novo? – Lily deu de ombros, impotente. – Temos que encontrar alguém para se casar com ela. Quanto antes melhor. – Ela lançou um olhar sarcástico para o amigo. – Algum candidato em mente?

~

Sara acordou cedo e ficou olhando fixamente para o teto desconhecido. Levou alguns minutos para se lembrar de onde estava. Esfregou os olhos e soltou um gemido infeliz. Suas têmporas latejavam com uma dor aguda, e ela se sentia bastante nauseada. Sara se levantou com cuidado da cama e procurou pelo vestido cinza. Quando estava completamente vestida, com o cabelo preso na nuca, tocou a campainha, chamando uma criada. Françoise apareceu, com uma expressão tão compassiva que ficou claro que já sabia sobre a noite da véspera.

Pálida e controlada, Sara deu um breve sorriso para ela.

– Françoise, preciso da sua ajuda para arrumar as minhas coisas. – Ela indicou suas roupas. – Vou voltar para casa o mais rápido possível.

A criada começou a falar sem parar, apontando para a porta e mencionando o nome de lady Raiford.

– A condessa deseja me ver? – perguntou Sara, intrigada.

Françoise fez um esforço diligente para falar no idioma de Sara.

– Se puder, *mademoiselle*...

– É claro – disse Sara, embora não estivesse com a menor vontade de falar com Lily ou qualquer outra pessoa naquela manhã.

Preferia fugir e tentar esquecer que estivera em Raiford Park.

A casa estava silenciosa enquanto Sara seguia Françoise até a ala leste, onde ficavam os aposentos privados dos Raifords. Eram nove da manhã, muito cedo ainda para que a maioria dos convidados tivesse acordado. Apenas os criados estavam de pé, tirando o pó, esvaziando bacias de água suja, carregando braçadas de gravetos, limpando grelhas e acendendo lareiras.

Françoise conduziu-a até uma pequena sala de estar decorada em tons de branco e azul-claro, com elegantes móveis no estilo Sheraton. Depois de lhe dirigir um sorriso encorajador, a camareira saiu. Sara entrou na sala vazia e foi até a mesa em meia-lua encostada na parede. Sobre o móvel havia uma coleção de animais esculpidos em jade, marfim e lápis-lazúli. Sara pegou um pequeno elefante de jade e examinou-o com cuidado. Porém, se assustou quando ouviu a voz de Derek Craven bem atrás dela.

– Como você está nesta manhã?

Sara colocou a peça esculpida de volta na mesa e se virou lentamente.

– E-eu esperava ver Lily.

Derek parecia não ter dormido nada. Sara duvidava até que ele tivesse se trocado, pois sua roupa estava amassada e cheia de vincos. Seu cabelo preto estava completamente despenteado, como se ele tivesse passado as mãos centenas de vezes durante a noite.

– Do jeito que as coisas estão, Lily não pode fazer muito para ajudá-la. Mas eu posso.

Sara encarou-o, perplexa.

– Não preciso da ajuda de ninguém. Vou voltar para casa agora de manhã e... O que é isso na sua mão?

Ela olhou para o pedaço de papel que ele segurava, coberto com a pesada letra dele em tinta preta.

– Uma lista. – De repente, Derek se tornou muito profissional. Ele foi até onde Sara estava, empurrou as figuras esculpidas para o lado e alisou o papel sobre a mesa, fazendo sinal para que ela lesse o que estava escrito. – Esses são os vinte solteiros mais cobiçados da Inglaterra, listados em ordem de preferência. Se nenhum deles for do seu agrado, vamos ampliar a lista, embora esses sejam os mais adequados em termos de idade e caráter...

– O quê? – Sara encarou-o, perplexa. – Agora está tentando me casar? – Ela deixou escapar uma gargalhada atordoada. – Por que diabos qualquer um desses homens me pediria em casamento?

– Escolha um nome. Conseguirei o pedido de casamento para você.

– Como?

– Não há um único homem na Inglaterra que não me deva um favor ou outro.

– Sr. Craven, não há necessidade disso... desse *absurdo*...

– Você não tem escolha – falou Craven bruscamente.

– Tenho, sim! Posso escolher não me casar com ninguém e voltar para Greenwood Corners, que é o lugar a que pertenço. – Sara recuou quando ele tentou lhe entregar a lista. – Eu não vou olhar para nome algum. Não conheço nenhum desses homens. Não quero me casar com um estranho apenas em nome do decoro. Minha reputação não significa tanto para mim... ou para qualquer outra pessoa, na verdade.

– A notícia do que aconteceu chegará ao vilarejo. Você sabe o que dirão a respeito de você.

– Eu não me importo com o que dizem. Conhecerei a verdade e ela me sustentará.

– Mesmo quando seu precioso Kingswood olhar para você com desprezo por ser uma mulher arruinada?

Isso fez Sara estremecer: a imagem de Perry e da mãe dele tratando-a com uma piedade desdenhosa, sob o disfarce da virtude cristã... mas ela assentiu, determinada.

– Carregarei qualquer fardo que Deus considerar adequado colocar em meus ombros. Sou mais forte do que pensa, Sr. Craven.

– Você não precisa ser forte. Escolha algum desses nomes. Deixe que ele seja o seu escudo. Qualquer homem nessa lista tem os meios para sustentar você e seus pais com luxo.

– Eu não me importo com luxo. Ainda sou capaz de me permitir ter princípios. Não serei impingida a algum pretendente relutante só para salvar o meu nome.

– Ninguém pode se permitir ter princípios o tempo todo.

Sara pareceu ficar ainda mais calma diante da crescente impaciência dele.

– Eu posso. E jamais seria capaz de me casar com alguém que eu não amasse.

Derek cerrou os dentes.

– Todo mundo faz isso!

– Não sou como todo mundo.

Derek conteve uma resposta desagradável e se esforçou para manter o autocontrole.

– Você poderia pelo menos dar uma olhada nessa lista? – perguntou entre dentes.

Sara foi até ele e, ao ler a lista cuidadosamente escrita, descobriu que o nome de lorde Tavisham estava no topo.

– Visconde está escrito errado – murmurou.

Uma expressão de impaciência cruzou o rosto de Craven.

– O que acha dele? Vocês dançaram ontem à noite.

– Eu até gostei dele, mas... Tem certeza de que *ele* é o solteiro mais cobiçado da Inglaterra? Acho difícil acreditar nisso.

– Tavisham é jovem, nobre, inteligente, tem um bom coração... e uma renda anual que faz até os *meus* dedos coçarem. Ele é o melhor partido que já vi. – Derek colocou um sorriso falso, nada natural, no rosto. – Acho que ele também gosta de livros. Eu o ouvi falando sobre Shakespeare uma vez. Você gostaria de se casar com alguém que lê, não é mesmo? E ele é um homem bonito. Alto... olhos azuis... sem marcas de varíola na pele...

– O cabelo dele é ralo.

Derek pareceu ofendido, e seu sorriso persuasivo de pantera desapareceu.

– Ele tem a testa alta. É um sinal de nobreza.

– Se está tão encantado, case-se o *senhor* com ele.

Ela lhe deu as costas e foi até a janela.

Derek abandonou qualquer tentativa de diplomacia e seguiu-a com o papel na mão.

– Escolha um desses nomes, senão enfiarei esta lista por sua goela abaixo!

Ela não se intimidou com a fúria dele.

– Sr. Craven – disse Sara com muito cuidado –, é muita gentileza da sua parte se interessar tanto pelo meu bem-estar. Mas é melhor que eu continue como a solteirona que sou. Jamais encontrarei um marido que não se ressinta da minha escrita. Por mais bem-intencionado que ele se dispusesse a ser a princípio, ficaria frustrado com o meu hábito de abandonar os deveres de esposa para trabalhar nos meus romances...

– Ele vai aprender a viver com esse costume.

– E se isso não acontecer? E se ele me proibir de voltar a escrever? Infelizmente, Sr. Craven, uma esposa está à mercê dos caprichos do marido nesses assuntos. Como pode sugerir que eu confie a minha vida e a minha felicidade a um estranho que talvez não me trate com o devido respeito?

– Ele irá tratá-la como uma rainha – afirmou Derek, em um tom severo. – Senão terá que responder a mim.

Sara fitou-o com uma expressão de reprovação.

– Não sou tão ingênua assim, Sr. Craven. O senhor estaria impotente para fazer qualquer coisa por mim depois que eu pertencesse a outro homem.

Derek sentiu o rosto quente.

– Qualquer coisa é melhor do que deixar você voltar para aquele buraco fedorento de vilarejo a fim de viver sozinha e ser desprezada por todos.

– Como planeja me impedir? – perguntou Sara calmamente.

– Eu vou...

Derek se interrompeu e manteve a boca aberta. Agressão física, chantagem e ruína financeira, suas ameaças comuns, não eram opções nesse caso. Sara não tinha dívidas de jogo, ou um passado escandaloso, nem nada que ele pudesse usar contra ela. E não era suscetível a subornos de nenhuma forma. Inquieto, ele considerou as possibilidades.

– Vou fechar a sua editora – disse por fim.

Ela sorriu, o que o deixou furioso.

– Eu não escrevo para ser publicada, Sr. Craven. Escrevo porque amo o ato de colocar palavras no papel. Se não puder ganhar dinheiro vendendo romances, farei algum trabalho ocasional no vilarejo e escreverei apenas para o meu próprio prazer.

Diante do silêncio irritado dele, Sara sentiu seu bom humor temporário desaparecer. Ela encarou aqueles olhos verdes cintilantes e entendeu o motivo do desconforto de Craven. Ele estava determinado a encontrar outro homem para cuidar dela, mas isso não o impedia de desejá-la para si.

– Agradeço a sua preocupação, mas não há razão para isso. Não deve se sentir responsável por mim. Nada do que aconteceu foi culpa sua.

Derek ficou pálido, como se ela o tivesse esbofeteado em vez de ter lhe agradecido. Uma leve camada de suor cobria sua testa.

– O que aconteceu ontem à noite *foi* culpa minha – disse ele, com a voz rouca. – Já tive um caso com lady Ashby. Granville atacou você porque ela pediu, com a intenção de me atingir.

Sara pareceu atordoada e demorou alguns segundos para conseguir responder.

– Entendo – murmurou. – Bem... isso confirma tudo o que ouvi sobre lady Ashby. E, embora o senhor devesse ter tido mais juízo para não se envolver com uma mulher como essa, a culpa é *dela*, não sua. – Ela deu de ombros e abriu um sorrisinho. – Além disso, o senhor deteve lorde Granville a tempo. Serei eternamente grata por isso.

Derek a odiava por ser tão docemente misericordiosa. Ele fechou os olhos e esfregou a testa.

– Maldição, o que você quer de mim?

– Eu lhe disse ontem à noite.

A leve camada de suor na testa de Derek se transformou em pequenas gotas enquanto sua pulsação disparava. Ele achara que nada jamais o levaria àquilo. E se conseguisse lhe dar as costas e se afastar mais uma vez? Parecia que simplesmente voltaria de novo.

O olhar de Sara estava fixo nele enquanto ela esperava pelo que pareceram ser minutos intermináveis. Tinha medo de dizer uma única palavra, e todo o seu corpo estava tenso em expectativa. De repente, Craven cruzou a distância que os separava e tomou-a nos braços, segurando-a contra seu coração acelerado.

– Case-se comigo, Sara – pediu ele, logo acima da orelha dela, com a voz baixa e firme.

– Tem certeza? – sussurrou ela. – Não vai voltar atrás?

Era estranho, mas, depois de dizer as palavras, Derek se sentiu imensamente aliviado, como se alguma parte dele mesmo que sempre fora diferente tivesse acabado de se encaixar.

– Você disse que queria isso – murmurou ele –, mesmo conhecendo o pior de mim. Então sabe muito bem onde está se metendo.

Sara se aninhou junto à lateral quente do pescoço dele.

– Sim, Sr. Craven – sussurrou. – Aceito o seu pedido de casamento.

CAPÍTULO 10

Ao ser informada do noivado, Lily ficou radiante e cheia de planos.
– Você precisa permitir que Alex e eu ofereçamos o casamento a vocês, Sara. Uma cerimônia discreta e elegante na capela de Raiford Park ou em nossa casa em Londres...

– Obrigada – disse Sara, hesitante –, mas acho que talvez nos casemos no vilarejo.

Ela olhou para Derek a fim de checar a reação dele à ideia. Sua expressão era insondável, mas ele respondeu prontamente:

– Como você quiser.

Agora que o salto havia sido dado, Derek não se importava com os detalhes: onde, como ou mesmo quando. Só lhe importava que Sara era dele... e ele pagaria qualquer preço para mantê-la ao seu lado.

– Então vamos oferecer uma recepção a vocês – continuou Lily, animada. – Tenho muitos amigos maravilhosos para lhe apresentar, respeitáveis ou não. Enquanto isso, nós a mandaremos de volta para casa em uma de nossas carruagens, Sara, e Derek pode ficar aqui para conversar com lorde Raiford...

– Receio que isso não será possível – interrompeu Derek. – Sara e eu partiremos dentro de uma hora. Na minha carruagem.

– Juntos? – Lily pareceu chocada, então balançou a cabeça. – Não podem fazer isso. Não percebe o que as pessoas diriam quando descobrissem que vocês dois partiram juntos?

– Nada que já não tenham dito.

Ele passou um braço ao redor dos ombros de Sara em um gesto possessivo. Lily se empertigou para parecer o mais alta possível e adotou o tom enérgico de uma dama de companhia defendendo sua protegida.

– Onde estão planejando ir?

Os lábios de Derek se curvaram em um sorriso lento.

– Não é da sua conta.

Ele ignorou os protestos de Lily, voltou-se para a noiva e ergueu as sobrancelhas zombeteiramente. Quando encontrou aqueles olhos verdes cintilantes, Sara percebeu que Craven pretendia levá-la para Londres e passar a noite com ela. Seus nervos vibraram em alerta.

– Não tenho certeza se é aconselhável... – começou a dizer, tentando ser diplomática, mas ele a interrompeu.

– Vá arrumar suas coisas.

Ah, a arrogância... Mas isso era parte do motivo pelo qual ela o amava, aquela determinação obstinada de conseguir o que queria. Apenas a teimosia cega e intimidadora permitira que Craven saísse da sarjeta onde nascera. Agora que a perspectiva de se casar com ela estava ao seu alcance, ele planejava assegurar que isso acontecesse comprometendo de verdade a reputação dela. Depois daquela noite, não haveria como voltar atrás. Sara olhou a ampla extensão do peito dele, consciente do peso do braço de Craven ao redor de seus ombros, do toque suave dos dedos dele em seu pescoço. Ora... por mais censurável que fosse, ela queria a mesma coisa.

– Derek – disse Lily, com a voz dura como aço –, não vou permitir que force essa pobre criança a fazer algo para o qual ela não está preparada...

– Ela não é uma criança. – Os dedos de Derek pressionaram a nuca da noiva. – Diga a ela o que você quer, Sara.

Sara ergueu a cabeça e olhou para Lily, constrangida, com o rosto profundamente enrubescido.

– Eu... vou partir com o Sr. Craven.

Ela não precisou olhar para Derek para saber que ele sorria com satisfação.

Lily deixou escapar um breve suspiro.

– Toda essa situação é indecente!

– Um sermão de Lily Sem Limites sobre um comportamento indecente – ironizou Derek, inclinando-se para beijar na testa a amiga de longa data. – Guarde para outra hora. Quero ir embora antes que todos acordem.

Já na carruagem a caminho de Londres, Derek pediu a Sara que lhe contasse sobre seu noivado com Perry. Ela se esquivou, sentindo-se desconfortável, já que não queria falar mal do ex-noivo pelas costas.

– Isso é passado agora. Prefiro não falar sobre Perry.

– Quero saber como acabou tudo entre vocês. Pelo que sei, posso ter sido pego no meio de uma briga de namorados... e você voltará correndo para ele quando a poeira baixar.

– Não é possível que realmente ache isso!

– Não? – A voz dele era perigosamente baixa.

Sara franziu o cenho para ele, embora por dentro achasse graça. Aquela criatura tão grande e máscula sentada à sua frente fervilhava de ciúmes, claramente desejando batalhar contra o rival invisível.

– Não há muito que contar – disse ela com calma. – O problema começou logo depois que Perry me pediu em casamento. Embora estivéssemos felizes a princípio, não demorou muito para descobrirmos que não combinávamos. Perry disse que eu não era a mesma mulher que ele conhecera a vida inteira. Disse que eu havia mudado... e estava certo. Nunca havíamos discutido antes, mas de repente parecia que não conseguíamos concordar em nada. Lamento dizer que eu o tornei muito infeliz.

– Então você o colocou no lugar dele – comentou Derek, parecendo satisfeito. Com o bom humor restaurado, ele estendeu a mão para dar uma palmadinha íntima na coxa dela. – Isso é bom. Eu gosto que as minhas mulheres sejam atrevidas.

– Bem, Perry não gosta. – Sara afastou a mão ousada dele. – Quer uma mulher que aceite que ele lhe dê ordens. Queria que eu parasse de escrever, enchesse a casa de filhos e passasse o resto da vida me dedicando a ele... e à mãe dele... de corpo e alma.

– Tolos – falou Derek, sem rancor, exibindo o típico desdém do East End por gente simples do campo.

Ele puxou-a para o colo, ignorando as tentativas de Sara de se afastar.

– Você contou a ele sobre mim?

– Sr. Craven! – exclamou ela, protestando contra o aperto das mãos dele em seu quadril.

Derek cruzou os braços ao redor dela. Os rostos dos dois estavam muito próximos, com os narizes quase se tocando.

– Contou?

– Não, é claro que não. Tentei não pensar no senhor.

Sara estreitou os olhos enquanto fitava a cavidade bronzeada na base do pescoço dele. Como não gostava da sensação do confinamento civilizado de uma gravata, Craven havia removido o pano engomado e desabotoado o primeiro botão da camisa branca.

– Eu sonhava com você – confessou ela.

Derek passou a mão pelo cabelo castanho de Sara e puxou a cabeça dela para mais perto da dele.

– O que eu estava fazendo nos seus sonhos? – perguntou, junto aos lábios dela.

– Me emboscando – admitiu Sara em um sussurro mortificado.

Um sorriso delicioso curvou a boca dele.

– E eu pegava você?

Antes que Sara pudesse responder, os lábios dele já estavam colados aos dela. Derek moveu ligeiramente a boca para permitir que sua língua buscasse o sabor mais íntimo da dela. Sara fechou os olhos e não protestou quando o sentiu segurar seus pulsos e passar os braços dela por trás de seu pescoço. Então Derek esticou uma das pernas para pousar o pé no assento. Presa no abrigo daquelas coxas poderosas, Sara não teve escolha a não ser deixar seu corpo descansar na extensão firme do corpo dele. Derek acariciou-a e beijou-a sem pressa, extraindo um prazer intenso de cada ponto sensível. Quando ele começou a deslizar a mão para dentro do corpete de Sara, o tecido grosso de lã do vestido resistiu aos seus esforços. Frustrado em sua tentativa de alcançar os seios dela, Derek afastou uma mecha do cabelo de Sara para o lado e deslizou a boca pelo pescoço macio. O corpo dela reagiu e ela não conseguiu conter um gemido de prazer. A carruagem balançou e sacolejou de repente, forçando os corpos dos dois a se aproximarem com o impacto.

Derek sentiu que se aproximava de um ponto de crítico, além do qual não haveria retorno. Com um gemido torturado, ele afastou o corpo voluptuoso de Sara e abraçou-a enquanto se esforçava para emergir de uma bruma escarlate de desejo.

– Anjo – disse ele, com a voz rouca, guiando-a para o assento oposto.

– Você... é melhor ficar ali.

Confusa, Sara quase caiu no chão com o empurrão suave dele.

– Mas por quê?

Derek abaixou a cabeça e passou os dedos pelo cabelo negro. Ele se assustou quando sentiu a mão dela roçar sua nuca.

– Não me toque – falou, com mais rispidez do que pretendia.

Derek ergueu a cabeça e fitou o rosto perplexo de Sara com um sorriso de lado.

– Desculpe – murmurou. – Mas, se você não se afastar, meu bem, vai acabar abrindo as pernas para mim aqui mesmo.

~

Eles entraram de maneira discreta no Craven's, pela porta lateral, zelosamente protegidos por Gill.

– Sr. Craven – disse o rapaz com respeito, e desviou o olhar da convidada com discrição.

Mas a capa cinza que Sara usava lhe era meio familiar. Ao reconhecer subitamente a visitante, Gill exclamou com prazer:

– Srta. Fielding! Achei que nunca mais a veríamos aqui! De volta para mais pesquisas, não é?

Sara enrubesceu e sorriu, sem saber como responder.

– Olá, Gill.

– Devo dizer a Worthy que a senhorita está aqui? Ele certamente vai querer saber...

– Chamarei o meu faz-tudo se eu quiser vê-lo – interrompeu Derek, em um tom cortante. – No momento, não quero ser incomodado.

Se os funcionários fossem alertados da presença de Sara, todos a cercariam em questão de minutos. E Derek não estava com humor para comemorações improvisadas pelo retorno de Sara Fielding. Ele a levara até ali para que tivessem privacidade.

– Ah. Sim, Sr. Craven.

Gill arregalou os olhos quando finalmente compreendeu a situação. E teve o bom senso de cerrar os lábios e retomar sua posição na porta.

Derek levou Sara para os aposentos acima do clube, com a mão pousada nas costas dela enquanto subiam a escada. Sara fez uma pausa assim que entraram no conjunto de cômodos privados e olhou ao redor com curiosidade.

– Parece diferente aqui – comentou.

A decoração parecia de mais bom gosto, na verdade. As ricas cortinas cor de ameixa haviam sido substituídas por outras de um tom suave e delicado de azul. As paredes, antes cobertas por couro com relevo dourado, agora estavam pintadas apenas por uma camada de tinta marfim reluzente. Em vez do intrincado tapete oriental no chão havia outro mais elegante, com uma estampa floral inglesa.

– Eu mudei algumas coisas depois que você se foi – comentou Derek, em um tom irônico, lembrando-se de todos os móveis e tecidos arruinados que tinham sido substituídos.

Desejara Sara tão desesperadamente que só conseguira aliviar a dor bebendo infinitas garrafas de gim e destruindo tudo à vista. Agora ela estava ali. E afirmava que o amava. De repente, a situação pareceu tão fantástica que Derek temeu estar tendo um sonho induzido pelo álcool, do qual logo despertaria em um estupor embotado e descobriria que ela não estava ali.

Sara andou de cômodo em cômodo, reparando em todas as mudanças, e ele seguiu-a lentamente. Ao chegarem ao quarto, Derek já se sentia desconcertado com o pesado silêncio entre eles. Estava acostumado a brincadeiras provocativas, sorrisos sedutores, parceiras experientes. Nenhuma das mulheres que conhecera tinha qualquer inibição ou modéstia. Mas Sara estava em silêncio, e seus movimentos eram rígidos enquanto se aproximava de um vaso de flores pousado em cima de uma mesa lateral de bronze. De repente, Derek sentiu uma pontada de remorso, uma emoção que desconhecia até então. O impulso de levá-la até ali tinha sido egoísta. Devia ter deixado que Sara voltasse para junto da família. Como o canalha no cio que era, não lhe dera escolha...

– É sempre tão constrangedor assim? – perguntou Sara, e sua voz saiu em um sussurro.

Derek se virou para encará-la e seu olhar pousou na rosa branca em suas mãos. Ela o tirara do arranjo de flores da estufa, e seus dedos agitavam nervosamente as pétalas frágeis.

Sara cheirou a flor pálida, parecendo tímida, e começou a colocá-la de volta no vaso enorme.

– É bom ter rosas em janeiro – murmurou ela. – Nada no mundo tem um perfume tão adorável.

A beleza dela era tão inocente, com as ondas desordenadas do cabelo emoldurando o rosto... Os músculos de Derek ficaram tensos em reação àquilo. Gostaria de ter um quadro de Sara daquele jeito, de pé ao lado da mesa com a cabeça voltada para ele e a flor branca entre os dedos.

– Traga-a aqui – disse ele.

Sara obedeceu, se aproximou dele e lhe entregou a rosa. Derek fechou os dedos ao redor da base roliça da flor e puxou suavemente, libertando as pétalas de suas amarras tênues. Ele deixou de lado o caule profanado e abriu a mão sobre a cama. As pétalas se espalharam em uma chuva perfumada. Sara respirou fundo e o encarou como se estivesse hipnotizada.

Derek puxou-a para si e segurou seu rosto entre as mãos grandes. A palma da mão dele cheirava a rosa e estava quente contra a pele de Sara enquanto seus lábios buscavam os dela. Ele saboreou-a de leve, brincando, até ela se abrir para permitir o suave mergulho da língua dele. As mãos de Derek deixaram o rosto de Sara e desceram por suas costas e pela lateral do corpo dela, apreciando a forma do corpo envolto no vestido pesado. Sara se encostou mais nele e passou os braços ao redor de seus ombros. Ela sentiu um puxão na fita que prendia seu cabelo, e uma cascata de mechas castanho-avermelhadas se derramou por suas costas. Derek deixou escapar um grunhido de prazer e afundou os dedos nos fios longos, acariciando, entrelaçando-os nas mechas e levando-as ao rosto.

Uma veia latejava na base do pescoço de Sara quando Derek estendeu a mão para desabotoar seu vestido de lã. Ela permaneceu imóvel sob as mãos hábeis dele mesmo quando sentiu o vestido escorregar até o chão, revelando suas roupas de baixo de linho amassadas e as meias de algodão cuidadosamente remendadas. Devagar, Derek se colocou de joelhos à frente de Sara e puxou o corpo dela contra o rosto, respirando através da camisa de baixo. Sara se contorceu como se tivesse sido escaldada e pousou as mãos pequenas nos ombros dele.

Derek passou a mão por baixo da camisa de linho até encontrar a cintura dos calções e abaixou-os até os tornozelos, junto das meias. Percorreu com as mãos as pernas nuas dela, afundando os dedos no côncavo atrás dos joelhos e aventurando-se pelas coxas até as nádegas. Sara se agitou um pouco, desconfortável, mas permitiu a carícia... até sentir a boca de Derek avançar pelo meio de suas pernas, deslizando a língua pela pele e deixando um rastro ardente. Ela se afastou dele, balbuciando frases incoerentes, e recuou até sentir a beira da cama contra o quadril. Sara o encarou com os olhos arregalados de surpresa.

Por um momento, Derek se viu tão apavorado quanto ela. Havia assustado Sara. *Maldição*, pensou... e, pela primeira vez na vida, imaginou como deveria agir para fazer amor como um cavalheiro. Então se esforçou para se conter enquanto Sara o fitava com uma expressão contrita e puxava disfarçadamente as longas mechas de cabelo para a frente, escondendo o corpo pouco coberto. Como desconfiou que ela talvez recuasse, Derek começou a desabotoar a camisa.

Sara apoiou-se na cama enorme, grata pela firmeza do móvel. Um turbilhão de pânico a percorreu quando Derek tirou a camisa branca. Ela baixou os olhos para o chão, mas não antes de reparar em como o corpo dele era grande e formidável, com o torso extremamente musculoso, o peito coberto por pelos negros espessos. Cicatrizes prateadas marcavam a pele de Derek, heranças da vida no submundo. Ele era um homem de vasta experiência. Tudo o que era novo e assustador para Sara era comum para ele. Derek conhecera inúmeras mulheres que estavam tão familiarizadas com aquele ato quanto ele. Como seria possível que não ficasse desapontado com ela?

– Já fez isso muitas vezes antes, não é? – murmurou Sara, fechando os olhos com força.

Ela ouviu o som da calça dele caindo no chão.

– Nunca com alguém que eu... – Ele fez uma pausa e pigarreou. – Nunca com alguém como você.

Já descalço, ele foi até onde ela estava. Sara se encolheu quando sentiu as mãos grandes deslizarem por sua cintura, puxando-a para junto do corpo nu. O calor da pele de Derek atravessou o tecido muito leve da camisa de baixo dela. Ele estava excitado, com o membro muito ereto pulsando com força junto ao corpo dela.

– Abra os olhos – pediu Derek. – Não há nada a temer.

Sara se forçou a obedecer e ficou olhando fixamente para o peito dele. Seu coração estava tão disparado que parecia bater contra as costelas. Como se pudesse ler a mente dela, Derek pousou os lábios em seu cabelo e abraçou-a com força.

– Sara... vou tomar conta de você. Nunca vou machucá-la, nem fazer qualquer coisa que você não queira. – Ele respirou fundo e se forçou a acrescentar com relutância: – Se quiser parar por aqui, basta me dizer. Com certeza não ficarei satisfeito. Mas vou esperar.

Ela jamais saberia quanto essas palavras haviam lhe custado. Era contra a natureza de Derek negar a si mesmo o que tanto desejava. Ele já havia sido privado de muito quando era jovem – isso o tornara profundamente egoísta. Mas as necessidades de Sara haviam se tornado importantes demais para ele, e o afeto dela, precioso demais para ser colocado em risco.

Sara encarou-o, lendo a verdade em seu rosto. Aos poucos, seu corpo relaxou junto ao dele.

– Precisa me dizer o que fazer para agradar-lhe – pediu ela, baixinho. – E eu não sei nada... e você sabe muito.

Ele abaixou os cílios negros, ocultando um lampejo de fogo verde nos olhos. Um sorriso irônico curvou os cantos de sua boca.

– Vamos encontrar um meio-termo – prometeu, e beijou-a.

Sara abaixou os braços de bom grado enquanto Derek despia a camisa de baixo dela pelos quadris, até o chão. Ele deitou-a na cama, nua, e o perfume de rosas pairou ao redor dos dois. Um forte rubor cobriu-a da cabeça aos pés, e ela esticou a mão para puxar as cobertas. Derek estendeu-a sob o corpo com uma risada abafada, e percorreu as mãos pelo corpo encolhido de vergonha.

– Não fique tímida comigo.

Ele beijou a pele macia dos ombros de Sara e a curva suave de um seio, saboreando a exuberância delicada. Então ergueu a cabeça e encontrou os olhos dela.

– Sara, você precisa acreditar... Eu nunca quis ninguém como quero você.

Derek fez uma pausa, ciente da incrível banalidade daquelas palavras. No entanto, se sentiu impelido a continuar, como um idiota apaixonado, tentando fazer com que ela entendesse.

– Você é a única que já... Ah, maldição.

Ao vê-lo se debater com as palavras, Sara levou a mão pequena ao rosto dele e acariciou ternamente seu maxilar. Sabia o que Derek estava tentando lhe dizer.

– Você não precisa dizer isso – sussurrou. – Está tudo bem.

Derek encostou os lábios na palma da mão dela e Sara fechou os dedos, como que para segurar o beijo.

– Tudo o que eu tenho é seu – disse ele com a voz rouca. – Tudo.

– Eu só quero você.

Sara passou os braços ao redor do pescoço dele e puxou-o para mais perto.

A gentileza de Derek a surpreendeu. Ela esperara a mesma paixão violenta dos outros encontros entre eles... mas, naquela noite, ele não era um pirata disposto a devastar e saquear. Em vez disso se dedicou a seduzir Sara aos poucos, investigando o corpo dela com uma paciência furtiva que incendiou seus nervos. Derek despiu-a do decoro, da contenção, de cada pensamento, deixando apenas uma chama ardente de sensações.

A mão dele envolveu o seio redondo e levou-o à boca. Sua língua contornou o mamilo que começava a despertar, fazendo com que a carne tenra se contraísse. Derek se voltou para o outro seio, chupando e mordiscando até Sara se contorcer contra a sua boca. Ele pegou um punhado aromático de pétalas e espalhou sobre o corpo dela, brincando enquanto as pressionava gentilmente contra a pele macia. Sara arqueou o corpo na direção dele, cedendo àquela demonstração terna de paixão. Alguns pedaços delicados de pétalas se prenderam aos cachos entre as coxas dela. Derek estendeu a mão para os pelos macios, mas Sara se enrijeceu, surpresa, e tentou afastá-lo.

– Não – protestou, quando ele usou a perna para abrir as dela.

Derek se desvencilhou facilmente e sorriu junto ao pescoço dela.

– Por que não? – Ele capturou o lóbulo delicado da orelha dela entre os dentes e traçou o contorno frágil com a ponta da língua, lambendo com ardor a curva em forma de concha, e falando com ela em um sussurro muito baixo: – Cada parte de você pertence a mim... dentro e fora. Você é toda minha. Inclusive aqui.

Derek voltou a tocar o ponto entre as pernas dela e deixou os dedos brincarem um pouco ali até sentir certa umidade na palma da mão. Os débeis protestos de Sara se calaram enquanto ele separava os cachos macios e a examinava com extremo cuidado. Derek viu que ela estava úmida, com a carne inchada, sensível ao toque dos seus dedos. Ele pressionou, estimulou, usou habilmente os dedos ali até Sara arquejar e cravar as unhas em seus ombros, marcando sua pele.

Derek estremeceu de desejo e ergueu o corpo acima do dela, capturando a sua boca em um beijo úmido e lascivo. Sara respondeu com a própria necessidade feminina, passando as mãos pelas costas musculosas dele, tentando puxá-lo para cima do seu corpo. Incapaz de esperar mais, Derek afastou os joelhos dela e se posicionou entre suas pernas. Ele começou a penetrá-la cuidadosamente, ultrapassando a resistência virginal. Sara gritou ao se sentir rompida, invadida, por uma arremetida mais profunda.

Derek manteve a mão firme nos quadris dela conforme a penetrava mais fundo, imergindo no calor dela. Ele se sentia à beira do êxtase e precisou fazer um grande esforço para se conter enquanto Sara se contorcia sob seu corpo, desconfortável.

– Sinto muito – sussurrou Derek, fechando os olhos. – Sinto muito... Ah, Deus, não se mova.

Sara se acalmou, e seu hálito aqueceu a pele do ombro dele em arquejos delicados. Aos poucos, Derek conseguiu se controlar e pressionou os lábios na testa franzida dela.

– Está melhor assim? – murmurou, ajeitando o peso do corpo.

Sara estremeceu, sentindo a mudança da pressão do membro dele dentro do seu corpo.

– N-não sei.

Ele arremeteu novamente, em um movimento longo e suave.

– Ou assim...? – perguntou Derek, com a voz rouca.

Sara não conseguiu responder. Seus lábios se abriram em um silêncio ansioso quando ele voltou a penetrá-la em um ritmo tranquilo. Cada arremetida provocava uma pontada de dor, mas um instinto profundo exigia que ela arqueasse o corpo para cima enquanto os músculos internos se esforçavam para mantê-lo onde estava. Os cabelos negros de Derek encostaram nos seios dela e sua boca capturou os mamilos sensíveis, sugando-os sedutoramente. Perdida em uma onda de sensações crescentes, Sara percebeu uma nova umidade no contato entre os corpos deles até o penetrar mais áspero se tornar um deslizar suave e sem fricção.

– Por favor... você precisa parar. – Sara arquejou, sentindo os músculos se contraírem ao redor dele. – Não aguento mais.

Os olhos da cor de esmeraldas cintilaram, triunfantes.

– Você aguenta, sim.

Ele arremeteu mais fundo no corpo que se debatia sob o seu, em movimentos implacavelmente regulares. Sara deixou escapar um gemido ofegante e ficou imóvel enquanto uma enorme onda de prazer a percorria, diferente de qualquer coisa que já sentira. Derek passou os braços ao redor dela e penetrou-a com mais força, prolongando os deliciosos espasmos. Quando Sara finalmente se saciou, ele encontrou o próprio alívio, e seu corpo estremeceu com o prazer violento que o dominou.

Eles ficaram muito tempo abraçados, relaxados em meio aos lençóis amarrotados. Derek se virou de lado e manteve-a junto ao corpo enquanto deslizava os lábios pela testa dela e pela linha macia do cabelo. Sara sorriu, encantada e sonolenta, inspirando o perfume das pétalas esmagadas e o cheiro da pele dele.

– Era o que você esperava?

Ele correu o dedo com gentileza pelos quadris dela. Sara enrubesceu e pressionou o rosto no peito dele.

– Não. Foi muito melhor.

– Para mim também. Foi diferente de… – Derek se interrompeu, hesitando em falar de suas experiências passadas.

– De todas as outras mulheres que você já teve – concluiu ela por ele, em um tom irônico. – Diga-me *como* foi diferente.

Derek balançou a cabeça.

– É você que conhece as palavras bonitas. Não consigo explicar.

– Tente – insistiu Sara, puxando ameaçadoramente os pelos do peito dele. – Nas suas próprias palavras.

Derek pressionou a mão dela, cobrindo seus dedos com os dele.

– Foi só *melhor*, o tempo todo. Principalmente essa parte. – Ele puxou-a para junto do corpo. – Nunca me senti tão em paz depois.

– E feliz? – perguntou ela, esperançosa.

– Não sei como é se sentir "feliz". – Derek procurou a boca de Sara para um beijo breve e firme, e continuou, com a voz como veludo áspero: – Mas sei que quero ficar dentro de você para sempre.

∼

Quando já começava a anoitecer, Sara se fechou sozinha no banheiro mobiliado e ladrilhado. Ficou perplexa com a entrada de uma criada que insistiu em fazer os preparativos para o banho: providenciar toalhas aquecidas, encher a banheira e testar a água, arrumar uma bandeja com sabonetes e perfumes. Embora Sara tivesse ouvido que era comum que damas aristocráticas precisassem de ajuda com seus banhos, achava desnecessário no seu caso.

– Obrigada, isso já será o bastante – falou, com um sorriso perplexo, enquanto entrava na água morna.

Mas a criada esperou enquanto ela tomava banho e levantou uma toalha aquecida quando Sara saiu da água. Outra toalha foi usada para secar suas costas e seus braços. Parecia de uma decadência terrível permitir que alguém fizesse o que ela era perfeitamente capaz de fazer sozinha, mas, ao que tudo indicava, não tinha escolha. Sara cheirou com curiosidade os frascos de perfume à sua disposição, detectando rosa, jasmim, jacinto e violeta, mas se recusou a usar qualquer um deles. A criada ajudou-a a vestir um grande e pesado roupão de seda. Depois de agradecer com murmúrios pela ajuda, Sara finalmente conseguiu dispensar a mulher. Ela enrolou as longas mangas do roupão e voltou para o quarto de Derek, com a bainha da roupa arrastando no chão.

Derek estava parado em frente à lareira, usando um traje semelhante. Ele cutucou uma tora em chamas com um ferro de atiçar da lareira. Quando levantou os olhos para fitá-la com um meio-sorriso, a luz vermelho-dourada brincou em seu cabelo preto e no rosto moreno.

– Como está se sentindo?

– Estou com um pouco de fome – respondeu Sara. Então acrescentou, constrangida: – Com *muita* fome, na verdade.

Derek se aproximou, segurou-a pelos ombros com as mãos grandes e deu um beijo na ponta do seu nariz, sorrindo.

– Posso tomar providências quanto a isso. – Ele virou-a na direção de uma mesa cheia de bandejas e travessas cobertas por tampas de prata. – Monsieur Labarge se superou por sua causa.

– Que maravilha, mas... – O rosto dela ficou profundamente ruborizado. – Imagino que todos saibam o que estamos fazendo.

– Todos sabem – concordou ele. – Acho que terá que se casar comigo, Srta. Fielding.

– Para salvar a sua reputação?

Derek sorriu e se inclinou para beijar a pele pálida do pescoço dela, revelada pelo roupão.

– Alguém tem que fazer de mim um homem respeitável. – Ele levou-

-a até a mesa e ajudou-a a sentar. – Nós mesmos teremos de nos servir. Dispensei os criados.

– Ah, que bom – disse Sara, aliviada. Ela colocou um guardanapo bordado no colo e pegou uma travessa com tortas e doces diversos. – Acho que seria cansativo ter criados rondando o tempo todo.

Derek serviu um caldo aromatizado com legumes, verduras, vinho e trufas.

– Você vai se acostumar.

– E se isso não acontecer?

– Então dispensaremos alguns deles.

Sara franziu o cenho, pois sabia muito bem como era difícil encontrar trabalho em Londres. Muitas prostitutas com quem conversara haviam sido criadas domésticas dispensadas por patrões aristocratas. Ao se verem na rua, elas não tiveram escolha a não ser vender o corpo.

– Eu não poderia dispensar ninguém só porque não estou acostumada a ser servida – protestou ela.

Derek estava se divertindo com seu dilema.

– Então parece que teremos que manter os criados. – Ele deu um sorriso encorajador e entregou uma taça de vinho a ela. – Assim, você terá mais tempo para escrever.

– É verdade – concordou Sara, animando-se com a ideia.

Eles degustaram lentamente o jantar enquanto a quantidade de vinho diminuía na garrafa e o fogo ardia na lareira em brasas vermelhas. Sara nunca experimentara uma refeição tão deliciosa na vida: uma lagosta suculenta e carne de codorna assada envolta em uma massa; peitos de frango empanados e fritos em manteiga, cobertos com um saboroso molho madeira. Derek insistiu para que ela experimentasse um pouco de tudo: uma colherada de suflê de batata com um toque de creme azedo, uma colher de geleia aromatizada com licor, que parecia derreter na língua, e uma garfada de salmão envolto em ervas. Finalmente satisfeita, Sara desabou na cadeira e observou enquanto ele se levantava para atiçar o fogo.

– Você come assim o tempo todo? – perguntou, satisfeita, enfiando a colher em um delicado creme de amêndoa. – Não entendo como não é gordo. Você deveria ter uma barriga do tamanho da do rei.

Derek riu e voltou para a mesa, puxando Sara para o colo enquanto se sentava.

– Não é o caso... senão eu não seria capaz de abraçá-la assim.

Ela se aninhou ao peito firme e tomou um gole da taça de vinho que ele levou aos seus lábios.

– Como você conseguiu contratar um chef tão talentoso?

– Eu tinha ouvido falar da reputação de Labarge e queria o melhor para o meu clube. Então fui até a França para contratá-lo.

– Foi difícil convencê-lo a vir para cá com você?

Derek sorriu ao recordar.

– Quase impossível. Os Labarges trabalhavam há gerações para a família de um conde francês. Labarge não queria romper a tradição, afinal o pai e o avô haviam trabalhado para a mesma família. Mas todos têm um preço. No fim, eu lhe ofereci um salário de duas mil libras por ano. Também concordei em contratar a maior parte da equipe que trabalhava com ele na cozinha.

– Duas mil libras? – repetiu Sara, espantada. – Nunca ouvi falar de um chef ganhando tanto.

– Você não acha que ele vale isso?

– Bem, eu gosto muito dos pratos dele – respondeu Sara com sinceridade. – Mas eu sou do campo. Não saberia diferenciar a boa comida francesa da ruim.

Derek riu da simplicidade dela.

– O que as pessoas comem no campo?

– Tubérculos, ensopados, carne de carneiro... Eu preparo um *pepper pot* muito saboroso.

Ele acariciou lentamente a longa cascata de cabelos dela.

– Você terá que preparar isso para mim algum dia.

– Acho difícil que Monsieur Labarge permita. Ele é muito possessivo em relação à sua cozinha.

Derek continuou a brincar com o cabelo dela.

– Podemos ir para um chalé que tenho em Shropshire. – Um sorriso curvou os lábios dele. – Você vai colocar um avental e cozinhar para mim. Nenhuma mulher jamais fez isso antes.

– Seria bom – falou Sara, em um tom sonhador, e pousou a cabeça no ombro dele.

Mas a menção ao chalé despertou seu interesse. Depois de um instante, ela se voltou para ele com uma pergunta nos olhos.

– O que foi? – perguntou Derek.

Ela pareceu escolher as palavras com cuidado.

– O Sr. Worthy me disse uma vez que você possui muitas propriedades. E todos dizem que fez uma fortuna com o clube. Já ouvi pessoas afirmarem que é um dos homens mais ricos da Inglaterra. Eu só estava pensando... – Sara hesitou, lembrando-se da advertência de Perry de que não cabia a uma mulher perguntar sobre finanças. – Ah, não importa...

– O que você quer saber? Qual é a extensão da minha fortuna? – Derek leu a resposta na expressão constrangida dela e abriu um sorriso irônico. – Não há uma resposta simples para isso. Além de minhas posses pessoais, há propriedades, mansões e terrenos cedidos ao Craven's como pagamento de dívidas de jogo. E também um iate, joias, obras de arte... até mesmo alguns puros-sangues. Essas coisas não são estritamente minhas, já que pertencem ao clube...

– Mas o clube pertence a você – completou Sara.

– Exatamente.

Ela não resistiu a investigar um pouco mais.

– O que você conta entre seus pertences pessoais?

Derek teve a elegância de parecer um pouco constrangido.

– Quatro propriedades... uma casa em Londres... um *château* no Vale do Loire...

– Um *château*? Achei que não gostasse da França!

– Ele veio com vinhedos excelentes – falou ele, na defensiva, e continuou a listar. – Uma fortaleza em Bath...

– Uma fortaleza? – repetiu Sara, espantada.

Ele fez um gesto como se não fosse nada.

– Está em ruínas. Mas no terreno há colinas arborizadas, povoadas por cervos e com riachos cheios de peixes...

– Tenho certeza de que deve ser muito pitoresco – comentou Sara com a voz estrangulada. – Você não precisa continuar.

Ele estreitou os olhos e fitou-a.

– Por que você está assim?

Sara quase engasgou com uma mistura de riso e consternação.

– Só agora comecei a me dar conta de como você é rico. É bastante assustador.

– Você vai se acostumar.

Ela balançou a cabeça.

– Acho que não.

Quando Derek voltou a falar, seu tom era leve e brincalhão, mas seus olhos cintilavam estranhamente.

– Sua virtude foi comprometida, meu bem. Agora é tarde demais para mudar de ideia.

Sara balançou a cabeça e se levantou do colo dele.

– Sou capaz de viver com a minha virtude comprometida. Onde estão as minhas roupas?

Ela estava apenas brincando e não percebeu a súbita tensão no rosto dele.

– Você disse que ficaria comigo, independentemente de qualquer coisa.

– Na época, eu não sabia que um *château* e uma fortaleza fariam parte do arranjo – disse ela, indo até a lareira e balançando a cabeça, impressionada. – É muito para eu conseguir absorver. Acho melhor voltar para Greenwood Corners.

Sara não se deu conta de que Derek a seguira até que ele a virasse para encará-lo, segurando-a pelos braços com uma força contundente. Ficou alarmada quando olhou para o rosto severo dele.

– O que houve? – perguntou em um arquejo. – Que diabos...

– Não vou permitir que você me deixe.

A voz de Derek estava tranquila, mas seu corpo grande estava rígido, e suas mãos a machucavam.

Sara encarou-o, espantada.

– Eu não quero deixar você. Não é possível que não tenha percebido que eu estava brincando!

Com os olhos de Derek ainda fixos nos dela, Sara se deu conta de que acabara de descobrir um ponto vulnerável nele, como uma área de gelo mais fino na superfície de um rio congelado. Com algumas poucas palavras descuidadas, ela atravessara aquela camada fina e tocara as profundezas escuras que ele escondia tão bem. Derek estava mortalmente silencioso, ainda fitando-a enquanto ela tentava acalmá-lo.

– Não vou mais brincar com isso. Fiquei apenas surpresa. Você... você não precisa segurar os meus braços com tanta força.

Ele afrouxou os dedos e começou a respirar novamente, em arquejos irregulares. Toda a tranquilidade confortável da noite se fora. De repente, os dois se tornaram estranhos.

– Nada me faria deixar você – murmurou Sara. – Ainda não confia em mim, não é?

– Conheci muitas mulheres traiçoeiras.

Derek estava amargamente surpreso com a própria reação. Acabara de demonstrar, sem sombra de dúvida, por que eles não deveriam ficar juntos. Confiança era apenas uma das muitas coisas que ele não podia dar a Sara.

– Tudo o que peço é que você tente.

Sara se inclinou na direção dele, forçando a leve pressão que Derek fazia para mantê-la à distância. Então encostou o ouvido no peito dele, na altura do coração descompassado. Fé, constância, confiança... Ele conhecia tão pouco de tudo isso. Precisaria de tempo para aprender.

– Você é calejado demais – sussurrou ela. – Não quer acreditar em nada que não possa ver ou tocar. Não é culpa sua. Sei por que teve que ser assim. Mas precisa tentar confiar em mim.

– Não sei se consigo mudar.

– Você já mudou.

Sara sorriu ao se lembrar de como ele era quando os dois se conheceram. Derek ficou em silêncio por um longo tempo.

– Tem razão – falou ele, com um toque de surpresa na voz.

Ela beijou o peito forte, coberto pela seda do roupão, e suspirou.

– Talvez pareça estranho, mas não tenho medo de ser pobre. Fui pobre a vida toda, estou acostumada. Mas tenho um pouco de medo de ser rica. Não consigo me imaginar morando em uma mansão.

Derek passou os braços ao redor dela.

– Eu costumava andar pelos cortiços onde vivia e, em vez de ver uma incubadora de ladrões e mendigos, imaginava palácios de ouro e criados. Salas iluminadas por muitas velas, mesas cheias de comida.

– E você fez tudo isso se tornar realidade.

– Tive um pouco de sorte.

– Não foi sorte. – Ela o abraçou com mais força. – Foi você. Você é um homem notável.

Ele a acariciou, como se não conseguisse se conter.

– Eu quero você – murmurou, embora isso tivesse ficado óbvio, com o corpo dela colado ao dele.

As palmas das mãos de Derek deslizaram pelas curvas bem marcadas do quadril, da cintura e dos seios de Sara. Ele puxou bruscamente a frente do roupão de seda até abri-lo. A luz do fogo dançava sobre a pele exposta dela, deixando-a dourada.

Sara fez um movimento hesitante em direção à cama, mas Derek a puxou de volta. Ele acabou de despir o roupão dela, deixando-o cair no chão. Seus dedos longos envolveram os seios cheios, e os polegares roçaram nos mamilos em círculos leves. Havia uma segurança nova e travessa em seu toque, pois ele já aprendera o que a excitava. Derek abaixou Sara até o chão, acomodando-a na poça de seda do roupão descartado. Ela estendeu o corpo, como foi orientada a fazer, e ele se posicionou acima dela, bloqueando o brilho do fogo da lareira. Ela estremeceu com o deslizar erótico da língua de Derek enquanto ele lambia a curva abaixo de seu seio. A boca dele percorreu o corpo dela com beijos vorazes e úmidos, que dispararam ondas de sensações pela pele de Sara. Em alguns lugares, ela sentiu os dentes dele se fecharem ao redor da carne, o que fez com que se contraísse, surpresa.

Derek fez do próprio corpo uma prisão, com as pernas musculosas entrelaçadas às dela e seu peso aprisionando-a no chão acarpetado. Sara não conseguiu conter um gemido baixo quando ele pressionou o membro rígido no corpo dela, fazendo com que ardesse a pele macia... Derek fez um movimento sensual com o quadril, em um ritmo que prometia aliviá-la daquele doce tormento. Sara se ergueu para ele, ansiosa para ser possuída. Mas Derek se conteve, com os olhos verdes cintilando, maliciosos.

– Por favor – sussurrou ela.

Ele desceu o corpo para beijar o umbigo dela, invadindo a pequena cavidade com a língua. Depois de algumas lambidas delicadas, Derek soprou suavemente dentro do círculo que umedecera. Então encaixou as mãos em torno da curva bem marcada da cintura dela, moldando os quadris arredondados nas palmas das mãos, massageando-os suavemente. O roçar dos pelos púbicos contra o seu queixo era uma poderosa tentação. Assim, ele desceu os lábios até o triângulo convidativo, ignorando o súbito sobressalto de Sara e sua clara relutância. Derek inspirou o cheiro íntimo com voracidade, o cheiro dela, sentindo os nervos se estimularem pela doçura profunda.

Isso fez Sara se agitar e tentar, freneticamente, escapar dele. Mas Derek passou os braços ao redor das coxas dela, dominando-a, e mergulhou a cabeça no espaço que havia criado para si mesmo. Ele deslizou a língua pelos cachos exuberantes em toques breves e sedutores. Sara soltou um gemido de protesto quando o sentiu avançar ainda mais fundo na fenda suave do sexo dela, buscando o sabor inebriante do seu corpo.

Os dedos de Derek se entrelaçaram com gentileza nos cachos, separando-os até ele encontrar o centro delicado de sensações, o qual passou a acariciar com a língua, provocando, insinuando-se profundamente naquela maciez. Dominada por um misto de prazer e constrangimento, Sara ficou imóvel.

O gosto dela era enlouquecedoramente erótico. Derek cobriu a sedutora carne feminina com a boca e a sugou com firmeza. Ao mesmo tempo, deslizou os dedos para dentro da passagem úmida, acariciando em contraponto ao ritmo constante da sua boca. Sara gritou de repente, arrebatada por uma convulsão de prazer, com os sentidos transbordando.

Quando o último tremor arrefeceu, Derek ergueu o corpo sobre o dela e penetrou-a, segurando os quadris de Sara com força com as mãos grandes. Ele também deixou escapar um gemido de prazer e continuou a arremeter em um ritmo constante. Os corpos dos dois convergiram até não haver mais espaço entre eles. Ao sentir o clímax de Derek se derramando em seu ventre, Sara o envolveu nos braços e roçou o rosto no cabelo negro cintilante.

– Eu amo você – sussurrou no ouvido dele. – E jamais vou deixá-lo.

~

Eles atravessaram o centro de Greenwood Corners no meio da manhã. Sara manteve-se afastada das janelas, tendo plena consciência do falatório que provocaria ao ser vista na magnífica carruagem particular. Mercadores e mulheres do vilarejo que passavam carregando grandes cestas nos braços, paravam para observar o progresso do veículo. Os donos das lojas saíram para a rua a fim de comentar sobre a carruagem cintilante, a dupla de batedores e o criado de libré que a acompanhavam. Esse tipo de cena raramente ou nunca era visto em Greenwood Corners. Algumas pessoas seguiram o veículo por tempo suficiente para descobrir a direção que tomava e voltaram correndo para o centro do vilarejo para contar que a carruagem se dirigia ao chalé dos Fieldings.

Quando chegaram à casa dos pais dela, Derek ajudou Sara a descer da carruagem. Ele falou brevemente com o criado antes de acompanhá-la ao longo do caminho que levava à porta do chalé.

– Eu gostaria que a noite não tivesse acabado – disse Sara, segurando o braço dele com força.

– Haverá outras noites para nós.

– Não por algum tempo.

A declaração lhe rendeu um olhar penetrante.

– Você vai organizar o casamento o mais rápido possível. Aceite a oferta de ajuda de Lily se necessário.

– Sim, senhor. – Sara sorriu diante do tom de comando. – Parece que você está ansioso para se casar comigo.

– Quanto mais cedo, melhor – murmurou Derek.

Sara ficou feliz com a impaciência repentina, pois sabia que isso significava que ele relutava em se separar dela. Ela temia que os últimos dois dias tivessem sido um sonho.

– Se não voltar para mim, vou atrás de você em Londres – ameaçou Sara. – Ou mandarei o meu pai... e ele o trará para cá sob a mira do seu velho mosquete.

Derek fez uma careta.

– Não sei se algum homem em sã consciência me escolheria para a própria filha.

– Ah, o meu pai é um homem sábio, meu bem. Vocês vão adorar um ao outro. Apenas certifique-se de falar alto para que ele consiga ouvi-lo.

Eles pararam diante da porta e Sara girou a maçaneta para abri-la.

– Mamãe? – chamou.

Katie apareceu na entrada com uma exclamação de prazer e fez menção de abraçar a filha.

– Sara, como foi o baile? Você precisa me contar tudo...

Ela se deteve na mesma hora ao ver o homem ao lado de Sara, preenchendo a porta com seu corpo moreno e de ombros largos.

– Mamãe, esse é o Sr. Craven – apresentou Sara em voz baixa.

Pega de surpresa, Katie encarou os dois com os olhos arregalados.

– Isaac – chamou, com a voz mais aguda do que o normal. – Sara trouxe alguém com ela para casa. Um homem.

– É mesmo? Ora, deixe-me dar uma olhada nele.

De repente, Derek se viu confrontado por duas pessoas pequenas e grisalhas. Ainda observando-o detidamente, os pais de Sara o receberam na casinha arrumada e de mobília antiga. Havia ramos de flores e ervas secas, cerâmica pintada e pilhas de livros por toda parte. Ao cruzar a soleira, ele precisou abaixar a cabeça para desviar de uma viga baixa. Quando Sara o apresentou ao pai, os dois homens trocaram um aperto de mão cordial. O rosto do homem mais velho era marcado por linhas de bom humor e caráter, e seus olhos azuis cintilavam com um brilho simpático.

– Pai – começou a falar Sara, em um tom acelerado –, o senhor deve lembrar que mencionei o Sr. Craven antes. Nos conhecemos durante a minha pesquisa em Londres. Ele é proprietário de um clube social. – Ela apressou a mãe em direção à cozinha. – Mamãe, vamos preparar um chá enquanto os homens se conhecem melhor.

As duas entraram na cozinha e fecharam a porta. Atordoada, Katie procurou pelo pote de chá enquanto Sara começava a bombear com força a água na pia.

– Você me deixou sem fôlego – comentou Katie enquanto procurava uma colher.

– O Sr. Craven esteve em Raiford Park no último fim de semana – explicou Sara, ruborizada de empolgação. – É uma história complicada, mas para resumir... Eu o amo, ele me pediu em casamento e eu aceitei!

Katie encarou a filha, boquiaberta. Então se sentou em uma cadeira, abanando as mãos junto ao peito como que para acalmar o coração.

– O seu Sr. Craven a pediu em casamento... – repetiu, atordoada.

– Ele é o homem mais maravilhoso do mundo. A senhora e o papai vão amá-lo tanto quanto eu.

– Sara... isso não é terrivelmente repentino? Pense há quantos anos você conhece Perry...

– O Sr. Craven me faz mil vezes mais feliz do que Perry jamais foi capaz. Não se preocupe, mamãe. A senhora sempre me viu como uma pessoa sensata, certo? – Ela abriu um sorriso confiante. – Fiz a escolha certa. A senhora vai ver.

Quando Katie já começava a fazer outra pergunta, Sara fez sinal para que a mãe ficasse quieta enquanto escutavam partes da conversa dos homens que chegavam até elas vindo da sala. Sara encostou cuidadosamente o ouvido na porta.

– ... seu pedido chegou um pouco atrasado, Sr. Craven. Sara já tem um noivo. O jovem Kingswood.

Sara se viu obrigada a interromper. Ela abriu a porta o necessário para enfiar a cabeça pela fresta.

– Ele não é mais meu noivo, papai. Perry e eu rompemos nosso compromisso antes de eu partir nesse fim de semana.

Isaac pareceu perplexo.

– É mesmo? Por quê?

– Explicarei mais tarde.

Ela lançou um olhar encorajador a Derek e voltou a entrar na cozinha. Katie observava a filha com uma expressão irônica e divertida.

– Não há necessidade de ficar esticando e recolhendo a cabeça como uma tartaruga em seu casco. Tenho a impressão de que o seu Sr. Craven é bastante capaz de falar com o seu pai sem precisar da sua ajuda.

Sara encostou novamente a orelha nos painéis da porta.

– Shh.

– ... não posso dizer que aprovo que a minha filha se case com um apostador – dizia Isaac.

– Eu não aposto, senhor. Sou proprietário de um clube onde outros apostam.

– Isso é um detalhe, meu rapaz. Não aprovo o negócio como um todo. Por outro lado... também não aprovo que os homens bebam demais, mas suponho que não culpo o dono da taverna local por isso. Conte-me mais sobre esse clube social. O senhor tem mulheres da vida trabalhando lá, não é? Sara conheceu alguma dessas pobres criaturas decaídas?

– Não consigo mantê-la longe delas – retrucou Derek com ironia.

– A minha Sara tem bom coração. Se sente impelida na direção dos desafortunados. A cidade é um lugar perigoso para uma moça como ela.

Sara abriu a porta novamente.

– Nunca me machuquei lá, papai!

– Há pão para acompanhar o chá, Sara? – perguntou Derek antes que Isaac pudesse responder

– Sim – respondeu ela com certa perplexidade. – Gostaria de uma torrada?

– Muitas. O pão cortado em fatias bem finas.

Derek mostrou um espaço bem pequeno entre o polegar e o indicador.

Sara franziu o cenho para ele, ciente da intenção de mantê-la ocupada para que não os interrompesse novamente.

– Está bem – concordou a contragosto, e voltou para a cozinha.

Isaac fitou o homem sentado à sua frente com novos olhos, e um sorriso marcou seu rosto curtido.

– O senhor é paciente com ela – comentou em um tom de aprovação. – Fico feliz com isso. Sara sempre foi uma menina indomável. Ela tem ideias próprias a respeito de tudo.

Derek ficou tentado a fazer uma observação sarcástica, mas se manteve em silêncio, apenas observando o homem mais velho sentado em sua poltrona confortável, com as mãos nodosas apoiadas na manta de tricô sobre os joelhos. Uma expressão afetuosa iluminou o rosto de Isaac, e ele continuou, como se falasse para si mesmo:

– Ela foi um milagre para Katie e para mim. Nasceu muito depois que a época para gerarmos um bebê havia passado. Agradecemos a Deus todos os dias por ter nos dado Sara. Jamais poderia confiá-la a alguém que fosse capaz de lhe causar qualquer mal. O jovem Kingswood é um homem acomodado, mas ao menos é um camarada gentil.

Os olhos azuis de Isaac encontraram os de Derek de forma direta e sincera.

– Sr. Craven, criei a minha filha para pensar por si mesma. Se eu fosse vinte anos mais jovem, não teria lhe permitido tal liberdade. Mas a mãe de Sara e eu somos idosos e, conforme a natureza seguir seu curso, chegará um momento em que não estaremos aqui para protegê-la. Achei melhor ensinar Sara a confiar no próprio bom senso. Se ela quiser se casar com o senhor, fará isso, quer eu aprove ou não.

Derek sustentou o olhar dele sem piscar.

– Sua aprovação pode não ser necessária, senhor, mas ainda assim eu gostaria de contar com ela.

Um leve sorriso curvou os lábios de Isaac.

– Tudo o que eu quero é a sua garantia de que tratará a minha filha com bondade.

Derek nunca falara com outro homem com tanta sinceridade – sem manobras ou esperteza, nada além de humildade e honestidade.

– Eu quero ser mais do que gentil com Sara. Quero mantê-la segura e feliz e garantir a ela tudo o que deseje. Não vou fingir que a mereço.

Não sou um homem educado, nem bem-nascido, e nem o diabo teria a minha reputação. Minha única bênção, o que me salva, é que não sou tolo. Eu jamais interferiria no trabalho de escritora de Sara, ou em qualquer projeto que ela escolha para si mesma. Jamais tentaria afastar Sara da família dela. Eu a respeito demais para isso. Não desejo mudá-la.

Isaac pareceu achar as palavras tranquilizadoras, mas sua expressão mostrava que ainda persistia uma dúvida.

– Acredito que esteja sendo sincero. Mas casamento, esposa, filhos... Essa é uma carga de responsabilidade que o senhor nunca teve antes.

– Eu não estaria aqui se não estivesse preparado para isso.

A conversa foi interrompida por batidas entusiasmadas na porta da frente do chalé. As sobrancelhas grisalhas de Isaac se arquearam de curiosidade quando ele se levantou para atender. Derek também se levantou e observou atentamente quando um jovem esguio de cabelos longos e claros entrou na sala. Ele tinha o cenho franzido em uma expressão que misturava impaciência e preocupação.

– Ouvi dizer que uma bela carruagem atravessou a cidade – falou o homem, ofegante. – Era Sara? Se ela voltou, gostaria de falar com ela imediatamente.

Ao ouvir a chegada do visitante, Sara saiu da cozinha, seguida pela mãe. Ela estacou, espantada.

– Perry – disse, em tom débil.

Por algum motivo, Sara nunca imaginou que os dois homens pudessem, algum dia, acabar juntos no mesmo cômodo. O silêncio era pesado. Ela procurou as palavras certas para quebrá-lo enquanto uma parte de sua mente se espantava com as diferenças marcantes entre os dois.

A beleza de Perry era digna de um poema. Ele era tão pálido e dourado quanto um príncipe de conto de fadas. Um rubor rosado se estendia das maçãs do rosto até a ponte do nariz refinado. Seus olhos cintilavam, muito azuis. Derek, ao contrário, parecia sombrio e ameaçador, com o encanto de um gato mal-humorado. Ele não encontrou os olhos de Sara, já que toda a sua atenção estava voltada para o recém-chegado.

Sara reuniu coragem e deu um passo à frente.

– Perry... Gostaria de apresentá-lo ao Sr. Craven, um... um visitante de Londres.

Perry olhou para o estranho, então para Sara.

– Por que ele está aqui? – perguntou, com o cenho franzido e uma expressão petulante.

– Ele e eu… Bem, nós… – Ela pigarreou e disse sem rodeios: – Ele é meu noivo.

– Que tolice – disse Perry secamente. – *Eu* sou seu noivo. Você partiu do vilarejo antes que pudéssemos resolver as nossas diferenças.

– Nós resolvemos as nossas diferenças – disse Sara, aproximando-se de Derek. – E percebi que sou muito mais adequada ao Sr. Craven.

– Esse por acaso é *Derek* Craven? – perguntou Perry, indignado. – Ora, ele é um canalha renomado! Todos na sociedade decente sabem disso. Mal posso acreditar que seu pai o deixou entrar nessa casa!

Sara se irritou e assumiu uma atitude defensiva.

– Estou começando a desejar que ele não tivesse deixado *você* entrar!

– Se é com esse tipo de gente que você tem andado, não é de admirar que tenha mudado tanto – desdenhou Perry. – E isso com certeza explica suas tentativas de satisfazer sua luxúria insaciável comigo. Quebrei a cabeça o fim de semana todo, tentando encontrar desculpas para os seus avanços arbitrários…

Derek partiu para cima de Perry com um grunhido.

– Seu nanico pomposo…

Perry soltou um grito de medo e saiu em disparada pela porta, com as pernas parecendo um borrão enquanto corria de volta para a segurança da própria casa e da mãe.

Derek descartou rapidamente a ideia de persegui-lo e virou-se para Sara.

– O que ele quis dizer com "luxúria insaciável"?

Ela se apressou a explicar.

– Bem, "insaciável" significa incapaz de satisfazer…

– Eu sei disso – retrucou ele em um tom mordaz. – Por que ele disse isso sobre você?

Sara revirou os olhos e deu de ombros.

– Não foi nada. Eu apenas tentei beijá-lo uma vez do jeito que você me beijou, e ele…

A voz de Sara morreu quando ela se deu conta de que os pais observavam os dois em um silêncio estupefato. Isaac foi o primeiro a falar, com um sorriso curvando os cantos de sua boca.

– Eu já vi e ouvi o bastante, Sr. Craven. Se o senhor e minha filha já estão falando sobre "luxúria insaciável", acho melhor dar a minha aprovação... e esperar um casamento rápido.

~

Eles se casaram na igreja do vilarejo, em uma cerimônia breve e simples. A única concessão de Sara aos planos grandiosos de Lily foi permitir que a igreja fosse decorada com uma enorme quantidade de flores e folhagens frescas. Cercada por familiares e amigos, ela trocou votos com um homem muito diferente daquele com quem sempre imaginara que se casaria. Com Perry, o futuro fora previsível. Agora, as próximas semanas, meses e anos se apresentavam diante dela em um emaranhado de possibilidades. Sara percebeu a perplexidade das amigas, que nunca haviam sonhado que ela rejeitaria Perry Kingswood em favor de um homem que mal conhecia.

Mas Sara via Derek exatamente como ele era, nem mais nem menos, e tinha plena consciência de que ele talvez jamais mudasse. Era suficiente que Derek a amasse. Apesar de seus defeitos, ele cuidaria dela e a defenderia até o último suspiro de sua vida. Separados, eles tinham forças distintas. Juntos, eram completos.

CAPÍTULO 11

Tarde da noite, Sara experimentava uma sensação de conforto ao se pegar recostada no peito firme de Derek, ouvindo os sons do clube abaixo deles. Se ficasse bem quieta, era capaz de distinguir bem ao longe o tilintar dos pratos, o alarido dos clientes e dos criados, o leve chocalhar dos tabuleiros de *cribbage*, e até mesmo os murmúrios abafados das prostitutas da casa enquanto davam as boas-vindas aos convidados em seus quartos. O clube era como uma criatura viva, um monstro esplêndido com uma pulsação incessante de atividade.

– Eu gosto de ficar aqui em cima – murmurou ela. – Em silêncio e escondida enquanto estão todos ocupados lá embaixo.

– Aproveite enquanto pode – aconselhou Derek.

Sara levantou a cabeça, surpresa.

– O quê? Por que diz isso?

– Prometi ao seu pai que não iríamos morar no clube.

– Mas eu gosto de morar aqui. Por que meu pai se oporia?

Derek deu um sorrisinho sarcástico.

– Ele cisma em não querer que você fique sob o mesmo teto que prostitutas e jogadores.

Sara se apoiou nos cotovelos enquanto uma pequena ruga de preocupação se insinuava entre suas sobrancelhas.

– Mas como vamos conseguir nos mudar daqui? Você sempre morou no clube para ficar de olho em tudo. – Ela abaixou a voz, desconfiada. – Está planejando me instalar em uma das suas mansões e me esquecer?

Derek riu, virou-a de costas e se posicionou acima dela.

– De que você me adiantaria se eu fizesse isso? – perguntou com ironia. – Eu me casei com você para mantê-la ao alcance do meu braço.

– Ele passou a mão pelo corpo dela em uma carícia lenta. – Mais perto ainda, se possível.

Sara empurrou o peito do marido em uma falsa demonstração de aborrecimento.

– Por que você sempre tenta fazer amor comigo quando quero falar sobre alguma coisa?

Derek abriu as pernas dela.

– É você que sempre tenta conversar enquanto estou fazendo amor – respondeu ele enquanto beijava o pescoço dela.

Sara saiu de debaixo dele e se arrastou para o lado oposto da cama.

– Quero resolver isso – insistiu, puxando o lençol em torno de si para proteger o corpo. – Não quero que você se afaste do clube por minha causa.

– Não é só por sua causa. Eu gostaria de tentar viver em um lugar onde não estou cercado por prostitutas, bêbados e ladrões o tempo todo. Talvez eu queira dormir à noite sem estar sempre atento à possibilidade de uma batida policial.

– E o seu negócio?

– Ainda estarei à frente dele. E Worthy cuidará do lugar quando eu não estiver aqui. – Ele começou a puxar o lençol que a envolvia. – Me dê isso.

– Está pensando em morar onde? – perguntou Sara, com cautela.

Derek deu de ombros, despreocupado.

– Pensei em começar visitando os lugares que já temos. Se nenhum deles a agradar, compraremos algo. Ou mandaremos construir. – Em um movimento brusco, ele agarrou o tornozelo dela com a mão e começou a puxá-la para si. – Venha cá... Você tem deveres de esposa a cumprir.

Ela agarrou a beira do colchão para tentar se impedir de deslizar na direção dele, mas de nada adiantou.

– Eu não terminei de falar!

– Eu terminei. Esqueça isso.

Derek deu um puxão gentil na perna dela. Sara rolou de barriga para baixo, ofegando de tanto rir ao senti-lo se arrastar sobre ela. Derek apoiou bastante de seu peso considerável para mantê-la presa. O tamanho surpreendente daquele homem, os ângulos, o calor e a força de seu corpo a pressionaram dos ombros até os pés. Ela deu uma risadinha súbita.

– Você não pode fazer nada desse jeito – vangloriou-se Sara. – E *não* vou me virar.

Derek sorriu diante da inocência da esposa. Ele afastou o cabelo longo para o lado e beijou sua nuca.

– Não quero que você se vire – sussurrou.

Ele se ergueu o necessário para pousar as mãos nos ombros dela e massageou os músculos macios com toques hábeis e perfeitos.

Sara deixou escapar um suspiro de prazer.

– Isso é gostoso. Ah… não pare.

A massagem reconfortante desceu pelas costas dela, e os polegares encontraram pontos vulneráveis em ambos os lados. Sara virou a cabeça para o lado e respirou fundo. Ele se abaixou novamente sobre ela e descansou as mãos fortes na curva dos quadris enquanto aproximava a boca da orelha da esposa. Com a ponta da língua, contornou a curva fina, então se aventurou para dentro em um golpe breve e delicado. Por um segundo, todo som foi bloqueado. Sara estremeceu com a sensação peculiar. Depois que a língua de Derek deixou o ouvido dela úmido, o calor do hálito dele e o timbre baixo de sua voz pareceram mais graves do que antes.

– Gosta disso? – perguntou Derek em um sussurro.

– N-não sei.

Ele riu baixinho e repetiu o movimento. Sara teria se virado então, com o corpo agitado, inquieto. Mas ele manteve o rosto dela para baixo e forçou a mão suavemente por baixo de seus quadris. Ela arquejou quando ele encontrou o triângulo úmido entre suas coxas com os dedos hábeis. Quando Sara tentou se virar, Derek cravou os dentes em sua nuca, mantendo-a imóvel.

– Fique assim. Gosto de vê-la desse ângulo.

– Não – murmurou ela, achando que ele estava brincando.

– Arredondado, doce, firme… – A voz dele vibrava de desejo. – Você tem o traseiro mais bonito que eu já vi.

A risada de protesto de Sara terminou em um gemido quando ele a provocou com os quadris, pressionando-a contra a mão. Sara estendeu os braços e curvou os dedos ao redor do colchão, agarrando-o com força. O demônio provocante em cima dela continuou a sussurrar elogios eróticos, apalpando-a em um ritmo lento. Presa entre o corpo dele e a mão que a torturava de desejo, Sara sentiu a tensão crescer em seu íntimo até não conseguir mais conter um gemido frustrado. Em vez de girá-la para que o encarasse, Derek a montou por trás. Ela se debateu por um momento, confusa, quando sentiu as coxas dele entre as dela.

– Por aqui – falou Derek rapidamente, erguendo-a pelos quadris. – Deixe que eu... minha doce Sara... não vou machucar você.

Ele penetrou-a em um movimento profundo e instigante. Chocada e excitada, Sara curvou as costas para facilitar o acesso de Derek. Ele a cavalgou gentilmente, cercando-a com os músculos fortes enquanto suas mãos deslizavam pelos seios e pelo abdômen liso de Sara. Ela abaixou a cabeça, sufocando os gritos de prazer no colchão. Bastaram mais algumas carícias para que atingisse o clímax em ondas cada vez mais intensas que a deixaram trêmula e sem forças. As mãos de Derek apertaram com firmeza os quadris dela enquanto ele a seguia para as profundezas de um êxtase intenso.

～

Não demorou muito para que o casamento deles assumisse um caráter bastante próprio. Como nunca experimentara uma vida em família, Derek não sabia como se comportar como um marido, pelo menos não do tipo comum. Ele parecia uma criatura semidomesticada para Sara, sem qualquer noção de horários regulares para comer ou dormir. A única ordem na vida deles era a que ela impunha. Sara tentou fazer as mudanças gradualmente, pois não queria exigir muito de Derek de uma só vez.

Certa noite, depois de esperar por ele até já passarem das duas da manhã, ela colocou um vestido simples e se aventurou a sair dos aposentos privados dos dois para tentar descobrir o que o detinha lá embaixo. O clube parecia exalar uma empolgação particular naquela noite, e o zumbido das vozes era pontuado por exclamações e gritos de encorajamento. Parada discretamente perto da porta, Sara observou a aglomeração de clientes ao redor da mesa de apostas. Todos ali estavam concentrados no lançamento dos dados de marfim como se fosse uma questão de vida ou morte. A forma esbelta e escura de Derek era visível no meio dos outros homens. Ele estava rindo baixinho de alguma piada feita para aliviar a tensão.

– Sra. Craven.

Sara ouviu a voz de Worthy ao seu lado e se virou com um sorriso. Ela passara a confiar no faz-tudo quase tanto quanto confiava em Derek.

Fora Worthy quem ficara mais obviamente satisfeito com o casamento dos dois e garantira a Sara, com seu jeito tranquilo, que ela havia tomado a decisão certa. Eles conversaram por alguns minutos na recepção que os Raifords haviam oferecido após o casamento. Tinham assistido juntos às tentativas de Derek de tirar a mãe idosa de Sara para dançar.

– Nunca o vi apegado a ninguém como ele é à senhora – dissera Worthy a Sara. – Depois que a senhora partiu, foi como assistir a um homem desmoronar por dentro. A única razão pela qual ele foi passar o fim de semana em Raiford Park foi o fato de estar irritado demais para protestar quando Gill e eu o colocamos na carruagem.

– Ah, céus. – Sara sorrira, penalizada, mas achando divertido mesmo assim. – Ele estava bebendo muito?

– Uma desgraça – confirmara Worthy. – Mas, desde que o Sr. Craven voltou, já sabendo que se casaria com a senhora... bem, ele se transformou em um homem diferente. A senhora traz à tona o que há de melhor nele. O Sr. Craven está determinado a ser um bom marido e nunca falha quando decide fazer alguma coisa.

Naquele momento, Derek conseguira persuadir Katie a dançar uma valsa tranquila, e os dois circulavam pelo canto do salão de baile com grande dignidade.

– Você não precisa me convencer disso – comentara Sara, com os olhos risonhos cintilando.

Desde o casamento, Worthy tinha feito todo o possível para deixá-la confortável no clube e lhe dar tempo e privacidade com Derek. Os criados eram irrepreensíveis em sua boa vontade e eficiência. Tudo de que Sara precisava era providenciado quase antes que ela pudesse pedir. Quando Sara estava perto dos clientes do clube, Worthy ou Gill ficavam protetoramente por perto, garantindo que ela estivesse a salvo de qualquer avanço impróprio. Depois que outra jogada de dados fez com que o grupo ao redor da mesa de apostas soltasse murmúrios animados, Sara se aproximou do faz-tudo.

– O que está acontecendo? – perguntou ela.

– Lorde Alvanley está na mesa de jogo, apostando alto. Ele tende a gastar grandes quantias e sofrer perdas graves. Naturalmente, é um dos clientes favoritos do Sr. Craven.

– Naturalmente – repetiu Sara, em um tom irônico.

Não era de admirar que Derek estivesse acompanhando o jogo de perto. A presença dele tendia a encorajar os gastos nas mesas, quase como se os jogadores quisessem impressioná-lo exibindo a própria riqueza.

– Precisa de alguma coisa, Sra. Craven? – perguntou Worthy.

Ela deu de ombros brevemente, ainda observando Derek.

– Eu só estava pensando... Você acha que vai demorar muito para o jogo acabar?

Worthy seguiu seu olhar.

– Vou perguntar a ele. Espere aqui, Sra. Craven.

– Talvez fosse melhor não incomodá-lo... – começou a dizer Sara, mas ele já se afastara.

Enquanto o faz-tudo se dirigia à mesa de apostas, algumas das prostitutas da casa se aproximaram dela, lideradas por Tabitha. Embora Sara e Tabitha tivessem concordado tacitamente em nunca mencionar o encontro que haviam tido em Greenwood Corners, a moça parecia se sentir meio responsável pela boa sorte de Sara. E agradecera a ela por não "empinar o nariz" para todas as prostitutas da casa depois de se tornar a esposa de Derek.

– A senhora é uma dama boa e generosa – dissera Tabitha a Sara –, exatamente como eu disse que era.

Naquela noite, as três prostitutas que trabalhavam na casa se aproximaram de Sara, todas usando vestidos elegantes e enfeitados com lantejoulas. Sara cumprimentou-as com simpatia.

– A noite está devagar – comentou Tabitha, com o sotaque do East End sempre acentuado. Ela projetou um lado dos quadris para a frente e pousou a mão nele enquanto observava a variedade de soldados, aristocratas e diplomatas ao redor. – Sempre fica assim quando alguém arrisca muito no jogo. Mas depois eles correm para a prostituta mais próxima, e às vezes pagam o dobro por uma deitada rápida.

– É melhor a senhora se esconder assim que o jogo terminar – aconselhou Violet a Sara com sensatez. – O Sr. Craven explodiria se outro homem tentasse abordá-la.

– Só estou esperando o Sr. Worthy voltar... – começou a dizer Sara, mas Tabitha interrompeu-a com uma risada divertida.

– Tenho uma ideia para provocar o touro do seu marido, Sra. Craven, e mostrar a ele por que um homem deve ficar perto da cama da esposa à noite.

Sara balançou a cabeça, confusa.

– Não sei o que você está querendo dizer, Tabitha. Mas não vou participar de nenhuma tentativa de enganar o Sr. Craven, especialmente na frente dos amigos dele... Não... é *sério*...

Rindo alegremente e determinadas a levar adiante a travessura, as prostitutas arrastaram Sara com elas para a mesa de apostas, mas tiveram o cuidado de mantê-la escondida no meio delas.

– Sr. Craven – chamou Tabitha em um tom casual –, trouxemos uma nova moça para o senhor experimentar. Ela está esperando para atendê-lo.

Sobrancelhas foram erguidas ao redor, e alguns olhares foram trocados do outro lado da mesa, já que as prostitutas costumavam entender que não deviam se intrometer em um jogo. Derek encarou Tabitha com uma expressão séria e confusa.

– Diga a ela que não me deito com as prostitutas da casa.

E se virou, dispensando-a.

– Mas ela é uma moça ainda fresca e muito gentil – insistiu Tabitha, em um tom animado. – Por que o senhor não dá uma olhada?

Rindo, as prostitutas deixaram Sara à vista. Ela estava ruborizada, protestando e tentando tirar as plumas que as mulheres tinham colocado atrás de sua orelha. Derek riu de repente, e sua expressão se iluminou. Ele passou o braço ao redor da esposa.

– Essa eu vou querer – murmurou, e se inclinou para beijar a têmpora de Sara.

Depois de ser interrompido no meio do jogo, lorde Alvanley quis saber a identidade da recém-chegada. Quando foi informado de que era a esposa de Craven, Alvanley abandonou temporariamente a sua posição na mesa de apostas. O grupo de homens ao redor observou com divertimento enquanto ele se aproximava de Sara.

– Meus sinceros cumprimentos, Sra. Craven. – Alvanley se curvou sobre a mão dela e dirigiu-se a Derek em um tom lânguido. – Você não é tão inteligente quanto eu suspeitava, Craven, se decidiu deixar uma criatura tão bela esperando lá em cima em favor da nossa lamentável companhia.

Derek sorriu e se curvou, concordando.

– Seguirei o conselho de Vossa Senhoria: atenderei à minha esposa e me retirarei.

Assim, ele conduziu Sara através da multidão e se afastou com ela.

O som retumbante de risadas masculinas e comentários impróprios acompanhou a saída dos dois.

– Que camarada atencioso!

– Atenda-a uma vez por mim, Craven!

Vermelha como um tomate, Sara se desculpou quando chegaram ao saguão.

– Eu sinto muito! Não pretendia tirar você da mesa. Worthy disse que o jogo era importante... Por favor, volte para cuidar dos seus negócios.

Um sorriso brincou nos lábios de Derek.

– Agora é tarde demais. Se você se encarregou de me tirar de um jogo de apostas altas, terá que enfrentar as consequências.

Ele puxou-a para a lateral da escada que levava aos aposentos deles, inclinou-se e capturou sua boca em um beijo sensual.

– Minha pobre esposa – murmurou, levando as mãos ao traseiro dela e pressionando-a junto ao corpo. – Não ando tratando-a bem se ficou tão insatisfeita a ponto de ir me procurar.

Ele mordiscou o ponto sensível logo abaixo da orelha de Sara.

– Terei que me esforçar mais para estar à altura do seu apetite.

– Derek – protestou Sara, agitando as mãos sem parar nos ombros do marido enquanto ele voltava a beijá-la. Com o coração já disparando, ela não conseguiu conter um gemido baixo de prazer. – E-eu só estava preocupada com a possibilidade de você não dormir o bastante esta noite.

Ele envolveu o pescoço dela com um colar de beijos.

– Em relação a isso, você estava certa. Não dormirei mesmo. Nem você.

– Nunca mais o tirarei de um jogo – prometeu Sara, sentindo a necessidade de se desculpar. – Eu não queria atrapalhar a sua noite...

– Estou feliz por você ter feito isso – murmurou Derek. E sorriu enquanto encarava os olhos de um azul suave de Sara. – Sempre que me quiser, Sra. Craven... estarei ao seu dispor.

Ele passou o braço ao redor dos quadris dela e guiou-a escada acima.

A princípio foi um choque para Sara viver tão intimamente com um homem. Ela havia sido criada com recato e discrição no que se referia a hábitos pessoais, enquanto Derek não tinha qualquer inibição. Embora Sara admirasse a agilidade poderosa do corpo do marido quando ele atravessava o quarto completamente nu, sabia que jamais seria capaz de se expor com tanta naturalidade. Derek era um homem ardente e ousado, que ficava excitado com facilidade. Em uma noite ele podia se mostrar protetor, doce e terno, e passar horas investigando o corpo de Sara com carícias gentis, abraçando-a depois como se ela fosse uma coisa preciosa. Na noite seguinte, talvez agisse de forma vigorosa e insolente, apresentando à esposa as artes sensuais que ela jamais imaginara serem possíveis. A gama de humores do homem era infinita. Sara nunca sabia com precisão o que esperar dele. Seu humor podia variar do irreverente ao extraordinariamente sutil. Ele era capaz de ser compreensivo e tranquilo, ou zombeteiro. Ela nunca conhecera alguém com tamanho autocontrole, mas às vezes percebia as emoções profundas trancadas dentro do marido. E, quando Sara achava sua nova vida muita avassaladora, os braços de Derek eram o refúgio mais seguro que já experimentara.

Eles tinham longas conversas na cama à noite, que se estendiam até os dois mal conseguirem manter os olhos abertos. Suas opiniões às vezes eram drasticamente opostas, mas Derek garantia que gostava de ver o mundo através dos olhos dela, mesmo quando implicava com Sara, chamando-a de idealista. Talvez ela o tivesse afetado mais do que ele imaginava, pois sua amargura parecia estar diminuindo aos poucos. Às vezes, ela percebia um traço de infantilidade nele, uma tendência a provocá-la e a envolvê-la em pequenas bobagens, com uma risada recém-descoberta, livre e fácil.

– O Sr. Craven parece estar especialmente bem esses dias – comentaram Tabitha e as outras prostitutas da casa, e Sara sabia que era verdade.

O traço vital e carismático que sempre tornara Derek atraente parecia ter se duplicado. As mulheres lhe lançavam olhares cobiçosos onde quer que os dois fossem, o que provocava pontadas de ciúme em Sara. Ela se tranquilizava com a devoção dele a ela. As outras mulheres podiam se alvoroçar e sorrir afetadamente quando ele estava por perto, mas Derek as tratava com uma indiferença educada. Só a Sara tinham sido confiados os segredos dele, seu afeto, suas necessidades, e nenhuma outra mulher jamais chegara perto de ocupar tal posição em sua vida.

O casal tinha uma reputação justa de recluso, embora não fosse intencional. No primeiro mês turbulento do casamento, simplesmente não houve tempo para comparecer a muitos eventos sociais. Sara passara cada momento ocupada. Ela reservava a si mesma algumas horas de solidão pela manhã para escrever e passava o resto do dia tomando decisões estressantes sobre a casa em que iriam morar. Eles haviam concordado em se mudar para uma propriedade que Derek já possuía: uma bela mansão de três andares na cidade, cercada por jardins e muros altos. Era uma casa projetada para receber convidados. A planta baixa era distribuída em torno de um espaçoso saguão de entrada com colunas, que se abria para uma enorme sala de estar e uma sala de jantar. A casa era serena e arejada, cheia de delicadas sancas brancas com desenhos de guirlandas e fitas, com as paredes pintadas em tons frios de verde, lilás e azul.

Derek deixara a tarefa de decorar o lugar totalmente nas mãos dela, alegando com alegria que não tinha o menor bom gosto. O que era indiscutível. A ideia de elegância dele era encaixar o máximo de dourado e entalhes possível em cada centímetro de espaço livre. Mas Sara temia que seu próprio gosto não fosse muito melhor. Ela pediu conselhos a Lily Raiford e a um pequeno grupo de jovens matronas da sociedade de quem estava se tornando amiga e acabou optando com cautela por móveis de desenho simples e estofados em brocados claros e ricamente bordados. As cortinas da cama e das janelas eram de um tecido adamascado claro e de chintz. Sara havia encomendado magníficos espelhos emoldurados para vários cômodos e, por sugestão de Lily, pequenas escrivaninhas onde poderia deixar livros, gravuras e jornais para os convidados darem uma olhada. A própria escrivaninha de Sara era de jacarandá polido, equipada com várias fileiras de compartimentos e gavetas.

Às vezes, suas tarefas eram interrompidas por uma noite fora com Derek. Eles foram assistir a uma peça, a um recital organizado pelos Raifords e a uma recepção para um visitante da realeza estrangeira. Como era foco de um intenso escrutínio naqueles eventos sociais, Sara se deu conta da necessidade de ter roupas mais adequadas. Ela se sentia relutante em ir à modista, pois sabia como seria caro. Depois de anos contando moedas, a ideia de gastar grandes quantias de dinheiro fazia com que se sentisse ligeiramente apreensiva. Comprar móveis para a casa era uma necessidade. Gastar consigo mesma era muito mais difícil de justificar. Para sua surpresa, Derek insistiu em acompanhá-la ao ateliê de Madame Lafleur.

Monique os recebeu com grande entusiasmo e os olhos escuros sorridentes no rosto redondo.

– *Voici*, o casal mais falado de Londres – declarou ela ao recepcioná-los pessoalmente na frente do ateliê em vez de enviar as assistentes. – Como estão bem, os dois! Todos perguntam por que vocês se escondem, mas digo às minhas clientes, *bien sûr*, é claro que eles vão querer ficar a sós no começo! Esse é um direito dos recém-casados, *n'est-ce pas*?

Ela encarou Derek, curiosa.

– Acompanhou a sua esposa até aqui, monsieur Craven. Que generoso da sua parte se interessar tanto!

Derek dirigiu um sorriso encantador à modista.

– Estou aqui porque minha esposa tem um probleminha que não quer admitir para a madame.

– *É mesmo?*

O olhar de Monique se voltou na mesma hora para a barriga de Sara.

Derek sorriu e estremeceu quando Sara cravou o cotovelo na lateral do seu corpo. Ele se inclinou na direção de Monique e disse, em um tom de segredo:

– O problema é que ela tem medo de gastar o meu dinheiro.

– Entendo.

Um lampejo de decepção passou pelos olhos de Monique. Ela claramente esperava por uma boa fofoca que pudesse espalhar por Londres. Mas seu bom humor retornou quando Derek continuou.

– Não quero que a minha esposa desperdice a tarde tentando convencê-la a fazer vestidos com tecidos mais baratos e sem enfeites. Quero que ela tenha o melhor e pareça tão elegante… mais elegante, na verdade, do que qualquer mulher na Inglaterra. Dinheiro não é problema.

As últimas quatro palavras dispararam a pulsação da modista.

– Ah, monsieur… – Monique quase o beijou, tamanha a sua empolgação. – É uma mulher *adorável*, a sua esposa.

– Adorável – concordou Derek, voltando-se para Sara com um olhar cálido.

Ele pegou lentamente uma mecha solta, caída no ombro dela, e enrolou-a no dedo.

– Tenho apenas uma exigência. Mostre o necessário do corpo dela, mas não demais. Quero que certas partes permaneçam guardadas para que eu as admire em particular.

– Compreendo – disse Monique com um enfático aceno de cabeça. – Os homens se sentem tentados por um belo seio, perdem a cabeça, *et alors*...

Ela deu de ombros em um gesto significativo.

– Exatamente.

Monique tocou o braço dele, curiosa.

– Quantos vestidos tem em mente, monsieur?

Sara ficou aborrecida pelo fato de os dois estarem conduzindo a transação como se ela não estivesse ali.

– Quatro vestidos para o dia – interrompeu – e dois para a noite. Seis ao todo. E talvez uma camisola de cambraia...

– Vinte e cinco – disse Derek à modista. – Não se esqueça de luvas, sapatos, peças íntimas e tudo de que ela vai precisar para acompanhar o pedido.

Ele cobriu gentilmente a boca de Sara com a mão enquanto ela gaguejava em protesto. Os astutos olhos verdes encontraram os da modista por cima da cabeça da esposa, e ele piscou enquanto acrescentava:

– Camisolas não são necessárias.

Monique riu e olhou para o rosto ruborizado de Sara.

– Acho que seu marido talvez seja meio francês, madame!

~

Depois de intermináveis semanas de consultas e provas, Sara se viu de posse de uma variedade dos vestidos mais bonitos que já havia imaginado – confeccionados em seda, veludo e brocados de tons vibrantes, com cintura estreita e saias esvoaçantes usadas sobre anáguas engomadas. Os decotes profundos eram arrematados com bordas luxuosas de renda. Por baixo, ela usava calções finos, quase transparentes, que chegavam apenas até os joelhos, e camisas também tão finas que podiam ser passadas através da sua aliança de casamento. Na chapelaria, Sara comprou vários chapéus provocantes com minúsculos véus na altura dos olhos, toucas forradas de seda e um turbante pelo qual Derek sentia uma antipatia violenta.

– Cobre todo o seu cabelo – reclamou ele, deitado na cama e observando enquanto ela experimentava o novo acessório. – E parece cheio de grumos.

Sara estava diante do espelho, tentando enfiar os cachos rebeldes sob o turbante.

– O problema é que tenho muito cabelo. A chapeleira disse que se eu cortasse uma franja na testa e tirasse alguns centímetros da parte de baixo, o turbante vestiria melhor.

Derek balançou decididamente a cabeça.

– Você não vai cortar nada.

Sara suspirou, frustrada, quando uma mecha castanha escapou por debaixo do turbante e caiu sobre seu ombro.

– Todos os meus chapéus novos cairiam melhor se o meu cabelo fosse curto. Madame Lafleur disse que tenho a estrutura óssea certa para usá-lo em um corte elegante.

Derek empalideceu de verdade.

– Se você cortar todo o seu cabelo, *vai* se ver comigo.

Ele saltou da cama e arrancou o turbante irritante da cabeça de Sara antes que ela tivesse tempo de se mover.

– Agora olhe o que você fez! – exclamou Sara enquanto o cabelo caía ao seu redor. – E eu havia quase terminado de colocá-lo… Me dê o turbante.

Derek balançou a cabeça e se afastou, levando o pequeno embrulho. Sara usou seu tom de voz mais paciente possível.

– O turbante, por favor.

– Prometa-me que não vai cortar o cabelo.

Sara não conseguia acreditar que ele estivesse sendo tão absurdo.

– Se eu cortasse, ele voltaria a crescer.

Ela avançou para cima do marido a fim de tentar pegar rapidamente o turbante. Mas o braço de Derek se ergueu no ar ainda mais depressa, mantendo o acessório fora de alcance.

– Prometa – insistiu ele.

– Se você soubesse o preço que pagou por esse turbante, não o trataria com tanto desprezo!

– Pagarei cem vezes mais pela sua promessa.

Um sorriso incrédulo curvou os lábios dela.

– Por quê? – perguntou Sara, passando a mão pelas ondas desalinhadas do cabelo. – Minha aparência significa tanto assim para você?

– Não é isso. É que...

Derek deixou o turbante cair no chão e rodeou lentamente a esposa.

– Gosto de ver você trançá-lo... e gosto do modo como deixa alguns cachos caírem no pescoço depois que o prende... e quando você o escova à noite, sei que sou o único homem que o vê solto e comprido, descendo pelas suas costas. É uma parte sua que só eu posso ter. – Ele sorriu e acrescentou: – Entre outras coisas.

Sara observou-o por um instante, comovida com a confissão. Embora não conseguisse admitir em voz alta que a amava, Derek lhe dizia isso de maneiras mais sutis... sua gentileza, os elogios constantes que lhe fazia, sua generosidade.

– Que outras coisas? – perguntou ela baixinho, recuando até a cama e se deitando.

Sem precisar de mais incentivo, Derek se deitou ao lado dela e começou a desabotoar o corpete do vestido de Sara enquanto respondia.

– Sua pele... especialmente aqui. Imaculada e clara como um raio de luar. – Ele deixou as pontas dos dedos correrem com ternura pelas curvas firmes dos seios dela. – E esses... lindos... Quero cobri-los com diamantes e beijos...

– Beijos são o bastante – apressou-se a garantir ela.

Derek levantou as saias dela, e Sara ergueu os quadris de bom grado enquanto ele despia seus calções de baixo. A mão grande pousou com suavidade na parte mais íntima da esposa.

– E essa parte sua... só minha.

Derek baixou os cílios cheios, e seu hálito aqueceu o pescoço de Sara com arquejos instáveis. Ele estendeu a mão para o fecho da calça que usava.

– Às vezes – sussurrou –, estou tão fundo dentro de você que consigo sentir seu útero... e mesmo assim ainda não estou próximo o bastante. Quero compartilhar cada respiração sua... cada batida do seu coração.

Sara estremeceu ao senti-lo se mover contra ela subitamente, penetrando-a em uma arremetida que retesou seu corpo por dentro. Derek emoldurou a cabeça dela com as mãos, colando a boca quente em seu pescoço.

– Às vezes – murmurou –, tenho vontade de puni-la um pouco.

– Por quê?

Ela gemeu com as arremetidas determinadas e tombou a cabeça para trás no travesseiro. As mãos de Derek a seguraram pelos ombros, mantendo-a firme enquanto ele a penetrava bem fundo.

– Por me fazer desejá-la tanto que chega a doer. Por eu me pegar acordando à noite só para ver você dormindo. – A expressão no rosto dele acima dela era intensa e apaixonada, e os olhos verdes tinham um brilho grave. – Eu a quero mais e mais a cada vez que estou com você. É uma febre que nunca me deixa. Não consigo mais ficar sozinho sem imaginar onde você está, quando vou poder tê-la de novo...

Os lábios dele capturaram os dela em um beijo que era ao mesmo tempo cruel e terno, e Sara se abriu avidamente para ele.

Derek nunca havia sido tão exigente, e seu corpo firme e pesado continuou a penetrar o dela com golpes sólidos. Sara ergueu o corpo para recebê-lo, esforçando-se para acompanhar o ritmo acelerado, arquejando com o desejo frenético. Seu sangue bombeava furiosamente nas veias, e as sensações ficavam mais intensas enquanto ela buscava o alívio do clímax. Sara reagia de um jeito compulsivo ao ritmo determinado dele até seus músculos começarem a doer e tremer. Derek segurou o traseiro dela com força, puxando-a para junto de si, forçando-se a ir ainda mais fundo dentro dela. A pele dos dois estava escorregadia com o suor de seus esforços misturados. A fricção entre eles era um movimento escorregadio e poderoso que provocava seus sentidos em um nível excruciante. De repente, violentos espasmos de prazer atravessaram Sara e ela gritou junto ao ombro do marido. As contrações internas do seu clímax o envolveram com força, e Derek deixou a própria paixão explodir em um fluxo glorioso. Algum tempo depois, ele a abraçou com força e acariciou as costas da esposa com movimentos constantes. Palavras se acumulavam em seu peito enquanto ele se debatia silenciosamente a fim de arrastá-las para fora. Sara pareceu entender, pois encostou a cabeça no peito dele e suspirou.

– Está tudo bem – sussurrou. – Só continue a me abraçar.

– Nunca vi você tão bonita! – exclamou Katie quando Sara entrou no chalé.

Ela ajudou Sara a tirar a peliça de gola alta e estendeu a mão para tocar uma das longas mangas franjadas do vestido novo.

– Que tecido lindo. Brilha como uma pérola!

Sara sorriu e girou em um círculo, balançando as saias do vestido de seda.

– Gostou? Vou mandar fazer um igualzinho para a senhora.

Katie olhou para a seda cor de gerânio com uma expressão de dúvida.

– Talvez seja elegante demais para Greenwood Corners.

– Não, será perfeito para a igreja aos domingos. – Sara deu um sorrisinho malicioso. – A senhora pode se sentar uma ou duas fileiras à frente da Sra. Kingswood, em toda a sua elegância, e ela vai sussurrar para todos que a senhora vai queimar no fogo do inferno, assim como a sua filha!

Katie passou as mãos pelo cabelo branco, distraída.

– Se um novo vestido não convencer todos de que vou queimar no fogo do inferno, a nova casa com certeza garantirá isso!

Sara sorriu ao ouvir o comentário, lembrando-se de que Derek levara toda uma tarde para convencer os pais dela a aceitarem uma casa nova de presente. Ele finalmente ganhara a batalha graças a uma mistura de encanto e pura teimosia.

– A escolha é de vocês – dissera ele a Isaac e Katie, em um tom cordial. – Terão uma casa aqui ou em Londres.

Na tarde seguinte, eles já se viram reunidos com Graham Gronow, o arquiteto preferido de Derek. Gronow projetara uma linda casa georgiana clássica, de um tamanho confortável para eles. A casa estava sendo construída em um terreno escolhido perto do centro do vilarejo, e era o tema geral das conversas em Greenwood Corners. Em um tom irônico, Katie comentara com Sara que achava que Derek havia feito questão, de propósito, de que a casa fosse maior do que a mansão dos Kingswoods. Sara não discutiu, pois sabia muito bem que o marido era capaz desse tipo de comportamento.

– Derek planeja contratar uma cozinheira e um jardineiro para vocês – explicou Sara, seguindo a mãe até a cozinha. – Eu disse a ele que a senhora talvez queira escolher alguém do vilarejo, uma pessoa que já conheça. Se não for o caso, mandaremos alguém de Londres.

– Pelo amor de Deus! – exclamou Katie. – Diga ao seu Sr. Craven que não precisamos de nenhuma ajuda contratada.

– Mas a verdade é que vocês precisam – argumentou Sara. – E os dias em que as articulações do papai estão rígidas demais para que ele faça os trabalhos externos da casa? E, agora que não vou mais poder fazer a minha parte nas tarefas domésticas, a senhora precisará de alguém para ajudá-la e talvez lhe servir uma xícara de chá à tarde. Não gostaria disso?

– Sara, todo o vilarejo já está esperando nos ver de nariz empinado. A Sra. Hodges diz que chega a ficar tonta toda vez que nos imagina morando em uma casa nova. Estamos há quarenta anos aqui e nunca pensamos em sair.

Sara sorriu.

– Todos sabem que nem a senhora nem o papai são do tipo que empina o nariz. A Sra. Hodges vai acabar se acostumando com a ideia de vocês morarem em outra casa, assim como o resto das pessoas em Greenwood Corners. Esta casa é muito pequena e velha, e quando chove há mais vazamentos no telhado do que sou capaz de contar. E pode se preparar para outra surpresa, porque eu disse a Derek ontem que gostaria que vocês nos visitassem em Londres. Ele vai mandar uma carruagem, cavalos e um cocheiro, para que possam viajar quando quiserem.

– Ah, meu Deus! – Katie se apoiou na mesa da cozinha. – Imagine a pobre Eppie tendo um elegante par de castanhos ao seu lado no estábulo!

– Vai fazer bem a ela conviver com colegas de alta classe.

As duas riram, então a expressão de Katie se alterou. De repente, sua voz estava carregada de preocupação maternal.

– Como é para você, Sara? Não posso deixar de me preocupar, às vezes, quando a imagino morando com ele… naquele lugar.

– "Aquele lugar" é um clube de jogos de azar – disse Sara com ironia. – E me sinto absolutamente confortável lá. Mas, para aliviar sua preocupação, a mansão logo estará pronta e passarei a morar em uma casa adequada.

Elas começaram a preparar uma bandeja de chá enquanto conversavam, e o ritual familiar tornou a conversa mais fácil.

– E quanto ao Sr. Craven? – perguntou Katie. – Que tipo de marido ele é?

O rosto de Sara assumiu uma expressão engraçada.

– Um marido *peculiar* é a melhor maneira de defini-lo. – Ela mediu cuidadosamente as colheradas de folhas de chá que estava colocando em um bule lascado amarelo. – Derek é um homem muito complicado. Não tem medo de nada... a não ser dos próprios sentimentos. Ele não consegue admitir que me ama, mas às vezes vejo isso em seu rosto, e é como se as palavras estivessem tentando explodir de dentro dele.

Katie parecia perturbada.

– Vocês dois têm alguma característica semelhante, Sara? Algo em comum?

– Sim, mas é difícil explicar. – Sara sorriu, pensativa. – Somos ambos excêntricos, cada um a seu modo, mas conseguimos nos entender. Tenho certeza de que um casamento comum não teria servido para nenhum de nós. Estamos juntos com frequência, mas temos interesses distintos. Tenho os meus livros e a minha escrita, e ele se ocupa do clube e de todas as tramas em que está envolvido...

– Tramas?

– Ah, é um espanto constante a variedade de pessoas que o procuram a qualquer hora. Em um momento o vejo confabulando com moleques e rufiões de rua, e no instante seguinte ele está conversando com o embaixador da França!

Katie balançou a cabeça, impressionada.

– Estou começando a entender o que você quis dizer com "peculiar".

Sara hesitou, então deixou de lado a colher e o bule de chá.

– Vou lhe contar uma coisa, mamãe, mas que não deve sair destas quatro paredes, senão Derek arrancará a minha cabeça. Outro dia, encontrei recibos e registros de doações de caridade em uma gaveta da escrivaninha dele. Não pude acreditar nos meus olhos quando vi os valores. Ele havia doado *imensas* somas de dinheiro para escolas, orfanatos e hospitais, e isso não inclui o que gasta em suas causas políticas!

– Você comentou isso com ele?

– É claro! Perguntei por que ele fazia todas aquelas doações em segredo e deixava, propositalmente, que todos achassem que não se importa com ninguém a não ser consigo mesmo. É como se Derek quisesse que as pessoas tivessem uma má impressão dele. Se elas soubessem o bem que ele faz...

Katie se inclinou para a frente, fascinada.

– E o que ele disse?

– Derek riu e disse que, se as pessoas soubessem que ele havia feito uma contribuição de caridade, não importa se grande ou pequena, diriam que estava tentando polir a própria reputação. E disse também que houve um tempo em que dava dinheiro aos órfãos exatamente por isso: para fazer com que os outros tivessem uma boa impressão dele. Falou que já lambeu mais botas na vida do que qualquer homem deveria e que agora pode se dar ao luxo de fazer o que quiser, sem dar a menor... hum... sem pensar no que os outros vão dizer. Derek disse que tem direito à privacidade e que, como esposa, sou obrigada a não contar a ninguém. – Ela ergueu as sobrancelhas significativamente. – E agora, o que a senhora acha disso?

Katie estava com o cenho franzido.

– Ele parece bastante estranho, se quer saber a minha opinião.

Sara se pegou soltando uma gargalhada despreocupada.

– Pelo que posso dizer, a alta sociedade considera Derek e eu um par bem estranho.

– Assim como todos aqui no vilarejo – declarou Katie sem rodeios, e Sara riu de novo.

~

Sem dúvida, a alta sociedade teria desdenhado dos Cravens se eles tivessem tentado cortejá-la. Nenhum dos dois tinha uma única gota de sangue azul correndo nas veias. Nenhuma família importante, nenhuma história de qualquer mérito... nada além de uma fortuna tão grande a ponto de ser vulgar, construída em cima dos hábitos de jogo de homens ricos. Mas os Cravens se importavam tão pouco com a aprovação da alta sociedade que ela acabara sendo entregue a eles com relutância, por falta de opção. E, como Derek observou de forma grosseira, mas precisa, o dinheiro era um bom lubrificante para a aceitação social.

Mas, se a alta sociedade concordava com relutância com a presença de Derek e Sara em seus círculos elevados, o público dedicava total adoração aos Cravens. E isso surpreendia todos, inclusive o próprio casal célebre. "Finalmente chegou o dia em que os porcos voam", declarou o *Times* com acidez, "e um homem do East End e uma moça do campo se tornaram o centro das atenções da moda em Londres."

A princípio, Derek ficara intrigado, depois passara a encarar o pequeno alvoroço que eles criavam sempre que apareciam em público com um misto de resignação e ironia.

– No próximo mês, outra pessoa se tornará o centro do interesse – garantiu Sara. – Somos uma curiosidade temporária.

Ele não esperava por aquele fascínio do povo por um par de plebeus que viviam como a realeza. Eles foram rotulados de "revigorantes" por uma fonte, "arrivistas" por outra. Uma caricatura de George Cruikshank retratou o casal como plebeus ricos tentando imitar os modos da elite. Os Cravens eram uma janela através da qual as pessoas comuns podiam ver a vida da alta sociedade e se imaginar naquela posição.

O interesse aumentou ainda mais quando se tornou público que Sara era a autora reclusa de *Mathilda*. Houve especulações em cafés e pubs por toda a cidade sobre se a Sra. Craven seria Mathilda disfarçada. Sara ouviu o nome da personagem ser chamado por uma multidão que observava a chegada dos frequentadores do teatro quando foram assistir a um espetáculo no Drury Lane.

– Olhe para cá, Mathilda! – gritou um homem quando ela desceu da carruagem. – Deixe-nos vê-la!

Quando Sara se voltou para ele, perplexa, o grupo aplaudiu.

– Mathilda! Que visão encantadora é você, meu bem!

– "Deixe-nos vê-la" – murmurou Derek baixinho enquanto subia ao lado de Sara os degraus da frente do teatro. – Em breve você será declarada propriedade pública.

Sara começou a rir.

– Acho que essas pessoas só querem acreditar que existe uma Mathilda em algum lugar.

Antes de ocuparem seus assentos no camarote, os dois se separaram para trocar amabilidades com os vários conhecidos que os cercavam. Maridos, agora certos de que Derek já não se esgueirava mais até a cama de suas esposas, começaram a tratá-lo com uma simpatia cautelosa. Pessoas que Sara mal conhecia ou que nem chegara a conhecer se empenhavam em adulá-la. As mãos dela foram beijadas várias vezes por dândis e estrangeiros de voz aveludada enquanto abundavam elogios ao seu cabelo, ao vestido que usava, ao seu charme pessoal. Na maior parte das vezes, as abordagens eram respeitosas... a não ser por um canalha insolente cuja voz soou muito familiar a Sara.

– Maldição… se não é Mathilda!

Sara se virou cautelosamente para confrontar o sorriso atrevido de Ivo Jenner.

– Sr. Jenner – falou, cumprimentando-o com um aceno educado de cabeça.

O olhar travesso do homem a percorreu.

– Que belezinha você é. Craven é um sortudo por tê-la em sua cama todas as noites. Ele não merece uma mulherzinha boa como você.

– O Sr. Craven é um marido exemplar – murmurou Sara, tentando se afastar dele.

– Que cavalheiro elegante é o seu marido – debochou Jenner. – Diga a ele que não passa de um bastardo desgraçado lambedor de botas…

– Se não for embora agora – interrompeu Sara –, terá a oportunidade de lhe dizer isso pessoalmente.

Jenner seguiu o olhar dela, e seu sorriso insolente se alargou quando viu Derek abrindo caminho até eles. No momento em que o rival os alcançou, Jenner havia se misturado à multidão. Derek agarrou o braço de Sara.

– O que ele lhe disse?

Diante do tom áspero, ela o encarou com uma surpresa cautelosa.

– Nada importante.

– Diga-me.

– Não foi *nada* – repetiu Sara, estremecendo de dor. Ela se desvencilhou dele. – Derek… por favor, não faça uma cena.

Ele parecia não ouvi-la, com o olhar fixo em Jenner, que se afastava.

– Vou ensinar àquele desgraçado o que acontece se colocar um maldito dedo no que é meu – grunhiu.

Sara cerrou os lábios, aborrecida. O marido estava se comportando como um vira-lata brigando por um osso. Ela sabia por que o rival sempre conseguia irritar Derek com facilidade: a arrogância e a ousadia de Jenner faziam com que ele se lembrasse do seu próprio passado.

– Eu não sou propriedade sua – disse ela.

Embora a voz de Sara fosse gentil como sempre, havia uma frieza em seu tom que irritou Derek. Ele encarou-a com severidade. A esposa nunca falara com ele naquele tom antes. E ele não gostou.

– O diabo que não é – retrucou rispidamente, desafiando-a a discutir.

Sara não o encarou quando voltou a falar.

– Eu gostaria de ir para os nossos lugares no camarote.

Derek passou o resto da noite furioso com os modos reservados que ela adotou. A esposa praticamente o ignorou, concentrando toda a atenção na peça. Estava claro que ele a aborrecera. As maneiras retraídas de Sara eram um castigo pior do que teria sido qualquer discussão. Derek se determinou a ser igualmente frio com ela. Se Sara esperava arrancar dele um pedido de desculpas, podia esperar até que o diabo ficasse cego. Ela era *dele* – que tinha todo o direito de defendê-la contra os avanços de lixos como Ivo Jenner!

Depois de voltarem para casa e se recolherem para dormir, eles se mantiveram cada um em seu lado da cama. Aquela foi a primeira noite desde que haviam se casado em que não fizeram amor. Derek estava lamentavelmente consciente do corpo macio da esposa muito próximo a ele, do desejo agudo que sentia por ela e, ainda pior, da necessidade do seu afeto. Pela manhã, ficou muito aliviado quando Sara acordou com o bom humor de sempre, parecendo ter esquecido o aborrecimento da noite anterior.

Derek relaxou na banheira enquanto ela se sentava em uma cadeira próxima e lia o jornal diário para ele. O *Times* publicara descrições detalhadas do vestido marfim de Sara e do diamante azul de cinco quilates em seu dedo, assim como as opiniões dos Cravens sobre a peça e as especulações sobre se Derek era realmente um "libertino regenerado".

– Não há uma palavra de verdade em nada disso – comentou Derek.

– A não ser a parte em que disseram que você estava resplandecente.

– Obrigada, gentil senhor.

Sara deixou o jornal de lado e estendeu a mão para brincar com um dos pés grandes, ensaboado e apoiado na borda de porcelana da banheira. Ela torceu o dedão dele de brincadeira.

– E a parte que diz que você está regenerado?

– Não estou. Ainda faço tudo o que costumava fazer... só que agora apenas com você.

– E de forma impressionante – retrucou Sara, em um tom recatado.

Ela reparou que o marido havia gostado do comentário – os olhos verdes cintilaram e ele mergulhou os pés dentro da banheira.

– A água ainda está quente – disse Derek, fazendo redemoinhos convidativos com as mãos.

Sara sorriu e balançou a cabeça.

– Não.

Ele deslizou para baixo na água, com os olhos fixos nos dela.

– Preciso de ajuda aqui. Há um ponto que não consigo alcançar.

– Onde?

– Venha cá e eu lhe mostro.

Incapaz de resistir ao apelo travesso dele, Sara cedeu. Ela se levantou da cadeira, deixou o roupão e a camisola caírem nos ladrilhos molhados e enrubesceu sob o olhar penetrante de Derek. Então entrou com cuidado na banheira. Derek estendeu a mão para ajudá-la e fez com que se ela se abaixasse lentamente na água morna. Sara estremeceu ao senti-lo embaixo dela, escorregadio e forte, envolvendo-a com os braços e pernas musculosos. O cabelo preto de Derek brilhava incrivelmente.

– Onde está o sabonete? – perguntou Sara, limpando um pouco de espuma do maxilar dele.

– Eu deixei cair – falou Derek com pesar, e puxou a mão dela para dentro da água turva. – Você terá que encontrá-lo.

Ela riu e jogou água nele. A água se acumulava em poças no chão do banheiro enquanto os dois brincavam. Sara passou os braços encharcados ao redor do pescoço do marido e deu um beijo molhado em seus lábios.

– Acho que não estou conseguindo encontrar o sabonete – sussurrou ela, com o corpo junto ao dele.

– Continue procurando – encorajou Derek, com a voz rouca, enquanto capturava sua boca em outro beijo.

Em seus momentos privados, Derek reconhecia para si mesmo que tudo o que Lily afirmava sobre o casamento era verdade. A absoluta conveniência da situação era impressionante. A esposa estava sempre por perto – sua presença delicada enfeitando a casa, a mão em seu braço quando eles apareciam em público, o aroma persistente de seu perfume assombrando-o docemente quando os dois estavam separados. Ele sabia que seria impossível se cansar de Sara, pois ela era tão vital para ele quanto o próprio ar que respirava. Mesmo assim, Derek se sentia um impostor a cada beijo de marido que lhe dava na testa. Era como se tivesse ganhado um belo conjunto de roupas que não lhe serviam muito bem. Ele se pegava observando Sara atentamente, esperando ver pistas de que cometera algum erro. Não era tolo a ponto de achar que estava se comportando como a maioria dos maridos – seja lá o que isso significava. Mas a esposa lhe dava apenas poucas e preciosas orientações, e ele se via obrigado a trilhar cegamente um caminho íngreme e desconhecido.

Com frequência, Derek sentia uma profunda sensação de mal-estar, como se alguma dívida monumental e invisível estivesse sendo acumulada em seu nome. Havia também uma pontada ocasional de ressentimento quando Derek percebia que Sara havia se tornado a fonte de todo prazer para ele, de todo conforto, de toda paz. Ela era o primeiro ser humano de quem ele precisava. Havia perdido a liberdade que sempre tivera de uma forma que nunca imaginara ser possível, e se via preso com mais firmeza pelo amor dela do que estaria por longas correntes de ferro.

~

Sara sentiu falta da presença de Derek na cama e, quando desceu a escada ainda nas primeiras horas da manhã em busca do marido, encontrou-o sozinho no salão de jogo principal. O cômodo parecia estranhamente quieto e soturno sem a aglomeração habitual de clientes e funcionários. Derek estava sentado diante da escrivaninha de Worthy, que ficava em um canto do salão, com vários baralhos cuidadosamente alinhados sobre a superfície polida. Ao sentir a presença dela, ele olhou por cima do ombro e deixou escapar um grunhido evasivo.

– O que você está fazendo? – perguntou Sara com um bocejo, e se enrodilhou em uma cadeira próxima.

– Worthy desconfia de que um dos meus crupiês está trapaceando. Resolvi dar uma olhada nas cartas que o homem usou essa noite, só para ter certeza. – Derek torceu os lábios em uma expressão de desagrado enquanto indicava uma das pilhas rasas de cartas. – Esse com certeza é um baralho marcado.

Sara ficou perplexa. Ela assistira a todos os rituais elaborados das mesas, às aberturas cerimoniosas de novos baralhos.

– Como qualquer um dos crupiês conseguiria marcar as cartas? Eles não teriam tempo ou oportunidade... teriam?

Derek pegou um baralho novo e embaralhou com tanta habilidade que as cartas não passavam de um borrão. Então estendeu para Sara a mão virada para baixo.

– Diga-me qual é a rainha.

Sara deu uma olhada no verso das cartas.

– Não tenho como. São todas iguais.

– Não, não são. Acabei de marcar a rainha.

Derek pegou a carta e mostrou a ela o entalhe minúsculo, quase indistinguível, que ele havia feito com a unha do polegar na borda da carta.

– Existem outras formas de marcar. Eu poderia usar tinta na ponta do meu dedo para deixar manchas. Poderia dobrá-las um pouco. Ou esconder um pequeno espelho na manga.

– Um espelho? – repetiu Sara.

Ele assentiu e continuou a brincar com as cartas.

– Se um baralho foi marcado profissionalmente, é possível saber embaralhando as cartas e observando a parte de trás. Qualquer alteração vai aparecer. – As cartas pareciam ganhar vida em suas mãos enquanto ele embaralhava mais uma vez. – É assim que se embaralha... mas o movimento deve ser suave. É preciso treinar na frente de um espelho.

As cartas eram como um riacho escorrendo de suas mãos. Ele as segurava delicadamente, manipulando-as com os longos dedos flexionados até o baralho formar uma ponte, uma cachoeira, um leque que estalava.

Sara o observava com admiração. Por mais ágeis que fossem os crupiês do clube, ela nunca vira nenhum deles manipular as cartas com tanta facilidade. Isso, junto à mente extraordinária de Derek para números, faria dele um oponente invencível.

– Por que você nunca joga? – perguntou. – Nunca o vi participar de um jogo sem compromisso com lorde Raiford ou seus outros amigos. É porque sabe que sempre venceria?

Derek deu de ombros.

– Essa é uma das razões – respondeu sem qualquer presunção. – A outra é que jogar não me dá qualquer prazer.

– Não?

– Eu nunca gostei.

– Mas como você pode ser tão bom em uma coisa e não gostar?

– Essa é uma boa pergunta – disse Derek, e riu baixinho, deixando as cartas de lado.

Ele levou Sara até a mesa de apostas e ergueu-a pelos quadris. Ela se sentou na beirada da mesa com os joelhos afastados enquanto o marido se posicionava entre eles. Derek se inclinou para a frente, aproximando a boca quente e gentil.

– Não é como a sua escrita, meu bem. Quando você se senta diante da escrivaninha, coloca o coração e a mente no seu trabalho, e isso lhe dá satisfação. Mas as cartas são apenas padrões. Depois de aprender esses padrões, tudo se torna automático. Não é possível ter prazer com algo que não exija nem um pouco do seu coração.

Sara acariciou os cabelos negros dele.

– Eu tenho um pouco do seu coração?

Ela se arrependeu assim que fez a pergunta. Havia prometido a si mesma não pressioná-lo, não exigir coisas que ele não estava preparado para lhe dar.

Os olhos de Derek eram de um verde-escuro enquanto a encaravam sem piscar. Ele se inclinou para a frente e seus lábios buscaram os da esposa, acendendo um ardor dentro dela que rapidamente se transformou em uma chama brilhante. Sara estremeceu ao senti-lo levantar sua saia até a cintura e se encaixar melhor entre os joelhos dela. Os dois se beijaram apaixonadamente, tateando por baixo das roupas apertadas, abrindo botões em movimentos desajeitados com uma pressa impetuosa.

Sara arquejou ao sentir a carne quente e íntima dele se erguendo junto ao seu corpo.

– Aqui não... Alguém pode ver...

– Todos já se foram.

Ele mordiscou delicadamente o pescoço dela.

– Mas nós não podemos...

– Agora – insistiu Derek, e puxou a cabeça dela contra o seu ombro enquanto a possuía ali, na mesa de apostas, e fazia Sara estremecer com um prazer incontrolável.

~

Sara estava sozinha nos aposentos privados acima do clube, mirando-se no longo espelho do quarto. Ela se arrumara para comparecer ao jantar de aniversário do irmão de 17 anos de lorde Raiford, Henry. Em eventos de família como esse, os Raifords sempre faziam questão de reunir um grupo afetuoso e agradável. Sara sabia que a noite seria repleta de brincadeiras e risadas. Derek havia saído para ajudar Alex a entregar o presente de Henry, um reluzente cavalo puro-sangue, em Swans' Court antes que o rapaz chegasse em casa, vindo de Eton.

Sara alisou a saia do vestido de veludo verde. Decotado e severo em sua simplicidade, o traje era adornado apenas por uma fileira de seis colchetes dourados que prendiam a fenda frontal da saia. Ela usava um colar que Derek lhe dera para celebrar o primeiro mês de casamento, uma peça deslumbrante de diamantes e esmeraldas que se derramavam em fileiras intrincadas sobre o seu colo. Admirando o colar cintilante no espelho, Sara sorriu e se virou para vê-lo de outro ângulo.

De repente, seu coração parou.

O reflexo mostrou que havia alguém atrás dela.

Sara girou o corpo e encarou, com olhos arregalados, a mulher de cabelos dourados que apontava uma pistola diretamente para ela.

CAPÍTULO 12

O rosto de lady Ashby estava tenso, e seus olhos cintilavam com um brilho de loucura e ódio.

Sara foi a primeira a falar e se espantou com a calma que ouviu na própria voz.

– Você deve ter vindo pelas passagens secretas.

– Eu sabia sobre elas muito antes de você conhecê-lo – declarou Joyce com desdém, disparando os olhos na direção da enorme cama dourada. – Estive tantas vezes com ele nessa cama que seria impossível contá-las. Nós éramos magníficos juntos. Inventamos coisas que nunca haviam sido feitas antes. Não se mexa.

Ela segurava a arma com firmeza.

Sara respirou fundo.

– O que você quer?

– Quero dar uma olhada na mulher que ele tomou como esposa. – Joyce sorriu com desprezo. – Coberta de veludo e joias... como se isso fosse enganar os outros, fazendo-os tomá-la por uma dama importante.

– Uma dama como você?

Joyce ignorou o golpe e ficou olhando como que hipnotizada para o colar que cintilava sobre a pele pálida de Sara.

– Essas esmeraldas são da cor exata dos olhos dele. Ninguém mais tem olhos assim. – Ela olhou para Sara com uma fúria ardente. – Eu disse para não se mover!

Sara estacou, pois tentava avançar em direção ao longo cordão com borlas que tocaria a campainha para chamar os criados.

– Você deve estar muito satisfeita consigo mesma – continuou Joyce –, admirando-se em seu belo vestido e com a aliança no dedo. Acha que tem o que eu mais cobiço. Acredita que ele pertence a você. Mas o seu casamento não significa nada. Derek pertence a *mim*. Eu coloquei a minha marca nele.

– Ele não quer você – sussurrou Sara, com os olhos fixos no rosto vingativo de Joyce.

– Sua camponesa simplória! Acha mesmo que teve mais dele do que uma centena de mulheres poderia reivindicar? Eu o conheço tão bem quanto você. Conheço o padrão de pelos em seu peito, o cheiro da pele dele. Eu senti as cicatrizes de Derek sob as minhas mãos, os músculos se movendo em suas costas. Sei o que é tê-lo dentro de mim... conheço o modo como ele se move, lenta e profundamente, pouco antes de encontrar alívio para o seu desejo. – Joyce continua a fitar Sara com os olhos semicerrados. – É um amante talentoso, o desgraçado do seu marido. Nenhum outro homem na terra entende o corpo de uma mulher como ele. Um animal grande e sensual, sem consciência e sem escrúpulos. Derek é o meu complemento perfeito... e ele sabe disso.

Sara disparou na direção do cordão da campainha e deu um puxão frenético, esperando ouvir a explosão da pistola. Mas Joyce não atirou. Sara a encarou novamente, trêmula e pálida.

– Os criados estarão aqui em um instante. Sugiro que vá embora, lady Ashby.

Joyce a encarou com desprezo.

– Que criatura ridícula você é.

Então ela estendeu deliberadamente a mão e derrubou o lampião aceso que estava em cima da cômoda.

Sara deu um grito de horror quando a cúpula do lampião quebrou e o óleo derramado se incendiou. Na mesma hora a poça de fogo se espalhou e as chamas começaram a lamber avidamente o carpete, a madeira e as cortinas.

– Ah, meu Deus!

O rosto de Joyce era como uma pintura em dourado e vermelho, refletindo a luz maligna que crescia.

– Você pode morrer pela fumaça e pelo fogo – disse ela em uma voz gutural – ou com uma bala. Ou... pode escolher fazer exatamente o que eu disser.

Derek e Alex estavam a várias ruas de distância da St. James quando perceberam que havia algo terrivelmente errado acontecendo. Sinos tocavam. Carruagens, cavalos e pedestres enchiam a área. O céu estava cheio de um brilho vermelho opaco que vinha de labaredas em algum lugar no horizonte.

– Fogo – disse Alex laconicamente, olhando pela janela da carruagem.

– Onde?

Uma sensação fria envolveu Derek, acumulando-se na boca do seu estômago. A carruagem avançava com uma lentidão excruciante enquanto os batedores faziam o possível para abrir caminho pelas ruas movimentadas. Seu sexto sentido, sempre apurado, o alertava para o desastre.

– É no clube – ouviu-se afirmar.

– Não posso dizer com certeza.

A voz de Alex era calma, sem revelar nem um traço da ansiedade que sentia. Mas uma de suas mãos agarrava a cortina da janela com tanta força que os pontos do tecido começaram a se romper.

Derek praguejou baixinho, abriu a porta da carruagem e saltou. O veículo se movia tão lentamente que era mais rápido andar. Ele abriu caminho através da multidão que se aglomerava para ver o incêndio.

– Craven! – gritou Alex atrás dele, seguindo-o à distância.

Derek não parou. O badalar insistente dos sinos enchia seus ouvidos, reverberando em pancadas estrondosas. Não era possível que fosse o clube dele. Não depois de ter passado a vida toda trabalhando, roubando, sofrendo por aquele lugar. Ele construíra o Craven's com seus próprios suor e sangue, com pedaços da sua alma. Deus, a ideia de ver tudo desaparecer em fumaça e cinzas...

Derek dobrou a esquina e deixou escapar um murmúrio incoerente. O palácio do jogo ardia em chamas. O rugido do fogo estava por toda parte – o céu, o ar e até o chão pareciam tremer. Derek se aproximou cambaleando e ficou assistindo aos seus sonhos queimarem em uma chama profana. Ele ficou mudo, respirando e engolindo em seco, tentando entender o que estava acontecendo. Aos poucos, se deu conta dos rostos familiares entre a multidão apavorada. Monsieur Labarge estava sentado na beira da calçada, segurando de um jeito entorpecido uma panela de cobre que provavelmente trouxera da cozinha, sentindo muito pânico para largá-la. Gill estava de pé com as prostitutas da casa, algumas furiosas, outras chorando.

Worthy estava ali perto, com as chamas refletidas em seus óculos. O suor escorria por seu rosto. Ele se virou e viu Derek. Seu rosto se contraiu convulsivamente. Ele cambaleou para a frente, e sua voz era irreconhecível enquanto falava.

– Sr. Craven... o fogo se espalhou rápido demais. Não havia nada que eles pudessem fazer. Tudo se foi.

– Como começou? – perguntou Derek, com a voz rouca.

Worthy tirou os óculos e enxugou o rosto com um lenço. Demorou muito para responder, e as palavras saíram sufocadas.

– Começou no último andar. Nos aposentos privados.

Derek encarou-o fixamente. Dois policiais passaram correndo por eles, que ouviram um trecho da conversa apressada pairar no ar.

– ... derrubar o prédio ao lado... abrir espaço para o combate ao fogo...

– Sara – murmurou Derek.

Worthy abaixou a cabeça e estremeceu.

Derek se aproximou do faz-tudo e agarrou-o pelo colarinho.

– Onde ela está? Onde está a minha esposa?

– Eu perguntei aos funcionários – respondeu Worthy, arquejando, como se fosse doloroso falar. – Vários deles... confirmaram que ela estava no clube.

– Onde ela está agora?

– Senhor...

Worthy balançou a cabeça e começou a emitir um som estranho, como se engolisse em seco sem parar.

Derek soltou-o e recuou alguns passos enquanto encarava, atordoado, o outro homem.

– Tenho que encontrá-la.

– Aconteceu rápido demais – continuou Worthy, tentando controlar as lágrimas. – Ela estava nos aposentos particulares quando tudo começou. Não teria como sair.

A mente de Derek era uma confusão estridente. Desorientado, ele girou em um semicírculo. Se sentia muito estranho... toda a sua pele formigava.

– Não, eu... *Não*. Ela está em algum lugar... Tenho que encontrá-la.

– Sr. Craven? – Worthy seguiu-o enquanto ele avançava até a rua. – O senhor não pode entrar lá. Sr. Craven, espere!

Ele segurou o braço de Derek, que afastou-o com impaciência e passos decididos que ganhavam mais impulso.

Dominado por um súbito pânico, o faz-tudo se atirou sobre o patrão, usando seu peso leve e a força dos músculos rijos para contê-lo.

– Ajudem-me a detê-lo! – gritou Worthy. – Ele vai correr direto para o meio do incêndio!

Derek grunhiu e empurrou o empregado para longe, mas outras mãos o seguraram, jogando-o no chão. Ele praguejou e tentou se levantar novamente, mas se viu cercado por uma multidão de homens com a intenção de contê-lo. Enfurecido, Derek começou a se debater como um animal raivoso, rugindo e tentando se libertar. Ao longe, ouviu a voz de Alex Raiford.

– Derek... pelo amor de Deus, homem...

– *Sara! Sara...*

Alguém acertou um golpe violento em sua cabeça. Derek arqueou o corpo com a dor e deixou escapar um gemido animal.

– Minha... esposa...

Ele arquejava, com o cérebro em chamas, os pensamentos desmoronando como um castelo de cartas. Derek deixou escapar um último gemido silencioso e mergulhou na escuridão.

~

Lady Ashby levara Sara para a adega subterrânea sob a mira da arma, e as duas deixaram o clube por uma das portas secretas. Aquele caminho tinha sido projetado para permitir uma rota de fuga fácil aos clientes e evitar o constrangimento de serem pegos no clube durante uma batida policial. Ao sair do porão para o ar fresco do lado de fora, Sara ficou surpresa ao ver uma carruagem alugada esperando por elas.

– Entre – murmurou Joyce, cutucando-a nas costas com o cano da pistola. – E não tente apelar para o cocheiro. Ele está sendo bem pago para manter a boca fechada e fazer o que eu mandar.

Já dentro da carruagem, elas se sentaram em assentos opostos. Joyce manteve a pistola apontada para Sara, saboreando o poder decisivo de vida ou morte que tinha sobre a sua prisioneira. O veículo começou a se mover.

Sara cruzou as mãos trêmulas no colo.

– Para onde estamos indo?

– Para uma propriedade de Ashby no campo. Uma velha casa medieval. – Agora que seu plano estava progredindo exatamente como pretendia, Joyce se mostrava mais relaxada, até mesmo falante. – A maior parte dela desmoronou ao longo dos séculos, a não ser pelo núcleo central e pela torre. Nunca é visitada.

– A que distância fica?

– Vamos viajar por pelo menos uma hora e meia. Talvez duas. – Ela deu um sorriso zombeteiro. – Gostaria de saber por que estou levando você até lá? Não vou contar. Quero lhe fazer uma surpresa.

Sara imaginou se o fogo teria se espalhado por todo o clube ou se por algum milagre os funcionários haviam conseguido contê-lo. Logo Derek retornaria de sua missão com Alex. Ela se sentiu nauseada ao pensar no que o marido poderia encontrar. Ele descobriria que ela estava desaparecida... talvez se ferisse tentando encontrá-la. De repente, Sara ficou apavorada por causa de Derek, imaginando se ele estaria em perigo, se acharia que ela havia morrido. Agitada, ela tocou o colar pesado ao redor do pescoço, rolando entre os dedos as esmeraldas lisas.

– Me dê isso – falou Joyce bruscamente, observando o gesto de Sara.

– O colar?

– Sim, tire.

Joyce ficou olhando enquanto Sara tirava o tesouro cintilante do pescoço.

– Uma camponesa com um colar digno de uma rainha – zombou. – Você não tem graça ou porte para usar adequadamente essa joia. Me dê isso.

Seus dedos ansiosos envolveram o colar e ela o arrancou das mãos de Sara. Joyce pousou a joia no assento ao lado dela e brincou afetuosamente com a teia de esmeraldas e diamantes.

– Ele me deu presentes... uma pulseira, um colar, pentes cravejados para o meu cabelo... mas nada tão bom quanto isso. – Ela sorriu para Sara, disposta a provocá-la ainda mais. – No dia em que me deu os pentes, Derek disse que se imaginara fazendo amor comigo usando joias em meus cabelos dourados e nada mais. Você sabia que ele prefere mulheres de cabelos loiros a escuros?

Sara manteve a expressão neutra, recusando-se a deixar a mulher perceber como o comentário a atingira. Joyce começou outra ladainha de insultos desdenhosos e gabou-se das proezas sexuais de Derek até a raiva e o ciúme embrulharem desagradavelmente o estômago de Sara.

~

A voz de uma mulher alcançou Derek gentilmente, tirando-o da escuridão confusa que o envolvia. Havia algo errado... Uma frieza estranha se espalhava dentro dele, como uma sombra sinistra que penetrava cada centímetro do seu corpo. Ele se agitou, grogue, ansiando por conforto.

– Sara...

– Estou aqui, querido.

Era a voz de Lily, que soava rouca e estranha.

Derek se forçou a acordar e gemeu por causa da dor latejante que sentia na cabeça.

– Meu Deus.

Ele piscou e se sentou desajeitadamente, olhando ao redor.

Estava na carruagem dos Raifords, parada em frente a Swans' Court. Alex estava ao lado dele, com uma das mãos firmemente pousada em seu ombro. O peito de Derek doía. Era como se tivesse sido espancado.

– O que aconteceu? – murmurou, esfregando os olhos.

Lily estava parada na porta da carruagem, com o rosto coberto de lágrimas iluminado pelos lampiões laterais. Seus olhos estavam inchados.

– Venha para casa conosco, Derek. Cuidado, deixe Alex ajudá-lo.

Derek obedeceu sem pensar e descobriu, enquanto tropeçava ao sair da carruagem, que seus pés não estavam firmes. Já de pé ao lado do veículo, ele apoiou a mão na lateral lisa e brilhante e tentou clarear a mente. Alex e Lily estavam parados junto a ele, um de cada lado. E ambos o olhavam de forma estranha. Derek começou a se lembrar... o fogo, o clube... Sara.

– Onde está ela? – perguntou, e ficou furioso ao ver o olhar que os amigos trocaram. – Malditos sejam vocês dois, me respondam!

Os olhos cinzentos de Alex eram compassivos.

290

– Ela não está em lugar nenhum, Derek – respondeu ele em voz baixa.
– Foi pega pelo fogo. Não poderia ter sobrevivido.

Derek deixou escapar um grunhido rouco e se afastou deles. O pesadelo o alcançara novamente. Ele começou a tremer.

– Derek – disse Lily em voz baixa, com os olhos cintilando –, você não está sozinho. Vamos atravessar este momento juntos. Entre. Venha, vamos beber alguma coisa.

Ele a encarou, sem expressão nos olhos.

– Derek... – tentou persuadi-lo Lily, mas de repente ele já havia desaparecido, movendo-se rapidamente na noite até ser engolido por inteiro.

Assustada, Lily gritou, chamando-o, então se virou para Alex.

– Você precisa segui-lo – disse, nervosa. – Alex, traga-o de volta!

O marido passou os braços ao redor dela.

– E depois que eu fizer isso? Além de deixá-lo inconsciente, não tenho como mantê-lo aqui. – Ele levantou o queixo de Lily e olhou em seus olhos. – Derek vai voltar – tranquilizou-a com gentileza. – Não tem mais para onde ir.

~

Exausta com os pensamentos frenéticos que disparavam por sua mente, Sara se surpreendeu ao perceber que a carruagem diminuía a velocidade até que parou. Ela tivera a impressão de que as rodas nunca parariam de girar, levando-a para mais longe de Londres a cada minuto torturante que passava. No meio da viagem, Joyce ficou em silêncio, atrapalhando-se, desajeitada, para prender o colar de esmeraldas em volta do pescoço sem deixar a arma de lado.

Sara a fitava em silêncio enquanto meditava sobre a obsessão da mulher por Derek. Joyce Ashby era louca ou no mínimo mentalmente desequilibrada. Parecia uma criança cruel e egoísta em um corpo de adulto – não valorizava nenhuma vida além da própria e não sentia remorso por suas ações. Na mente de Joyce, não haveria consequências para qualquer coisa que fizesse.

Como permitiam que uma mulher como essa andasse livremente e causasse tanto dano? Com certeza lorde Ashby devia estar ciente das ações da esposa. Sara imaginou que tipo de homem ele seria e por que não havia controlado Joyce muito tempo antes.

O cocheiro abriu a porta da carruagem e olhou para o interior. A estranha aparência do rapaz desafiava qualquer suposição precisa sobre a sua idade. Ele parecia um rato, com o rosto magro e a barba por fazer. Seus olhos sem cor se moveram, nervosos, da pistola na mão de Joyce para o rosto da mulher.

– Milady? – questionou.

– Vamos sair – disse Joyce. – Fique aqui até eu voltar.

– Sim, milady.

Sara falou rápido, olhando fixamente para o cocheiro.

– O senhor não pode permitir isso. Não seja tolo. A lei irá responsabilizá-lo pelo que acontecer comigo aqui, e, se não fizer isso, então o meu marido o fará!

O homem se encolheu e se esquivou, ignorando-a.

– Saia – ordenou Joyce, em um tom desdenhoso, gesticulando para ela com a pistola.

Sara desceu, sentindo as pernas rígidas por causa da longa viagem. Lançou um olhar para o cocheiro, que voltara para a frente da carruagem com os cavalos. Como ele aparentemente não tinha qualquer consciência a que ela pudesse apelar, Sara tentou ameaçá-lo.

– Meu marido é Derek Craven, e, quando ele souber o que está acontecendo aqui, não vai descansar até que o senhor pague...

– Ele não fará nada para ajudá-la – disse Joyce, cutucando Sara com a pistola. – Comece a andar.

O caminho era iluminado pelo lampião da carruagem que Joyce carregava. Elas se aproximaram da estrutura medieval, que era pouco mais do que uma concha de pedra vazia e mutilada. As janelas e portas haviam desmoronado, dando à construção robusta a aparência de uma mandíbula com lacunas de dentes que faltavam. Sara entrou lentamente no saguão central. Ratos e insetos disparavam em todas as direções, alertados pela presença das intrusas.

Irritada com o passo hesitante de Sara, Joyce usou a pistola para empurrá-la até os degraus de pedra quebrados que levavam à torre.

– Lá em cima – disse bruscamente.

Sara subiu devagar o primeiro degrau. Sentia a boca seca de medo. Começou a suar muito, sentindo o medo líquido escapar pelos poros.

– Por quê?

– Há um quarto no alto da torre com uma barra na porta. Vou mantê-la ali. Você será o meu animal de estimação particular. De vez em quando, virei visitá-la e lhe contarei tudo sobre o seu marido. Vamos descobrir quanto tempo ele sofrerá por você e quanto tempo vai demorar até que volte para a minha cama. – Joyce fez uma pausa e acrescentou, em um tom presunçoso: – Talvez eu até lhe mostre maneiras de me dar prazer, e você me mostrará exatamente o que seu marido acha tão atraente em você.

– Você é repulsiva – falou Sara, indignada.

– Pode dizer isso agora, mas depois de alguns dias fará o que eu quiser em troca de água e comida.

Os nervos de Sara se contraíram, rebeldes, exigindo ação. Ela preferiria morrer naquele exato momento a ficar à mercê de uma louca por tempo indeterminado. Precisava fazer alguma coisa imediatamente, antes que chegassem ao quarto da torre. Depois de mais alguns passos, Sara fingiu tropeçar no patamar, então se virou depressa e agarrou o braço da outra.

Joyce reagiu com um silvo de raiva, lutando para manter o controle da pistola. Para isso, largou o lampião da carruagem e tentou enfiar as unhas no rosto de Sara. Quando sentiu as garras compridas em seu pescoço, Sara gritou e tentou afastar a arma de si. As duas lutaram desesperadamente e rolaram juntas os degraus. O impacto doloroso da pedra na cabeça e nas costas deixou Sara atordoada, mas ela não soltou o braço de Joyce, mesmo quando o sentiu se abaixar entre seus corpos contorcidos.

De repente, seus ouvidos zumbiram com uma explosão.

O primeiro pensamento de Sara foi que havia levado um tiro. Ela sentiu um golpe forte e contundente no peito, que aos poucos identificou como o coice da pistola. Movendo-se lentamente, Sara se virou e se sentou, levando a mão à lateral da cabeça, que latejava.

Joyce estava a cerca de meio metro de distância, gemendo. Uma mancha de sangue carmesim brotava em seu ombro.

– Ajude-me – pediu Joyce, arquejando.

– *Ajudá-la?* – repetiu Sara enquanto tentava ficar de pé, cambaleando.

De alguma forma, ela conseguiu se recompor. O lampião que caíra ainda estava intacto, e a chama baixa crepitava enquanto ele rolava preguiçosamente por um degrau. Depois de pegá-lo, Sara foi até Joyce, que segurava o ombro machucado. *Eu deveria deixar você aqui*, pensou. Ela não sabia que havia dito as palavras em voz alta até Joyce responder:

– Você não pode me deixar morrer!

– Você não vai morrer.

Enojada e apavorada, Sara tirou a própria anágua e enrolou-a com firmeza contra a ferida para estancar o sangue. Joyce gritou como um gato enfurecido, com os olhos semicerrados e uma expressão demoníaca no rosto. Os ouvidos de Sara zumbiam com os gritos penetrantes.

– Fique quieta, cretina! – ordenou, irritada. – Nem mais um pio!

De repente, Sara sentiu todo o seu corpo ser dominado por uma energia furiosa. Sentia-se forte o bastante para derrubar uma das paredes de pedra com as próprias mãos. Ela foi até a entrada do castelo em ruínas e viu que o cocheiro ainda aguardava, esticando o pescoço com curiosidade.

– Você! – gritou. – Venha aqui imediatamente, senão não receberá um maldito xelim do que ela prometeu!

Sara se virou para Joyce, com os olhos azuis cintilando.

– E você... devolva o meu colar.

~

Como Alex havia previra, Derek voltou para Swans' Court, desgrenhado e sujo, cheirando a madeira queimada. Seu rosto estava frio e sem sinal de lágrimas, arranhado pela luta na hora do incêndio. Lily esperava por ele, já tendo bebido incontáveis xícaras de chá. Henry, o cunhado dela, estava em Londres com os amigos, procurando confusão, como costumavam fazer os jovens cheios de animação e energia. Alex permanecera em casa, andando nervosamente de cômodo em cômodo.

Quando o mordomo anunciou a entrada de Derek, Lily correu para o saguão e segurou seu braço. Deixou escapar uma torrente de perguntas enquanto o levava até a sala.

– Derek, onde você esteve? Você está bem? Gostaria de comer alguma coisa? Aceita uma bebida?

– Conhaque – respondeu Derek secamente, e sentou-se no sofá da sala de estar.

Lily pediu que as criadas se apressassem a levar água quente, toalhas e conhaque para eles. Tudo chegou em pouco tempo. Derek permaneceu estranhamente passivo enquanto Lilly limpava os arranhões sujos com uma toalha umedecida. Ele segurava o copo de conhaque nas mãos sem se dar o trabalho de levá-lo aos lábios.

– Beba um pouco disso – pediu Lily, no tom firme e maternal que seus filhos nunca ousavam desobedecer.

Derek tomou um gole e pousou o copo sem olhar para a amiga, que continuava parada acima dele.

– Você está cansado? – perguntou. – Gostaria de se deitar um pouco?

Derek esfregou o maxilar, sem expressão nos olhos verdes sem vida. Ele parecia não tê-la ouvido. Lily alisou cuidadosamente uma mecha do cabelo dele.

– Estarei por perto. Diga-me se quiser alguma coisa.

Ela foi até Alex, que observava da porta. Os olhos dos dois se encontraram.

– Espero que ele fique bem – sussurrou Lily. – Nunca o vi assim. Ele perdeu tudo... o clube... Sara...

Vendo a preocupação nos olhos da esposa, Alex puxou-a para si e embalou-a suavemente. Ao longo dos anos que se passaram desde que haviam se casado, os dois compartilharam uma vida de companheirismo, paixão e alegria incomparáveis. Momentos como aquele serviam como um lembrete brutal de que nunca deveriam considerar garantida a felicidade que tinham. Ele abraçou protetoramente a esposa.

– Ele vai sobreviver – disse Alex. – Assim como sobreviveu a tudo o que aconteceu em sua vida. Mas nunca mais será o mesmo.

Lily se virou nos braços do marido para fitar com infelicidade a forma imóvel de Derek no sofá. Alguém bateu com a aldrava de metal na porta da frente. O som agudo ecoou no saguão de entrada. Alex e Lily se entreolharam em uma pergunta silenciosa e ficaram olhando enquanto o mordomo atendia. Eles ouviram uma voz grossa, com um forte sotaque do East End, discutir com os tons bem modulados de Burton.

– Se Craven está aqui, eu gostaria de vê-lo, maldição!

A voz do homem não era familiar a Alex, mas Lily reconheceu-a na mesma hora.

– Ivo Jenner! – exclamou. – Por que diabos ele viria aqui? A menos que... – Seus olhos escuros se arregalaram. – Alex, foi Jenner que começou o incêndio na cozinha do Craven's no ano passado. Foi apenas uma brincadeira... mas talvez ele tenha pregado outra peça hoje à noite que acabou saindo do controle! Você acha...

Lily se interrompeu quando sentiu uma brisa repentina passar por ela... Era Derek, ágil como uma pantera, avançando na direção do saguão.

Alex seguiu-o em um piscar de olhos, mas não antes que Derek passasse as mãos ao redor do pescoço de Jenner, derrubando-o no chão de mármore. Jenner praguejou de forma obscena e usou seus punhos de boxeador para acertar as laterais do corpo de Derek. Foi necessária a força combinada de Alex, do mordomo e de Lily para tirar Derek de cima do outro homem. O saguão de entrada reverberava com os gritos deles. Apenas Derek se mantinha em silêncio, ocupado em seu empenho de assassinar o recém-chegado.

– Pare com isso! – gritou Lily.

Alex mantinha um braço poderoso ao redor do pescoço de Derek.

– Maldição, Craven... – berrou Raiford.

– Eu não fiz aquilo! – protestou Jenner em voz alta – Por isso vim aqui, para dizer a você que não fui eu!

Derek engasgou com a forte pressão do braço de Alex ao redor do seu pescoço e finalmente se viu forçado a ceder.

– Eu vou matar você – falou em um arquejo, encarando Jenner com sede de sangue.

– Seu louco idiota! – exclamou Jenner, levantando-se e limpando a roupa.

Ele ajeitou a barra do paletó de volta no lugar.

– Não se atreva a xingar Derek! – disse Lily com veemência. – E não me insulte alegando inocência sob o meu próprio teto, quando todos sabemos que há motivos para acreditar que você é o responsável pelo incêndio!

– *Eu não fiz aquilo* – retrucou Jenner com igual veemência.

– Você estava por trás do incêndio na cozinha do Craven's no ano passado! – acusou Lily.

– Sim, admito que estava, mas agora não tenho nada a ver com o que aconteceu. Vim aqui para fazer um *favor* ao maldito Craven, inferno!

– Que favor? – perguntou Derek, com a voz baixa e ameaçadora.

Alex teve que contê-lo mais uma vez.

Jenner se recompôs, alisou o cabelo ruivo e pigarreou.

– O camarada que eu sempre procuro quando preciso de um falso testemunho no tribunal apareceu esta noite no meu clube. Por acaso, ele estava passando pelo Craven's no momento em que o incêndio começou e viu duas mulheres saindo do local. Ele disse que achou estranho, já que não eram prostitutas da casa, mas damas usando vestidos finos. Uma era loira, e a outra, de cabelo castanho, com uma joia de pedras verdes ao redor do pescoço. Elas pegaram uma carruagem de aluguel e foram embora do clube... E foi então que o lugar começou a queimar como as entranhas do inferno. – Jenner deu de ombros e acrescentou com certa timidez: – Pensei que... talvez a de cabelo castanho fosse a Sra. Craven.

– E talvez eu encontre um pé de feijão gigante no meu jardim amanhã de manhã – disse Lily, sarcástica. – Você é um *demônio*, Jenner, por vir aqui atormentar Derek com essa história!

– É verdade – insistiu Jenner, indignado. – Maldição, quero que você a encontre! Estão falando por toda a Londres, até no meu maldito clube, que eu sou o homem que provocou o incêndio que matou a maldita Mathilda! Isso é ruim para a minha reputação e para os meus negócios... Além do mais... Eu gosto da mocinha. – Ele lançou um olhar de desdém na direção de Derek. – Ela merece mais do que esse maldito desgraçado, ah, merece.

– Você já disse o que tinha para dizer – murmurou Alex. – Agora vá embora. Estou ficando cansado de conter Derek.

Mas ele não soltou o amigo até Jenner ter ido embora em segurança e a porta da frente estar bem fechada. Derek se desvencilhou e recuou alguns passos, lançando um olhar sinistro para Alex.

Lily deixou escapar um suspiro furioso.

– Que fanfarrão idiota esse Jenner! Acho absurda cada palavra que ele disse.

Derek voltou a atenção para a porta fechada. Seu corpo grande e magro estava absolutamente imóvel. Os Raifords esperaram que ele verbalizasse seus pensamentos. Quando Derek finalmente falou, sua voz saiu tensa e quase inaudível.

– Sara tem um colar de pedras verdes. Ela ia usá-lo esta noite.

A expressão de Alex era de alerta.

– Craven... Sara teria algum motivo para deixar o clube esta noite?

– Com uma loira? – perguntou Lily, cética. – Acho que nenhuma das amigas de Sara é loira, a não ser a minha irmã Penelope, e ela certamente não teria... – Ela se interrompeu ao ouvir a exclamação baixa que o amigo deixou escapar. – O que foi, Derek?

– Joyce – murmurou ele. – Pode ter sido Joyce.

– Lady Ashby? – Lily mordeu o lábio e perguntou gentilmente: – Derek, você tem certeza de que não está tentando se convencer de algo em que deseja desesperadamente acreditar?

Derek ficou em silêncio, concentrado nos próprios pensamentos.

Alex franziu o cenho enquanto avaliava mentalmente as possibilidades.

– Talvez devêssemos fazer uma visita à Casa Ashby – sugeriu. – A esta altura, mal não faria. Mas, Craven, não tenha esperanças de descobrir qualquer...

Ele se virou, surpreso ao ver que Derek já saía pela porta. Alex olhou para Lily com as sobrancelhas castanho-claras erguidas.

– Eu ficarei aqui – murmurou ela, empurrando-o para que fosse atrás de Derek. – Vá e cuide dele.

~

Depois que Sara e o cocheiro ajudaram Joyce a entrar na carruagem, eles começaram a longa viagem de volta a Londres. Joyce estava encolhida de dor e gemia e xingava sempre que o veículo dava um solavanco. Aquelas lamúrias sem fim acabaram esgotando a paciência de Sara.

– Meu bom Deus, já basta! – exclamou, irritada.

– Vou morrer – murmurou Joyce, gemendo mais uma vez.

– Infelizmente, não é o caso. A bala passou direto pelo seu ombro, o sangramento parou, e qualquer desconforto que esteja sentindo é pouco para compensar tudo o que você fez – continuou Sara, cada vez mais exasperada. – Conheci Derek na noite em que você mandou cortarem o rosto dele e, desde então, você não parou de nos atormentar. A culpa do que aconteceu agora é sua!

– Você está gostando de me ver sofrer – lamentou Joyce.

– Por algum motivo, não consigo sentir muita compaixão por uma mulher que acaba de tentar me matar! E quando penso na forma cruel e insensível como você destruiu o clube de Derek...

– Ele vai me odiar para sempre por isso – sussurrou Joyce, satisfeita. – Sempre terei ao menos essa parte dele.

– Não – declarou Sara com determinação. – Vou encher a vida de Derek com tanta felicidade que ele não vai ter espaço para odiar ninguém. O meu marido não vai gastar um único minuto pensando em você. Você não será nada para ele.

– Você está errada – sibilou Joyce.

As duas caíram em um silêncio tempestuoso que durou o resto da viagem. Por fim, a carruagem parou diante da Casa Ashby, uma magnífica mansão com fachada de estuque e afrescos em um lindo tom de marrom. Sara pediu ao cocheiro que a ajudasse a levar Joyce para dentro. Eles tiveram que subir um pequeno lance de escada. Joyce gemia de dor e se apoiava pesadamente em Sara, cravando as unhas com força em seu ombro e seu braço. Sara teve que fazer um grande esforço para resistir ao impulso de jogá-la escada abaixo. Quando chegaram à porta da frente, um mordomo atônito os recebeu.

– Pague ao cocheiro tudo o que lhe foi prometido e leve-nos a lorde Ashby – disse Sara ao homem, em um tom direto. – Rápido.

Perplexo, o mordomo olhou para o vestido manchado de sangue de lady Ashby.

– Vá – insistiu Sara, e o homem obedeceu às suas ordens.

Depois de receber o pagamento, o cocheiro voltou correndo para a carruagem e partiu o mais rápido possível.

– O que você vai dizer a lorde Ashby? – murmurou Joyce.

Sara encarou-a com os olhos azuis muito frios.

– A verdade, milady.

Joyce deu uma gargalhada fraca, parecendo uma bruxa dourada da floresta.

– Ele não vai me punir. Meu marido me deixa fazer o que eu quiser.

– Não desta vez. Vou me certificar de que você responda pelo que fez esta noite.

– Experimente – incentivou Joyce, e soltou outra gargalhada.

O mordomo levou-as a uma sala de estar próxima, magnificamente decorada em vermelho e preto. Como Sara não estava mais apoiando-a, Joyce se agarrou ao braço do mordomo e estava pálida e tonta quando finalmente chegaram ao destino.

– Mande chamar um médico – ordenou Joyce, com a voz débil e a mão no ombro ao se largar em uma cadeira. – Exijo atendimento imediato.

O mordomo saiu, e elas ouviram uma voz estrondosa surgir de um canto da sala.

– Estava esperando por você, lady Ashby. Parece que andou aprontando alguma travessura esta noite.

Joyce olhou de relance para o marido e não respondeu. Sara, por sua vez, aproximou-se cautelosamente de lorde Ashby. Ele estava sentado em uma cadeira perto da lareira, com os joelhos estendidos de maneira confortável. Era um velho atarracado, de pescoço grosso, com uma papada tremulante e olhos úmidos e esbugalhados. Parecia um sapo dominador. Sara se sentiu como uma mosca azarada invadindo seu território. Apesar das roupas finas e da herança aristocrática, o homem tinha um ar sujo e autoritário que enervava Sara.

– Explique isso – falou ele, olhando para Sara, gesticulando com a mão larga com impaciência.

Sara fitou-o nos olhos e fez questão de falar no tom mais nítido possível.

– Eu não descreveria as ações de lady Ashby como "travessuras" exatamente, milorde. Esta noite a sua esposa incendiou o clube do meu marido, ameaçou a minha vida, me sequestrou e tentou me trancar em seu castelo abandonado, para me manter como seu animal de estimação particular! Estou inclinada a acusá-la de tentativa de homicídio.

– Ela está mentindo, milorde! – interrompeu Joyce, agitada. – Essa criatura... essa *camponesa* me atacou sem qualquer motivo...

– Silêncio! – bradou Ashby. Seu olhar reptiliano se voltou para Sara. – Não pretende procurar as autoridades, Sra. Craven, senão não teria trazido lady Ashby até mim. Tanto a senhora quanto eu preferimos não expor os detalhes desagradáveis desta situação nos tribunais. Afinal, seu marido é tão culpado quanto minha esposa.

– Eu não concordo...

– É mesmo? Então o que está fazendo agora se não tentando protegê-lo das consequências dos próprios erros do passado? Embora possa querer argumentar, Sra. Craven, sabe muito bem que o seu marido nunca deveria ter levado lady Ashby para a cama dele, por respeito a mim, se não por outro motivo. Embora eu... admita que lady Ashby provavelmente foi uma forte tentação.

Sara olhou com desdém para a mulher ensandecida e manchada de sangue.

– Não importa qual tenha sido o gosto dele no passado, meu marido não tem interesse em ninguém além de mim agora.

Um leve sorriso surgiu no rosto de lorde Ashby. Seu maxilar flácido se contraiu.

– Não duvido nem um pouco disso, Sra. Craven. E me considerarei em dívida com a senhora, *exclusivamente* com a senhora, não com seu marido, se permitir que eu lide com a minha esposa da maneira que eu achar melhor.

As duas mulheres falaram ao mesmo tempo.

– Milorde? – perguntou Joyce bruscamente.

– O que vai fazer com ela? – questionou Sara.

– Eu a manterei em um local remoto na Escócia – respondeu lorde Ashby a Sara –, totalmente afastada da sociedade. Minha esposa claramente representa um perigo para todos de quem se aproxima. Eu a isolarei com relativo conforto em vez de confiná-la em um hospital para lunáticos, onde poderia ser submetida a um tratamento cruel e também se tornaria um constrangimento para a família.

– *Nããão!* – Joyce explodiu em um uivo selvagem. – Não serei mandada para longe daqui! Não serei enjaulada como um animal!

Sara manteve a atenção em lorde Ashby.

– Eu só gostaria de saber por que não fez isso antes, milorde.

– A minha esposa sempre foi uma fonte de diversão para mim, Sra. Craven. Até agora, ela nunca havia causado danos sérios a ninguém.

– O rosto do meu marido… – começou a dizer Sara, furiosa, lembrando-se do corte.

– Ele merecia um castigo – declarou lorde Ashby. – No passado, Craven se deitou com as esposas de muitos homens poderosos. Ele tem sorte por nenhum deles ter decidido castrá-lo.

O homem tinha certa razão, por mais que Sara não gostasse de admitir.

– A sua "fonte de diversão" quase me custou a vida – murmurou ela.

Ashby franziu o cenho com impaciência.

– Sra. Craven, não vejo razão para nos repetirmos. Eu lhe dou a minha palavra de honra de que o problema será resolvido da maneira como descrevi. Lady Ashby nunca mais pisará na Inglaterra. Isso deve ser o suficiente para satisfazê-la.

– Sim, milorde. É claro que confio na sua palavra. – Sara baixou os olhos em deferência. – Se me der licença, preciso encontrar o meu marido.

– Craven esteve aqui com lorde Raiford – informou lorde Ashby.

Sara ficou intrigada com a informação.

– Aqui? Mas como...

– Eles desconfiam de que Joyce pode ter algo a ver com o seu desaparecimento. Eu disse a eles que não sabia do paradeiro de minha esposa. Os dois partiram menos de dez minutos antes da sua chegada.

– Para onde foram?

– Eu não perguntei. Não tinha qualquer importância para mim.

Sara ficou aliviada por Derek não ter se ferido. Mas ele devia estar atormentado, até mesmo frenético, sem saber o que havia acontecido com a esposa. Ela mordeu o lábio, desanimada.

– Bem, ao menos eles sabem que há uma chance de eu estar bem.

– Eles não têm muita esperança – comentou Ashby, em um tom irônico. – Seu marido parecia bastante indiferente a toda a situação.

O coração de Sara batia descompassado. Ela sabia que não era indiferença, mas um excesso de emoções que Derek não conseguia controlar. Ele estava guardando tudo dentro de si, negando a todos a dor e o medo que sentia, até a si mesmo. Precisava encontrá-lo. Talvez o melhor lugar para começar sua busca fosse o clube. Com o amanhecer chegando, os homens com certeza iriam querer inspecionar o prédio destruído à luz do dia e examinar as ruínas.

– Milorde – falou Sara com urgência –, eu gostaria de pedir que uma de suas carruagens me leve a St. James Street.

Ashby assentiu.

– Imediatamente.

Sara saiu da sala enquanto Joyce gritava como uma louca atrás dela.

– Não vou ficar trancada para sempre... Eu voltarei! *Você nunca estará segura!*

~

Sara arquejou assim que viu o clube. Ou melhor, o local onde antes ficava o clube. Ladrões e mendigos vasculhavam os escombros em busca de bens danificados pelo fogo. Sara desceu lentamente da carruagem de Ashby e ficou parada na beira da rua, olhando.

– Meu bom Deus – sussurrou, com lágrimas ardendo nos olhos.

Todos os sonhos de Derek, o monumento à sua ambição… tudo completamente destruído. Não restava nada além das colunas e a escada de mármore, erguendo-se como o esqueleto exposto de uma fera antes orgulhosa. Havia pedaços da fachada de pedra espalhados no chão como escamas gigantes. Era difícil dimensionar a extensão da destruição. Durante anos o clube fora o centro da vida de Derek. Sara não conseguia imaginar como ele devia estar reagindo à perda.

A luz lavanda do amanhecer caía suavemente sobre a cena. Sara seguiu a passos lentos na direção das ruínas carbonizadas, com os pensamentos dispersos. Deu-se conta, com tristeza, de que seu manuscrito havia queimado. E estava quase terminado… A coleção de arte também se fora. Será que Worthy estava bem? Será que alguém morrera no incêndio? Havia brasas quentes no chão e pequenos focos de fogo. Espirais de fumaça se erguiam de madeiras enegrecidas que haviam caído em ângulos estranhos. O que antes fora o enorme lustre no salão abobadado se transformara em uma massa de cristal derretido.

Quando chegou ao que antes era a grande escadaria central, agora exposta ao céu aberto, Sara parou e passou a manga do vestido pelo rosto. Então deixou escapar um suspiro sofrido.

– Ah, Derek – murmurou. – O que eu vou dizer a você?

Uma brisa passou por ela, agitando as cinzas em torno de sua saia e fazendo-a tossir.

De repente, uma sensação estranha a dominou, um leve choque, como se tivesse sido tocada por mãos invisíveis. Sara esfregou os braços e se virou, sabendo de alguma forma que Derek estaria lá.

E ele estava. O marido a encarou, muito pálido, ainda mais do que as colunas de mármore queimadas que se erguiam do chão. Seus lábios formaram o nome dela, mas ele não emitiu nenhum som. A brisa atingiu os dois, levando consigo os fios de fumaça que subiam do chão. Sara se surpreendeu com o abatimento de Derek, a expressão atormentada que repuxava suas feições, fazendo com que parecesse um estranho. Seus olhos ardiam, como se ele estivesse inundado por uma raiva incontrolável… Mas, de repente, as profundezas verdes transbordaram, e ela percebeu com espanto que o que via ali não era raiva... Era um terror profundo. Derek não se mexeu nem piscou, temendo que ela desaparecesse.

– Derek? – chamou Sara, hesitante.

Ele engoliu em seco várias vezes.

– Não me deixe – sussurrou por fim.

Sara correu até o marido, levantando a saia e tropeçando em sua pressa.

– Estou bem. Ah, por favor, não fique assim! – Quando o alcançou, ela o abraçou com toda a sua força. – Está tudo bem.

Um tremor violento dominou todo o corpo de Derek. De repente, ele devolveu o abraço com tanta força que fez com que as costelas de Sara doessem com a pressão. As mãos dele deslizaram pelo corpo dela, tateando, frenéticas, enquanto seu hálito tremulava em seu ouvido.

– Você disse que nunca me deixaria.

Ele a segurava como se temesse que ela fosse ser arrancada dele.

– Estou aqui agora – acalmou-o Sara. – Estou bem aqui.

– Ah, meu Deus... Sara... Eu não conseguia encontrar você...

Ela passou a palma das mãos pelo rosto frio e molhado do marido. Derek estava cambaleante e apoiava seu peso considerável com força contra ela.

– Você andou bebendo? – perguntou Sara em um murmúrio, e se afastou para olhar para ele.

Derek balançou a cabeça, ainda encarando-a como se ela fosse um fantasma. Sara imaginou como poderia tirar aquela expressão devastada dos olhos do marido.

– Vamos procurar um lugar para sentar.

Quando ela deu um passo na direção da escada de mármore, os braços dele a apertaram mais.

– Derek – insistiu Sara.

Ele acompanhou-a como um sonâmbulo. Os dois pararam em um degrau e ele se curvou com força sobre ela, envolvendo-a com os braços rapidamente.

– Eu amo você – declarou-se Derek, enxugando com impaciência as lágrimas que escorriam por seu rosto. – Não consegui dizer isso antes. Não consegui...

Ele cerrou o maxilar trêmulo, tentando controlar o fluxo quente de lágrimas. Mas isso só fez com que escorressem com mais força. Derek desistiu e enterrou o rosto no cabelo dela.

– Inferno – murmurou.

Sara nunca o vira tão descomposto, nunca imaginara que isso fosse possível. Ela acariciou os cabelos escuros, sussurrando palavras sem sentido, tentando confortá-lo.

– Eu amo você – repetiu ele, com a voz rouca, colando-se mais a ela. – Teria dado a minha vida para ter mais um dia com você e lhe dizer isso.

Alex, que observava o encontro do outro lado da rua, deixou escapar um imenso suspiro de alívio.

– Graças a Deus – murmurou, e foi para a carruagem que o aguardava.

Mal podia esperar para contar as boas-novas a Lily. Na verdade, talvez decidisse nunca mais perder Lily de vista. Depois de esfregar os olhos cansados, Alex se dirigiu ao cocheiro:

– Bem, Craven conseguiu a sua segunda chance. Quanto a mim... vou voltar para casa e para a minha esposa. Acelere.

– Está com pressa, não é mesmo, milorde? – perguntou o cocheiro, atrevido, e Alex lhe dirigiu um sorriso irônico.

– Vamos.

Sara beijou o cabelo desalinhado do marido e seu pescoço, murmurando baixinho. Ele abraçou-a por um longo tempo enquanto o tremor em seus membros cedia aos poucos.

– Worthy está bem? – perguntou Sara. – Alguém se machucou?

– Estão todos bem.

– Derek, vamos construir outro clube. Faremos tudo de novo, prometo...

– Não.

Ele falou com tanta veemência que Sara ficou quieta por alguns minutos enquanto continuava a acariciar seus cabelos. Derek levantou a cabeça e encarou-a com os olhos vermelhos.

– Nunca seria o que já foi. Prefiro me lembrar do lugar como era a construir uma imitação. Eu... quero algo diferente agora.

– E o que seria? – perguntou Sara, com o cenho franzido em uma expressão que misturava ternura e preocupação.

– Ainda não sei. – Derek deu uma risadinha e puxou-a novamente para si. – Não faça perguntas a um homem que acabou de passar pelo maior susto de sua vida.

Sem se importar com a possibilidade de alguém vê-los, ele segurou a cabeça de Sara entre as mãos e a beijou.

A boca de Sara se ressentiu do ardor desesperado e punitivo do marido. Ela estremeceu e murmurou baixinho, tentando acalmá-lo. Não saberia dizer o momento exato em que ele voltou a si, mas de repente sentiu a pele de Derek quente, e sua boca novamente familiar movia-se de forma terna sobre a dela.

Depois de algum tempo, Derek encerrou o beijo, encostou o rosto no dela e respirou fundo. Seus dedos traçaram a curva úmida do rosto de Sara, o ponto delicado entre a orelha e o maxilar.

– Quando disseram que você estava morta... – Ele fez uma pausa enquanto um tremor o dominava e se forçou a continuar: – Achei que estava sendo punido pelo meu passado. Eu sabia que não estava destinado a ter você, mas não consegui me conter. Em toda a minha vida, você foi o que eu mais quis. Eu tinha medo o tempo todo de que você fosse tirada de mim.

Sara não se moveu, nem emitiu qualquer som, mas estava encantada. Para Derek admitir que sentira medo... Ela jamais teria imaginado que qualquer poder na terra, ou além, seria capaz de provocar uma confissão dessas.

– E por isso eu tentei me proteger – continuou Derek, com a voz rouca. – Não queria entregar a você a derradeira parte de mim que eu não poderia ter de volta. Então você se foi... e me dei conta de que essa parte de mim já era sua. Desde o começo. Só que eu não havia lhe dito. Isso me deixou louco, pensar que você jamais saberia.

– Mas eu não fui embora. Estou aqui e ainda temos uma vida inteira juntos.

Derek beijou o rosto dela e sua barba por fazer arranhou a pele macia de Sara.

– Ainda não suporto a ideia de perdê-la. – De repente, havia um sorriso na voz dele. – Mas não vou deixar que esse pensamento me impeça de amá-la com tudo o que tenho... coração e corpo... e o que mais eu puder encontrar para incluir na oferta.

Sara riu.

– Você realmente acha que conseguiria se livrar de mim? Lamento dizer, mas sou uma parte permanente da sua vida, Sr. Craven... não importa quantas ex-amantes mande atrás de mim.

Ele não achou a menor graça.

– Conte-me o que aconteceu.

Sara contou tudo o que acontecera enquanto Derek ficava cada vez mais tenso. Seu rosto ficou vermelho de raiva e ele cerrou os punhos com violência. Quando ela terminou a descrição da visita a lorde Ashby, Derek tirou-a do colo e se levantou, praguejando.

– O que você está fazendo? – perguntou Sara, aborrecida, enquanto se levantava do chão.

– Vou estrangular aquele desgraçado pançudo e a cadela que ele chama de esposa.

– Não, você não vai – interrompeu Sara, determinada. – Lorde Ashby me deu sua palavra de que trancaria a esposa em um lugar onde ela não pudesse fazer mal a ninguém. Deixe isso para lá, Derek. Você não pode sair por aí, furioso desse jeito, e gerar mais escândalos só para satisfazer seu senso de vingança. Além disso...

Ela fez uma pausa, vendo que suas palavras estavam surtindo pouco efeito. A astúcia feminina lhe disse que só havia uma maneira de dissuadi-lo.

– Além disso – continuou em um tom mais suave –, já suportei tudo de que era capaz por um dia. Preciso de algumas horas de paz. Preciso descansar. – E isso era verdade. Seus ossos doíam de cansaço. – Você não poderia esquecer os Ashbys por ora e me levar para casa?

Derek passou os braços ao redor dela, desarmado, substituindo a raiva pela preocupação.

– Para casa – repetiu, ciente de que a esposa se referia à mansão onde eles ainda não haviam passado uma única noite. – Mas ainda não está pronta.

Sara se encostou nele e acariciou seu peito.

– Tenho certeza de que vamos conseguir encontrar uma cama em algum lugar. E, se não conseguirmos, não terei o menor problema em dormir no chão.

Derek relaxou e abraçou-a com força.

– Muito bem – murmurou, colando a boca no cabelo dela. – Vamos para casa. Encontraremos algum lugar para dormir.

– E você vai ficar ao meu lado?

– Sempre – sussurrou ele, e beijou-a novamente.

EPÍLOGO

O choro insistente de um bebê faminto ecoou pela mansão enquanto a ama embalava a criança e tentava acalmá-la. Ao ouvir os protestos cada vez mais altos, Derek subiu vários lances de escada até o quarto das crianças. A ama se assustou com a aparição repentina do patrão, talvez temendo que ele a culpasse pela irritação do bebê. A expressão no rosto sério de Derek era indecifrável.

– Está tudo bem – assegurou ele à ama, e pegou a filha no colo.

A mulher se afastou cautelosamente até a lateral do quarto, onde se ocupou em dobrar uma pequena pilha de roupas de bebê.

– Lydia está com fome, senhor. A Sra. Craven deve ter se atrasado na volta da palestra.

Derek aconchegou a filha contra o ombro e murmurou uma combinação de linguagem dos bebês e do East End, em um idioma próprio dos dois que só a menina parecia entender. Aos poucos, Lydia se acalmou, atenta à voz baixa do pai. Uma mão pequena e cheia de covinhas tocou o maxilar de Derek, explorando a superfície áspera. Ele beijou os dedinhos minúsculos e sorriu para os olhos solenes da filha.

– Que menininha barulhenta você é – murmurou ele.

A ama o observava com admiração e curiosidade. Nunca ouvira falar de um pai abastado que pusesse os pés no quarto das crianças, e menos ainda que se ocupasse dos filhos que choravam.

– Ela não faz isso com mais ninguém – comentou a mulher. – Tem jeito com ela, Sr. Craven.

De repente, eles ouviram a voz risonha de Sara vindo da porta.

– Ele tem jeito com *todas* as mulheres.

Ela entrou no quarto e levantou o rosto para receber um beijo do marido antes de pegar Lydia. Então dispensou a ama, acomodou-se em uma poltrona confortável e desabotoou o corpete do vestido. Seus longos cabelos protegiam parcialmente o bebê em seu seio. Derek permaneceu por perto, observando-as com atenção.

A maternidade dera um novo brilho às feições de Sara, enquanto seus feitos no trabalho lhe garantiram maturidade e confiança. No ano anterior, ela terminara outro romance, *O canalha*, que prometia alcançar o sucesso de *Mathilda*. A história, sobre um jovem ambicioso que desejava prosperar por meios honestos, mas se vira forçado por uma sociedade insensível a recorrer ao crime, sensibilizara o público. Sara passou a ser convidada com frequência para falar em reuniões sobre reforma política e questões sociais. Ela não se achava preparada ou carismática o bastante para dar palestras a grupos de intelectuais, mas eles insistiam em sua presença nas reuniões.

– Como foi a palestra? – perguntou Derek, passando um dedo com delicadeza sobre a penugem escura que cobria a cabeça da filha.

– Eu só fiz algumas observações que são puramente bom senso. Disse que, em vez de esperar que os pobres simplesmente "aceitem a sua posição" na vida, deveríamos dar a eles a chance de fazer algo por si mesmos... senão acabarão recorrendo a meios desonestos e teremos mais crimes.

– Eles concordaram?

Sara sorriu e deu de ombros.

– Eles me consideram uma radical.

Derek riu.

– Política – disse, em um tom que misturava humor e desprezo.

Seu olhar se fixou na bebê que mamava e se demorou na curva exposta do seio de Sara.

– E o hospital? – perguntou Sara. – A construção finalmente começou?

Derek tentou manter uma expressão pragmática no rosto, mas ela podia ver que ele estava satisfeito.

– Começaram a trabalhar na fundação.

O rosto de Sara se iluminou com um sorriso de prazer.

Nos últimos meses, os restos mortais do clube tinham sido limpos. Derek não havia decidido o que fazer com a propriedade. Houvera, é claro, pedidos para que ele reconstruísse o Craven's, pois o lugar era pranteado por figuras influentes, como o duque de Wellington, lorde

Alvanley e até mesmo o rei. Mas Derek resistira aos apelos públicos para restaurar o clube de jogos de azar e passara a se dedicar a outros projetos. Ele estava construindo um hospital grande e moderno ao norte da cidade, solicitando contribuições voluntárias e combinando cada doação com seu próprio dinheiro. Também estava preparando um terreno que possuía no West End para construir uma sequência de casas elegantemente mobiliadas, a fim de serem alugadas a viajantes estrangeiros, homens solteiros e famílias que fossem passar apenas a temporada social em Londres.

Sara implicara carinhosamente com o marido enquanto eles examinavam os projetos do arquiteto para o prédio do hospital – uma construção quadrada simples, mas bonita. Durante anos Derek tinha sido conhecido como o maior canalha da Inglaterra, e agora era elogiado por todos por ter se "regenerado".

– Você está ficando conhecido como um benfeitor público, quer goste ou não – disse ela ao marido com satisfação.

– Eu não gosto – respondeu ele, sem achar graça. – Só estou fazendo essas coisas para não ficar entediado.

Sara riu e beijou-o, sabendo que Derek sempre negaria qualquer sentimento altruísta.

Quando Lydia terminou de mamar no seio de Sara, a ama se adiantou para pegá-la. Sara usou um pano macio para secar a frente do corpo, fechou o vestido e enrubesceu ligeiramente ao perceber o olhar atento de Derek. Os olhos verdes do marido encontraram os dela.

– Lydia é adorável – comentou ele. – E se parece mais com você a cada dia.

De todas as surpresas sobre Derek – e parecia haver um suprimento infinito delas –, a maior era a dedicação dele à filha. Sara esperava que ele fosse um pai gentil, mas pouco participativo. Derek nunca conhecera qualquer relação entre pais e filhos. E ela imaginara que o marido optaria por manter uma distância cuidadosa da bebê. No entanto, ele amava a filha com uma devoção escancarada. Com frequência pegava Lydia no colo e desfilava com ela diante dos convidados, como se um bebê fosse um milagre adorável que nenhum deles jamais vira antes. Derek considerava a filha de uma inteligência prodigiosa por segurar o dedo dele, por bater as pernas, por deixar escapar sons adoráveis, por fazer todas as coisas que os bebês costumavam fazer... a não ser pelo fato de, na opinião dele, Lydia fazer tudo isso muito melhor.

– Tenha muito mais filhos – aconselhara Lily a Sara com ironia –, assim a atenção de Derek se dividirá entre eles. Caso contrário, ele vai estragar completamente essa daí.

Sara não compreendia totalmente o motivo do comportamento do marido até uma tarde recente, quando estava parada ao lado dele diante do berço, observando a filha adormecida. Derek pegara a mão da esposa e a levara aos lábios.

– Você é o meu coração – murmurara ele. – Me deu mais felicidade do que eu tenho o direito de ter. Mas ela... – Derek olhara para Lydia, encantado. – Ela é minha própria carne e meu sangue.

Comovida com as palavras, Sara se dera conta de como ele sempre se sentira sozinho: sem pai, mãe, irmãs ou irmãos, sem laços de sangue de qualquer tipo. Ela havia apertado carinhosamente a mão do marido e se aninhara a ele.

– Agora você tem uma família – dissera Sara baixinho.

Voltando ao presente, Sara respondeu ao comentário anterior de Derek.

– Lydia tem cabelo preto, olhos verdes, a sua boca e o seu queixo, e você diz que ela se parece *comigo*?

– Ela tem o seu nariz – observou Derek. – E o seu temperamento.

Sara riu, se levantou e dobrou uma manta leve em um quadrado perfeito.

– Suponho que seja por causa do meu temperamento que ela acorda a família no meio da madrugada aos gritos, não é?

Derek se adiantou na direção dela inesperadamente e encurralou-a contra a parede.

– Ora, ora – murmurou ele –, no passado você ficou conhecida por ser bastante barulhenta uma ou duas vezes, não é mesmo?

Os olhares dos dois se encontraram em um momento elétrico. Toda desconcertada, Sara corou profundamente. Ela não ousou olhar para a ama, para o caso de a mulher ter ouvido. Depois de lançar um olhar sério de desaprovação a Derek, Sara passou por baixo do braço dele e fugiu correndo para a segurança do próprio quarto. O marido seguiu-a de perto.

Eles não faziam amor desde muito antes do nascimento da bebê e, para o crédito de Derek, ele vinha sendo paciente – o que era extraordinário, levando em consideração seu vigoroso apetite físico. Embora o médico tivesse mencionado que ela estava totalmente recuperada do parto e pronta para retomar as relações conjugais, Sara vinha conseguindo se recusar a Derek com apelos gentis. Nos últimos tempos, no entanto, ela vinha recebendo olhares intensos, que a alertavam de que não dormiria sozinha por muito mais tempo. Sara parou na porta do quarto dela.

– Derek – disse com um sorriso suplicante –, talvez mais tarde...

– Quando?

– Eu não tenho certeza – respondeu Sara, começando a fechar a porta para deixá-lo do lado de fora.

Derek abriu caminho teimosamente, entrou e fechou a porta. Começou a avançar na direção da esposa, mas hesitou ao vê-la enrijecer. Seu rosto ficou tenso.

– O que houve? – perguntou. – É algum problema físico? Ou algo que eu fiz, ou...

– Não – apressou-se a dizer Sara. – Não é nada disso.

– Então o que é?

Sara concentrou toda a atenção no tecido da manga do vestido. Não conseguia encontrar uma forma de explicar sua relutância ao marido. Ela havia passado por tantas mudanças... Era mãe agora... Não tinha certeza se fazer amor com Derek seria a mesma coisa e não queria descobrir. Tinha medo de decepcioná-lo e também decepcionar a si mesma, e era mais fácil continuar adiando o momento do que enfrentá-lo. Sara deu de ombros, sem jeito.

– Tenho medo de que não vá mais ser como antes.

Derek ficou muito quieto, assimilando o que ela dissera. Então envolveu a nuca da esposa com uma das mãos, em um gesto que Sara pensou ser de consolo. No entanto, o marido segurou-a com vontade e puxou-a junto ao corpo, capturando com firmeza a sua boca. Ela tentou se esquivar, surpresa, quando Derek pegou sua mão e levou-a ao meio das pernas dele – seu membro estava rígido como ferro, latejando sob o toque dela.

– Aí está. – Ele pressionou a mão dela com mais força. – Está sentindo isso? Você é minha esposa... já se passaram meses, e estou ardendo de desejo por você. Não me importo se não for como antes. Mas, se não vier para a cama comigo agora, vou explodir.

E isso, aparentemente, era tudo o que ele pretendia dizer sobre o assunto. Derek ignorou os protestos murmurados de Sara e despiu ambos. Então colou o corpo pequeno dela ao dele, e gemeu de amor, prazer e impaciência.

– Sara, senti a sua falta... senti falta de abraçá-la assim...

As mãos dele percorreram o corpo dela com reverência, sentindo a nova circunferência dos seios, as curvas mais amplas dos quadris.

A princípio, Sara ficou imóvel sob ele, hesitante, com as mãos apoiadas nas costas flexionadas do marido. Ele a beijou com uma voracidade gentil, saboreando sua boca com longas e profundas incursões da língua. Isso despertou de vez o desejo de Sara, e ela o puxou para mais perto. Para sua súbita e profunda mortificação, algumas gotas de leite vazaram dos seus seios. Sara se afastou com um arquejo de desculpas e tentou dar as costas a ele. Derek segurou os ombros dela e se curvou sobre seus seios. Sua respiração saía em arquejos profundos enquanto ele a fitava. Os mamilos úmidos eram de um rosa mais escuro do que antes, rodeados por um delicado traçado de veias. A visão poderosamente maternal fez com que uma onda dolorosa de desejo percorresse seu corpo. Derek tocou o bico do seio com a língua, provocando, contornando e, por fim, cerrando os lábios ao redor da carne rígida. Ele sugou gentilmente.

– Ah, melhor não... – disse Sara em um arquejo, ao sentir a pele do seio vibrando. – Não é decente...

– Eu nunca disse que era um homem decente.

Ela soltou um gemido ofegante, presa embaixo do marido, que sugava o leite de seu seio. Sara sentiu o início de um latejar na parte mais íntima do corpo. Derek permaneceu mais algum tempo com a boca colada ao seio dela e a mão envolvendo a carne roliça, então passou para o outro. Depois de algum tempo, Sara enfiou os dedos em seu cabelo escuro e puxou a cabeça do marido para cima, procurando com sua boca a dele. Os corpos dos dois se entrelaçaram, rolando uma, duas vezes na cama, e as mãos se buscaram com uma urgência cada vez maior, as pernas se misturaram.

Por fim, quando Derek deslizou profundamente para dentro do corpo da esposa, ambos arquejaram e ficaram imóveis, tentando preservar o momento de união. Devagar, Sara deslizou as mãos pelos ombros dele e as levou até o alto das coxas, se deliciando com o tamanho poderoso do corpo do marido. Derek estremeceu de prazer e se moveu contra ela, que se arqueou languidamente. Os dois começaram a se movimentar em um ritmo lento, se deixando levar por uma onda de calor.

– Você estava certa – sussurrou Derek, passando as mãos pelo corpo dela e pousando beijos doces e quentes na pele da esposa. – Não é mais como antes... É ainda melhor. Deus, se ao menos... eu pudesse fazer isso durar para sempre.

Ele arremeteu com mais força, incapaz de se conter. Sara cerrou os punhos e pressionou-os contra as costas dele, contraindo o corpo de desejo. Derek olhou-a nos olhos, cerrando os dentes no esforço de retardar o próprio prazer. Ela envolveu os quadris dele com as pernas e pediu que ele a penetrasse com mais força ainda. Com medo de machucá-la, Derek tentou se conter, mas ela o estimulou com a própria paixão exigente até que ele deixou a tempestade de desejo dominá-lo. Seu grito abafado seguiu o dela, e os dois se deixaram envolver juntos pelo redemoinho do prazer, unidos pela carne e pelo espírito, em perfeita sintonia.

Depois, ambos permaneceram deitados, sonhando, deixando as horas passarem e fazendo de conta que o tempo havia parado. Sara se debruçou sobre o peito do marido e traçou suas feições com a ponta do dedo. Um pensamento lhe ocorreu, e ela ergueu a cabeça para encará-lo em expectativa.

Derek lhe devolveu o olhar enquanto acariciava preguiçosamente o cabelo e as costas da esposa.

– O que foi, anjo?

– Você me disse uma vez que não sabia como era se sentir "feliz".

– Eu me lembro.

– E agora?

Derek observou-a por um longo momento, então puxou-a para mais junto ao corpo, envolvendo-a com os braços.

– Felicidade é isto – respondeu por fim, com a voz ligeiramente rouca. – Aqui e agora.

E Sara descansou junto ao coração dele, satisfeita.

CONHEÇA OUTROS LIVROS DA AUTORA

Um estranho nos meus braços

"Lady Hawksworth, seu marido não está morto." Quando ouve essas palavras, Lara fica totalmente incrédula. Ela – assim como toda a sociedade – achava que Hunter, o conde de Hawksworth, havia se perdido no mar um ano atrás e que, dessa forma, seu casamento infeliz tinha chegado ao fim.

Agora um homem poderoso e viril está diante dela afirmando ser ele, contando segredos que só seu marido poderia saber.

Mas embora esse Hunter seja idêntico ao que ela conheceu, com seus olhos escuros ardentes, há entre os dois uma diferença fundamental: o de agora é atencioso e apaixonado de uma forma que nunca foi, quase uma personificação de todos os sonhos dela. Isso a faz ter certeza de que é um impostor.

Enquanto ele faz de tudo para vencer os medos dela, Lara aos poucos abre espaço em seu coração – e em sua cama – para as investidas românticas. E logo passa a desejar ardentemente que esse estranho seja mesmo seu marido.

Onde nascem os sonhos

Zachary Bronson construiu um império de riqueza e poder. Agora está procurando uma esposa para ajudá-lo a garantir sua posição na alta sociedade e aquecer sua cama.

Lady Holly Taylor está destinada a passar a vida obedecendo às regras da alta sociedade, mesmo quando elas vão contra suas convicções. Após três anos de luto por seu amado marido, ela entende que não vai superar a perda e que jamais encontrará outro homem à altura dele para ser seu companheiro.

Em uma noite mágica, Zachary e Holly se encontram e, sem saber a identidade um do outro, não resistem à faísca que se acende entre eles. Ao tomá-la nos braços, Zachary fica deliciado em ver que o desejo dela é tão ardente quanto o seu. E Holly fica chocada ao sentir o próprio coração voltar a bater forte com o beijo daquele estranho.

Zachary faz a Holly uma oferta chocante e, ao mesmo tempo, irrecusável. Agora ela precisa decidir se vai continuar sendo a viúva exemplar de sempre ou se libertar das convenções e arriscar tudo por essa paixão.

Mais uma vez, o amor

Lady Aline Marsden foi criada para um único objetivo na vida: conseguir um casamento lucrativo com alguém de sua própria classe social. Mas, em vez de cumprir seu destino, ela preferiu entregar sua inocência a John McKenna, empregado da propriedade de seu pai.

A transgressão impetuosa dos dois foi imperdoável. Por causa dela, John foi mandado embora e Aline foi mantida na casa da família no campo, privada do convívio com a sociedade londrina.

Doze anos depois, McKenna se transformou em um homem rico e poderoso. E ele está de volta, com sua beleza indomável e impressionante, determinado a se vingar da mulher que destruiu seus sonhos românticos.

Só que a paixão entre os dois não se apagou e logo volta a arder mais forte do que nunca. Agora McKenna precisa decidir o que é mais importante: levar até o fim seu plano cruel ou entregar seu coração de novo a seu primeiro e único amor.

CONHEÇA OS LIVROS DE LISA KLEYPAS

De repente uma noite de paixão
Mais uma vez, o amor
Onde nascem os sonhos
Um estranho nos meus braços

Os Hathaways
Desejo à meia-noite
Sedução ao amanhecer
Tentação ao pôr do sol
Manhã de núpcias
Paixão ao entardecer
Casamento Hathaway (e-book)

As Quatro Estações do Amor
Segredos de uma noite de verão
Era uma vez no outono
Pecados no inverno
Escândalos na primavera
Uma noite inesquecível

Os Ravenels
Um sedutor sem coração
Uma noiva para Winterborne
Um acordo pecaminoso
Um estranho irresistível
Uma herdeira apaixonada
Pelo amor de Cassandra
Uma tentação perigosa

Os Mistérios de Bow Street
Cortesã por uma noite
Amante por uma tarde
Prometida por um dia

Clube de apostas Craven's
Até que conheci você
Sonhando com você

editoraarqueiro.com.br